EIN RETTER FÜR HEATHER

Das Bergungsteam vom Eagle Point, Buch 6

SUSAN STOKER

EBENFALLS VON SUSAN STOKER

<u>Das Bergungsteam vom Eagle Point</u>

Ein Retter für Lilly

Ein Retter für Elsie

Ein Retter für Bristol

Ein Retter für Caryn

Ein Retter für Finley

Ein Retter für Heather

Ein Retter für Khloe (7 Mai 2024)

<u>Die SEALs von Hawaii:</u>

Die Suche nach Elodie

Die Suche nach Lexie

Die Suche nach Kenna

Die Suche nach Monica

Die Suche nach Carly

Die Suche nach Ashlyn

Die Suche nach Jodelle

<u>Die Zuflucht in den Bergen</u>

Zuflucht für Alaska

Zuflucht für Henley
Zuflucht für Reese
Zuflucht für Cora
Zuflucht für Lara (6 Feb 2024)
Zuflucht für Maisy
Zuflucht für Ryleigh

SEALs of Protection: Legacy
Ein Beschützer für Caite
Ein Beschützer für Brenae
Ein Beschützer für Sidney
Ein Beschützer für Piper
Ein Beschützer für Zoey
Ein Beschützer für Avery
Ein Beschützer für Kalee (1 Mar)
Ein Beschützer für Jane (1 Apr)

Mountain Mercenaries:
Die Befreiung von Allye
Die Befreiung von Chloe
Die Befreiung von Morgan
Die Befreiung von Harlow
Die Befreiung von Everly
Die Befreiung von Zara
Die Befreiung von Raven

Ace Security Reihe:
Anspruch auf Grace
Anspruch auf Alexis
Anspruch auf Bailey
Anspruch auf Felicity
Anspruch auf Sarah

Die Delta Force Heroes:

Die Rettung von Rayne
Die Rettung von Emily
Die Rettung von Harley
Die Hochzeit von Emily
Die Rettung von Kassie
Die Rettung von Bryn
Die Rettung von Casey
Die Rettung von Wendy
Die Rettung von Sadie
Die Rettung von Mary
Die Rettung von Macie
Die Rettung von Annie

Delta Team Zwei
Ein Held für Gillian
Ein Held für Kinley
Ein Held für Aspen
Ein Held für Jayme
Ein Held für Riley
Ein Held für Devyn
Ein Held für Ember
Ein Held für Sierra

SEALs of Protection:
Schutz für Caroline
Schutz für Alabama
Schutz für Fiona
Die Hochzeit von Caroline
Schutz für Summer
Schutz für Cheyenne
Schutz für Jessyka
Schutz für Julie
Schutz für Melody
Schutz für die Zukunft

SUSAN STOKER

Schutz für Kiera
Schutz für Alabamas Kinder
Schutz für Dakota

<u>Eine Sammlung von Kurzgeschichten</u>
Ein langer kurzer Augenblick

»Schon was gefunden?«, fragte Ethan Talon, als sie aus dem *Grinders*, dem örtlichen Café, kamen. Sie waren gerade von einer nächtlichen Such- und Bergungsaktion zurückgekommen.

»Nein. Aber ich bin nahe dran.«

Ethan musterte ihn und Tal tat so, als würde er den besorgten Blick seines Freundes nicht bemerken. »Hast du schon mal daran gedacht, dass sie vielleicht nicht gerettet werden *will*?«

Tal seufzte. Er nahm einen Schluck des heißen schwarzen Kaffees und sah dann zu einem seiner besten Freunde hinüber. Ethan hatte ihm buchstäblich das Leben gerettet. Er war auf dem besten Weg gewesen, sich zu Tode zu saufen, als Ethan ihn fragte, ob er Interesse hätte, in die Vereinigten Staaten zu ziehen und einem Such- und Bergungsteam beizutreten, das er gerade zusammenstellte.

Zuerst war Tal *nicht* sonderlich interessiert gewesen. Aber je mehr er über das Angebot nachdachte, desto mehr gefiel es ihm. Er war aus dem *Special Boat Service*, der britischen Version der Navy SEALS, ausgestiegen, nachdem eine Mission nicht nur schief, sondern auch komplett falsch verlaufen war. Er kämpfte darum, seinen Weg in der Welt zu finden, und um die halbe Welt zu fliegen schien eine gute Alternative zur Verzweiflung zu sein, die ihn sonst zu überwältigen drohte.

Tal liebte Ethan wie einen Bruder, nicht nur, weil er ihm wieder eine Aufgabe gegeben hatte, sondern auch, weil er nicht aufdringlich war. Er hatte Tal die Zeit gegeben, die er brauchte, um zu heilen.

Aber fast sechs Jahre nach seiner Ankunft in Fallport, Virginia und dem Beitritt zum neu gegründeten Bergungsteam vom Eagle Point hatte Ethan offenbar genug davon, ihm seinen Freiraum zu lassen.

Tal vermutete, dass seine derzeitige Neugierde wahrscheinlich auch daran lag, dass er mit seiner Frau Lilly so wahnsinnig glücklich war. Seiner *schwangeren* Frau. Und Tal hatte keinen Zweifel daran, dass Lilly sich auch Sorgen um ihn machte und Ethan wahrscheinlich gebeten hatte, sich nach seinem Befinden zu erkundigen.

All seine Freunde wussten von seiner Suche nach der geheimnisvollen Frau im Wald, die Finley und Brock gerettet hatte, als sie im Wald von zwei Drogendealern entführt worden waren, die Finley Informationen abnötigen wollten. Die Frau war wie aus dem Nichts aufgetaucht und hatte dem Kerl, der Finley ein Messer an die Kehle gehalten hatte, Dreck ins Gesicht geworfen und es Brock ermöglicht, seinen Zug zu machen und sie von der Bedrohung wegzubringen.

Schon in dem Moment, in dem Tal zum ersten Mal von der Frau hörte – barfuß, in einem schäbigen braunen Kleid und mit roten Haaren, die ihr bis zur Taille reichten –, war er Feuer und Flamme. Er war fest entschlossen, sie zu finden. Um ihr zu danken. Um zu sehen, ob sie Hilfe brauchte.

Und *natürlich* brauchte sie Hilfe. Es war Ende Dezember in den Appalachen und die Frau lief ohne Schuhe herum. Aber trotz seiner Erfahrung, sowohl beim Militär als auch beim Such- und Bergungsteam, hatte er bisher keinerlei Hinweise darauf finden können, wo sie wohnte.

Irgendetwas in Tal trieb ihn dazu an, sie weiterzusuchen, seine Suche wurde zu einer Besessenheit. Er konnte den Gedanken nicht ertragen, dass sie allein und schutzlos im Wald war. Er konnte kaum noch schlafen, weil er sie unbedingt finden wollte. Er bekam höchstens zwei oder drei Stunden unruhigen Schlaf pro Nacht ... bevor die Albträume anfingen. Die, von denen er dachte, dass er sie vor ein paar Jahren überwunden hatte.

Im Interesse seiner eigenen geistigen Gesundheit und der Sicherheit der geheimnisvollen Frau musste er sie finden.

»Tal?«, fragte Ethan mit einem Stirnrunzeln. »Sprich mit mir.«

Er schüttelte den Kopf und zwang sich, sich auf das Gespräch zu konzentrieren, und wandte sich an Ethan. »Wie ich schon sagte, ich komme näher«, erklärte er seinem Freund.

»Wirklich? Woher weißt du das?«, fragte er.

»Ich habe geschummelt«, antwortete er ohne ein Fünkchen Gewissensbisse.

Ethan zog eine Augenbraue hoch.

Tals Lippen zuckten amüsiert, als er einen weiteren Schluck von seinem Kaffee nahm. »Ich habe Überwachungskameras aufgestellt«, gab er zu. »Seit sie die erste Tasche mit den Sachen genommen hat, die ich ihr hinterlassen habe, verfolge ich sie. Ich habe sie im Nordosten aufgespürt. Ich schätze, dass sie sich irgendwo zwischen dem *Eagle Point Trail* und dem *Eagle Rock Trail* aufhält.«

Ethan pfiff durch die Zähne. »Das ist kein einfaches Gelände.«

»Das stimmt. Aber es ist auch nicht allzu weit von dem Ort entfernt, an dem die Sekte gelebt hat, vielleicht zwei oder drei Kilometer. Ich denke, sie kennt die Gegend gut. Vor allem wenn sie wirklich Heather Brown ist und mit diesen Mistkerlen zusammengelebt hat, seit sie sie vor zwanzig Jahren entführt haben.« Tal spürte, wie sein Blutdruck in die Höhe schoss, als er daran dachte, dass ein achtjähriges Mädchen in der Nähe ihres Zuhauses in Fallport von der Straße entführt worden war, um dann in einer Sekte namens *Die Gemeinschaft* aufzuwachsen, und gezwungen wurde, nach deren Regeln zu leben.

Nach dem zu urteilen, was er von Simon Hill, dem Polizeichef, erfahren hatte, blieb *Die Gemeinschaft* unter sich, verursachte keine Probleme und führte einen hippieartigen Lebensstil. Die Mitglieder wurden überprüft, als die kleine Heather entführt wurde, aber es wurde keine Spur von ihr in der Gruppe gefunden. Im Laufe der Zeit und nachdem ihre Eltern aus der Gegend weggezogen waren, geriet das entführte Mädchen weitgehend in Vergessenheit. Die meisten Leute gingen davon aus, dass sie innerhalb weniger Stunden nach ihrer Entführung ermordet worden war.

Aber Tal konnte nicht aufhören, über die Beschreibung der Frau nachzudenken, die Brock und Finley im Wald gesehen hatten. Natürlich hatten viele Frauen rote Haare. Das bedeutete nicht, dass *diese* Frau die lange verschollene Heather Brown war, aber tief in seinem Inneren war Tal davon überzeugt. Irgendwie hatte sie wie durch ein Wunder ihre Entführung und alles andere, was sie in den vergangenen zwanzig Jahren hatte durchmachen müssen, überlebt.

»Was hast du vor, falls du sie tatsächlich findest?«, fragte Ethan. »Glaubst du, dass sie einfach so mit dir nach Fallport zurückkommt, nachdem sie Gott weiß wie lange allein im Wald gelebt hat?«

Tal schüttelte den Kopf. »Nein, das glaube ich nicht. Sie wird mir nicht vertrauen. Und warum sollte sie auch?«

»Und? Wie lautet also dein Plan?«, hakte Ethan nach.

»Ich habe keinen«, gab er zu.

Ethan starrte ihn ungläubig an. »Du hast immer einen Plan«, erwiderte er.

Sein Freund hatte nicht unrecht. Tal hatte *tatsächlich* immer einen Plan. Er hasste es, keinen Plan A, B und C zu haben. Aber die Frau, die er suchte, war ihm ein Rätsel. Sie tat nichts so, wie er es erwartet hatte. Er hatte sie mit Wildkameras aufgespürt, aber als er dachte, sie würde nach Westen gehen, war sie nach Osten gegangen. Als er dachte, sie würde ihr Lager an einem der vielen Gebirgsbäche aufschlagen, machte sie einen großen Bogen um das Wasser. Das war klug. Es war zwar praktisch, in der Nähe von Wasser zu sein, aber es war nie gut, zu nahe am Wasser zu campen, weil die Gefahr bestand, von wilden Tieren überrascht zu werden.

Die Frau frustrierte und faszinierte Tal gleichermaßen. Sie kannte sich in der Wildnis sehr gut aus, war leichtfüßig und ohne die Kameras, die er entlang der Routen versteckt hatte, die sie seiner Meinung nach nehmen würde, wäre er nicht so nahe dran, sie zu finden, wie es jetzt scheinbar der Fall war.

»Wie kann ich dir helfen?«, wollte Ethan wissen.

Tal holte tief Luft. Er konnte sich keinen besseren Freund als Ethan Watson wünschen. »Gar nicht. Ich komme schon klar.«

»Im Ernst, Tal. Wie können wir helfen? Du weißt, dass wir alle bereit und begierig sind zu helfen. Wir wollen sie auch finden. Besonders Brock.«

Das war durchaus klar. »Ihr wisst so gut wie ich, dass sie verschwindet, wenn sie sich auch nur ein bisschen bedroht fühlt, vielleicht sogar für immer. Sie traut mir nicht, obwohl sie zwei weitere Taschen mit Vorräten angenommen hat. Sie ist wie eine wilde Katze. Sie ist bereit, die Vorräte anzunehmen, um sich das Leben zu erleichtern, aber sie ist weit davon entfernt, irgendjemandem zu vertrauen. Wenn sie mit Männern konfrontiert wird, die sie nicht kennt, läuft sie weg.«

»Wann gehst du wieder raus?«, fragte Ethan.

Tal war erleichtert, dass sein Freund nicht versuchte, ihn zu überreden, noch jemanden mitkommen zu lassen. »Heute Abend, nachdem ich eine Schicht gearbeitet habe. Harvey hatte bis jetzt nichts dagegen, dass ich mir in letzter Zeit so oft freigenommen habe, aber ich will mein Glück nicht überstrapazieren.«

Tal arbeitete Teilzeit im Friseursalon am Marktplatz. Es war nicht gerade ein Traumjob, aber er hielt ihn zwischen den Suchaufträgen auf Trab. Und Geld war kein Thema. Tal hatte während seiner früheren Karriere mehr als genug gespart, um davon leben zu können, zumal er kein Mann war, der viele Dinge haben wollte. Er hatte eine Wohnung in der Nähe des Marktplatzes, einen Fernseher, ein Sofa, ein Bett ... und mehr brauchte er auch nicht. Er aß mehr auswärts, als dass er kochte, und verbrachte seine Freizeit mit seinen Freunden ... obwohl das im letzten Jahr deutlich weniger geworden war, seit Ethan, Zeke, Rocky, Drew und Brock alle geheiratet hatten oder mit ihren Freundinnen zusammengezogen waren.

»Nun, wir sind alle hier, wenn du etwas brauchst. Egal *was*«, erklärte Ethan.

Seine Unterstützung bedeutete Tal sehr viel. »Ich weiß nicht, wie lange ich weg sein werde«, entgegnete er. »Ich bin nahe dran, das weiß ich, und der große Schneesturm ist für Ende nächster Woche vorhergesagt. Ich kann nicht ...« Er holte tief Luft, bevor er fortfuhr. »Ich will sie finden, bevor es losgeht, und das bedeutet, dass ich eine Weile weg sein könnte«, beendete er.

»Rockys Hochzeit ist in sechs Tagen«, erinnerte Ethan ihn.

Tal seufzte. »Ich weiß. Ich möchte daran teilnehmen, aber ...« Seine Stimme wurde leiser.

»Aber sie ist dir wichtiger«, beendete Ethan seinen Satz.

»Das ist es nicht«, protestierte Tal.

»Ich verstehe«, erwiderte Ethan und schüttelte leicht den Kopf. »Wenn ich wüsste, dass Lilly irgendwo da draußen ist und ein halber Meter Schnee auf uns zukommt, würde ich mich durch nichts davon abhalten lassen, sie zu finden und in Sicherheit zu bringen.«

»Aber ich kenne diese Frau nicht«, erwiderte Tal.

Ethan zuckte nur mit den Schultern. »Vielleicht nicht, aber sie hat etwas an sich, das dich nicht in Ruhe lässt. Vielleicht ist die Suche nach ihr der Schlüssel, um die Dämonen, die dich in ihrem Griff haben, endlich zu vertreiben.«

Tal presste die Lippen zusammen. Es stimmte, dass die Ereignisse aus seiner Vergangenheit einen großen Teil dazu beitrugen, dass er so besessen davon war, die rothaarige Frau zu finden. Aber es war ... mehr als das. Er konnte es nicht erklären, also versuchte er es erst gar nicht.

»Ich habe noch eine Bitte, bevor du gehst«, bemerkte Ethan.

Tal schaute ihn erwartungsvoll an.

»Ich möchte, dass du mich mindestens einmal am Tag anrufst.«

Tal grinste. »Wie alt bin ich, zehn?«

»Nein, du bist ein erwachsener Mann, aber du bist auch mein Freund und ich mache mir Sorgen um dich. Du gehst tief in den Wald, ganz allein, um nach einer Frau zu suchen, die wahrscheinlich nicht gefunden werden will. Wenn du dich jeden Tag meldest, sorge ich dafür, dass die anderen dich nicht verfolgen, denn du weißt genauso gut wie ich, dass sie nicht begeistert sein werden, dass du bei einem drohenden Sturm allein losziehst.«

Ethan hatte nicht unrecht. Als er daran dachte, was seine Kameraden aus dem Such- und Bergungsteam sagen würden, wenn sie erfahren würden, in welchem Gebiet er suchen würde, nickte Tal. Vor allem Brock würde nicht begeistert sein.

»Und auch wenn du gerade mitten im Nirgendwo bist, möchte ich, dass du bei der Hochzeit meines Bruders dabei bist, auch wenn es nur per Telefon ist. Bristol wird an ihrem Hochzeitstag weinen – und das nicht auf eine gute Art und Weise –, wenn sie denkt, dass du dich während der Zeremonie in der Wildnis verirrt hast. Ganz zu schweigen davon, dass auch die anderen Frauen ihren Verstand verlieren werden. Also ... ruf mindestens einmal am Tag an, und wenn du nicht rechtzeitig zurückkommst, will ich dich am Telefon haben, wenn Rocky und Bristol sich das Jawort geben. Abgemacht?«

»Abgemacht«, erwiderte Tal, ohne zu zögern. »Wenn du mich fragst, werde ich alles in meiner Macht Stehende tun, um rechtzeitig zur Hochzeit zurück zu sein.«

»Ich weiß, dass du das tun wirst. Ich will, dass du dabei bist, und ich weiß, dass Rocky das auch will. Ich würde sagen, dass er es wahrscheinlich verschieben würde, wenn du nicht zurück bist, aber ... nichts wird meinen Bruder davon abhalten, Bristol zu seiner Frau zu machen.«

»Sie ist *jetzt schon* seine Frau«, erwiderte Tal.

»Stimmt. Gut, nichts wird ihn davon abhalten, Bristol *legal* zu seiner Frau zu machen. Nicht einmal ein besessener Freund.«

»Mit dem Schneesturm wird es knapp«, sagte Tal und ignorierte die Tatsache, dass sein Freund ihn gerade als »besessen« eingestuft hatte.

Ethan nickte. »Stimmt. Ich habe vorgeschlagen, die Hochzeit um einen Tag vorzuverlegen, aber er will Bristol nicht noch mehr stressen, als sie es ohnehin schon ist. Sie sind bereit, das Risiko einzugehen. Es ist ihnen egal, ob sie die Einzigen sind, die dort sind. Aber ich habe schon einen der Jungs bestochen, die hier für den Straßendienst zuständig sind, und er hat gesagt, dass er den Standesbeamten zu Rocky bringen wird, wenn es nötig ist.«

Tal lächelte. Er zweifelte nicht im Geringsten an Ethan.

Ethan legte Tal eine Hand auf die Schulter. »Sei vorsichtig da draußen. Hast du genügend Vorräte?«

»Ja.« Er hatte bereits seinen großen Rucksack vollgepackt. Darin war Platz für ein kleines Zelt, seinen Butan-Campingkocher, gefriergetrocknete Lebensmittel für zwei Wochen und Filter für seine Wasserflasche.

Aber der größte Teil des Rucksacks war voll mit Sachen für die Frau. Ein Paar Stiefel, von dem er hoffte, dass es passen würde – er hatte ihre Größe anhand eines Fußabdrucks schätzen müssen, den er auf dem Boden in der Nähe der Stelle, an der er die letzte Tasche mit den Sachen für sie abgestellt hatte, gefunden hatte –, ein weiteres altes Sweatshirt, weitere Leggings und Socken, eine Cargohose – auch hier hatte er ihre Größe schätzen müssen – und ein altes Exemplar von *Der König von Narnia*, das er im Gebrauchtbuchladen gefunden hatte, ein Kartenspiel, mehrere Tafeln Schokolade, eine Flasche Lotion, die nach Zitrone und Zucker roch, ein nagelneues Taschenmesser, Besteck, eine unzerbrechliche Schüssel, einen Teller und eine Tasse, einen Topf, einen weiteren Feuerstein, eine Bürste und einen Kamm, eine Flasche Shampoo und Spülung und ein paar Haargummis.

»Wenn du irgendwann Hilfe brauchst, musst du es nur sagen«, erinnerte Ethan ihn.

Tal nickte erneut.

»Ich muss dich auch daran erinnern, dass ich dich orten kann, solange du dein Handy anlässt.«

»Das ist mir klar«, erwiderte Tal.

»Aber du beschwerst dich nicht darüber?«, fragte Ethan.

»Nein. Ich weiß, dass das, was ich tue, verrückt ist, vor allem da der Sturm im Anmarsch ist. Aber ich bin *so* nahe dran, Ethan. Ich weiß, dass ich es bin. Ich habe keine Ahnung, was passiert, wenn ich sie finde. Sie könnte mir sagen, dass ich mich zum Teufel scheren soll, dass sie meine Hilfe nicht braucht oder will. Dass sie nicht diese Heather ist und dass sie glücklich ist, so zu leben, wie sie lebt. Aber ich *muss* es wissen. Wenn sie mit ihrer Situation unzufrieden ist, kann ich ihr helfen.«

»Es wäre verrückt, ihr *nicht* zu helfen«, entgegnete Ethan. »Aber du musst wissen, dass du nicht allein bist. Selbst wenn du allein da rausgehst, bist du nie allein. Kapiert?«

Es war ein gutes Gefühl, dass Ethan und die anderen ihm Rückendeckung gaben. Das war eines der besten Dinge, die man beim Militär erleben konnte. Er wusste, dass er sich immer auf seine Kameraden verlassen konnte, ganz gleich, wie schlimm eine Situation auch verlaufen würde. Er nickte Ethan zu.

»Gut. Dann mach weiter. Mach dich an die Arbeit. Ich warte, bis du weg bist, um Rocky zu sagen, dass du es vielleicht nicht zur Zeremonie schaffst.«

Tal zuckte zusammen. »Mist, er wird nicht glücklich darüber sein.«

»Wohl nicht«, sagte Ethan. »Und Bristol wird auch traurig sein. Aber ich denke, die Jungs werden dir alles verzeihen, wenn du die geheimnisvolle Frau nach Fallport bringst, damit Lilly sich um sie kümmern und in unseren Kreis aufnehmen kann.«

Tal lachte. »Sie ist wie eine Glucke, nicht wahr?«

»Ich würde sie auch nicht anders haben wollen.«

»Du bist ein Glückspilz.«

»Ich weiß«, bemerkte Ethan und grinste. »Ruf mich jeden Tag an, Tal. Ich meine es ernst. Wenn du das nicht tust, werde ich dich holen ... und ich werde nicht glücklich sein.«

»Verstanden. Irgendeine bestimmte Zeit?«, fragte Tal.

»Vorzugsweise nicht, wenn ich mit meiner Frau schlafe«, scherzte er.

»Verdammt. Also nicht am Morgen, nicht am Abend und nicht mitten in der Nacht. Oh, und nicht um die Mittagszeit, denn dann könnte es einen Quickie geben.«

Ethan grinste. »Wenn du *deine* Frau schwängerst und die Hormone in ihrem Körper Amok laufen und sie verdammt heißmachen, wirst du das verstehen.«

Tal verdrehte die Augen, aber tief in seinem Inneren spürte er einen Anflug von Eifersucht. Er freute sich für Ethan, dass er eine so tolle Frau wie Lilly gefunden hatte. Aber die einsame Zukunft, die er vor sich sah, ließ Tal sich Dinge wünschen, die er wahrscheinlich nie haben würde.

Er war zu ... altmodisch. Die Frauen von heute waren sehr unabhängig. Sie wollten nicht unbedingt umsorgt werden. Und Tal sehnte sich nach einer Frau, die ihn genau das tun ließ. Er wollte für jemanden sorgen. Ihm gefiel der Gedanke nicht, dass seine Frau eine halbe Hypothek bezahlen, mit ihrem eigenen

Geld Lebensmittel einkaufen, ein eigenes Fahrzeug kaufen und allein reisen wollte.

Die meisten Frauen würden das als anmaßend und kontrollierend empfinden, aber es ging nicht darum, dass er jeden Schritt seiner Frau kontrollieren wollte. Er wollte sich nur um die Bedürfnisse seiner Frau kümmern und dafür sorgen, dass sie in Sicherheit war.

Er wurde definitiv in der falschen Zeit geboren. Die wenigen Frauen, mit denen er im letzten Jahrzehnt ausgegangen war, hatten ihm unmissverständlich zu verstehen gegeben, dass seine Vorstellungen von einer Beziehung unrealistisch waren.

Tal zwang sich, in die Gegenwart zurückzukehren, und streckte seine Hand aus. Ethan schüttelte sie. »Ich weiß es zu schätzen, dass ihr für mich einspringt, wenn wir eine Suchaktion haben. Ich werde es wiedergutmachen.«

»Wie dem auch sei«, entgegnete Ethan. »Ich bin sicher, dass ich selbst ein paar Suchaktionen verpassen werde, sobald mein Sohn oder meine Tochter da ist. Niemand führt Buch über die geleisteten Stunden. So arbeitet keiner von uns, und das weißt du.«

»Das weiß ich«, erwiderte Tal und ließ seine Hand sinken. »Aber das heißt nicht, dass ich nicht intern Buch führe. Und wenn du mir sagst, dass *du* das nicht tust, werde ich dir nicht glauben.«

Ethan lachte leise. »Wir sind uns alle so ähnlich, dass es beängstigend ist. Viel Glück, Tal. Ich habe ein gutes Gefühl bei dieser Suche.«

»Ich hoffe, du behältst recht.« Er nickte seinem Freund zu und ging den Bürgersteig entlang in Richtung des Friseursalons. Eigentlich hatte er keine Lust zu arbeiten, aber er hatte sich in letzter Zeit viel freigenommen und wollte sich noch mehr Zeit nehmen. Zum Glück war Harvey ein entspannter Chef. Er verbrachte mehr Zeit damit, mit seinen Kunden zu plaudern, als sich darum zu kümmern, wie schnell er die

Haare schnitt oder wie viele Leute zur Tür herein- und herauskamen. Die entspannte Atmosphäre war genau das, was Tal brauchte. Er hatte lange genug in einem stressigen Job gearbeitet und sich bei seinem Ausscheiden aus dem Dienst geschworen, dass er sich nie wieder einem solchen Druck aussetzen würde.

Haareschneiden war nicht gerade eine anregende Arbeit, aber überraschenderweise gefiel sie Tal. Dem Alltag der Männer und manchmal auch der Frauen zuzuhören, die auf seinem Stuhl saßen, war eine erfrischende Abwechslung zu den politischen und militärischen Gesprächen, in die er vor seinem Umzug nach Virginia verwickelt gewesen war.

Für den Tag hatte er ein volles Programm, aber Tals Gedanken kreisten bereits um den Abend. Wann er aufbrechen würde, wie weit er kommen würde, bevor er haltmachte, und was er tun würde, wenn er die Frau *tatsächlich* finden würde, die er suchte.

Als er den Friseursalon betrat und die Glocke über seinem Kopf läutete, konnte Tal nicht anders, als sich zu fragen, was sie in diesem Moment wohl tat. War ihr kalt? Hatte sie Hunger? Oder Angst? Spürte sie, dass ein Sturm aufzog? War sie darauf vorbereitet?

Alles, was er hatte, waren Fragen und keine Antworten. Aber das würde sich hoffentlich bald ändern.

KAPITEL ZWEI

Sunset Meadowblossom lächelte zum Dach der Höhle hinauf, in der sie lag. Draußen war es kühl, aber hier drinnen, mit dem kleinen Feuer, den Wollsocken an den Füßen, den butterweichen Leggings an den Beinen und dem übergroßen Sweatshirt, das sie nur selten auszog, war ihr wohlig warm.

Als sie das erste Mal das braune Kleid ausgezogen hatte, das sie schon so lange trug, wie sie sich erinnern konnte, war sie unglaublich nervös gewesen. Aber es hatte sich so befreiend angefühlt! Die Frauen in der *Gemeinschaft* durften nur Kleider tragen. Niemals Hosen oder T-Shirts. Nur die braunen, unförmigen, etwas kratzigen Wollkleider, die Arrow für angemessen gehalten hatte.

Natürlich durften der Leiter der *Gemeinschaft* und die anderen Männer tragen, was sie wollten. Dazu gehörten warme Jacken im Winter und Hosen, die ihre Beine vor dem Auskühlen bewahrten. Sie hatten auch alle warme Stiefel und Handschuhe. Einmal hatte sie gehört, wie eine der anderen Frauen fragte, warum sie keine Hosen tragen dürfe. Der Frau wurde gesagt, dass das nicht nötig sei, da sie ja drinnen kochen und sich um die Männer kümmern müsse.

Das wäre ein verständliches Argument gewesen, wenn

Sunset nicht in den Wald zur Jagd hätte gehen müssen. Sie war eine der besten Jägerinnen, die *Die Gemeinschaft* hatte, und ohne sie hätte es noch mehr Nächte mit knurrenden Mägen gegeben. Aber obwohl sie die Aufgabe hatte, Tiere zu jagen, durfte sie trotzdem keine Hosen tragen.

Das kam ihr immer ungerecht vor, obwohl Arrow sie oft darauf hingewiesen hatte, dass sie einfach undankbar war und ihren Platz erst noch lernen musste. Aber genau das war das Problem: Sunset hatte keine Ahnung, wo ihr Platz war. Sie war Arrows Frau gewesen, zusammen mit vier anderen Frauen, und obwohl er der Anführer ihrer Gruppe war, war sie trotzdem verachtet worden.

Der einzige Mensch, der ihre Aufmerksamkeit suchte, war der eine Mann, dessen Aufmerksamkeit sie nicht wollte. Arrows Sohn Cypress machte nie einen Hehl daraus, dass er sie begehrte. Aber weil sie die Frau des Anführers war, war sie tabu für ihn. Sie versuchte ihr Bestes, nicht aufzufallen, das zu tun, was von ihr verlangt wurde, und in ihrem schwierigen Leben keine Wellen zu schlagen.

Sie erinnerte sich immer noch an die unangenehmen und schmerzhaften Konsequenzen, wenn sie etwas Unangebrachtes sagte. Wenn sie sagte, was sie dachte. Wenn sie versuchte, ihre Lebensumstände zu ändern. Ihr war immer wieder gezeigt worden, dass der Versuch, sich gegen die Regeln der *Gemein-schaft* aufzulehnen, nur mit einem Aufenthalt im Bestrafungs-zelt enden konnte, wo sie tagelang, manchmal wochenlang, gefesselt und allein gelassen worden war. Jedes Mal wenn Arrow sie schließlich holte, war sie wieder fügsam. Verzweifelt wollte sie zu ihren normalen Aufgaben für *Die Gemeinschaft* zurückkehren.

Ihre Duldsamkeit hielt in der Regel mehrere Monate an, bevor sich die Gewissheit einstellte, dass ihr Leben so nicht sein sollte. Und dann geriet sie wieder in Schwierigkeiten. Dieses Muster hatte sich seit ihren frühesten Erinnerungen bis zu ihrer Flucht fortgesetzt.

Als die Zeit gekommen war, hatte Arrow auch darauf bestanden, dass sie ihre ehelichen Pflichten erfüllte, so wie er es von seinen anderen Frauen verlangte, aber Sunset hatte diese Momente nie genossen. Sie fürchtete sich davor, wenn er ihre Anwesenheit in seinem Zelt verlangte. In den letzten Jahren vor seinem Tod war es eine Erleichterung gewesen, als sein Penis nicht mehr hart wurde. Stattdessen streichelte er sie unter ihrem Kleid, was wehtat, weil er zu grob war, wenn er sie berührte. Sunset hatte gelernt, so zu tun, als fühlte es sich gut an, damit er nach ein paar Minuten aufhörte, sie zu berühren.

Als er starb, verlor sie den Schutz, den sie als seine Frau genossen hatte. Sie und seine anderen Frauen wurden an andere Männer in der *Gemeinschaft* vergeben, und Cypress hatte nicht lange gezögert und sie als sein Eigentum beansprucht.

Seine sechste Frau zu sein war die Hölle. Er war grausam, gewalttätig und es war ihm egal, ob er ihr wehtat, wenn er sie nahm. Er freute sich sogar über ihre schmerzerfüllten Schreie und genoss die blauen Flecke, die er auf ihrem Körper hinterließ.

Sie benahm sich immer öfter daneben, nur damit sie mit Einzelhaft im Strafzelt bestraft werden konnte. Wenigstens konnte Cypress sie dort nicht anrühren. Er konnte ihr nicht wehtun. Aber unweigerlich wurde sie entlassen, um zu ihren Aufgaben zurückzukehren, weil *Die Gemeinschaft* mehr Fleisch brauchte. Und dann landete sie wieder in Cypress' Zelt und musste seine schrecklichen Berührungen ertragen.

Als die Männer beschlossen hatten, *Die Gemeinschaft* nach Florida zu verlegen, wo es nicht so kalt war, überkam Sunset das Grauen. Sie konnte nicht gehen. Sie konnte sich das Gefühl nicht erklären. Sie wusste nur, dass *dies* ihr Zuhause war und dass sie es nicht ertragen konnte, wenn es ihr weggenommen wurde. Sie behielt ihre Bedenken für sich ... nicht dass einer der Männer ihr überhaupt zugehört hätte.

Mitten in der Nacht, am Abend vor ihrer Abreise, schlich Sunset sich in den Wald, um sich in der Nähe zu verstecken.

Cypress war wütend gewesen. Er hatte stundenlang geschrien und ihren Namen gerufen, während er durch die Wälder rund um das Lager gestapft war. Er hatte ihr befohlen zurückzukommen. Er hatte ihr gedroht. Aber sie hatte sich trotzdem versteckt.

Sie hatte gewartet, bis sie mit eigenen Augen sah, wie alle Frauen in einen großen Lastwagen ohne Fenster und Sitze gepfercht wurden, dessen Tür hinter ihnen geschlossen und verriegelt war. Sie hatte auch weiterhin beobachtet, wie die Männer in bequeme Fahrzeuge stiegen und wegfuhren, aber sie war immer noch nicht aus ihrem Versteck hervorgekommen. Sie war nicht davon überzeugt gewesen, dass es sich nicht um eine Falle handelte. Dass Cypress nicht hinter einem Zelt hervorspringen und sie packen würde, um sie zu zwingen, mit ihnen weit, weit weg zu gehen.

Sie hatte mindestens eine Woche lang allein im Wald gelebt, bevor sie es gewagt hatte, zu dem verlassenen Lager zurückzukehren. Cypress hatte alle Zelte zurückgelassen und versprochen, dass sie dort, wo sie hingingen, ein neues, besseres Zuhause finden würden. Niemand hatte daran gezweifelt, obwohl Sunset sich unweigerlich die Frage gestellt hatte, wie der Umzug an einen neuen Ort funktionieren sollte, ohne ihre Behausungen mitzunehmen. Sie war immer noch nicht davon überzeugt, dass Cypress nicht da sein würde, um sie zu schnappen, *wenn* sie zurückkehrte, und bevor sie sich in das Lager geschlichen hatte, hatte sie die Zelte zwei Tage lang beobachtet, bevor sie den Mut gefunden hatte, sich in das einzige Zuhause zu wagen, an das sie sich erinnern konnte.

Die meisten Habseligkeiten der *Gemeinschaft* waren gepackt worden, aber sie hatten auch ein paar nützliche Dinge zurückgelassen. Sunset hatte ein Messer und ein paar herumliegende Töpfe gefunden. Die Strohpaletten, auf denen die Frauen geschlafen hatten, waren noch da, aber sie war nicht überrascht, dass die Betten der Männer verschwunden waren. Sie hatte etwas Reis gefunden, der noch nicht von Mäusen ruiniert worden war, und sogar ein ausrangiertes Kleid in einem der Zelte.

Als sie zurückblickte, stellte sie fest, dass alle Habseligkeiten der Männer eingepackt und mit der Gruppe mitgenommen worden waren. Nur einige Sachen der Frauen waren zurückgeblieben. Weil sie nicht so wichtig waren.

Die ersten Monate, in denen sie auf sich allein gestellt war, waren sowohl beängstigend als auch aufregend gewesen. Niemand hatte ihr gesagt, was sie zu tun hatte. Sie konnte alle guten Teile der Tiere essen, die sie gefangen hatte, und musste sie nicht für die Männer aufheben. Sie konnte später schlafen, wenn sie wollte, musste nicht mit der Sonne aufstehen, um zu putzen und Frühstück zu machen. Sie trank so viel Wasser, wie sie wollte, und aß so viel, wie sie wollte. Eines Morgens war sie sogar zurück zur *Gemeinschaft* gegangen und hatte eines der kleineren Zelte genommen, es in den Wald getragen und sich das bequemste Bett gebaut, auf dem sie je geschlafen hatte.

Das Beste daran war, dass sie Cypress' Berührung nicht ertragen musste.

Im Laufe der Jahre hatten ihr viele Frauen in der *Gemeinschaft* gesagt, wie glücklich sie sich schätzen könne, eine der Frauen des Anführers zu sein. Und als Cypress sie für sich beanspruchte, hatten sie ihr erneut erklärt, wie dankbar sie sein solle. Aber Sunset war nicht dankbar gewesen. Ganz und gar nicht.

Jetzt war sie frei von ihm. Und von ihrem alten Leben. Sie begann ein neues Leben in den Wäldern, ganz allein.

Als die Monate vergingen, passierte etwas Merkwürdiges, denn sie fühlte sich langsam wieder so wie damals, als sie im Strafzelt eingesperrt gewesen war.

Schrecklich allein. Isoliert.

Sie sehnte sich nach Menschen. Sie zu sehen. Mit ihnen zu reden. Nicht dass sie oft mit den anderen Frauen in der *Gemein-*

schaft hätte sprechen dürfen; die Männer mochten es nicht, wenn sie sich zu nahe kamen. Trotzdem war es ein gewisser Trost, unter Menschen zu sein. Und bevor Arrow gestorben war, hatte er sich ihr gegenüber manchmal weniger grausam, wenn auch nicht unbedingt nett verhalten.

Da sie nicht mehr ständig kochen und putzen musste, langweilte Sunset sich immer mehr. In der kleinen Höhle, die sie zu ihrem Zuhause gemacht hatte, gab es nicht viel zu tun. Sie wagte sich immer öfter hinaus, immer weiter weg, und folgte unauffällig Menschen, denen sie im Wald begegnete. Am Anfang war es sehr beängstigend gewesen. Als sie das erste Mal Menschen reden gehört hatte, war sie geflohen und den ganzen Weg zurück in ihre Höhle gerannt und tagelang nicht wieder herausgekommen.

Aber schließlich hatte ihre Neugierde die Oberhand gewonnen und sie hatte sich wieder herausgewagt.

Sie war jetzt eine Expertin darin, sich zu verstecken. Sie spionierte die Leute aus, wenn sie auf den Pfaden ihres Waldes wanderten. Sie hatte nie das Bedürfnis, mit jemandem zu reden oder auf irgendeine Weise mit ihnen zu interagieren ... bis zu dem Tag, an dem sie einen Mann sah, der eine Frau mit einem Messer an der Kehle festhielt.

Sie hatte still zugehört, wie er davon sprach, sie so zu berühren, wie Cypress es mit Sunset getan hatte, als er sie in sein Zelt gezwungen hatte.

In diesem Moment war etwas über sie gekommen. Eine so heiße Wut, dass sie, ohne nachzudenken, gehandelt hatte, auf die Lichtung gelaufen war und dem Mann Dreck ins Gesicht geworfen hatte.

Es hatte sich *gut* angefühlt. Sie hatte geholfen, die Frau zu retten.

Sunset war bereit gewesen, etwas zu tun, um sie von dem *anderen* Mann, dem größeren, wegzubringen, aber als sie ihnen folgte, wurde ihr klar, dass der Mann ihr nicht wehtun wollte.

Er beschützte sie.

Das war verwirrend. So verhielten Männer sich nicht.

Sie verstand nicht, warum er nicht die Frau für das Geschehene verantwortlich machte. Oder warum er nicht von ihr verlangte, ein Feuer zu machen und ihnen Essen zu besorgen, als sie gezwungen waren, die Nacht im Wald zu verbringen. Stattdessen nahm er sie in die Arme und hielt sie die ganze Nacht fest. Er hielt sie warm. Er schob sich zwischen sie und die Öffnung des Felsens, unter dem sie schliefen.

Zum ersten Mal in ihrem Leben erlebte Sunset, wie ein Mann eine Frau … zärtlich behandelte.

Jahrelang hatte Sunset die Erinnerungen an ihr »früheres Leben« rigoros zurückgedrängt, wenn sie drohten sich in den Vordergrund zu drängen. Arrow und andere Männer aus der *Gemeinschaft* hatten ihr gesagt, dass sie streng bestraft werden würde, wenn sie jemals mit jemandem über ihr früheres Leben sprach. Als Kind *war* sie bestraft worden. So sehr, dass sie alles darangesetzt hatte, solche Bestrafungen nie wieder zu erleben … dazu gehörte auch, nie wieder über ihr früheres Leben nachzudenken.

Aber nachdem sie den Mann mit der Frau gesehen hatte, kamen langsam vage Erinnerungen zurück. Erinnerungsfetzen, die wenig Sinn ergaben. Szenen in ihrem Kopf, in denen sie sich warm und glücklich fühlte. Von einem Raum mit funkelnden Lichtern. Von einem Mann und einer Frau, die sich anschrien, aber aufhörten, wenn sie den Raum betrat. Wie sie mit anderen Kindern in Reihen saß und einer Frau zuhörte, die vorn im Raum mit ihnen sprach und auf eine grüne Wand schrieb.

Die Erinnerungen wurden immer von pochenden Kopfschmerzen begleitet, und das war auch jetzt noch der Fall.

Während Sunset auf ihrem Bett lag und zur Decke ihrer Höhle starrte, hatte sie so viele Fragen, aber keine Möglichkeit, Antworten zu bekommen.

Außer vielleicht, indem sie mit einem der Menschen sprach, die sie im Wald gesehen hatte.

Sie wusste, dass einer von ihnen, Talon – derselbe Mann, der die Kleidung und andere Gegenstände zurückgelassen hatte –, nach ihr suchte. Er hatte ihr eine Nachricht hinterlassen, in der er Sunset seinen Namen genannt und erklärt hatte, dass er ihr Geschenke brachte, weil er sich Sorgen um sie machte.

Sie hatte Angst davor, was passieren würde, sollte er ihre Höhle finden ... aber sie war auch wahnsinnig neugierig. Er hatte ihr so schöne Geschenke gemacht. Sie wusste nicht, was er als Gegenleistung verlangen würde ... und das war der Grund für ihre Nervosität und Angst. Wahrscheinlich würde er sie anfassen wollen, so wie Cypress es getan hatte. Das war sein Recht als Mann. Aber das wollte sie nicht.

Vielleicht könnte sie ihm einfach die Kleidung zurückgeben, dann würde er nichts von ihr verlangen.

Aber sie wollte die Kleidung nicht zurückgeben. Sie *liebte* es, Hosen zu tragen. Darin fühlte sie sich sicherer. Männer konnten ihr nicht einfach unter das Kleid greifen und sie anfassen, wie sie es in der *Gemeinschaft* getan hatten. Und mit den Socken an den Füßen kribbelten ihre Zehen nachts nicht mehr vor Kälte. Es war kein Wunder, dass die Männer es so sehr mochten, Kleidung zu tragen. Sie hatte sich noch nie so sicher und so warm gefühlt wie in diesem Moment.

Sunset hob den Kopf, führte den Stoff des Sweatshirts an ihre Nase und atmete ein. Der saubere, frische Geruch, den das Sweatshirt gehabt hatte, als sie es bekommen hatte, war jetzt fast verschwunden. Aber sie erinnerte sich noch lebhaft daran, wie *gut* das Sweatshirt gerochen hatte, als sie es zum ersten Mal über den Kopf gezogen hatte. Es erinnerte sie an den Frühling, als die Frauen dafür zuständig waren, die Wäsche auf den Betten der Männer zu lüften. Sie benutzten die Seife, die Cypress und Arrow aus der Stadt mitgebracht hatten, um sie im Bach zu reinigen, und hängten sie dann auf. Das war die einzige Aufgabe, die Sunset immer ohne den geringsten Unmut erledigte. Sie liebte diesen sauberen Duft.

Es machte ihr nicht einmal etwas aus, wenn Cypress sie nach dem Putztag zwang, ihre Pflicht zu tun. Sie ging bereitwillig auf Hände und Knie, während er sie von hinten nahm, denn so konnte sie ihre Nase in dem sauberen Material unter ihr vergraben und so tun, als sei sie irgendwo anders als in seinem Zelt.

Sunset drehte den Kopf und sah sich die anderen Dinge an, die der Mann, Talon, ihr gegeben hatte. Die Schokolade war schon lange weg, aber sie hatte die Verpackung aufbewahrt. Sie konnte immer noch die Reste der süßen Leckerei riechen, und das war *fast* so gut wie die, die sie gegessen hatte. Sie hatte auch noch den Müll von dem komisch schmeckenden Essen. Zum einen, weil sie ihn nirgendwo loswerden konnte, ohne zu riskieren, dass einer der zufälligen Wanderer in ihrem Wald merkte, dass jemand in der Gegend war, und zum anderen, weil *er* ihn ihr gegeben hatte.

Es war ein pinkfarbenes Plastikteil, mit dem sie sich in den Finger geschnitten hatte, als sie es berührte. Im Kopf des Geräts befand sich eine Klinge, aber Sunset hatte nicht herausfinden können, wie man sie entfernen konnte, ohne das Plastik zu zerbrechen. Und sie wollte nichts kaputt machen, was Talon ihr gegeben hatte.

Er hatte ihr auch eine Wollmütze geschenkt, die sie trug, wenn sie ihre Höhle verließ, und eine Decke, die auf einer Seite silbern glänzte und zu einem kleinen Quadrat zusammengefaltet war. Als sie sie entfaltete, machte sie viel zu viel Lärm, als dass sie sich entspannen konnte. Sie konnte sie nicht wieder richtig falten, also hatte sie sie vorerst an der Seite der Höhle liegen lassen.

Er hatte ihr auch ein Seil geschenkt, das sie für den Bau von Fallen gut gebrauchen konnte, und ein paar Plastikstreifen, die sie schließlich zu benutzen verstand. Ein Ende wurde in das andere gesteckt, und wenn man es fest anzog, konnte man es nicht mehr lösen. So konnte sie die Stöcke für ihre Fallen viel einfacher zusammenbinden.

Die letzte Tasche war mit einem weiteren Zettel gekommen. Es war schon so lange her, dass Sunset etwas zu lesen bekommen hatte – Frauen in der *Gemeinschaft* durften weder lesen noch schreiben –, dass es ihr schwerfiel zu verstehen, was Talon geschrieben hatte, aber sie hatte die allgemeine Bedeutung seiner Worte herausgefunden.

Ich habe dir noch mehr Sachen mitgebracht, die du vielleicht gebrauchen kannst. Wenn du etwas Bestimmtes brauchst, scheue dich bitte nicht, es mir zu sagen. Ich möchte dir nur helfen. Kannst du mir deinen Namen sagen? Du kannst mir vertrauen. Ich schwöre, dass ich dir nicht wehtun werde. Bleibst du das nächste Mal und sagst mir Hallo? Ich würde mich gern mit dir unterhalten.

Talon

Vertrauen. Sunset glaubte nicht, dass sie es wagen würde zu vertrauen. Sie wusste nicht genau warum, nur dass etwas Schlimmes in ihrem Kopf lauerte. Etwas, das mit ihrem früheren Leben zu tun hatte. Und es war ja nicht so, dass Cypress oder Arrow ihr einen Grund gegeben hätten, Männern zu vertrauen. Aber Talon hatte etwas an sich, das Sunset den Wunsch gab, jemand anderes zu sein. Jemand, der auf ihn zugehen und sich ihm vorstellen könnte. Jemand, den er lernen könnte zu mögen. Jemand, den er nicht schlagen würde. Oder verletzen.

Jemand, der sich bei ihr für das Essen bedankte, das sie zubereitet hatte, anstatt sie anzugrinsen und sich darüber zu beschweren, dass es zu durchgebraten, zu mager oder zu kalt war.

Mit einem tiefen Seufzer setzte Sunset sich auf. Es war sinnlos, sich diese Dinge zu wünschen, denn sie würden nie eintreten. Sie war auf sich allein gestellt, und das war auch gut so. Sie hatte *Die Gemeinschaft* nicht ohne Grund verlassen und sich noch nie so frei gefühlt wie in diesem Moment. Was machte es da schon, dass sie Dreck unter den Fingernägeln hatte, dass sie komisch roch und dass sie einsam war? Ihr neues Leben war ihr allemal lieber als ihr Leben als eine von Cypress' Frauen.

Mit diesem Gedanken im Hinterkopf kroch Sunset hinaus in die kühle Luft, um ihr Geschäft zu erledigen. Dann musste sie Wasser aus dem etwa einen Kilometer entfernten Bach holen, ihre Fallen überprüfen und etwas essen. Später würde sie sich vielleicht auf die Suche nach ein paar Wanderern machen, die sie ausspionieren könnte.

Sie hatte nicht vor nachzusehen, ob Talon eine weitere Tasche mit Geschenken hinterlassen hatte. Nein, sie musste schlau sein, und sie hatte ihn schon viel zu neugierig auf sie gemacht. Sie wollte auf keinen Fall, dass der Mann sie aufspürte. Dass er ihre kleine Höhle fand. *Dabei* würde nichts Gutes herauskommen.

KAPITEL DREI

Die Sonne ging gerade auf und Tal begann zu glauben, dass diese Suche genauso enden würde wie alle anderen auch. Er würde nach Fallport zurückkehren, ohne eine Ahnung zu haben, wo die geheimnisvolle Frau sich aufhielt.

Am gestrigen Abend, seinem vierten im Wald, hatte er kurz vor Sonnenuntergang aufgehört zu wandern und sein Lager aufgeschlagen. Als er sich schlafen gelegt hatte, wachte er nur eine Stunde später schweißgebadet wieder auf, nachdem er von einer gesichtslosen rothaarigen Frau geträumt hatte, die in einem Fluss von ihm weggetrieben war und mit ausgestrecktem Arm um Hilfe flehte. In dem Traum war Tal am Ufer entlanggelaufen, um sie zu erreichen, aber sie war einfach unerreichbar für ihn geblieben. Egal was er tat, wie schnell er lief, wie lang die Äste waren, die er ihr entgegenstreckte, es reichte nicht. Er wachte auf, kurz bevor die Frau über einen dreißig Meter hohen Wasserfall stürzte.

Danach beschloss er, sein kleines Lager abzubrechen und weiterzugehen. In der Dunkelheit ging es nur langsam voran, aber es war besser, in der kalten Nacht zu laufen, als wieder einzuschlafen und weitere Albträume zu haben.

In der Dämmerung kurz vor Sonnenaufgang, als er gerade

frühstücken wollte, trat er auf eine kleine Lichtung und starrte auf die kleine Höhle vor sich.

Er konnte gerade noch sehen, wie eine Rauchfahne in die kühle Morgenluft aufstieg. Der Geruch von brennendem Holz stieg ihm in die Nase und er ging sofort in die Hocke.

Das musste sie sein! Es gab buchstäblich niemanden sonst, der es sein konnte. Seit drei Tagen hatte er keine anderen Wanderer mehr gesehen oder gehört. Er war so weit draußen, so weit weg von einem festen Weg, dass es fast unmöglich war, dass noch jemand hier sein konnte. Außerdem sah es so aus, als sei dieser kleine Lagerplatz gut genutzt worden. Tal konnte zwei deutliche Pfade sehen, die von der Höhle wegführten, und das Gras davor war bis auf den Boden zertrampelt.

Sein Herz schlug wie ein Presslufthammer in seiner Brust und Adrenalin strömte durch seine Adern. Während er in den Bäumen hockte, versuchte Tal verzweifelt, zu überlegen, was er als Nächstes tun sollte. Obwohl er die Frau finden wollte, hatte er ehrlich gesagt nicht damit gerechnet, dass er sie finden würde. Deshalb hatte er auch keinen Plan im Kopf. Sollte er einfach auf sie zugehen und sie grüßen?

Nein, das würde nicht funktionieren. Er würde sie mit Sicherheit verschrecken.

Sollte er zurückgehen und einen Haufen Lärm machen, während er auf ihre Höhle zuging? Um ihr zu signalisieren, dass er in der Nähe war?

Nein. Er war sich sicher, dass sie abhauen würde, wenn er das täte.

Frustration stieg in ihm auf. Tal hatte sich noch nie so sehr gewünscht, einen Menschen zu treffen wie diese Frau, aber er wusste genau, dass alles, was er tat, ihr Angst machen würde. Und das wollte er auf gar keinen Fall.

Er blieb eine gefühlte Ewigkeit in der Hocke, aber wahrscheinlich waren es nur fünf Minuten, bevor er sich vorsichtig nach vorn bewegte, bis er einen Blick in die Höhle werfen konnte. So weit draußen hatten er und seine Teamkameraden bisher noch nicht gesucht. Er hatte nicht einmal gewusst, dass diese Höhle existiert. Sie hatten sich zwar Mühe gegeben, alle Orte zu notieren, an denen sich Menschen verstecken könnten, aber diese Höhle stand nicht auf ihrer Liste.

Dabei war sie der perfekte Unterschlupf. Sie lag in der Nähe eines Baches, aber nicht zu nahe. Sie waren wahrscheinlich rund einen Kilometer von der nächsten Wasserquelle entfernt. Die Höhle hatte einen leichten Überhang, der das Innere vor schlechtem Wetter schützte. Sie war dicht von Bäumen umgeben, die im Sommer Schatten spendeten und im Winter als Windschutz vor dem wehenden Schnee dienten.

Alles in allem war es ein idealer Ort, um sich zu verstecken.

Die Höhle war größer, als er erwartet hatte, und die Nischen waren völlig dunkel, ohne dass das Tageslicht einfiel. Tal konnte niemanden ausmachen ... aber er wusste, dass sie da war. Er konnte es fühlen. Warum sonst sollte es in einer Höhle ein kleines, schwelendes Feuer geben?

Die Haare auf seinen Armen stellten sich auf und Adrenalin schoss durch seine Adern. Er stand auf, ging etwa drei Meter zurück an den Rand der Lichtung und ließ dann langsam und lautlos seinen Rucksack auf den Waldboden fallen. So leise er konnte, lehnte er ihn an einen Baum. Er hatte freie Sicht auf den Höhleneingang ... genau wie die Frau auf ihn, wenn sie aufwachte.

Er war sich ganz sicher, dass sie seine Anwesenheit noch nicht bemerkt hatte, denn sonst hätte sie bestimmt schon gehandelt.

Tal ließ sich auf den Boden sinken und hielt den Blick auf die Höhle gerichtet. Er lehnte sich mit dem Rücken an seinen Rucksack und gab sein Bestes, um harmlos und entspannt auszusehen.

Natürlich wusste er, dass mit seiner Körpergröße von einem Meter neunzig, seinen Muskeln und seinem Bart, der nach so vielen Tagen im Wald struppiger war, als ihm lieb war – ganz zu schweigen davon, dass er ganz in Schwarz gekleidet war und Staub von fünf Tagen Wandern auf sich trug –, »harmlos« nicht gerade das Bild war, das er vermittelte. Aber das ließ sich im Moment nicht ändern.

Er hatte immer noch keine Ahnung, was er sagen sollte, um die Frau, von der er seit einem Monat besessen war, davon zu überzeugen, dass er keine Bedrohung für sie darstellte, aber er hoffte, dass ihm etwas einfiel, bevor sie aufwachte.

Sunset wachte langsam auf. Sie war gestern Abend lange draußen geblieben, um ihre Fallen zu überprüfen und ein improvisiertes Festmahl zu veranstalten, nachdem sie wieder in ihrer Unterkunft angekommen war. Sie hatte die beiden Eichhörnchen gekocht, die sie gefangen hatte, und genoss es, jedes Stückchen Fleisch zu essen und sich danach den Saft von den Fingern zu lecken. Der Unterschied zwischen ihrem jetzigen Leben und dem, das sie in der *Gemeinschaft* geführt hatte, war wie Tag und Nacht. Es gab niemanden, der ihr sagte, sie solle still sein, sich hinlegen und die Beine spreizen, ein Zelt oder Kleidung flicken.

Ein Lächeln breitete sich auf ihrem Gesicht aus, als sie sich streckte. Zum ersten Mal in ihrem Leben war sie zufrieden.

Sunset setzte sich auf und kroch nach vorn, wobei sie einen Blick nach draußen warf, um zu sehen, wie spät es war. Auch das genoss sie: nicht mit der Sonne aufstehen zu müssen, um das Frühstück für die Männer in der *Gemeinschaft* vorzubereiten, wenn sie sich endlich aus ihren Betten wälzten.

Soweit sie dem Licht, das in die Höhle schien, entnehmen konnte, war es bereits Vormittag.

Doch kaum hatte sie diesen Gedanken zu Ende gedacht, erstarrte Sunset.

Ein Mann saß direkt gegenüber dem Eingang ihrer Höhle. Er lehnte an einem Baum und starrte sie an.

Ihr erster Gedanke war, aufzuspringen und wegzulaufen,

aber sie hatte keinen Zweifel, dass der Mann sie einholen würde. Er war *riesig*. Sie konnte sehen, wie seine Muskeln sich anspannten, selbst als er sie beobachtete. Er erinnerte sie an die Männer in der *Gemeinschaft*, aber sein Bart war kürzer. Sie konnte sehen, dass seine Augen blau waren, denn er blinzelte nicht, während er sie weiter anstarrte.

Sunset leckte sich über die Lippen und versuchte, das Zittern ihrer Glieder zu unterdrücken. Wer war er? Was wollte er? War er ein Mitglied der *Gemeinschaft*? Hatte Cypress ihn hierhergeschickt, um sie zu finden und sie zu zwingen, nach Florida zu kommen? Das würde nicht passieren. Sie würde *nicht* gehen.

Sie wagte es nicht, einen Muskel zu bewegen, und es fühlte sich an, als stünden sie und der Mann in einer Art Patt. Die Angst verließ sie nicht ... aber langsam kam ein anderes Gefühl in ihr hoch.

Wut.

Das war nicht fair! Sie kam ganz gut allein zurecht. Sie wollte nicht, dass ein Mann kam und ihr sagte, was sie zu tun hatte, und sie zwang, seine Befehle zu befolgen!

Sunset dachte an das Messer, das Talon für sie hinterlassen hatte. Wenn sie sich schnell bewegte, konnte sie es vielleicht ergreifen, bevor der Mann sie erreichen konnte. Sie hatte es gestern Abend benutzt, um die Eichhörnchen zu häuten, und sie dachte, sie hätte es beim Feuer liegen lassen. Aber sie wollte den Mann nicht aus den Augen lassen, um nachzusehen.

»Ich werde dir nicht wehtun. Du kannst mir vertrauen«, erklärte der Mann. Seine Stimme war tief und rau und klang ganz anders als alle anderen, die sie bisher gehört hatte. Er hatte eine Art Akzent, und sie brauchte einen Moment, um seine Worte zu verstehen.

»Ich bin Talon. Die meisten meiner Freunde nennen mich Tal. Ich bin derjenige, der die Taschen mit den Vorräten für dich hinterlassen hat.«

Sunset machte große Augen. *Das* war Talon? In ihrer Panik

hatte sie ihn nicht erkannt. Als sie ihn genauer betrachtete, stellte sie fest, dass es trotz der etwas längeren Gesichtsbehaarung derselbe Mann war, den sie im Wald gesehen und verfolgt hatte. Aus irgendeinem Grund sah er im Sitzen anders aus.

Während er sprach, hatte er sich nicht bewegt. Er lehnte an einem großen Rucksack an seinem Rücken. Seine Beine waren vor ihm ausgestreckt und an den Knöcheln gekreuzt. Die Arme hatte er vor der Brust verschränkt und als sie einen Blick auf sein Gesicht warf, bemerkte sie, dass er lächelte.

Sunset hatte keine Ahnung, was sie tun oder sagen sollte. Sie war etwas erleichtert, dass es sich um ihren geheimnisvollen Wohltäter handelte, aber da sie nicht wusste, was seine Motive waren, wie er sie gefunden oder warum er sie aufgespürt hatte, war sie immer noch äußerst misstrauisch. Sie wollte weder ihre Höhle noch all ihre Sachen verlassen, aber wenn sie die Chance dazu hätte, würde sie fliehen und alles zurücklassen. Sie hatte schon einmal ganz von vorn angefangen. Sie konnte es wieder tun.

Tal redete weiter. Und je mehr er sprach, desto mehr gewöhnte sie sich an seinen Akzent.

»Das ist der perfekte Ort zum Leben. Ich bin beeindruckt. Er ist gut versteckt, aber in der Nähe von Wasser und dem Hirschpfad, dem ich eine Weile gefolgt bin, um hierherzugelangen. Die Höhle ist tief genug, um dich vor schlechtem Wetter zu schützen und ein Feuer zu machen, aber nicht zu groß, um Tiere einzuladen, sich dir anzuschließen.«

Sein Lob gab Sunset ein gutes Gefühl. Wie lange war es her, dass jemand ihr ein Kompliment gemacht hatte? Sie konnte sich ehrlich gesagt nicht erinnern. In der *Gemeinschaft* beschwerten die Männer sich immer nur darüber, dass die Frauen langsam waren oder unordentlich, oder dass sie zu viel redeten, oder hundert andere Dinge.

»Ich hoffe, die Sachen, die ich für dich dagelassen habe, waren nützlich. Ich wusste nicht genau, was du brauchen könntest. Obwohl es nicht so aussieht, als würdest du *überhaupt* etwas brauchen. Du hast es geschafft, hier draußen ohne fremde Hilfe zu überleben.«

Er hatte nicht unrecht. Je mehr er sprach, desto mehr entspannten sich Sunsets Muskeln, bis sie sich langsam auf den Boden setzte, die Knie vor sich angewinkelt, und sie umfasste – um notfalls schnell aufzuspringen. Sie war immer noch misstrauisch und es hätte sein können, dass er absichtlich versuchte, sie aus der Deckung zu locken, bevor er sie angriff, aber im Moment sah er mehr als zufrieden aus, dort zu bleiben, wo er war.

»Verrätst du mir deinen Namen?«

Sunset presste ihre Lippen zusammen und starrte ihn an.

»Verstanden, es ist noch zu früh. Das ist schon okay. Brock und Finley sind dir sehr dankbar, dass du ihnen geholfen hast. Brock konnte nichts tun, solange das Messer an Finleys Kehle saß. Er war nicht bereit, auch nur eine Bewegung zu machen, die sie hätte verletzen können. Dann warst du da und hast ihrem Entführer den Dreck ins Gesicht geworfen. Du hast ihm die Chance gegeben, sie von dem Messer zu befreien und zu fliehen.«

Brock und Finley. Sunset mochte diese Namen. Ihre Lippen zuckten amüsiert. Sie wusste, dass der Mann und die Frau entkommen konnten, denn sie war ihnen gefolgt, um sicherzugehen, dass die Frau wirklich in Sicherheit war.

»Ich habe das Gefühl, dass dir nicht viel entgeht, was in diesem Wald passiert, oder?«, fragte Talon.

Sunset schüttelte leicht den Kopf.

Talons Lippen verzogen sich zu einem breiten Lächeln. Sunset war überrascht, dass er ein Grübchen auf seiner linken Wange hatte. Sie konnte es gerade noch durch seinen Bart sehen. Es schien so fehl am Platz zu sein.

»Das habe ich mir schon gedacht. Die beiden möchten sich noch einmal bei dir bedanken.«

»Was ist mit den anderen Männern passiert?«, fragte Sunset. Ihre Stimme war kaum mehr als ein Flüstern, aber Tal hörte sie trotzdem. Sein Lächeln wurde breiter, als freute er sich, dass sie etwas gesagt hatte.

»Sie haben Brocks Rucksack vergraben, als sie aus dem Wald kamen, und meine Freunde haben ihn gefunden. Sie waren Drogendealer und als sie von Finley nicht die Informationen bekamen, die sie wollten und die ihr Boss von ihnen verlangte, haben sie Fallport verlassen. Einer von ihnen starb an einer Überdosis. Der andere wurde gefasst und ins Gefängnis gesteckt.«

Sunset nickte. Sie wusste nicht genau, was ein Drogendealer war, aber sie nahm an, dass es etwas Schlimmes war. Zum ersten Mal seit Jahren dachte sie darüber nach, wie wenig sie von der Welt wusste. Sie konnte hier im Wald allein überleben, wusste, wie man am besten ein Tier fängt und häutet, konnte ihre eigene Kleidung herstellen und hatte sogar einer der Frauen in der *Gemeinschaft* bei der Geburt geholfen, aber sie wusste nichts über die Welt außerhalb des Waldes.

Einen Moment lang überkam sie fast die Scham. Sie war eine erwachsene Frau, aber im Vergleich zu diesem Mann kam sie sich unglaublich dumm vor.

Sie hatte Arrow angefleht, sie lesen und schreiben lernen zu lassen, aber er hatte sich geweigert. Sie hatte einen Blick in einige seiner Bücher geworfen, als sie sicher war, dass er sie nicht erwischen würde, aber viele der Wörter waren lang und sie konnte nicht verstehen, was sie bedeuteten. Vor Jahren hatte sie mit einem Stock im Dreck schreiben geübt, aber schließlich aufgegeben, weil es keinen Sinn zu haben schien.

Sie lernte alles, was sie konnte, über andere Dinge. Sie hörte den Männern zu, wenn sie dachten, dass sie mit Nähen oder Kochen beschäftigt war. Sie saugte so viele Informationen wie möglich auf, aber das war offensichtlich nicht genug.

»Sunset«, platzte sie leise heraus.

»Wie bitte, was?«, fragte Talon.

»Sunset«, wiederholte sie. »So heiße ich.«

»Du heißt Sunset?«

Sie nickte.

»Ein wunderschöner Name. Er passt ausgezeichnet zu dir.«

Noch ein Kompliment. Talon musste lügen. Sie war nicht im Geringsten hübsch. Arrow hatte ihr oft gesagt, sie könne froh sein, dass er sie zur Frau genommen habe, weil sie so ungewöhnlich aussah. Ihr rotes Haar war das Zeichen des Teufels, und nicht viele Männer würden sich an sie binden wollen. Er hatte sich über ihre kleinen Brüste lustig gemacht und nicht verlangt, dass sie sich auszieht, wenn sie in seinem Zelt übernachtete. Er hatte sie selten angeschaut, wenn er auf ihr lag.

Talon sagte nur nette Dinge, weil er wollte, dass sie ihre Deckung sinken ließ.

»Du glaubst mir nicht«, bemerkte er. Das war keine Frage. »Ich lüge nicht. Deine Augen haben einen ungewöhnlichen blaugrünen Farbton. Fast türkis. Ich schwöre, sie haben die Farbe der schönsten Gewässer, die ich in der Karibik gesehen habe. Du hast Wimpern, für die Frauen in der Stadt viel Geld bezahlen. Und die Intelligenz, die ich in deinen wunder-schönen Augen sehe, ist das Tüpfelchen auf dem i.«

Jetzt *wusste* sie, dass er log. Vielleicht hätte sie sich von seinen Komplimenten beeinflussen lassen, wenn er den letzten Teil nicht hinzugefügt hätte. Sie war nicht klug. Nicht im Geringsten. Denn auch in diesem Punkt hatten Arrow und sein Sohn alles getan, um ihr zu zeigen, wie dumm sie war.

»Geh weg«, erklärte sie mit abweichender Stimme.

Talon blinzelte überrascht, aber sie sah, wie sich ein Muskel in seinem Kiefer anspannte, als er sie anstarrte. Tatsächlich spannte sich jeder Muskel in seinem Körper an. Sie war darauf gefasst, dass er jetzt auf sie losgehen und sie schlagen würde. Sie wusste, dass sie nicht so mit Männern reden sollte, aber die Worte waren ihr entschlüpft, bevor sie sie zu Ende gedacht hatte. Arrow hatte sie unzählige Male für ihr impulsives Verhalten geschlagen und versucht, es ihr auszu-treiben ... ohne Erfolg.

Aber Talon bewegte sich nicht. Er blieb an seinen Rucksack gelehnt sitzen. »Ich bin nicht hier, um dir wehzutun«, erwiderte er leise.

»Warum bist du dann hier?«

Dann bewegte sich Tal. Er richtete sich langsam auf und fixierte sie mit seinem Blick. »Weil du barfuß warst.«

Sunset runzelte die Stirn. »Was?«

»Brock sagte, du warst barfuß, als du über die Lichtung gelaufen bist. Nachdem ich das gehört hatte, wollte ich auf jeden Fall versuchen, dich zu finden.«

Sunset war immer noch verwirrt. »Das verstehe ich nicht.«

Jetzt war es an Tal, die Stirn zu runzeln. »Was verstehst du nicht?«

»Warum ist das wichtig?«

»Sunset, es ist Dezember. Es ist kalt. Ich konnte und *wollte* nicht in meinem warmen Haus sitzen und wissen, dass du hier draußen und nicht warm genug angezogen bist. Ganz zu schweigen davon, dass ich dir etwas schulde. So wie alle meine Freunde auch. Wenn Finley etwas zugestoßen wäre, hätte Brock sich nie davon erholt. Er liebt sie mehr als alles andere auf dieser Welt.«

Sunsets Gedanken drehten sich. Sie verstand nicht, warum Talon sich Sorgen machte. Arrow hatte sich nie dafür interessiert, ob ihr kalt war. Oder heiß. Ihm ging es nur darum, seine Mahlzeiten pünktlich zu bekommen und Sex zu haben, wenn er es wollte. Keiner der Männer in der *Gemeinschaft* kümmerte sich um das Wohlbefinden der Frauen. Und schon gar nicht liebte einer von ihnen seine Frau. Sie waren da, um zu dienen. Punkt.

Ihr Bauch krampfte sich zusammen. Sie mochte es nicht, nicht zu verstehen, und sie hatte das Gefühl, dass sie eine Menge verpasst hatte.

»Gefallen dir die Socken?«, fragte Talon und nickte in Richtung ihrer Füße.

Sunset starrte auf ihre mit Wolle bedeckten Füße hinunter.

Sie wackelte mit den Zehen und schaute dann wieder zu Talon. »Ja.«

»Gut. Ich habe ein Paar Stiefel für dich mitgebracht. Ich hoffe, sie passen dir. Ich musste deine Größe schätzen, aber ich bin von einem Fußabdruck ausgegangen, den ich gefunden habe und bei dem ich ziemlich sicher war, dass es deiner war.«

Sie starrte ihn mit großen Augen an. Stiefel? Er hatte ihr *Stiefel* mitgebracht? Nur Männer durften Stiefel tragen. War das wieder ein Trick?

»Ich hasse diesen Blick«, murmelte Talon leise, aber er lehnte sich wieder zurück, als ob er nirgendwo sein müsste und nichts zu tun hätte.

Zum ersten Mal bemerkte Sunset, dass der Himmel sich bewölkt hatte, seit sie aufgewacht war, und nun ein leichter Regen fiel. Aber Talon machte keine Anstalten, aus dem Regen zu kommen, er blieb einfach sitzen, wo er war. Sie war so verwirrt. Buchstäblich jeder Mann in der *Gemeinschaft* wäre jetzt in ihre Höhle eingedrungen und hätte sie herausgedrängt. Er hätte ihr befohlen, mehr Holz zu sammeln, um den Raum zu erwärmen, hätte darauf bestanden, dass sie rausgeht, um Frühstück zu besorgen, und hätte sich wahrscheinlich für ein Nickerchen auf dem Bett niedergelassen, das sie gemacht hatte.

Aber Talon tat nichts von alledem. Er saß einfach nur im Regen, wurde nass und tat so, als würde er es gar nicht bemerken.

»Es regnet«, platzte sie heraus.

»Ja«, entgegnete er, ohne sich zu bewegen.

»Du wirst nass.«

»Das werde ich«, stimmte er zu.

»Willst du nicht aus dem Regen raus?«

»Ist schon okay.«

Frustriert fragte Sunset: »Warum kommst du nicht mit in die Höhle?«

»Weil ich nicht eingeladen wurde. Weil es *deine* Höhle ist.

Weil du mir nicht vertraust. Weil ich nichts tun will, was dich noch mehr ängstigen könnte. Such dir was aus.«

Sunset war so verwirrt. Talon verhielt sich nicht wie einer der Männer, die sie bisher gekannt hatte. Sie wusste nicht, was mit ihm los war. Sie konnte nicht leugnen, dass sie es schätzte, dass er ihr Freiraum gab, aber sie verstand nicht, *warum* er das tat.

»Ich bin nicht hier, um dir wehzutun«, wiederholte Talon. »Ich bin hier, um dir zu helfen. Dich kennenzulernen. Du sollst mich kennenlernen. Ich will dein Vertrauen, aber ich bin bereit, es mir langsam zu verdienen. Ein heftiger Schneesturm ist im Anmarsch und ich würde dich gern nach Fallport zurückbringen, bevor er kommt ... aber ich habe das Gefühl, dass du damit nicht einverstanden bist. Also kauern wir uns zusammen und überstehen ihn gemeinsam. Ich weiß, dass Worte vielleicht nicht viel bedeuten, aber du kannst mir vertrauen, Sunset. Ich werde dich nicht ohne dein Einverständnis anfassen. Ich werde deine Lebensmittel nicht essen, dein Haus nicht betreten und auch sonst nichts ohne deine Zustimmung tun. Du hast schon genug durchgemacht und ich will verdammt sein, wenn ich deiner Psyche noch einen schwarzen Fleck hinzufüge.«

Überraschenderweise hatte Sunset das *Bedürfnis*, ihm zu vertrauen. Aber sie hatte schon mehr als einen Mann erlebt, der das Vertrauen einer Frau gewonnen hatte, nur um später sein wahres Gesicht zu zeigen. »Ich vertraue niemandem«, erklärte sie ihm.

»Ich weiß«, entgegnete Tal traurig. »Ich bin dankbar, dass du nicht weggelaufen bist, als du mich gesehen hast.«

»Du hast mich überrascht«, erklärte sie ehrlich.

»Auch das ist mir klar.«

»Ich muss pinkeln«, platzte sie heraus und bereute es sofort.

Aber Talon lächelte nur und das Grübchen tauchte wieder auf. Es verschwand so schnell, wie es gekommen war. »Bitte lauf nicht weg«, bat er sie. »Ich schwöre, Sunset, ich würde dir nie etwas tun.«

Sie hatte tatsächlich daran gedacht wegzulaufen. Aber sie wusste, dass er mit dem aufkommenden Sturm nicht gelogen hatte. Sie hatte ihn in der Luft gespürt. Im Laufe der Jahre hatte sie gelernt, die Zeichen zu deuten. In letzter Zeit war es kälter geworden und der Wind hatte sich in der Nacht zuvor gedreht. Die Tiere gruben sich ein und bereiteten sich offensichtlich auf das vor, was Mutter Natur für sie bereithielt. Wenn sie jetzt weglief, war sie dem Sturm ohne ihre Höhle ausgeliefert. So sehr sie sich auch vor Talon fürchtete, sie hatte keine Todessehnsucht.

Schließlich nickte sie.

»Danke«, entgegnete er. »Brauchst du Wasser?«

Sunset runzelte die Stirn. »Ja, aber ich werde es auf dem Rückweg mitbringen.«

Talon schüttelte den Kopf. »Ich werde gehen. Ist das dein einziger Eimer?«

Sie schaute auf den Eimer, der neben dem Eingang der Höhle stand. Es war einer der Gegenstände, die sie aus der *Gemeinschaft* mitgenommen hatte, als sie zurückging, um zu plündern, nachdem alle verschwunden waren. Sie nickte.

»Wenn du ihn zu mir wirfst, fülle ich ihn auf, während du dich um dein Geschäft kümmerst. Wenn es anfängt zu schneien, können wir, wenn wir noch hier sind, Schnee schmelzen und so Wasser schöpfen.«

Sunset wusste nicht, was sie von diesem Mann halten sollte. Er bot ihr an, eine der Aufgaben der Frauen zu übernehmen? Das machte keinen Sinn. Aber sie zögerte nicht, auf die Knie zu gehen und zu dem Eimer zu schlurfen. Sie wollte nicht, dass er ihr zu nahe kam. Er war viel größer als sie selbst. Er konnte sie leicht überwältigen. Und sie wollte nicht einmal daran denken, mit ihm eingeschneit zu sein.

Talon stand langsam auf und Sunset schluckte schwer. Er war wirklich riesig. So groß hatte er nicht ausgesehen, als sie ihn auf den Pfaden gesehen hatte ... aber sie war ihm jetzt viel näher als jemals zuvor. Ja. Sie hatte sich nicht geirrt, dass er sie überwältigen konnte.

Sie warf den Eimer in seine Richtung.

Er hob ihn auf und machte einen Schritt zurück. »Wenn du *trotzdem* weglaufen willst, nimm meinen Rucksack«, erklärte er ernst. »Darin sind die Stiefel und andere Sachen, die ich für dich mitgebracht habe. Außerdem habe ich ein Zelt und Essensrationen dabei.«

Sunsets Kopf pochte. Er hatte sie gebeten, nicht wegzulaufen, und jetzt sagte er ihr, sie solle seinen Rucksack mitnehmen, wenn sie es doch täte? Er war so verwirrend, und sie hasste das Gefühl, etwas nicht zu verstehen.

»Ich will nicht, dass du gehst«, fuhr er fort. »Aber wenn du nicht anders kannst, wenn du zu viel Angst vor mir hast, möchte ich, dass du den kommenden Sturm überleben kannst. Ich lüge nicht, was das angeht. Die Vorhersagen prophezeien mindestens einen halben Meter Schnee. Vielleicht sogar mehr. Diese Höhle ist der sicherste Ort für dich ... nun, das stimmt nicht ganz. Der sicherste Ort ist Fallport. Aber ich glaube nicht, dass das geschehen wird. Der zweitsicherste Ort ist also genau hier. Du kannst mir vertrauen, Sunset. Ich werde dir nicht wehtun. Ich bin gleich mit dem Wasser zurück.«

Mit diesen Worten drehte er sich um und ging in Richtung des Baches.

Sunset lehnte sich zurück und starrte einen Moment lang dorthin, wo er im Wald verschwunden war. Er sagte immer wieder, dass er ihr nicht wehtun würde und dass sie ihm vertrauen könne. Er hatte es mehrmals gesagt. Sie hatte gelernt, dass das, was Männer sagen, und das, was sie tun, nicht immer übereinstimmt. Aber bis jetzt war er immer nur nett gewesen.

Sunset stand langsam auf und schaute an sich herunter. Sie hatte das Sweatshirt an, das er ihr geschenkt hatte, die Leggings und die Socken. Das Messer, das er für sie zurückgelassen hatte, lag tatsächlich neben dem Feuer. Er hatte sie heute Morgen nicht angefasst. Er hatte nichts anderes getan, als im Regen zu sitzen und mit ihr zu reden.

Er hatte sie ganz schön verwirrt, aber er hatte ihr nicht wehgetan.

Sein Instinkt war richtig. Ein Teil von ihr verlangte, dass sie weglaufen sollte. Dass sie von ihm wegkommen sollte. Sie wollte sich seinen Rucksack schnappen und in den Wald verschwinden, den sie so gut kannte.

Aber ein anderer Teil, der Teil, der sich verzweifelt nach einer menschlichen Verbindung sehnte, der Teil, der sich daran erfreute, hübsch und klug genannt zu werden, wollte bleiben. Wollte ihm vertrauen.

Sie war hin- und hergerissen. So hin- und hergerissen.

Sunset trat in den leichten Regen hinaus und ging in den Wald.

KAPITEL VIER

Es war ein Risiko wegzugehen, aber Talon war klar, dass er nicht ständig ein Auge auf Sunset haben konnte. Alles in ihm verlangte danach zurückzukehren. Um aufzupassen, dass sie nicht weglief. Aber sie war erwachsen, und er war nicht ihr Entführer.

Trotzdem brach sie ihm das Herz. Es war offensichtlich, dass sie verwirrt war. Dass sie von den Leuten, bei denen sie gelebt hatte, wie ein Stück Dreck behandelt worden war. Es stand noch nicht fest, ob Sunset wirklich Heather Brown war, die Achtjährige, die vor zwanzig Jahren entführt worden war. Die Chancen standen schlecht ... aber was, wenn sie es war?

Auf seinem Weg zum Bach bemühte Talon sich, etwas anderes zu hören als den Regen, der auf die Blätter um ihn herum fiel, und seine eigenen Schritte. Aber er würde sie nicht hören, wenn sie ging. Sie war so flink und leise wie jedes der Waldtiere. Sie war hier in ihrem Element, und Talon hatte das Gefühl, dass er sie nie wiederfinden würde, wenn sie gehen wollte, während er weg war. Er hatte sie dieses Mal überhaupt nur gefunden, weil die Überwachungskameras, die er aufgestellt hatte, ihm die Richtung wiesen, in die er gehen musste, und weil sie nicht auf der Hut war und nicht wusste, dass jemand nach ihr suchte.

Jetzt, da er sie einmal gefunden hatte, würde sie nicht noch einmal denselben Fehler machen. Sie würde nie wieder zurückkommen, um eine weitere Tasche mit Vorräten zu holen. Bis er wieder in die Wälder käme, wäre sie längst weg.

Talon hasste den misstrauischen Blick in ihren Augen. Er konnte ihr immer wieder sagen, dass er ihr nicht wehtun würde, dass er nur ihr Bestes im Sinn hatte, aber er musste seinen Worten Taten folgen lassen. Er würde beweisen müssen, dass er nicht wie die Mistkerle war, die sie in der Vergangenheit ausgenutzt hatten.

Er hatte sich nie viele Gedanken über die Kommune gemacht, die außerhalb von Fallport lebte. Ihm war gesagt worden, die Gruppe sei harmlos. Die Leute blieben unter sich. Offenbar hatte der ehemalige Polizeichef mehrmals mit dem Anführer gesprochen und sich versichern lassen, dass alle freiwillig dort lebten. Er hatte nichts gesehen, was ihm verdächtig erschienen wäre oder das darauf hinwies, dass jemand missbraucht wurde.

Aber offenbar hatte er sich leicht täuschen lassen.

Sunset und wahrscheinlich alle Frauen in der Gruppe waren kaum besser behandelt worden als Sklaven. Die Hinweise waren eindeutig. Ihm war ihre Überraschung über sein Angebot, Wasser zu holen, nicht entgangen. Ihr Schock darüber, dass er nicht in ihre Höhle gestürmt war.

Er hatte in der Vergangenheit viel zu viele Frauen wie sie kennengelernt. Diejenigen, die unterdrückt und niedergemacht worden waren und keine Ahnung hatten, wie ein normales Leben aussehen sollte.

Natürlich gab es auch Frauen, denen es nichts ausmachte, alle Aufgaben in einem Haushalt zu übernehmen. Aber das war ihre *Wahl*, und er glaubte nicht, dass Sunset eine solche gehabt hatte. Er hatte einen Funken von etwas in ihren Augen gesehen. Missmut? Wut? Frustration? Er konnte es nicht sagen, aber was auch immer es war, er war froh. Ohne diesen inneren Kern von Stärke und Entschlossenheit hätte sie es nicht geschafft, allein im Wald zu überleben.

Der Rückweg zur Höhle dauerte länger als der Weg zum Bach, denn Talon wollte das Wasser in dem Eimer, den er bei sich trug, nicht verschütten. Er hielt den Atem an, als er sich dem Versteck von Sunset näherte. Er hatte damit gerechnet, dass sein Rucksack verschwunden und die Gegend verlassen war. Deshalb atmete er erleichtert auf, als er um einen Baum herumkam und sah, wie Sunset das kleine Feuer in der Höhle anfachte.

Sie war nicht abgehauen.

Respekt durchströmte seine Adern. Sie war hart im Nehmen, auch wenn sie sich selbst nicht so sah. Ihr Selbstwertgefühl war verschwindend gering, und Talon schwor sich, alles zu tun, um der Frau zu zeigen, was sie wert war.

»Wo soll ich das hinstellen?«, fragte er leise, um sie nicht zu bedrängen, indem er ihr zu nahe kam.

»Du kannst ihn dort abstellen«, sagte sie und nickte in Richtung des Bodens, auf dem er stand.

Tal stellte den Eimer vorsichtig auf den Boden. Dann drehte er ihr den Rücken zu und ging zu seinem Rucksack. Es hätte ihn nicht gewundert, wenn sie hineingeschaut hätte, aber als er den Rucksack öffnete, schien alles unangetastet zu sein.

Er holte sein kleines Einmannzelt heraus und baute es schnell in der Nähe des Baumes auf, an dem er gesessen hatte, als sie aufgewacht war.

Sunset beobachtete ihn kommentarlos. Nachdem er das Regenverdeck aufgespannt hatte, setzte Talon sich an den Eingang und kramte in seiner Tasche. Er musste sich bücken, da das Zelt ziemlich klein war, aber er ignorierte, dass sein Rücken in dieser Position schmerzte. Er holte die Sachen heraus, die er für Sunset mitgebracht hatte, legte sie neben sich und schob dann seinen Rucksack in den hinteren Teil des

Zeltes. Es gab nicht viel mehr Platz, aber Tal war es gewohnt, auf engem Raum zu schlafen.

Als er aufblickte, hatte Sunset den Eimer mit Wasser geholt und starrte ihn an. Er bemerkte, dass sie das Messer, das er ihr in einer früheren Provianttasche gegeben hatte, in Reichweite platziert hatte. Er war einverstanden. Er würde ihr keinen Grund geben, das Messer gegen ihn zu benutzen, aber er war froh, dass sie vorsichtig war.

»Ich habe dir noch ein paar Sachen mitgebracht. Die Stiefel habe ich schon erwähnt«, bemerkte Tal. »Aber ich habe auch noch ein weiteres Sweatshirt und Leggings und Socken, eine Cargohose, von der ich hoffe, dass sie dir passt ... aber jetzt, da ich dich sehe, denke ich, dass sie wahrscheinlich zu groß ist. Ich habe noch ein Seil, das du als Gürtel benutzen kannst, falls nötig. Ich war mir nicht sicher, ob du gern liest oder nicht, aber ich habe ein Buch, ein paar Karten, noch mehr Schokolade, ein weiteres Messer, Essbesteck und Geschirr, mehr Feuerstein ... oh, und etwas für deine Haare.«

Tal schaute auf alles hinunter und zuckte innerlich zusammen. Verdammt, er hatte es übertrieben. Das hatte er nicht gewollt, aber als er anfing, darüber nachzudenken, was sie brauchen könnte, konnte er sich nicht mehr zurückhalten. Sein Rucksack war um einiges leichter geworden, als er die Sachen für sie herausgenommen hatte.

Als er Sunset ansah, starrte sie ihn wieder an. Er konnte den Ausdruck in ihrem Gesicht nicht deuten.

»Das ist zu viel. Es tut mir leid«, erklärte er mit einem kleinen Achselzucken. »Ich habe mich hinreißen lassen.«

»Das alles ist für mich?«, fragte sie.

»Ja.«

Statt glücklich, aufgeregt oder neugierig zu sein, sah sie noch misstrauischer und resignierter aus. »Was muss ich dafür tun?«, fragte sie steif.

Einen Moment lang war Talon schockiert. Dann hätte er am liebsten geflucht. Auf einen Baum eingeschlagen. *Irgendet-*

was. Aber er zwang sich, still zu sitzen und keinen Muskel zu bewegen. »Nichts. Überhaupt nichts.« Ihm wurde klar, dass der Missbrauch, den diese Frau erlitten hatte, viel schlimmer war, als er es sich vorgestellt hatte. Sie war nicht nur körperlich und sexuell missbraucht worden, wie er vermutet hatte, sondern auch emotional und mental.

Natürlich war sie das. Vor allem wenn es sich tatsächlich um Heather Brown handelte. Es war unmöglich, dass eine Achtjährige sich ohne Ausbeutung, Manipulation, Drohungen und Missbrauch in diese verdammte Kommune einfügte. Man konnte nicht sagen, was zwanzig Jahre dieser Art von Folter und Kontrolle in der Psyche eines Menschen anrichten können.

Talon wusste, dass er finster dreinschaute, aber er konnte sich nicht zurückhalten und stand wieder auf. Er sammelte alle Gegenstände ein, die er für sie mitgebracht hatte, und trug sie in die Höhle. Er stellte sie direkt unter dem Überhang ab und bemühte sich, Abstand zu Sunset zu halten. Sobald er anfing, auf sie zuzugehen, wich sie zurück, bis sie so weit wie möglich von ihm entfernt war und sich immer noch auf der Lichtung befand.

Talon ging zurück zu seinem Zelt und setzte sich wieder. Er schob seinen Rucksack zur Seite, legte sich hin und starrte an die Decke seines Zeltes. Er konnte den leichten Regen auf dem Nylon hören und normalerweise tröstete ihn das Geräusch, aber nicht jetzt.

»Jeder, der ein Geschenk an Bedingungen knüpft, ist ein Mistkerl«, erklärte er mit leiser, kontrollierter Stimme. »Ich habe diese Sachen für dich mitgebracht, weil ich dachte, dass sie dir gefallen würden. Das ist alles. Ich erwarte nichts von dir. Nicht einmal ein Dankeschön. Ich werde es so oft sagen, wie du es hören willst. Ich werde dir nicht wehtun, und du kannst mir vertrauen.«

Tal holte tief Luft und fuhr fort: »Ich war Soldat, bevor ich nach Amerika gekommen bin. Ich habe in England gelebt. Ich habe im Auftrag meiner Regierung eine Menge Dinge getan, auf die ich nicht stolz bin. Einige der Missionen, an denen ich teilnahm, dienten dem Wohl der Welt, andere wiederum schienen keinen wirklichen Zweck zu haben. Aber der letzte Einsatz war der, bei dem wir einen mutmaßlichen Terroristen zur Strecke bringen sollten. Er war der Drahtzieher hinter einigen der schlimmsten Anschläge auf mein Land. Feige Anschläge. Chemische Bomben in U-Bahnen, Sprengungen von Nachtklubs und so weiter. Wir haben sein Versteck gefunden, aber er war nicht da. Er hatte irgendwie mitbekommen, dass wir im Anmarsch waren. Aber was wir gefunden haben, war ein Raum voller Frauen und Kinder.«

Tal hielt kurz inne. Er konnte nicht glauben, dass er Sunset diese Geschichte erzählte. Er hatte niemandem erzählt, was an diesem schrecklichen Tag passiert war. Und er wusste nicht einmal, warum er es ihr erzählte. Es war ja nicht so, dass sie ihm dadurch vertrauen würde. Aber er konnte jetzt nicht aufhören.

»Sie waren zu Tode verängstigt. Keiner sprach Englisch, also konnten wir uns nicht verständigen. Sie hatten schreckliche Angst vor uns. Sie waren so abgemagert ... die Kinder waren unterernährt. Ohne dass ich ein Wort zu meinem Team sagen musste, leerten wir alle unsere Rucksäcke bis auf den letzten Bissen aus, den wir hatten. Wir versuchten, es ihnen zu geben, aber niemand wollte es annehmen.

Erst in diesem Moment bemerkte ich, dass auch ein paar Männer in dem Raum waren. Sie standen hinter den Frauen und benutzten sie vielleicht als Schutzschilde. Und obwohl die Frauen und Kinder hungerten, sahen sie zu den Männern, um die Erlaubnis zu bekommen, die Lebensmittel zu nehmen. Ein Kopfschütteln des ältesten Mannes genügte, und sie senkten den Blick auf den Boden. Die Frauen waren am Verhungern, ihre *Kinder* waren am Verhungern, und trotzdem wollten sie die Lebensmittel nicht annehmen.

Mein Team und ich wollten diese Männer am liebsten

töten, aber wir hatten nicht die Erlaubnis bekommen, jemand anderen als unsere Zielperson auszuschalten. Und sie haben weder uns noch den Frauen gegenüber eine offensichtliche Bedrohung dargestellt. Sie hatten keine Waffen in der Hand, sie saßen einfach nur da. Sie zu töten hätte einen internationalen Zwischenfall ausgelöst und diese Frauen und Kinder für ihr Leben gezeichnet.

Ich wollte ihnen helfen. *Irgendetwas tun.* Aber abgesehen davon, unseren Befehlshabern zu berichten, was wir gefunden hatten, und sie zu bitten, etwas zu tun, um diesen Frauen und Kindern zu helfen, war das Einzige, was wir in diesem Moment tun konnten, unsere Rationen zurückzulassen.«

Tal hörte wieder einmal auf zu sprechen. Er wusste nicht einmal mehr, worauf er hinauswollte. Er war in der Vergangenheit hängengeblieben, mit diesen Kindern und Frauen vor seinem geistigen Auge. Die Verzweiflung in ihren Augen und Tal, der nichts für sie tun konnte.

»Was ist passiert?«, fragte Sunset, die nur wenige Meter von seinem Zelt entfernt hockte.

Tal zuckte zusammen. Er hatte tatsächlich für einen Moment vergessen, wo er war. Er war wieder einmal in den Schrecken der Vergangenheit versunken.

»Sie sind gestorben«, entgegnete er. »Sie sind alle gestorben. Der Terrorist kam zurück, nachdem mein Team seine uns bekannten Männer eingesammelt hatte, und hat die Frauen und Kinder zurückgelassen. Es hieß, er war nicht glücklich darüber, dass wir es gewagt hatten, seine Befehle außer Kraft zu setzen, indem wir Lebensmittel zurückließen. Er hat sie nicht getötet. Er ließ sie einfach dort zurück ... und sie verhungerten alle. Das Verrückteste war, dass er sie nicht einmal in den Raum eingesperrt hat. Sie hätten jederzeit gehen können. Aber weil er ihnen gesagt hatte, sie sollten dortbleiben, taten sie es. Sie hatten offensichtlich Todesangst davor, was mit ihnen passieren würde, wenn sie nicht gehorchten.

Einer unserer Kommandeure benachrichtigte schließlich

eine örtliche Hilfsorganisation, aber die kam nicht mehr rechtzeitig, um sie zu retten. Mein Team und ich durften zurückgehen, um bei den Hilfsmaßnahmen zu helfen ... aber es war zu spät«, beendete er.

»Es tut mir leid«, sagte sie leise.

»Mir auch. Das haben sie nicht verdient. Ich weiß nicht, was ich hätte anders machen können, aber danach ... war ich fertig. Ich konnte meinen Job nicht mehr machen. Ich konnte nur noch daran denken, dass ich mehr hätte tun sollen. Ich hätte mich mehr anstrengen müssen, um diesen Frauen und Kindern zu helfen. Ich wusste, wie schrecklich der Anführer der Terroristen war. Ich hätte wissen müssen, dass diese Frauen Hilfe brauchen ... Schutz. Aber ich habe nichts getan.«

»Ich weiß nicht genau, was ein Terrorist ist«, erklärte Sunset nach einem Moment, »aber ich schätze, es handelt sich dabei um einen sehr bösen Mann. Und ich glaube nicht, dass du etwas anderes hättest tun können.« Sie war einen Moment lang still. »Ich habe noch nie eine Hose tragen dürfen.«

Der abrupte Wechsel des Themas ließ Tal den Kopf heben. »Was?«

»Du hast mir diese Leggings geschenkt. Ich habe noch nie eine Hose getragen. Das durften nur die Männer. Zuerst hatte ich Angst, sie anzuziehen. Obwohl ich allein hier war, dachte ich irgendwie, dass Cypress es wissen würde. Aber nach einer Weile beschloss ich, dass das dumm war. Er war weg, und ich war allein. Ich kenne diese Frauen nicht, aber ich verstehe ihre Ängste.«

Tal richtete sich wieder auf, sodass er jetzt saß. »Wenn du die Cargohose über die Leggings anziehst, ist dir bestimmt noch wärmer«, bemerkte er sanft.

»Danke für die Sachen, die du mitgebracht hast«, erklärte sie ihm.

»Nichts zu danken. Ich werde dir nicht wehtun. Du kannst mir vertrauen, Sunset.«

Ihre Lippen zuckten. »Das hast du schon gesagt.«

»Ich weiß. Und ich werde es immer wieder sagen, bis du mir glaubst.«

»Du machst mich nervös«, gab sie zu.

Er nickte. Sie erzählte ihm nichts, was er nicht schon wusste. »Ich bin nicht wie die Männer, die du früher gekannt hast.«

»Das habe ich schon bemerkt«, erwiderte sie, bevor sie zurück in die Höhle ging, raus aus dem leichten Regen.

Es war überraschend, wie leicht es war, mit ihr zu reden. Das hatte Tal überhaupt nicht erwartet. Er hatte eigentlich erwartet, dass er das *ganze* Reden übernehmen müsste. Sie war nicht gerade eine Plaudertasche, aber stumm war sie auch nicht.

Der Regen hörte schließlich auf, aber Tal rührte sich nicht von seinem Platz im Zelt. Obwohl es noch ziemlich früh am Morgen war, fühlte er sich plötzlich erschöpft. Er versuchte, wach zu bleiben, aber die langen Tage und Nächte auf der Suche nach Sunset holten ihn ein und er schlief bald ein.

Er wusste nicht genau, wie lange er geschlafen hatte, als er hörte, wie sein Name eindringlich gerufen wurde. Tal stützte sich auf einen Ellbogen und schaute sich alarmiert um. Als er nichts Gefährliches sah, warf er einen Blick zur Höhle hinüber. Sunset stand direkt unter dem Überhang am Eingang und sah alarmiert aus.

»Was? Was ist denn los?«, fragte Tal, setzte sich auf und griff nach dem Messer, das er immer in einem Halfter an seiner Wade trug.

»Du hast geschrien«, erklärte Sunset ihm. »Ich habe ein paarmal deinen Namen gesagt, um dich aufzuwecken, aber es schien nicht zu helfen. Schließlich habe ich ihn geschrien und du bist aufgewacht.«

Tal fuhr sich mit einer Hand über das Gesicht und seufzte. »Tut mir leid. Ich schlafe nicht gut.«

»Geht es dir gut?«

»Mir geht es gut«, beruhigte er sie, obwohl es alles andere

als die Wahrheit war. Er erinnerte sich nur vage an den Traum. Es war derselbe wie in der Nacht zuvor, nur dass die Frau, die im Fluss weggespült wurde, diesmal eindeutig Sunset war. »Danke, dass du mich geweckt hast.« Er sah sie zum ersten Mal genau an – und lächelte. »Passt sie?«, fragte er, als er sah, dass sie die Cargohose angezogen hatte.

Sie nickte. »Du hattest recht. Mit ihr und den Leggings ist es wärmer.«

Freude durchströmte Tal. »Gut.« Er schaute auf seine Uhr. »Hast du Hunger? Es ist schon lange nach Mittag.«

»Ich habe gestern Abend viel gegessen, aber ich kann losziehen und dir ein Eichhörnchen fangen.«

Tal schüttelte den Kopf. »Nein. Du musst dich nicht um mich kümmern. Ich bin durchaus in der Lage, mein eigenes Fleisch zu jagen. Aber ich habe hier ein paar Sachen, die für den Moment reichen«, erklärte er und griff nach einem Päckchen mit einer gefriergetrockneten Mahlzeit. Er hielt es hoch. »Willst du es probieren? Es ist eine andere Sorte als die, die ich dir zuvor gegeben habe.«

Er sah ihr Zögern und wollte sich selbst dafür bestrafen, dass er sie zu schnell und zu sehr bedrängt hatte.

»Ich glaube nicht.«

Tal zuckte mit den Schultern, als sei es ihm egal, aber innerlich brachte es ihn um, vor ihr zu essen. Er benutzte etwas Wasser aus seiner Feldflasche, um die Instant-Mahlzeit zuzubereiten, und aß, ohne sie wirklich zu schmecken.

Sunset war wieder zu ihrer Höhle zurückgekehrt und saß an dem kleinen Feuer in der Nähe des Eingangs, und Tal sah, dass sie den Stapel mit den Sachen, die er ihr mitgebracht hatte, nach drinnen gebracht hatte.

Gerade als ihm etwas einfiel, über das er reden wollte, klingelte sein Satellitentelefon.

Er hatte wirklich vergessen, Ethan zu kontaktieren, und es waren bestimmt mehr als vierundzwanzig Stunden vergangen, seit er sich das letzte Mal gemeldet hatte. Er holte das Telefon heraus und sah Sunset an. Sie hatte wieder diesen ängstlichen Gesichtsausdruck, den Tal hasste.

»Das ist mein Freund Ethan. Ich sollte mich jeden Tag bei ihm melden, damit er weiß, dass ich in Sicherheit bin, aber in meiner Erleichterung, dich gefunden zu haben, habe ich heute Morgen vergessen, ihn anzurufen. Ich gehe jetzt ran und stelle den Lautsprecher an, damit du unser Gespräch hören kannst. Ich will nicht, dass du denkst, ich würde dir etwas verheimlichen. Du kannst mir vertrauen, Sunset, und ich werde dir nicht wehtun.« Die letzten Worte waren zu seinem Mantra geworden.

Als Sunset sie hörte, entspannten ihre Schultern sich ein wenig. Sie nickte.

Tal klickte auf das Telefon und drückte den Knopf, um es auf Lautsprecher zu stellen. Er hielt es hoch, damit Sunset hoffentlich das Gespräch hören konnte. Er hatte nichts vor dieser Frau zu verbergen, und alles, was er von nun an tat, würde darauf abzielen, ihr Vertrauen zu gewinnen.

»Tut mir leid, ich habe vergessen, dich anzurufen«, erklärte Tal, sobald er den Anruf angenommen hatte.

»Mein Gott, Talon, ich hatte Visionen, wie du bewusstlos im Wald liegst und stirbst, als du mich nicht angerufen hast. Ich habe das Funksignal überprüft und du hast dich seit ein paar Stunden nicht mehr bewegt.«

»Tut mir leid, Ethan. Mir geht's gut. Ich habe sie gefunden. Und du bist auf Lautsprecher, damit sie dich hören kann«, warnte Tal.

»Das hast du? Verdammt, das ist großartig! Geht es ihr gut? Geht es Ihnen gut, Ma'am? Wie kann ich helfen?«

»Es geht ihr gut. Sie heißt Sunset und hat sich in dieser tollen Höhle verschanzt«, erzählte Tal seinem Freund. »Wie ist die Vorhersage für den Sturm?«

»Schlechte Nachrichten, Kumpel. Er hat an Geschwindigkeit zugelegt. Er soll jeden Moment losgehen. Wirst du es schaffen zurückzukommen?«

Tals Blick traf auf den von Sunset. Sie schaute zwischen ihm und dem Telefon in seiner Hand hin und her. Er fragte sich, ob sie schon einmal ein Mobiltelefon gesehen hatte. Er zweifelte daran. »Negativ. Wir werden es hier draußen aussitzen.«

»Mist. Also gut. Brauchst du einen von uns, um rauszukommen?«

»Nein«, erklärte Tal schnell. »Uns geht es gut.« Er wollte auf keinen Fall, dass Sunset sich über zwei fremde Männer Sorgen machen musste.

»Habt ihr genug zu essen, um euch über Wasser zu halten?«

»Wir kommen schon zurecht«, beruhigte Tal ihn.

»Ist sie es?«, fragte Ethan.

»Ich weiß es nicht. Aber du kannst Brock sagen, dass ich mich bei ihr für ihn bedankt habe«, erklärte Tal, um das Thema zu wechseln. Er wollte Heather Brown noch nicht erwähnen. Er glaubte nicht, dass Sunset schon bereit war, über ihre Vergangenheit zu sprechen.

»Das werde ich. Sunset? Kannst du mich hören?«, fragte Ethan.

Tal schaute zu der Frau hinüber und ihm wurde klar, dass sie sich in ihrer Waldhöhle sehr wohlfühlte. Ihre Augen waren groß, aber sie antwortete nicht verbal, sondern nickte Talon nur zu.

»Sie kann dich hören«, entgegnete er leise.

»Tal ist einer der Guten. Du kannst ihm hundertprozentig vertrauen. Ich kenne den Kerl schon eine Weile und auch wenn er mit seinem englischen Akzent komisch klingt, würde ich ihm mein Leben anvertrauen. Und auch das Leben meiner Frau.«

Tal wusste die Worte seines Freundes zu schätzen, aber es waren nur ... Worte. Sunset musste sich selbst davon überzeugen, dass er vertrauenswürdig war.

»Ist alles für die morgige Hochzeitsfeier von Rocky und

Bristol vorbereitet? Wird der Sturm alles durcheinanderbringen?«, fragte Tal.

»Auf keinen Fall wird ein bisschen Schnee Rocky von der Hochzeit abhalten. Er hat schon gesagt, dass es ihm egal ist, ob sie die Einzigen sind, die da sind.«

»Es ist schwer, ohne Standesbeamten zu heiraten«, scherzte Tal.

»Eigentlich ist er schon da. Er verbringt die Nacht im Haus, nur um sicherzugehen. Und ich und der Rest des Teams werden auch dort sein, selbst wenn wir zu ihrem Haus laufen müssen.«

»Ist er sauer, dass ich nicht da bin?«, fragte Tal.

»Er findet es nicht gerade toll, aber er versteht, dass du im Moment wichtigere Dinge zu tun hast.«

Tal sah Sunset an. Sie musterte ihn aufmerksam. »Da hat er nicht unrecht. In Ordnung, ich rufe dich morgen an. Um ein Uhr, ja?«

»Genau. Mach lieber halb eins draus. Ich habe das Gefühl, Rocky kann es kaum erwarten, Bristol den Ring an den Finger zu stecken.«

»Wird gemacht. Danke für alles, Ethan.«

»Gern geschehen. Ich bin froh, dass du sie gefunden hast. Sunset? Ich weiß, du kennst mich nicht, aber ich bin sehr erleichtert, dass es dir gut geht. Pass für uns auf Tal auf, okay?«

Tal lachte. »Halt die Klappe, du frecher Mistkerl.«

Ethan lachte. »Wir sprechen uns morgen.«

»Bis später.« Tal legte auf und schaute dann wieder zu Sunset. »Worüber denkst du so intensiv nach?«

»Über so viele Dinge«, entgegnete sie.

Tal konnte sich ein Grinsen nicht verkneifen. »Das wette ich. Willst du es mir verraten?«

»Nein.«

Er war sehr neugierig, was ihr durch den Kopf ging, aber er respektierte sie genug, um nicht zu drängen. »Na gut.«

»Ich glaube, ich werde ein Nickerchen machen«, sagte Sunset.

Tal war überrascht, aber er nickte trotzdem. »Na gut. Ich bleibe einfach hier drüben. Du kannst mir vertrauen ...«

»Und du wirst mir nicht wehtun«, beendete Sunset den Satz für ihn.

Erfreut nickte Tal. »Genau.«

Er beobachtete, wie sie sich auf ihr Bett im hinteren Teil ihrer Höhle legte und die Augen schloss. Er hatte das Gefühl, dass sie nicht wirklich müde war, sondern eher etwas Ruhe zum Nachdenken brauchte, und damit hatte er kein Problem. Er war nur schockiert, dass sie bereit war, sich so verletzlich zu machen, obwohl er in der Nähe war.

Tal brauchte selbst Zeit zum Nachdenken. Die Frau war so viel mehr, als er erwartet hatte. Um ehrlich zu sein, hatte er nicht gewusst, *was* er erwartet hatte. Sie war offensichtlich verängstigt und misstrauisch, aber sie war auch mit Abstand die zäheste Person, die er je kennengelernt hatte.

Sunset war kein Opfer. Auch wenn sie offensichtlich durch die Hölle gegangen war.

KAPITEL FÜNF

Sunset starrte Talon unter ihren gesenkten Wimpern hervor an. Sie war gut darin geworden, so zu tun, als schliefe sie. Das Lauschen war über die Jahre hinweg eine gute Informationsquelle für sie gewesen. Außerdem wollte sie nicht schlafen, falls Tal beschloss, etwas zu tun. Sie vermutete, dass sie ihn testen wollte ... um zu sehen, ob er ihr etwas antun würde, wenn er dachte, dass sie schlief.

Sie konnte nicht aufhören, über das Gespräch mit seinem Freund nachzudenken. Sie hatte keine Ahnung, wie er mit dem Mann reden konnte, der offensichtlich weit weg von hier war, aber er hatte es getan.

Je länger sie dort lag, desto mehr Fragen hatte sie. Vor einem Jahr hätte sie all die Gedanken, die ihr durch den Kopf gingen, noch verdrängt. Keiner der Männer wollte ihre Fragen beantworten und sie wäre verprügelt worden, wenn sie es trotzdem gewagt hätte zu fragen. Aber obwohl sie Tal erst seit Kurzem kannte, war sie sich ziemlich sicher, dass er nichts dagegen hatte, wenn sie nach all den Dingen fragte, die ihr im Kopf herumschwirrten.

Die Gemeinschaft hatte nur sehr wenig Elektronik. Sie erinnerte sich vage an ein paar Dinge aus ihrem früheren Leben, aber es war schon sehr lange her, dass sie darüber nachgedacht hatte. Sie war zu sehr damit beschäftigt zu überleben. Aber jetzt konnte sie nicht umhin, sich zu fragen, wie Tals Telefon genau funktionierte. Sie erinnerte sich an ein Telefon an der Wand mit einem extralangen Kabel, aber an dem Gerät, das Tal benutzt hatte, hatte sie kein Kabel gesehen.

Mit zu Schlitzen verengten Augen beobachtete sie, wie er Feuerholz sammelte und es ordentlich in der Nähe des Höhleneingangs aufstapelte. Jedes Mal wenn er auf sie zuging, verkrampfte sie sich. Aber er überschritt nie die imaginäre Linie, an der der Wald aufhörte und ihre Höhle begann.

Es war seltsam und irgendwie unangenehm, ihm bei der Arbeit zuzusehen, für die sie so lange verantwortlich gewesen war. Sie konnte sich nicht daran erinnern, dass einer der Männer in der *Gemeinschaft* jemals etwas getan hätte, das als Frauenarbeit betrachtet wurde. Das war im Grunde alles, was mit Putzen oder Nahrung zu tun hatte ... einschließlich des Holzhackens und -sammelns für die Feuer, um das Essen zuzubereiten.

Da Sunset keine Axt hatte, war es schwierig gewesen, genügend Holz zu finden, um ihre kleine Höhle warm zu halten, aber sie hatte es geschafft. Die Leichtigkeit, mit der Tal die größeren Stämme trug und stapelte, war beeindruckend.

Als er zum fünften Mal mit einem Armvoll Holz zurückkam, konnte sie nicht mehr ruhig bleiben.

»Wieso konntest du mit deinem Freund sprechen? Ich dachte, Telefone müssen an eine Steckdose angeschlossen sein, um zu funktionieren.«

Als er ruhig zu ihr hinübersah und nicht im Geringsten überrascht zu sein schien, dass sie wach war, wurde ihr klar, dass er wahrscheinlich die ganze Zeit über gewusst hatte, dass sie ihn beobachtete.

»Das ist ein Satellitentelefon. Ich weiß nicht genau, wie es funktioniert, aber im Grunde genommen sendet es ein Signal an einen Satelliten im Weltraum, der das Signal dann zur Erde zurückschickt.«

Sunset runzelte die Stirn und setzte sich auf.

»Hast du schon mal ein Handy gesehen?«, fragte Tal.

»Ähm ... ich weiß nicht, was das ist, also habe ich keine Ahnung«, gab sie zu. Sie hasste es, Dinge nicht zu wissen. Sie hasste es, dumm dazustehen.

Aber Tal sah nicht überrascht aus. Er ließ sich nicht weit von ihrer Höhle entfernt auf den Boden sinken und stützte einen Arm auf ein hochgezogenes Knie. Er schien sich im Wald vollkommen wohlzufühlen. Er fühlte sich so wohl, wie sie es selten gesehen hatte, selbst nach all der Zeit, die sie in dieser Gegend verbracht hatte.

»Ein Handy ist eine andere Art von kleinem Telefon, das kein Kabel braucht. Es nutzt Signale von großen Metalltürmen, den Sendemasten. Je mehr Türme es gibt, desto stärker ist das Signal. Hier im Wald gibt es keine Masten, also funktionieren Handys nicht. Zu viele Wanderer kommen in den Wald und denken, dass sie sicher sind, weil sie ein Handy haben, aber wenn sie Hilfe brauchen, stellen sie fest, dass es nicht funktioniert. Mein Suchteam wird oft losgeschickt, um sie zu finden.«

»Deshalb benutzt du ein Telefon, das über Satelliten und nicht über Sendemasten funktioniert«, folgerte Sunset.

Tal grinste. Sein Grübchen war noch ausgeprägter, wenn er breit lächelte. »Genau.«

»Und das war dein Freund? Einer der Männer aus deinem Suchteam?«, fragte sie.

»Ja. Ethan. Er ist mit Lilly verheiratet. Sie war in der Stadt, um eine Fernsehsendung über Bigfoot zu drehen. Hast du die Kamerateams überhaupt gesehen? Sie waren schon vor Monaten hier und haben die Wälder durchkämmt.«

Sunset verzog amüsiert die Lippen.

Tal erwiderte ihr Grinsen. »Du hast sie also gesehen.«

Sie nickte.

»Bitte sag mir, dass du keine Scherze mit ihnen getrieben hast.«

»Am Anfang war ich so verwirrt. Sie schrien und schlugen mit Stöcken gegen Bäume. Es war sehr merkwürdig. Eines Nachts konnte ich einfach nicht anders und habe auch gegen einen Baum geschlagen. Sie waren sehr aufgeregt.«

»Darauf wette ich«, erklärte Tal lachend. »Übrigens war das der Höhepunkt ihrer Sendung. Ich kann dir gar nicht sagen, wie oft sie die Tonaufnahmen abgespielt haben. Wie auch immer, Lilly hat Ethan kennengelernt, als sie hier war. Sie war als Kamerafrau bei der Show angestellt. Es stellte sich heraus, dass einer der Kameraleute einen der Stars der Sendung umgebracht hat und auch versucht hat, Lilly zu töten. Aber jetzt geht es ihr gut.«

Sunset starrte ihn entsetzt an. »Das wusste ich nicht. Ich wurde nervös, dass sie mich sehen könnten, also kam ich hierher zurück. Ich bin wochenlang nicht in die Nähe der Pfade gegangen.«

»Das war klug. Wenn dieser Mistkerl dich gesehen hätte, hätte er wahrscheinlich versucht, dich ebenfalls loszuwerden«, bemerkte Tal leise. Dann holte er tief Luft. »Jedenfalls haben Lilly und Ethan im Oktober geheiratet, an Halloween. Sie sind wahnsinnig glücklich und sie ist von ihm schwanger. Ethan ist so etwas wie der Anführer unseres Such- und Bergungsteams und ich habe den allergrößten Respekt vor ihm.«

»Wer heiratet denn morgen?«, fragte Sunset.

»Also ... wir sind sieben Männer im Team. Ethan, Zeke, Rocky, Drew, Brock, Raiden und ich. Zeke und Elsie sind bereits verheiratet, genauso wie Brock und Finley ... die beiden, die du vor diesen Mistkerlen hier im Wald gerettet hast. Drew und Caryn zögern noch mit dem Heiraten, aber sie wollen auf jeden Fall auch irgendwann heiraten.

Raiden und ich sind die einzigen Singles in der Gruppe, aber zwischen Raid und Khloe läuft definitiv etwas, auch wenn sie beide so tun, als sei da nichts. Sie arbeitet mit ihm in der Bibliothek.

Dann wäre da noch Rocky. Er ist Ethans Bruder, und morgen ist seine Hochzeit. Er und seine Verlobte Bristol haben ein wunderschönes Haus mit einer großen Scheune auf dem Grundstück gekauft. Sie haben sie für sie als Atelier eingerichtet – sie stellt Buntglas her – und dort soll morgen die Zeremonie stattfinden. Bei dem aufkommenden Sturm werden wohl viele Leute nicht kommen, aber meine Teamkameraden und ihre Frauen würden es um nichts in der Welt verpassen.«

Sunsets Kopf drehte sich von all den Namen, die er gerade genannt hatte, und es gab noch eine Menge anderer Dinge, die sie nicht verstand, aber weil sie sich nicht wieder dumm fühlen wollte, nickte sie einfach, als hätte alles einen Sinn.

»Bristol wollte weder Brautjungfern noch Trauzeugen, aber die Mädchen sollen alle früh zum Haus gehen, wie bei Lillys Hochzeit, und sich die Haare und das Make-up machen lassen. Das ist eine Art Ritual. Finley, die eine Bäckerei in der Stadt besitzt, hat ihr eine Hochzeitstorte gebacken, und auch wenn es nur unsere kleine Gruppe ist, wird sicher niemand zulassen, dass sie die üblichen Traditionen wie das Werfen des Brautstraußes, den ersten Tanz oder das gegenseitige Sich-Torte-ins-Gesicht-Schmieren ausfallen lassen.«

Sunset war jetzt noch verwirrter. Sie hatte keine Ahnung, wovon Tal sprach.

Ihre Ahnungslosigkeit musste sich in ihrem Gesicht widergespiegelt haben, denn er sagte: »Es tut mir leid. Ich fange immer wieder von vorn an. Welche Fragen hast du denn?«

Es war das erste Mal, dass Sunset sich daran erinnern konnte, dass ein Mann bereit war, Fragen zu beantworten. Die Zeremonie klang für seine Freunde wichtig und wie eine große Sache, aber sie wusste nicht warum. Obwohl sie es verstehen wollte, hielt die jahrelange Konditionierung sie davon ab, die Fragen zu stellen, die ihr auf der Zunge lagen.

Wieder einmal war es so, als könnte Tal ihre Gedanken

lesen. »Wie wäre es, wenn du mir erzählst, was du über Hochzeiten weißt?«, schlug er vor.

Das konnte sie machen.

»Wenn ein Mann beschließt, dass er noch eine Frau will, sagt er der Frau, dass er ihr Mann ist, dann gehen sie in sein Zelt, wo er sie zwingt, sich hinzulegen, und Sex mit ihr hat. Dann sind sie verheiratet«, erklärte sie.

Tal starrte sie einen quälend langen Moment an, bevor er abrupt aufsprang.

Sunset zuckte zusammen, als er aufstand, denn sie erwartete, dass er in die Höhle kommen und genau das tun würde, was sie gesagt hatte – erklären, dass sie verheiratet sind, und sie zwingen, sich unter ihn zu legen.

Stattdessen sah er sehr aufgebracht aus, als er auf der kleinen Lichtung hin und her ging und die Hände hinter dem Kopf verschränkte.

Schließlich blieb er stehen und sah sie an.

»Das ist *weder* eine Hochzeit *noch* eine Ehe, Sunset«, erklärte er leise. »Erstens kann ein Mann einer Frau nicht einfach *sagen*, dass sie verheiratet sind. Er muss sie *fragen*. Und zwei Menschen sollten nur heiraten, wenn sie sich lieben und sich nicht vorstellen können, jemals mit jemand anderem zusammen zu sein. Dann versprechen sie sich gegenseitig, einander zu lieben und zu ehren, meistens vor ihren Freunden und ihrer Familie. Es ist ein Fest für zwei Menschen, die sich lieben. Nicht der Horror, den du gerade beschrieben hast.«

»Wie viele andere Frauen hat Rocky?«, fragte Sunset.

Tal atmete tief durch, schaute kurz zum Himmel und ging dann zurück zu seinem Platz. Er ließ sich auf den Boden sinken und starrte sie mit einem intensiven Blick aus seinen blauen Augen an. »Es ist *illegal*, mehr als eine Frau zu haben. Ein Mann kann eine Frau heiraten und sie dann mit einer anderen Frau betrügen, aber die Regierung erlaubt Männern und Frauen nur eine Ehefrau.«

»Ich war Arrows fünfte Frau. Und als er starb, beanspruchte Cypress mich sofort für sich. Ich war seine sechste. Alle Frauen in der *Gemeinschaft* waren Ehefrauen. Viele hatten mehr als einen Ehemann«, erklärte sie.

Sunset konnte sehen, wie sich die Muskeln in Talons Kiefer anspannten, als er sie anstarrte. »Wolltest du sie heiraten?«

»Nein.« Sie stieß das Wort kurz und heftig aus.

Talon schüttelte den Kopf. »Es tut mir so leid, dass das du das durchmachen musstest«, sagte er schließlich, »aber du musst wissen, Sunset, dass das, was du erlebt hast, nicht normal, moralisch, legal oder richtig ist. Rocky heiratet Bristol, weil er sie über alles liebt. Er würde alles tun, um sie zu beschützen. Er würde ihr nie etwas antun. Niemals. Er würde sie nie zu etwas zwingen, was sie nicht will. Jemanden zu zwingen, zu heiraten, ist schlicht und einfach Missbrauch.«

Etwas in Sunset schien sich zu lösen. Sie hatte nicht Arrows Frau werden wollen. Und sie hatte auch nicht von Cypress in Besitz genommen werden wollen.

Sie hatte schon immer gedacht, dass mit der Art und Weise, wie viele Dinge in der *Gemeinschaft* gemacht wurden, etwas nicht stimmte, aber sie war nicht in der Lage gewesen, es zu hinterfragen. Sie war nicht in der Lage gewesen, etwas dagegen zu tun. Sie hatte es *gehasst*, keine Kontrolle darüber zu haben, mit wem sie Sex haben musste. Aber sie hatte keine Wahl gehabt. Bei nichts.

Als Talon ihr jetzt sagte, dass ihre Ehen weder legal noch normal waren, fühlte sie sich viel besser mit ihrer Situation statt schlechter.

Sie hatte die ganze Zeit recht gehabt. Es war ein unglaubliches Gefühl.

»Verstehst du, Sunset? Du warst nie mit diesen Dreckskerlen verheiratet. Du wurdest ausgenutzt und missbraucht. Wenn du jemals ... wie heißt er? Der Sohn? Cypress?«

Sie nickte.

»Richtig, falls du Cypress jemals wiedersiehst, musst du *nicht* mit ihm gehen. Er ist *nicht* dein Ehemann und hat kein Recht, dich zu zwingen, etwas zu tun, was du nicht tun willst. Hast du das verstanden?«

Seine Worte erleichterten Sunset noch mehr. Sie nickte.

»So ist das. Und du solltest wissen ... ich habe den größten Respekt vor dir. Ich bewundere dich zutiefst. Dass du so lange in den Wäldern überlebt hast, nachdem diese Mistkerle dich zurückgelassen hatten, ist einfach unglaublich.«

»Sie haben mich nicht zurückgelassen«, platzte sie heraus.

»Was?«

»Ich habe mich vor ihnen versteckt«, gab sie zu.

Zu ihrer Überraschung grinste Talon. Und zwar ausgesprochen breit. »Gut gemacht«, erklärte er.

»Cypress wollte *Die Gemeinschaft* nach Florida verlegen. Ich wollte nicht gehen. Mir gefällt es hier. Es ist mein Zuhause. Ich hatte das Gefühl, dass mir etwas Schlimmes passieren würde, wenn ich ginge ... ich weiß auch nicht ... also schlich ich mich aus unserem Lager und versteckte mich im Wald. Ich kenne die Wälder besser als jeder andere, da ich sehr oft auf der Jagd war. Er war wütend, aber ich bin nicht rausgekommen, als er nach mir gerufen hat. Auch nicht, als er mir drohte, mich für ein Jahr ins Strafzelt zu stecken, falls er mich erwischen sollte. Schließlich hatte er keine andere Wahl, als zu gehen. Ich hielt mich lange versteckt, bis ich sicher war, dass niemand im alten Lager auf meine Rückkehr wartete. Dann ging ich hinein und holte ein paar Sachen, wie die Plane, auf der ich schlafe, und alle anderen Vorräte, die ich retten konnte.«

Es war faszinierend, die wechselnden Gefühle auf Talons Gesicht zu beobachten. Mal lächelte er, mal zog er die Stirn in Falten, dann wieder war er fast sanftmütig.

»Du erstaunst mich immer wieder. Jemand, der in deiner Lage ist, hat allen Grund, völlig am Boden zerstört zu sein. Ich kann mir nicht mal ansatzweise vorstellen, was du durchgemacht hast, und doch sitzt du hier, mutig genug, um mit einem Fremden zu reden, und tust so, als sei das, was du getan hast, nichts Besonderes. Du erinnerst mich so sehr an die Frauen meiner Freunde.«

Sunset legte den Kopf fragend schief. »Tue ich das?« Sie hatte sich immer eine Freundin gewünscht, aber in der *Gemeinschaft* war es verpönt, dass die Frauen sich miteinander anfreundeten. Wenn sie dabei erwischt wurden, wie sie zu viel redeten, was über das hinausging, was für die Hausarbeit und die allgemeine Instandhaltung des Lagers nötig war, wurden sie getrennt und bestraft. Mit Talon hatte sie mehr geredet als mit jedem anderen in ihrem ganzen Leben. Und das gefiel ihr. Und zwar sehr.

»Ja. Elsies Sohn wurde von ihrem Ex-Mann entführt. Er wollte ihn wegen des Versicherungsgeldes umbringen. Aber Tony ist schlau und konnte entkommen. Dann setzte Elsie ihre eigene Sicherheit aufs Spiel, indem sie einem Treffen mit ihrem Ex-Mann zustimmte und alles aufnahm, was er sagte, damit er ins Gefängnis kam. Ich habe noch nie jemanden gekannt, der so mutig ist ... bis jetzt.«

Wieder einmal füllte sein Kompliment ein Loch in ihrer Seele, von dem sie nicht einmal wusste, dass es da war. »Aber ihrem Sohn geht es gut?«

»Ihm geht es gut. Großartig sogar. Er ist neun, benimmt sich aber wie ein Achtzehnjähriger.«

Sunset wusste nicht, was das bedeutete, aber sie sagte: »Ich liebe Kinder. Besonders die ganz jungen. Sie sind so unschuldig.«

»Hast du nie welche bekommen?«, fragte Talon etwas zögerlich. »Kinder, meine ich?«

»Nein«, entgegnete Sunset und sah auf ihre Hände in ihrem Schoß hinunter.

»Gab es viele Kinder in der *Gemeinschaft*?«

»Ein paar der Frauen hatten Babys, aber die meisten Kinder

in der *Gemeinschaft* waren von den Männern adoptiert und in *Die Gemeinschaft* gebracht worden.«

»*Was?*«, fragte Talon.

Sunset schaute zu ihm auf und war überrascht von der Wut in seiner Stimme. »Die Männer haben Kinder adoptiert. Meistens Mädchen. Manchmal auch Jungen. Sie waren meist sehr jung. Säuglinge. Die Mädchen waren einigen der Jungen von Anfang an versprochen. Sie wuchsen mit dem Wissen auf, zu wem sie eines Tages gehören würden. Aber meistens adoptierten die Männer die Mädchen. Die Bevölkerung unserer Gruppe bestand wahrscheinlich zu siebzig Prozent aus Frauen. Deshalb gab es auch so viele Ehefrauen für jeden Mann.«

»Verdammter Mist!«, fluchte Talon.

Sunset zuckte zusammen und wich ein Stück zurück. Sie hatte Talon bisher nicht so offensichtlich wütend gesehen, nicht einmal, als er auf und ab ging ... und das machte ihr Angst. Es erinnerte sie zu sehr an Cypress und die anderen, wenn sie etwas falsch gemacht hatte.

Talon holte ein paarmal tief Luft. »Es tut mir leid, Liebes. Ich bin nicht böse auf dich. Weißt du, von wo diese Kinder adoptiert wurden?«

Sie schüttelte den Kopf.

»Natürlich. Denn sie wollten nicht, dass jemand zu viele Fragen stellt.« Er schüttelte den Kopf. »Wie kommt es, dass nicht viele Babys geboren wurden? Wenn jeder der Männer mehrere sogenannte Ehefrauen hatte, wäre ich davon ausgegangen, dass es viele Schwangerschaften geben würde.«

Sunset presste die Lippen aufeinander. Sie wusste nicht, ob sie es ihm sagen sollte. Es war eines der wenigen Dinge, über die die Frauen miteinander sprachen. Im Flüsterton. Wenn sie sicher waren, dass niemand in der Nähe war, der sie hören konnte.

»Ich werde dir nie wehtun und du kannst mir vertrauen«, erklärte Talon leise und tröstete Sunset mit diesem vertrauten

Satz. »Was auch immer du tun musstest, um dich zu schützen … ich bin froh darüber. Ich glaube, tief im Inneren wusstest du, dass mit deinem Leben etwas nicht stimmt. Und du hast getan, was du tun musstest, um zu verhindern, dass ein Kind in eine solche Situation hineingeboren wird.«

Er hatte nicht unrecht. »Bischofskraut«, sagte sie leise.

»Was?«

»Das ist eine Pflanze. In vielen Fällen kann das Schlucken der Samen verhindern, dass ein Baby entsteht. Ich weiß nicht wie. Ich habe sie zerkleinert und in meinen Tee getan. Eine der älteren Frauen hat es mir beigebracht, als ich das erste Mal zu bluten angefangen habe.«

»Verdammt«, entgegnete Talon wieder und fuhr sich mit der Hand über das Gesicht.

Sunset saß stocksteif da und wartete darauf, dass Talon etwas anderes tun oder sagen würde. Sie konnte ihn nicht einschätzen. Sie wusste nicht, ob er wütend auf sie war oder warum er sich über das, was sie gesagt hatte, so aufzuregen schien. Aber er hatte recht: Nachdem sie jahrelang in der *Gemeinschaft* gelebt und es gehasst hatte, hatte sie auf keinen Fall ein Kind bekommen wollen. Sie sah, wie die Kinder aufgezogen wurden … und erinnerte sich daran, wie sie selbst aufgezogen worden war. Die Babys wurden ihren Müttern früh weggenommen. Die Kinder wurden von den Männern aufgezogen. Die Jungen lernten, ihre Frauen zu beherrschen, und die Mädchen wurden dazu erzogen, sanftmütig und unterwürfig zu sein.

Sunset wusste nicht, warum sie so anders war. Sie verstand nicht, warum sie nicht so sein konnte wie die anderen Frauen, die von der *Gemeinschaft* erzogen worden waren. Sie stellte alles infrage, und egal, wie viel Zeit sie im Strafzelt verbringen musste, sie war immer anders. Eine Außenseiterin.

»Wie ich schon sagte, erinnerst du mich an die Frauen und Freundinnen meiner Freunde. Bristol wurde von einem besessenen Fan entführt. Er hielt sie an ein Bett gefesselt in einem Apartment nur wenige Wohnungen von Rockys entfernt. Sie geriet nicht in Panik und machte alles richtig, bis wir sie finden konnten. Caryn war früher Feuerwehrfrau in New York. Sie kam nach Fallport, als ihr Großvater von dem Kerl, der Bristol entführt hatte, verletzt wurde. Ein anderer Verrückter war eifersüchtig auf sie, weil sie sehr gut in ihrem Beruf ist, und er hat *außerdem* versucht, sie in Brand zu stecken ... aber es ist ihm nicht gelungen. Und Finley – die Bäckereibesitzerin in der Stadt, die du hier im Wald gerettet hast – wurde auch fast von der Frau angezündet, die die Mistkerle angeheuert hatte, die versucht haben, sie hier im Wald zu entführen. Aber sie konnte fliehen.«

Sunset starrte Talon ungläubig an. »Wirklich?«

Er stieß einen Atemzug aus, der irgendwie wie ein Lachen klang. »Wirklich. Sie sind alle starke Frauen. Überlebende. Und du bist genau wie sie.«

Sunset runzelte die Stirn. Sie sagte das Erste, was ihr in den Sinn kam. »Ich wurde nicht entführt.«

Anstatt ihr zuzustimmen, warf Talon ihr nur einen Blick zu. Er schwieg so lange, dass Sunset sich unwohl fühlte.

Schließlich löste er den Blick von ihr und sagte: »Ich habe über den bevorstehenden Sturm nachgedacht.«

Das war ein abrupter Themenwechsel, aber Sunset fand das nicht schlimm. Obwohl es ihr gefiel, von Talons Freunden zu hören, war sie misstrauisch gegenüber der Richtung, die ihr Gespräch angenommen hatte. Sie hatte das Gefühl, dass sie etwas nicht verstand. Etwas Großes, und sie hasste es, nicht zu wissen, was es war.

»Und?«, fragte sie.

»Ich habe das trockenste Holz gesammelt, das ich finden konnte, und ich werde noch mehr suchen, aber du sagtest, dein Bett sei aus der Plane eines der Zelte gemacht, in denen du früher gewohnt hast?«

Sunset nickte.

»Deine Höhle scheint gut gegen den Wind isoliert zu sein, aber wenn der Sturm zu stark wird, kommt der Schnee trotzdem rein. Ganz zu schweigen davon, dass es schwierig sein wird, das Feuer in Gang zu halten. Wie wäre es, wenn wir die Plane am Eingang der Höhle befestigen? Das hält die Wärme drinnen und den Schnee und den Wind draußen.«

Sunsets erste Reaktion war, nicht zuzustimmen. Sie liebte ihr Bett. Es war zwar klumpig und roch irgendwie komisch, aber es war besser, als auf dem Boden zu schlafen, wie sie es die meiste Zeit ihres Lebens getan hatte. Aber je mehr sie über Talons Vorschlag nachdachte, desto klarer wurde ihr, dass es eine gute Idee war. Auf so etwas hätte sie selbst kommen müssen.

»Okay.« Sunset stand auf, um sich zu überlegen, wie sie die Plane befestigen wollte, aber Talon hielt sie auf.

»Ich kümmere mich schon darum«, versicherte er ihr. »Wenn du willst, kannst du das Feuerholz in die Höhle bringen und an der Rückwand entlang aufschichten. Dort sollte es noch mehr trocknen, sodass es weniger raucht, wenn du es für das Feuer brauchst.«

Wieder einmal überraschte Talon sie. In der *Gemeinschaft* wäre sie für alles verantwortlich gewesen. Plötzlich wurde ihr klar, dass er das Holz nur deshalb nicht selbst mitgebracht hatte, weil er versprochen hatte, ihre Höhle nur dann zu betreten, wenn sie ihn einlud.

Sie hob die Plane hoch, versuchte, nicht traurig darüber zu sein, dass sie ihr Bett verloren hatte, und schleppte sie zum Eingang der Höhle hinüber. Sie ließ die Plane fallen und trat zurück, da sie sich in Talons Nähe immer noch nicht ganz wohlfühlte. Bisher hatte er ihr noch nichts angetan, aber vielleicht wartete er nur auf die richtige Gelegenheit.

»Ich werde dir nicht wehtun. Du kannst mir vertrauen«, erklärte er sanft, während er näher kam.

Es schien wirklich so, als könne dieser Mann ihre Gedanken lesen.

Sunset antwortete nicht, sondern wich einfach weiter zurück.

Es dauerte etwa eine Stunde und Sunset war beeindruckt von Talons Kreativität. Er hatte kein Werkzeug in seinem Rucksack, aber er schaffte es, auf die Höhle zu klettern und die Plane mit großen Steinen, einem Teil des Seils, das er ihr früher mal gegeben hatte, und einer Menge roher Kraft zu verankern. Sie wäre nicht in der Lage gewesen, das zu tun, was er getan hatte, und Sunset war überrascht, dass sie ihm gegenüber ein Gefühl der Dankbarkeit empfand. Sie konnte sich nicht erinnern, wann sie das letzte Mal dankbar gewesen war, einen Mann um sich zu haben. Meistens waren sie der Grund für ihr Unbehagen, ihre Schmerzen und ihr Unwohlsein. Aber fast alles an Talon gab ihr ein Gefühl der Sicherheit.

Sie hatte das gesamte Holz in den hinteren Teil ihrer Höhle gebracht, wie er es vorgeschlagen hatte, und sich dann in den Wald begeben, um sich zu erleichtern und mehr Holz und Zunder zu finden. Als sie von einem ihrer Ausflüge mit einem riesigen Armvoll Gras zurückkam, das sie als Schlafkissen aus dem Boden geholt hatte, sah sie, wie Talon sich von der Plane entfernte, die über dem Eingang der Höhle gespannt war.

Für den Bruchteil einer Sekunde überkam sie Enttäuschung. Sie nahm an, dass er sein Versprechen, ihre Höhle nicht zu betreten, gebrochen hatte, sobald sie ihm den Rücken zugewandt hatte.

»Ich bin nicht reingegangen. Ich habe nur etwas für dich hineingelegt.«

Sunset glaubte ihm nicht. Immerhin war er ein Mann.

Aber Talon wich schnell zurück und ging hinüber, um sich in sein Zelt zu setzen.

Zögernd zog Sunset die Ecke ihrer neuen »Tür« zurück und schaute in die nun dunkle Höhle. Durch die Öffnung drang genügend Licht, dass sie einen Haufen von etwas in der Nähe der Stelle sehen konnte, wo Talon gestanden hatte. Sie schlug die Plane mit einem Stein zurück, damit sie etwas sehen konnte, und ging zu dem Haufen hinüber.

Sie war verwirrt, als sie das Material sah, das Talon in seinem eigenen Zelt als Bett ausgebreitet hatte. Er hatte es ihr geschenkt.

Sie ging zurück zum Eingang und sah zu ihm hinüber. Sie stellte fest, dass er für sich selbst kein Bett geschaffen hatte.

»Was ist das?«, fragte sie und hielt den leichten, aber überraschend weichen und flauschigen Stoff hoch.

»Mein Schlafsack. Da ich deine Plane benutzt habe, um die Höhle zu verschließen, habe ich dir meinen gegeben. Er ist bis minus zehn Grad ausgelegt und ich kann dir versprechen, dass er das hält, auch wenn er sich dünn anfühlt. Gegen den harten Boden kann ich nicht viel tun, aber wenigstens hast du es warm.«

Sunset runzelte die Stirn. Sie hatte keine Ahnung, was *minus zehn Grad* bedeutete, aber es war ihr äußerst unangenehm, dass er ihr sein Bett überließ. »Ich werde mich nicht zu dir legen«, platzte sie heraus.

Talon stand auf und sah sie an. »Ich weiß.«

»Warum dann ... was ...« Ihre Stimme wurde leiser.

»Weil du es brauchst. Weil ich dein Bett genommen habe. Weil der kommende Sturm unangenehm sein wird und ich mich davon überzeugen möchte, dass du es bequem und warm hast.«

Sie konnte nicht glauben, dass sie das sagen wollte, aber sie fragte: »Was ist mit dir?«

Er lächelte. Das Grübchen blitzte auf. »Ich komme schon klar.«

Sunset war verblüfft über sein Verhalten und sie hasste es wieder einmal, so verwirrt zu sein.

Talon gab ihr keine Gelegenheit, ihn weiter zu befragen. »Hast du die Stiefel anprobiert, die ich mitgebracht habe?«

Sie schüttelte den Kopf.

»Warum probierst du sie nicht an? Du wirst sie brauchen,

wenn wir wirklich einen halben Meter Schnee bekommen, wie es vorhergesagt wird.«

Sunset schaute auf die Kaninchenfelle hinunter, die sie zu Schuhen verarbeitet hatte. Sie fand, dass sie verdammt gute Arbeit geleistet hatte, und sie schützten ihre Füße vor dem kalten Boden und den scharfen Steinen. Aber sie konnte nicht leugnen, dass der Gedanke, Stiefel zu tragen, aufregend war. Sie konnte sich nicht erinnern, wann sie das letzte Mal richtige Schuhe getragen hatte. Auch das war in der *Gemeinschaft* nicht erlaubt gewesen.

Sie nickte Talon zu und ging dann zurück in die Höhle. Sie strich mit einer Hand über die Cargohose, die sie trug, und musste lächeln. Sie liebte sie. Sie verstand, warum die Männer die Frauen in Kleidern hielten. Auf diese Weise konnten sie sie anfassen und Sex haben, wann immer sie wollten. Das war viel einfacher. Aber mit einer Hose ... konnte ihr niemand so leicht zwischen die Beine greifen.

Ohne ihren plötzlichen Impuls zu verstehen, hob Sunset die Stiefel auf und trug sie zum Höhleneingang. Sie wollte ihre Schuhe dort anprobieren, wo Talon sie sehen konnte.

Das Lächeln auf seinem Gesicht, als er sie mit den Stiefeln in der Hand sitzen sah, gab ihr ein gutes Gefühl. Es war offensichtlich, dass er genauso gespannt darauf war, ihr beim Anprobieren zuzusehen.

»Lockere die Schnürsenkel«, wies Talon sie an, als sie erfolglos versuchte, ihren Fuß in den Stiefel zu schieben. »Gut, genau so. Am Anfang werden sie sich wahrscheinlich seltsam anfühlen, vor allem die Stütze um deine Knöchel. Nein, runzle nicht die Stirn, es ist normal, dass sie schwer anzuziehen sind. Wenn sie zu locker wären, hättest du beim Wandern nicht den nötigen Halt.«

Sunset stand auf und drückte ihren Fuß mit ihrem Gewicht in den Stiefel. Einen Moment lang glaubte sie, dass sie nicht passen würden. Die Enttäuschung war fast überwältigend, aber dann sprang ihr Fuß in das Leder und sie schaute mit einem breiten Lächeln auf ihrem Gesicht auf.

»Wie fühlt es sich an?«, fragte Talon.

»Gut«, flüsterte Sunset voller Ehrfurcht. Und das tat es auch. Das Leder des Stiefels schmiegte sich an ihren Fuß und gab ihr ein sicheres und stabiles Gefühl. Schnell schnappte sie sich den anderen Stiefel und zog ihn auf die gleiche Weise an. Dann stand sie in ihren neuen Stiefeln da und konnte nicht aufhören, auf ihre Füße zu starren. Sie hatte eine Hose an. Und Stiefel. Sie war von den Handgelenken bis zu den Füßen bedeckt ... und es fühlte sich herrlich an.

»Mach schon und binde die Schnürsenkel«, sagte Talon zu ihr.

Das Lächeln verschwand aus Sunsets Gesicht. Sie wusste nicht wie. Oh, sie wusste, wie man einen Knoten mit einem Seil macht, das musste sie für ihre Fallen tun, aber Schuhe mit einem Knoten zu binden, den man fast nicht mehr aufbekommt, hielt sie für keine gute Idee.

»Sunset?«, fragte Talon von der Nähe seines Zeltes aus.

Ihr war nach Weinen zumute. Eine Erinnerung aus ihrem früheren Leben blitzte in ihrem Gehirn auf. Wie sie auf dem Boden kniete, an den Schnürsenkeln eines Schuhs herumfummelte und weinte, weil sie nicht wusste, wie sie es anstellen sollte. Dann strichen zwei Frauenhände über ihre Hände und eine beruhigende Stimme sagte ihr, sie solle sich keine Sorgen machen, sie würde es schon noch früh genug lernen.

Die Vision in ihrem Kopf verschwand fast so schnell, wie sie aufgetaucht war, und Sunset fühlte sich bis ins Mark erschüttert.

Wer war die Frau? Sie hatte mit so viel Liebe und Zuneigung gesprochen. Und waren die Schuhe von ihr? Soweit sie wusste hatte sie noch nie Schuhe gehabt, seit sie in der *Gemeinschaft* war.

»Darf ich dir helfen?«, fragte Talon sanft.

Als sie aufblickte, sah sie, dass er nur etwa einen Meter vor ihr stand und die Stirn runzelte.

»Ich verspreche, dir nicht wehzutun. Du kannst mir vertrauen.«

Was war an diesen beiden Sätzen, dass sie sich innerlich so warm und wohl fühlte? Es waren doch nur Worte. Sie bedeuteten nichts. Aber Sunset hatte das Gefühl, dass sie alles bedeuteten, wenn sie von diesem Mann kamen.

Vorsichtig nickte sie.

Talon machte einen Schritt auf sie zu, dann ging er in die Knie. Er rutschte nach vorn, bis er direkt vor ihr war. Sunset hätte ihre Hand auf seine Schulter legen oder sein Haar berühren können, aber sie hielt ihre Hände zu Fäusten geballt an den Seiten. Wenn er versuchen sollte, sie zu packen, wäre sie bereit. Sie hatte vorhin nicht gelogen, sie hatte nicht vor, mit ihm Sex zu haben, egal wie nett er bisher zu ihr gewesen war.

Aber er fasste sie nicht an. Er packte nicht ihre Hüften und versuchte nicht, sie zu Boden zu zwingen. Er griff lediglich nach den Schnürsenkeln ihrer Stiefel. Er zog sie fest und sah dann zu ihr auf. »Überkreuze die beiden Schnürsenkel übereinander. Stecke ein Ende unter das andere, als würdest du einen Knoten machen, aber mach es nur einmal. Der nächste Teil ist am einfachsten, wenn du mit den Schnürsenkeln zwei Schlaufen machst, etwa so.« Er machte es einmal vor und dann noch einmal. »Stell dir vor, sie wären Hasenohren. Dann kreuzt du die Hasenohren wieder übereinander, wie du es vorher gemacht hast. Aber lass die Schlaufen so, wie sie sind. Zieh sie jetzt fest. Voilà! Die Schuhe sind gebunden. Jetzt ... probier du es aus.«

Er löste den Schnürsenkel, indem er an einem der Enden zog, und er löste sich in weniger als einer Sekunde.

Talon stand auf und ging ein paar Schritte zurück, um ihr Platz zu machen, was Sunset zu schätzen wusste. Verdammt, sie begann, alles zu schätzen, was dieser Mann tat. Es war ein seltsames, aber nicht unwillkommenes Gefühl.

Sie beugte sich vor und fummelte an den Schnürsenkeln herum, um zu versuchen, das nachzuahmen, was Talon gerade getan hatte. Zu ihrer Enttäuschung bekam sie den Dreh nicht ganz raus. Die blöden Schlaufen wollten nicht mitspielen, sodass sie erneut am liebsten geweint hätte.

»Kann ich helfen?«

Sunset ließ die Schnürsenkel sinken und nickte.

Er ging wieder auf die Knie und kam auf sie zu. Es war seltsam, einen Mann vor ihr auf den Knien zu sehen. Das war so gar nicht das, was sie gewohnt war.

»Versuch es noch einmal«, befahl er.

Er war wieder nahe genug, um sie zu berühren, und als sie die Schnürsenkel in die Hände nahm, waren es diesmal seine Hände, die sie führten.

Es war das erste Mal, dass sie seit der letzten Sexnacht mit Cypress berührt worden war. Aber Talons Hände waren viel sanfter, als es die von Cypress jemals gewesen waren. Er hatte Schwielen an den Handflächen, genau wie sie. Sie konnte seinen erdigen, moschusartigen Duft riechen und einen Hauch desselben sauberen Geruchs, den auch ihr Sweatshirt verströmt hatte, als sie es zum ersten Mal über den Kopf gezogen hatte. Es war ein beruhigender Geruch, der Sunset mehr als alles andere entspannte, während sie sich darauf konzentrierte, ihren Schuh zu binden.

»So ist es gut. Gut gemacht! Ich denke, du bist bereit für die Lektion für Fortgeschrittene. Zieh an dem Schnürsenkel … siehst du, wie einfach es war, ihn zu öffnen?«

Sunset nickte.

»Gut, und jetzt binde sie wieder zu. Genau so. Aber jetzt kreuze die Hasenohren wieder.«

»Mit einem Knoten?«, fragte sie.

»Ja, aber nicht zu fest. Jetzt ziehst du an der Spitze … siehst du, dass sie sich nicht so leicht lösen lässt? Das hilft dir beim Wandern, um zu verhindern, dass die Schnürsenkel sich versehentlich lösen. Solange du sie nicht zu festziehst, kannst du sie aufmachen. Los, probier es aus.«

Sie tat es und stellte erfreut fest, dass das zweimalige Binden der Hasenohren das Aufmachen nicht unmöglich machte. Innerlich rollte sie mit den Augen, weil sie die Schnürsenkel Hasenohren nannte, aber es schien es einfacher zu machen, sich zu merken, was sie da tat.

Talon wich noch einmal zurück, blieb aber auf den Knien, während sie den zweiten Stiefel zuband. Als sie fertig war, starrte sie ihre Füße noch einmal einen langen Moment an. Es war schwer, sich mit der Tatsache abzufinden, dass sie auf ihre Füße schaute. In Stiefeln.

Talon beugte sich vor und zögerte einen Moment lang mit seiner Hand über ihrem Stiefel. »Darf ich die Passform überprüfen?«

Schon wieder bat er um Erlaubnis, sie anfassen zu dürfen. Das war ein weiteres ungewohntes Konzept. »Ja.«

Er drückte auf das Ende des Stiefels, und sie konnte seine Berührung durch das Leder an ihrem großen Zeh spüren. »Nicht schlecht«, sagte er zufrieden. »Versuch mal, mit ihnen zu laufen, mal sehen, wie sie sich anfühlen.«

Sunset trat zur Seite, weg von Talon, und ging ein paar Schritte in der Gegend herum.

»Und?«, fragte er.

Die Stiefel fühlten sich seltsam an. Als würden sie ihre Füße einschnüren. Aber gleichzeitig waren ihre Füße warm, und selbst als sie absichtlich auf einen Stein trat, spürte sie ihn nicht einmal. Das Laub knirschte unter ihren Füßen und machte ihre Schritte lauter, als wenn sie das Kaninchenfell trug, aber das war ihr egal. »Sie sind gut«, sagte sie und lächelte ihn schüchtern an.

»Ich habe mir Sorgen gemacht, aber ich bin froh, dass ich die richtige Größe erwischt habe.« Talon stand auf und wischte sich die Hände an seiner Hose ab. »Ich muss sehen, was ich für uns an Nahrung finden kann. Ich habe jede Menge gefriergetrocknete Gerichte, aber ich habe das Gefühl, die werden wir schnell überhaben, wenn der Sturm zu lange anhält.«

Sunset blinzelte. *Er* wollte auf die Jagd gehen?

»Ich werde gehen«, erklärte sie.

»Nein. Du bleibst hier.«

Sunset runzelte die Stirn. Es war seltsam, sich erleichtert und glücklich zu fühlen, dass sie nicht jagen gehen musste, aber gleichzeitig verärgert zu sein, dass er ihr das nicht erlaubte.

Talon seufzte. »Ich weiß, dass du es *kannst*. Ich weiß genau, dass du mich nicht brauchst, um dir zu helfen. Das hast du im letzten Jahr nur allzu deutlich bewiesen. Aber ich *möchte* es. Ich tue *gern* etwas für dich. Es gibt mir ein gutes Gefühl, für dich zu sorgen. Du kannst hierbleiben, dich an deine Stiefel gewöhnen, deinen Platz mit deinen neuen Sachen so einrichten, wie du willst, und vielleicht sogar noch ein paar Steine finden, um die Plane hier am Boden zu halten. Wenn der Wind aufkommt, muss sie fest verankert werden. Wenn du willst, kannst du dich auch einfach entspannen und das Buch lesen, das ich dir mitgebracht habe.«

»Ich bin nicht sonderlich gut im Lesen«, gab sie zu bedenken. »Frauen durften weder lesen noch schreiben.«

Talon presste einen Moment lang die Lippen aufeinander. »Wenn ich zurückkomme, kann ich dir vorlesen, wenn du willst. Oder ich kann dir bei den Wörtern helfen, die du nicht kennst.«

Sunset starrte den Mann vor ihr an. Die erste Reaktion, als sie aufgewacht war – war das erst heute Morgen gewesen? –, hatte darin bestanden, dass sie Angst vor seiner Größe und dem, was er ihr antun würde, hatte. Aber je länger sie in seiner Nähe war, desto mehr wurde ihr klar, dass er sich von allen Männern, die sie je gekannt hatte, zu hundert Prozent unterschied. Er schien wirklich etwas für sie tun zu wollen, anstatt sich von ihr bedienen zu lassen. Es war unangenehm ... aber sie hasste es nicht.

»Okay.«

»Okay?«, fragte er. »Bleibst du hier, während ich uns etwas zu essen besorge?«

Sie nickte.

»Danke«, erwiderte er in einem tiefen, ernsten Ton.

Das war eine andere Sache. Hatte sich schon einmal ein Mann bei ihr bedankt? Wenn ja, dann konnte sie sich nicht erinnern.

Mit diesen Worten drehte Talon sich um und ging zurück zu seinem Zelt. Er holte das Satellitentelefon heraus und ging auf sie zu. »Nimm das. Wenn ich nicht zurückkomme oder wenn der Sturm zu unheimlich wird, drückst du den Knopf, der wie ein Stern aussieht, und dann die Nummer eins. Das wird dich mit Ethan verbinden. Er wird kommen und dir helfen.«

»Weiß er, wo ich bin?«, fragte sie.

Talon zögerte mit der Antwort, aber schließlich sagte er: »In dem Telefon ist ein Peilsender eingebaut. Er ist teuer, aber wenn wir das Telefon einmal im Wald fallen lassen oder es verlieren, können wir es mit dem Tracker wiederfinden. Außerdem können wir uns so bei einer aktiven Suche leichter finden.«

Sunset wusste nicht, ob es ihr gefiel, dass andere wussten, wo sie war, aber sie nickte und griff nach dem Telefon. Ihre Finger berührten sich ... und ein Kribbeln schoss über ihren Arm.

Es erschreckte sie so sehr, dass sie fast das Telefon fallen ließ.

Talon starrte sie einen langen Moment überrascht an, als hätte er dasselbe gefühlt wie sie, aber schließlich drehte er sich um und ging zurück zu seinem Zelt. Er griff in seinen Rucksack und holte einen der silbernen Beutel heraus, von denen er sagte, dass es sich um gefriergetrocknete Nahrung handelte, und eine Rolle dünnes Seil. Er lächelte sie an und sagte: »Ich habe festgestellt, dass die Viecher der Wurst nicht widerstehen können. Ich finde, sie schmeckt scheußlich, aber wer bin ich, das zu beurteilen?« Damit zwinkerte er ihr zu und machte sich auf den Weg in den Wald. »Ich sollte nicht zu lange brauchen. Ich denke, die Tiere hier wissen, dass ein Sturm aufzieht, und werden froh sein, wenn sie etwas zu fressen finden. Pass auf dich auf, während ich weg bin.«

Und dann war er verschwunden. Er verschwand in den Wäldern um sie herum, als sei er dort geboren worden.

Sunset sah auf das Telefon in ihren Händen hinunter und hatte plötzlich Todesangst, dass sie einen falschen Knopf drücken oder es fallen lassen und kaputt machen könnte. Sie ging in ihre Höhle und legte es vorsichtig auf den Boden im hinteren Teil des Raumes. Dann breitete sie den Stoff aus, den Talon ihr gegeben hatte, und zog die Sachen, die er ihr mitgebracht hatte, näher heran, um sie genauer zu untersuchen.

Sie roch an der Lotion und dem Haarzeug und versuchte, mit der Bürste durch ihr langes Haar zu fahren. Das erwies sich als unmöglich, weil ihre Haare so verfilzt waren. Achselzuckend legte sie die Bürste beiseite. Sie sehnte sich danach, ihre Haare abzuschneiden, aber bisher hatte sie sich nicht getraut, es zu tun. Es war Frauen verboten, sich die Haare zu schneiden, und die Strafe, die sie vor ein paar Jahren erhalten hatte, als sie sich entschlossen hatte, nur die Spitzen mit einem Messer abzuschneiden, war ihr noch frisch in Erinnerung. Cypress war derjenige gewesen, der die Peitsche schwang, und es hatte ihm großen Spaß gemacht, ihr klarzumachen, dass ihr Körper nicht ihr eigener war. Die Männer hatten das Sagen, und sie musste sich an ihre Regeln halten.

Es hatte Monate gedauert, bis die Narben von den Peitschenhieben verheilt waren, und in der Zwischenzeit war sie immer noch für ihre regulären Aufgaben verantwortlich gewesen. Seitdem hatte sie sich nicht mehr getraut, ihr Haar anzurühren.

Sunset schnappte sich das Buch, das Talon mitgebracht hatte, und starrte es eine ganze Weile lang an. Es fühlte sich gewagt und irgendwie beängstigend an, das Ding überhaupt in die Hand zu nehmen. In der *Gemeinschaft* würde sie dafür genauso oder noch schlimmer ausgepeitscht werden, als hätte sie sich die Haare abgeschnitten.

Aber sie war nicht mehr in der *Gemeinschaft*. Sie war auf sich allein gestellt und konnte ihre eigenen Entscheidungen treffen. Mit diesem Gedanken schlug sie den Einband auf und blätterte zum ersten Kapitel.

KAPITEL SECHS

Tal war erleichtert, dass er es ohne allzu große Schwierigkeiten geschafft hatte, drei Kaninchen zu fangen. Er machte sich auf den Weg zurück zur Höhle und betete, dass Sunset nicht abgehauen war. Er glaubte nicht, dass sie das tun würde, aber im Moment wollte er keine Vermutungen anstellen.

Er hatte nicht gelogen, als er ihr gesagt hatte, dass er sie toll findet. Sie war so verdammt stark, dass es beängstigend war. Sie brauchte weder ihn noch sonst jemanden, um zu überleben. Sie kam gut allein zurecht. Aber es brachte ihn zum Weinen – oder dazu, die Männer umbringen zu wollen, die diese Sekte leiteten, in die sie gezwungen worden war –, wenn sie sich mit etwas abmühen musste, das die meisten Kinder problemlos konnten. Wie sich die Schuhe zu binden. Oder zu lesen. Oder zu wissen, was ein Handy ist. Einerseits wusste sie über Dinge Bescheid, von denen die meisten Menschen keine Ahnung hatten, andererseits war sie so naiv wie ein kleines Kind.

Als sie ihm erklärte, was die Ehe für sie bedeutete, drehte sich ihm der Magen um. Und als sie von Kindern sprach, die »adoptiert« und in die Sekte gebracht wurden, hätte er sich fast übergeben. Jeder einzelne Mann in dieser Sekte sollte wegen

Kindesmissbrauchs, Entführung, Vergewaltigung und wahrscheinlich noch Dutzenden anderer Vergehen verhaftet werden. Tal hatte keinen Zweifel daran, dass sie Kinder entführten, um sie in die Sekte zu bringen. Sie zogen auch Jungen auf, die zu Vergewaltigern und Polygamisten werden sollten. Alles, was Sunset überlebt hatte, beeindruckte und erschütterte ihn zu gleichen Teilen.

Er *hasste* es, wie sie sich anspannte, wenn er ihr zu nahe kam. Oder wie sie annahm, dass er sein Wort gebrochen und die Höhle uneingeladen betreten hatte. Dass sie ihm direkt sagte, dass sie nicht mit ihm schlafen würde, machte ihn stolz auf sie, aber auch verdammt wütend, dass sie sich überhaupt mit so etwas beschäftigen musste.

Es war ihm egal, wie oft er sie daran erinnern musste, dass er ihr nicht wehtun würde und dass sie ihm vertrauen konnte. Er würde es jeden Tag, jede Stunde, wenn nötig bis zu seinem letzten Atemzug wiederholen. Niemand würde dieser Frau jemals wieder wehtun. Nicht, solange er die Verantwortung hatte.

Es war verrückt, so etwas zu denken, denn es gab keine Garantie, dass sie nach Fallport zurückkehren würde. Und wenn sie es tat, wenn sie wirklich Heather Brown war – und mit jeder Minute, die verging, war er sich sicherer, dass sie es war –, dann hatte sie Eltern, die sich über ein Wiedersehen mit ihrer lang vermissten Tochter freuen würden. Ja, sie waren weggezogen und hatten sich dann scheiden lassen, aber sie würden sicher immer noch wollen, dass ihre Tochter dorthin zieht, wohin sie gezogen waren.

Der Gedanke, dass Sunset wegziehen würde, ließ sein Herz schmerzen, aber Tal verdrängte das Gefühl. Sie war erwachsen, und er fühlte sich geehrt, dass er die Chance hatte, sie kennenzulernen. Wenn er ihr helfen konnte, sich wieder in die Gesellschaft einzugliedern und nicht in diese miese Lebensweise, die ihr die verdammte Sekte beigebracht hatte, wäre er zufrieden.

Tal versuchte, die Stimme in seinem Inneren zu ignorieren,

die ihm sagte, dass er nur Mist redete, und ging zurück zur Höhle. Als er dort ankam, war er etwas erschrocken, dass er Sunset weder sah noch hörte.

»Hallo?«, rief er.

Innerhalb von Sekunden lugte Sunsets Kopf durch die von ihm gebastelte Zelttür. »Du bist zurück.«

»Bin ich«, entgegnete er grinsend. Er hielt die drei Kaninchen hoch, die er an einem stabilen Stock befestigt hatte, und sagte: »Und ich habe unser Abendessen mitgebracht.«

»Lecker!«, rief sie aus.

Für den Bruchteil einer Sekunde stellte Tal sich die gleiche Szene vor, wie sie Jahre später sein würde. Sie waren mit ihren Kindern auf einem Campingausflug und Sunset begrüßte ihn auf dem Campingplatz und freute sich darauf, ihren Kindern zu zeigen, was ihr Vater ihnen zum Abendessen mitgebracht hatte.

Doch dann setzte die Realität ein. Das hier war keine Fantasie und er und Sunset hatten keine gemeinsame Zukunft.

»Ich denke, wir sollten das Fleisch heute Abend zubereiten, bevor das Wetter zu schlecht wird«, entgegnete er.

»Finde ich auch«, erklärte Sunset und ging zögernd auf ihn zu. »Ich werde es tun.«

Tal wollte protestieren, wollte derjenige sein, der ihre Mahlzeiten zubereitet. Aber er wollte ihr nichts von ihrer hart erkämpften Unabhängigkeit wegnehmen. Er nickte einfach und reichte ihr die Kaninchen. Das Lächeln auf ihrem Gesicht zeigte, dass seine Entscheidung sich gelohnt hatte.

Schnell machte sie sich daran, die kleinen Tiere zu häuten. Sie legte die Felle beiseite und entfachte in beeindruckend kurzer Zeit ein größeres Feuer außerhalb der Höhle. Als sie sich zum Essen hinsetzten, fielen bereits dicke Schneeflocken vom Himmel.

Während er aß, sprach Tal über alles und nichts. Er erzählte Sunset von Fallport, von den Bürgern, die er im Laufe der Jahre kennengelernt hatte. Er erzählte noch mehr

Geschichten über Tony und über die Männer in seinem Team und ihre Frauen. Sie stellte nicht viele Fragen, aber er konnte das Interesse in ihren Augen sehen.

Als ihm der Gesprächsstoff ausging, erzählte er ihr schließlich von seinem Job im Friseursalon.

»Als ich nach Fallport kam, wusste ich nicht, was ich tun sollte. Mein Job beim Such- und Bergungsteam ist toll, ich war begeistert davon, aber ich wusste, dass er nicht meine ganze Zeit in Anspruch nehmen würde. Es ist eine Zufallssache. Es gibt Monate, in denen wir extrem viel zu tun haben, vor allem im Sommer, aber es gibt auch Zeiten, in denen wir dreißig Tage oder länger nicht zu Einsätzen gerufen werden. Ich wusste, dass ich etwas brauchte, um mich zu beschäftigen. Damals in England war ich bei Langzeiteinsätzen der Typ, der meinen Kumpeln die Haare schnitt. Also ging ich in den Friseursalon auf dem Marktplatz und fragte Harvey, den Besitzer des Ladens, ob er Hilfe braucht. Ich muss ihm zugutehalten, dass er mich einstellte, der nicht nur neu in der Stadt war, sondern auch noch ein Ausländer ohne Berufserfahrung. Ich arbeite nicht Vollzeit, aber es macht mir Spaß, mit den Männern und gelegentlich auch mit den Frauen zu reden, die in den Laden kommen.«

Sunset starrte ihn einen Moment lang an. »Du schneidest Haare?«

Tal hätte am liebsten gelacht. War es nicht das, was er gerade erklärt hatte? Aber als er einen Moment darüber nachdachte, wurde ihm klar, dass sie vielleicht nicht wusste, was ein Friseur war. Er lächelte nur und sagte: »Ja.«

Sie schaute auf ihren leeren Teller, den er ihr mitgebracht hatte, dann auf das Feuer und dann in den Wald. Tal glaubte nicht, dass sie den Mut aufbringen würde, ihn zu fragen, was auch immer sie dachte ... aber dann sah er, wie sie die Schultern hochzog, und wusste, dass sie ihre Verlegenheit oder Schüchternheit überwinden würde, um zu fragen, was sie wissen wollte.

»Würdest du mir die Haare schneiden?«

Tal blinzelte überrascht. »Was?«

»Ich weiß, dass Frauen lange Haare haben sollen, aber ... mir gefällt das nicht.«

»Frauen können so langes Haar haben, wie sie wollen«, konterte Tal sanft. »Warte, bis du Caryn kennenlernst. Sie lässt sich die Haare *sehr* kurz schneiden. Sie sagt, es sei ihr im Weg, wenn es lang ist.«

»Wirklich?«

»Ja.« Tal zögerte, bevor er fragte, was ihm durch den Kopf ging, entschied sich dann aber doch, ganz offen zu sein. »Warum hast du sie nicht selbst abgeschnitten?«

Sie seufzte. »Ich habe es einmal getan. Nur ein kleines Stückchen an den Enden. Cypress hat es bemerkt und mich als Warnung für die anderen Frauen ausgepeitscht. Wir durften unsere Haare nicht schneiden. Niemals.«

Die Wut drohte Tal zu übermannen. Das Leben, das diese Frau und alle anderen in dieser verdammten Sekte erduldet hatten, war mehr als missbräuchlich. Es war verdammt sadistisch. Er atmete tief durch die Nase ein und betete um Gelassenheit und die richtigen Worte, um dieser Frau zu helfen.

»Ich habe keine Schere dabei«, erklärte er schließlich.

Sunset presste die Lippen zusammen und nickte.

»Aber ich kann mein Messer benutzen. Du kannst mir vertrauen, und ich werde dir nicht wehtun.«

»Ich glaube, ich fange an, das zu glauben«, entgegnete sie leise.

Tals Bauch krampfte sich bei ihrem Geständnis zusammen. Noch nie hatten ihn die Worte einer Frau so tief getroffen.

»Aber ... vielleicht sollte ich nicht. Ich meine, ich hatte schon immer langes Haar ... es ist nur schwer sauber zu halten und es ist mir oft im Weg. Ich bin dankbar für die Haargummis, die du mir gegeben hast, aber ... ich weiß einfach nicht.«

Sie klang so unsicher, obwohl sie noch vor einem Moment dafür zu sein schien, sich die Haare abzuschneiden. Aber je mehr Tal darüber nachdachte, desto klarer wurde ihm, dass sie vielleicht kürzere Haare haben wollte, aber die Auswirkungen des letzten Mals waren offensichtlich noch frisch in ihrem Gedächtnis.

»Wie wäre es, wenn wir es langsam angehen? Wir können damit anfangen, nur ein kleines Stückchen abzuschneiden. Vielleicht so lang wie deine Fingerspitze. Morgen sehen wir dann, wie du dich fühlst, und wenn du möchtest, machen wir das noch einmal. Wir können es langsam angehen lassen, bis du dich mit der Länge wohlfühlst. Es sind nur Haare, Sunset. Wenn es dir kurz nicht gefällt, wächst es wieder nach. Und wenn du meinst, dass wir es *zu* langsam angehen und du möchtest, dass ich noch mehr abschneide, können wir auch das tun. Dein Haar ist umwerfend. Absolut atemberaubend. Es erinnert mich an die wunderschönen Sonnenuntergänge zu Hause in England. Aber du stehst nicht mehr unter ihrer Fuchtel. Wenn du eine Hose tragen, deine Haare schneiden und in einem bequemen Bett schlafen willst, dann tu es.«

Sunset starrte ihn die ganze Zeit über intensiv an und Tal konnte den Blick nicht von ihr lösen. In ihren Augen spiegelten sich so viele Emotionen wider.

»Ich will es kürzer ... aber ich habe Angst.«

Tal war so verdammt stolz auf sie. Die Männer, mit denen sie gelebt hatte und von denen sie wahrscheinlich entführt worden war, hatten sie nicht gebrochen. Sie hatten es versucht, das war klar, aber wie durch ein Wunder hatte sie sich einen Funken Unabhängigkeit bewahrt. Ohne ein Rückgrat aus Stahl hätte sie das letzte Jahr allein im Wald nicht überleben können.

»Du kannst mir vertrauen«, wiederholte Tal leise. »Dein Haar gehört dir. Dein Körper ist dein eigener. Du hast das Recht zu entscheiden, was du anziehst, was du isst, was du sagst oder mit wem du Sex hast. *Niemand* sollte dich zwingen, etwas zu tun, was du nicht tun willst.«

Er sah, wie ihr die Tränen in die Augen stiegen, aber sie hielt sie zurück. »Okay.«

»Okay was?«, fragte Tal.

»Okay, ich will tun, was du gesagt hast. Heute ein bisschen von meinem Haar abschneiden. Und morgen ein bisschen mehr. Und übermorgen auch.«

»Du bist verdammt mutig«, murmelte Tal, dann nickte sie.

Sie sah überrascht aus. »Du hältst mich für mutig?«

»Verdammt, ja«, entgegnete er.

»Aber das bin ich nicht, weißt du«, erklärte sie, als würde sie das Wetter kommentieren.

»Du irrst dich«, erwiderte Tal unverblümt.

Sunset schüttelte den Kopf. »Ich wollte in die Stadt gehen, aber es war verboten. Und ich habe so viele Geschichten darüber gehört, dass die Leute dort keine Außenseiter mögen. Dass sie mir wehtun würden, wenn ich es wage, mein Gesicht zu zeigen. Ich will mir schon seit einem Jahr die Haare abschneiden, aber ich hatte nicht den Mut, es selbst zu tun. Vor ein paar Monaten habe ich einen Bären gesehen, der mich so sehr erschreckt hat, dass ich mich tagelang in meiner Höhle versteckt habe. Ich bin nicht mutig, Talon.«

Tal wollte diese Frau so gern in den Arm nehmen, aber er zwang sich, genau dort zu bleiben, wo er war. Trotzdem beugte er sich vor, als er sprach. »Du wurdest zwanzig Jahre lang mit einem Haufen Lügen beeinflusst, mein Schatz. Die Männer, bei denen du gelebt hast, haben dich missbraucht, so einfach ist das. Sie haben dir Lügen erzählt, um dich und die anderen Frauen zu kontrollieren. Woher solltest du wissen, dass das, was sie taten, falsch war? Du hast einfach versucht, dich selbst zu schützen, indem du nicht in die Stadt gegangen bist oder dir die Haare geschnitten hast. Das nennt man Selbsterhaltung. Und was den Bären betrifft? Verdammt noch mal, *jeder* hätte Angst, einem Bären zu begegnen.«

»Du auch?«, fragte sie leise.

»Ja. Wo ich herkomme, gibt es keine Bären. Als ich einmal

in Russland war, habe ich einen gesehen ... ich fand ihn süß, bis er sich auf die Hinterbeine gestellt und mich angebrüllt hat. Ich schwöre, ich habe mir fast in die Hose gepinkelt. Meine Kumpel haben sich totgelacht und gesagt, dass sie noch nie jemanden gesehen haben, der so schnell die Beine in die Hand genommen hat. Selbsterhaltung ist keine schlechte Sache. Für mich ist das sogar *die* wichtigste Eigenschaft, die man haben sollte. Das Gefühl tief in dir, das dir sagt ›Keine gute Idee‹ oder ›Geh nicht in diese Richtung‹ oder ›Bleib ruhig und sieh ihm nicht in die Augen‹, hat dir wahrscheinlich schon mehr als einmal das Leben gerettet.«

Sunset sah ihn an, als würde er ihr die Schlüssel zu ihrer Freiheit geben. Langsam nickte sie.

»Gut, also kein Gerede mehr darüber, dass du nicht mutig bist, okay?«

Sie verzog die Lippen zu einem kleinen Lächeln. »Okay.«

»Gut. Wie wär's, wenn ich jetzt unsere Essensreste abräume und dir dann ein klitzekleines Stückchen Haar abschneide? Danach kannst du dich für die Nacht einrichten, bevor der Sturm aufzieht.«

»Ich kann aufräumen«, erklärte sie und sah besorgt aus.

»Ich weiß, dass du das kannst. Aber ich kann das auch. Lass mich auf dich aufpassen, Sunset. Bitte.«

Wieder wirkte sie erschrocken über seine Worte.

»Ich glaube, es hat sich schon sehr lange niemand mehr um dich gekümmert. Lass mich das für dich tun, Liebes«, bat Tal leise. Er war erleichtert, als sie ihm kurz zunickte.

Der Schnee fiel immer noch, aber Tal ignorierte ihn, während er die Pfanne, in der sie das Kaninchen gebraten hatte, aufhob und zum Bach ging. Er nahm auch den Eimer mit, um ihn wieder aufzufüllen. Er hatte das Gefühl, dass sie beide nirgendwo mehr hingehen würden, sobald der Sturm erst einmal voll im Gange war.

Als er zurückkam, sah er Sunset mit dem Narnia-Buch auf ihrem Schoß auf seinem Schlafsack sitzen. Sie starrte es an und ihre Lippen bewegten sich leise. Sie hatte seine Rückkehr nicht gehört, also räusperte er sich, um sie nicht zu sehr zu erschrecken.

Sie hob den Kopf und schenkte ihm ein weiteres kleines Lächeln.

Tal fühlte sich, als hätte er das schönste Geschenk der Welt erhalten, als er ihren freudigen Gesichtsausdruck sah. Er stellte den Wassereimer in der Nähe des Eingangs zu ihrer Höhle ab. Sie hatte ihn immer noch nicht hereingebeten, und er wollte es nicht übertreiben. In seinem kleinen Zelt wäre er sicher gut aufgehoben. Er hatte schon früher Stürme darin überstanden, er würde auch mit diesem fertigwerden.

»Gefällt es dir?«, fragte Tal und nickte zu dem Buch auf ihrem Schoß.

Sie seufzte und schaute nach unten. »Es ist schwer.«

Tal hätte sich am liebsten selbst in den Hintern getreten. Er hatte gar nicht darüber nachgedacht, dass sie nicht lesen konnte. Wenn das Heather war, war sie in der dritten Klasse, als sie verschwand, alt genug, um zu lesen, aber wenn die Sekte, die sie entführt hatte, nicht wollte, dass die Frauen lesen oder schreiben, dann hatte sie seit zwanzig Jahren kein Buch mehr gesehen.

Als wollte sie ihn nicht beleidigen, fügte sie hinzu: »Aber von dem, was ich verstehen kann, ist es gut, so weit.«

»Soll ich es dir vorlesen?«, bot Tal an. Später wurde ihm klar, dass das Angebot vielleicht nicht die beste Idee war. Er war kein Typ, der laut vorliest, und er wollte nicht, dass sie sich schlecht fühlte, weil sie es nicht selbst lesen und verstehen konnte.

Aber sie überraschte ihn mit der enthusiastischen Frage: »Das würde dir nichts ausmachen?«

»Ganz und gar nicht«, erklärte Tal. »Wenn es dir recht ist, möchte ich mein Zelt näher an den Eingang deiner Höhle stellen. Wenn es anfängt, stark zu schneien, möchte ich dich hören können, wenn du etwas brauchst. Und du kannst mich dann auch besser hören.«

Sie biss sich auf die Lippe und sah wieder auf das Buch in ihrem Schoß hinunter.

»Kein Druck, Sunset. Ich werde nicht in deinen Raum eindringen. Ich werde dir nicht wehtun. Du kannst mir vertrauen.«

Ihre Schultern strafften sich auf die typische Art und Weise und sie sah zu ihm auf. »Okay.«

»Danke, Liebes.« Tal wusste, dass er aufhören sollte, sie so zu nennen, aber das Wort ging ihm einfach nicht mehr aus dem Kopf. »Gib mir ein paar Minuten, dann fangen wir an.«

Es dauerte nicht lange, bis er sein Zelt aufgebaut hatte, und obwohl der Boden in der Nähe des Höhleneingangs etwas härter war, schien er dank der umliegenden Bäume besser vor dem Wind geschützt zu sein, der in der letzten Stunde aufgekommen war. Er befestigte sein Zelt, holte seine leistungsstarke Taschenlampe heraus und sorgte dafür, dass er seinen Kocher für später griffbereit hatte. Er war nützlich, um Mahlzeiten zuzubereiten, aber er würde auch Wärme für sein kleines Zelt liefern, wenn der Schnee wirklich zu fallen begann.

Er hatte ein paar zusätzliche Notfalldecken dabei und breitete eine auf dem Boden aus, bevor er zum Eingang der Höhle ging. Ohne die Höhle zu betreten, sagte er: »Wenn du dich hier draußen hinsetzt, kümmere ich mich um den ersten Haarschnitt, dann können wir lesen.«

Während er sich hinsetzte, hatte Sunset ihr eigenes Bett auf eine Seite der Höhle geschoben, näher an die offene Zeltklappe. Er hätte ihr am liebsten gesagt, dass sie es in die hinterste Ecke bringen sollte, wo sie besser vor den Elementen geschützt wäre, aber er unterließ es.

Er war froh festzustellen, dass er keinerlei Widerwillen erkennen konnte, als sie aufstand und näher heran ging. Sie setzte sich wenige Meter von ihm entfernt hin und rutschte dann rückwärts auf ihn zu.

Ihr Rücken war kerzengerade, und er konnte die Anspannung in ihrem Körper sehen und spüren. Tal zog sein rasiermesserscharfes Messer aus der Scheide an seinem Oberschenkel und ließ sich hinter ihr auf die Knie sinken. Er hätte das viel lieber mit der hochwertigen Schere gemacht, die Harvey im Laden hatte, aber er würde es schon schaffen.

»Ich werde dir nicht wehtun und du kannst mir vertrauen«, erinnerte er sie sanft, während er nach einer Strähne ihres Haares griff. Als er das tat, wurde ihm sofort klar, dass das nicht klappen würde. Ihr wunderschönes, aber kraftloses rotes Haar hing ihr in unzähligen Strähnen über den Rücken.

»Darf ich es erst bürsten?«, fragte er leise.

Wenn das überhaupt möglich war, verspannte Sunset sich sogar noch mehr. Sie drehte den Kopf nicht, als sie ihn schüttelte und sagte: »Das tut weh.«

Tal schloss die Augen vor Frustration und Wut. Diese verdammten Männer, die sie missbraucht hatten, mussten sterben. Einen langsamen, schmerzhaften Tod. Er schluckte schwer und holte tief Luft, bevor er sagte: »So wie ich es mache, wird es nicht wehtun.«

Er wartete geduldig, ohne sie zu drängen, während sie über seine Worte nachdachte. Dann bewegte sie sich nach vorn, stand auf und ging zu ihren Sachen, die sie an der Rückwand der Höhle verstaut hatte. Sie holte die Bürste heraus, die er ihr gegeben hatte, und ging zurück zu ihm. Sie sah aus, als wäre sie lieber woanders, und hatte offensichtlich Angst davor, hier zu sein.

Nachdem sie Tal die Bürste gegeben hatte, setzte sie sich wieder hin, presste die Hände in ihrem Schoß zusammen und starrte auf die Rückwand der Höhle. Er wollte sie noch einmal beruhigen und ihr sagen, dass er vorsichtig sein würde, aber er wusste, dass Taten lauter sprachen als Worte, also nahm er eine kleine Strähne ihres Haares und machte sich an die Arbeit, wobei er darauf achtete, ihr Haar festzuhalten, damit er keinen Druck auf ihre Kopfhaut ausübte, während er arbeitete.

Nach einem Moment sah Tal, wie ihre Schultern sich ein

wenig entspannten, als sie merkte, dass er ihr nicht wehtat. Mit jedem Knoten, den er ausbürsten konnte, entspannte sie sich noch mehr.

Es dauerte eine Weile, aber schließlich gelang es ihm, mit der Bürste sanft von der Kopfhaut bis zu den Spitzen durch ihr Haar zu fahren. An einer Stelle schloss sie die Augen und neigte den Kopf zurück, während er arbeitete.

Tal hätte nie gedacht, dass das Bürsten der Haare einer Frau so ... intim sein könnte. Er fuhr mit der Bürste durch ihr Haar, noch lange nachdem er die Verfilzungen beseitigt hatte. Als das Licht zu schwinden begann, der Schnee weiter fiel und der frühe Abend noch kälter wurde, wusste er, dass er die Sache hinter sich bringen musste. Widerwillig legte er die Bürste weg und nahm sein Messer in die Hand. Sie hatten nicht miteinander gesprochen, während er ihr das Haar gebürstet hatte, aber das Schweigen war nicht im Geringsten unangenehm. Es fühlte sich ... behaglich an.

Vorsichtig schnitt Tal die Enden ihres Haares ab. Wie er versprochen hatte, nahm er nur etwa einen Zentimeter ab. Er nahm das Haar in die Hand und hielt es ihr hin, sodass sie es sehen konnte. »Alles fertig«, erklärte er.

Sunset schaute auf seine Hand hinunter und drehte dann den Hals, um ihn anzusehen. Er konnte ihren Gesichtsausdruck nicht deuten, aber er sah, dass ihre Hand zitterte, als sie sie zu seiner hob. Tal legte ihr das Haar in die Hand, und sie saß da und starrte es einen Moment lang an.

»Es hat nicht wehgetan«, flüsterte sie.

»Was hat nicht wehgetan?«, fragte Tal.

»Dass du mir die Haare gebürstet hast. Jedes Mal wenn Arrow eine seiner anderen Frauen gezwungen hat, es zu bürsten, hat es immer wehgetan.«

Verdammte Mistkerle, mit denen sie gelebt hatte.

»Ich habe dir gesagt, dass ich dir nie wehtun werde. Egal, ob es nur darum geht, dein Haar zu bürsten oder Worte als

Waffen zu benutzen ... ich werde es nicht tun. Und ich werde auch nicht zulassen, dass jemand anderes dir wehtut.«

Sie seufzte und sah wieder auf ihre Haarspitzen hinunter. »Ist es dir wirklich egal, wenn ich mir die Haare schneide?«, fragte sie dann.

»Es sind *deine* Haare, Liebes. Du kannst mit ihnen machen, was du willst.«

»Ich will nicht hässlich sein«, flüsterte sie und sah ihn immer noch nicht an.

Tal hätte ihr am liebsten den Finger unter das Kinn gelegt und sie gezwungen, ihm in die Augen zu sehen, aber stattdessen ballte er die Hände zu Fäusten. »Du könntest *niemals* hässlich sein«, erklärte er etwas zu eindringlich und holte tief Luft, um seine Wut zu kontrollieren.

»Sie haben immer behauptet, kurzes Haar sei hässlich«, erwiderte sie.

»Das waren verdammte Mistkerle, die Freude daran hatten, andere unter ihre Fuchtel zu bekommen«, erwiderte Tal und die Worte sprudelten nur so aus ihm heraus. »Sie waren missbräuchliche Dreckskerle, die es genossen, wehrlose Frauen und Kinder zu vergewaltigen und so zu tun, als sei es normal, sechs verdammte Frauen zu haben. Haare machen niemanden hässlich, Sunset. Genauso wenig wie die Kleidung, die jemand trägt, oder sein Körperumfang. Es sind die *Taten*. Und die Handlungen derer, mit denen du zusammenleben musstest, waren nicht nur hässlich, sie waren abstoßend, kriminell und schlichtweg falsch.« Es gab noch so viel mehr, was Tal sagen wollte, aber er wusste, dass er sich beruhigen musste, bevor er die Frau erschreckte.

Er stand auf und ging von der Höhle weg, ohne zu wissen, wohin er ging, nur dass er seine Wut unter Kontrolle bringen musste.

Er ging nicht weit und blieb auch nicht lange weg. Er fühlte sich zu Sunset hingezogen, als sei sie die Luft, die er zum

Atmen brauchte. Er verstand es nicht, aber er wollte das Gefühl auch nicht analysieren. Es war einfach so.

»Es tut mir leid«, erklärte er, als er zurückkam. Sunset saß immer noch mit dem Gesicht zum Wald am Eingang der Höhle. Sie hatte die Arme um ihre Beine geschlungen und schien den Schnee, der sich an ihren stiefelbekleideten Zehen sammelte, gar nicht zu bemerken.

»Du bist der erste Mann, der sich je bei mir entschuldigt hat«, bemerkte sie fast im Plauderton. »In der *Gemeinschaft* hatten die Männer immer recht. Ihr Wort war Gesetz. Selbst wenn sie etwas verbockt hatten, behaupteten sie, es sei Absicht gewesen ... um uns Frauen eine Lektion zu erteilen.«

Ihre Worte halfen Tal nicht, sich zu beruhigen.

»Ich dachte immer, dass etwas nicht stimmt. Dass es nicht richtig war, wie die Frauen und Mädchen behandelt wurden. Aber ich konnte nichts dagegen tun. Es war mein Leben, und ich saß dort fest. Danke, dass du ehrlich zu mir bist. Danke, dass du endlich das sagst, was ich tief in meinem Herzen schon immer gedacht habe.«

Sie machte ihn völlig fertig. »Du bist jetzt frei und niemandem Rechenschaft schuldig«, sagte Tal zu ihr.

Das Lachen, das aus ihrer Kehle kam, klang nicht amüsiert. »Ich werde nie frei von ihnen sein«, entgegnete sie.

»Falsch«, sagte Tal zu ihr. »Du bist es bereits. Du hast ihren Mist durchschaut und das Beste, was du tun kannst, um dafür zu sorgen, dass sie bekommen, was sie verdient haben, ist, deine Geschichte zu erzählen. Ohne Scham. Denn was mit dir passiert ist, wie sie dich behandelt haben, war nicht deine Schuld. Es war alles ihre Schuld. Sie haben dich ausgenutzt und dich jahrelang missbraucht. Die beste Rache ist es, von ihnen wegzukommen und dein Leben so zu leben, wie du es schon immer wolltest. Zeig ihnen, dass sie dich vielleicht eine Zeit lang unterdrückt haben, aber dass sie jetzt keine Kontrolle mehr über dich haben. Du bist stärker als ihre Gedankenmanipulation, und du hast es geschafft, dich zu befreien.«

»Wenn du das so sagst, würde ich dir nur allzu gern glauben«, sagte sie leise.

»Gut. Ich sage nicht, dass es einfach wird. Sie werden in deinem Hinterkopf sein und versuchen, dich zurückzuziehen. Aber du bist stark genug, um ihre vernichtenden Worte wegzuschieben und aus deinem Schneckenhaus herauszukommen.«

Sunset legte den Kopf schief und starrte ihn an. »Woher weißt du das?«

Tal nickte mit Blick auf den kleinen Haufen Haare, den er ihr abgeschnitten hatte und der nun neben ihr lag, und sagte: »Deswegen. Du hattest Angst davor, dir die Haare schneiden zu lassen, aber du hast es trotzdem getan. So ist das, wenn du selbst entscheidest und handelst, auch wenn du die Stimmen in deinem Kopf hörst, die dir sagen, dass es falsch ist oder dass du bestraft wirst.«

Sunset sah auf den kleinen Haufen Haare hinunter und dann zu ihm auf. »Du hast recht.«

»Ich weiß.«

Das Lächeln auf ihren Lippen war jetzt aufrichtiger. »Sind alle Männer so wie du?«, fragte sie. »Ich meine ... außerhalb der *Gemeinschaft*?«

Tal seufzte. »Ich weiß nicht genau, was du meinst, aber wenn du fragst, ob alle Männer Frauen so unterstützen und ermutigen, ist die Antwort nein. In der normalen Welt gibt es genauso viele Vollidioten wie in der verdammten Sekte, in der du gelebt hast. Aber die gute Nachricht ist, dass du jetzt weißt, wie du sie erkennen kannst. Wenn jemand dich zu etwas zwingen will, sagst du ihm, er soll sich zum Teufel scheren, und gehst in die entgegengesetzte Richtung. Und ich werde dir beibringen, dich zu verteidigen. Wenn also einer dieser Mistkerle versucht, seine Kraft gegen dich einzusetzen, kannst du dich effektiv wehren.«

Tal knurrte schon fast, als er sprach, aber der Gedanke, dass jemand diese Frau gegen ihren Willen anfassen könnte, machte ihn regelrecht wütend.

Zu seiner Überraschung hatte sie keine Angst vor dem, was er sagte. Stattdessen nickte sie. »Darf ich auch ein Messer tragen, so wie du?«, fragte sie und schaute auf die Scheide, die an seinem Oberschenkel befestigt war.

Tal lachte. »Wenn du willst, sicher. Allerdings gibt es in manchen Lokalen Gesetze, die das Tragen von Waffen verbieten.«

Sie zuckte nur mit den Schultern.

Wenn sie sich durch das Tragen eines Messers sicherer fühlte, würde Tal ihr nicht nur beibringen, wie man es benutzt, sondern ihr auch hundert Messer und Scheiden zum Tragen kaufen.

»Willst du mir immer noch vorlesen?«, fragte sie.

»Ja«, entgegnete Tal. Er war müde und in seinen Adern flossen immer noch heftige Emotionen, aber wenn diese Frau wollte, dass er ihr vorlas, dann würde er das tun.

Sunset griff hinter sich, hob das Buch auf und hielt es ihm hin. Tal trat vor und nahm es an sich, dann ging er wieder zurück. Es lag etwa ein Zentimeter Schnee auf dem Boden, und so wie er immer noch fiel, würde es morgen, wenn sie aufwachten, noch viel mehr sein.

Er öffnete den Reißverschluss seines Zeltes und kroch hinein. Er legte sich auf den Bauch und legte seinen Kopf an den Eingang. Als er aufblickte, sah er, dass Sunset nach hinten gerutscht war, bis sie auf dem Schlafsack saß, den er ihr gegeben hatte.

»Kannst du mich hören?«, fragte er.

Sie nickte.

Tal räusperte sich und begann zu lesen.

KAPITEL SIEBEN

Am nächsten Morgen wachte Sunset langsam auf. Tal hatte ihr eine ganze Weile vorgelesen, bevor er das Buch zum Eingang ihrer Höhle zurückgebracht und ihr gesagt hatte, sie solle die Zeltplane schließen und schlafen gehen.

Sie stimmte zu, aber sie hatte ein schlechtes Gewissen, weil Talon draußen im Schnee und Wind in seinem Zelt war, während sie sich in der Höhle aufhielt. Sie war jedoch nicht bereit, ihren Bereich zu teilen. Er gehörte *ihr*, und es war lange her, dass ihr etwas allein gehört hatte.

Ich werde dir nicht wehtun und du kannst mir vertrauen.

Seine Worte hallten in ihrem Kopf wider, und obwohl sie ihm gern glauben wollte, hatte ihre Vergangenheit sie gelehrt, dass kein Mann vertrauenswürdig war.

Als sie in dem Schlafsack lag, den er ihr gegeben hatte, erinnerte Sunset sich an die Art, wie er ihr Haar gebürstet hatte. Er hatte nicht an den Verfilzungen gezogen. Er war sehr vorsichtig gewesen und hatte sie methodisch und sanft durchgekämmt. Und als er mit der Bürste vom Scheitel bis zu den Spitzen durch die Strähnen fuhr, hatte sich das so gut angefühlt. Sogar entspannend.

Zum ersten Mal in ihrem Leben hatte sie sich in Gegenwart eines Mannes völlig fallen lassen.

Obwohl ihr Verstand ihr sagte, dass man Talon nicht trauen dürfe, dass sie ihn gerade erst kennengelernt hatte und er wahrscheinlich etwas vorhatte, war ihr Herz anderer Meinung.

Seufzend, weil sie es hasste, wie verwirrt sie war, zog Sunset das Buch zu sich heran und schaltete die Taschenlampe ein, die Talon ihr gegeben hatte. Sie richtete sie auf das Buch und versuchte, sich langsam einen Weg durch die Seiten zu bahnen. Es half ihr jetzt, dass Talon sie bereits gelesen hatte und sie die Geschichte kannte. Nicht alle Wörter waren ihr geläufig, aber sie war stolz, als sie das erste Kapitel allein bewältigen konnte.

Sie schlief wieder ein, träumte von Aslan und hörte Talons einzigartig klingende Stimme in ihrem Kopf. Als sie aufwachte, hörte sie den Wind draußen heulen. Ihre Nase war kalt, wo sie aus dem Bettzeug ragte, und als sie sich aufsetzte, fröstelte sie. Die Höhle war kalt, aber nicht so kalt, wie sie es ohne die Plane gewesen wäre, die er über dem Eingang aufgespannt hatte.

Sunset schnappte sich ein Holzscheit, legte es ins Feuer und schürte es an. Sie war zufrieden, als die Flammen aufloderten und sich ein wenig Wärme in dem kleinen Raum ausbreitete.

Dankbar für die Leggings, die Hose und das Sweatshirt kroch sie an den Rand der Höhle und hob die Plane an, um nach draußen zu schauen. Sie blinzelte überrascht über den Anblick, der sich ihr bot. Es war weiß, so weit das Auge reichte. Und der Schnee fiel immer noch. Der Wind hatte Schnee gegen die Plane geschleudert und sie konnte Talons Zelt kaum erkennen, obwohl es gar nicht so weit von ihr entfernt war.

»Talon?«, rief sie.

Als sie keine Antwort von ihm hörte, stieg ihre Angst ins Unermessliche. Sie brauchte ihn nicht, sie war hier in ihrer Höhle vollkommen sicher, solange der Sturm anhielt, aber aus irgendeinem Grund gefiel ihr der Gedanke nicht, dass er in diesem kleinen Zelt war. Es kam ihr nicht sehr stabil vor.

Kaum hatte sie diesen Gedanken, wehte ein Windstoß durch und sie sah, wie der Stoff des Zeltes heftig flatterte. »Talon? Alles okay?«, fragte sie etwas lauter.

»Ja, alles okay. Bleib in der Höhle. Halte dich warm!«, rief er zurück.

Sunset biss sich auf die Lippe und war unschlüssig, was sie tun sollte. Das *Richtige* wäre es, ihn zu sich nach drinnen einzuladen. Aber sie wollte nicht, dass er auf dumme Gedanken kam. Sie wollte nicht feststellen müssen, dass er genau wie Cypress war.

Ich werde dir nicht wehtun und du kannst mir vertrauen.

»Talon ... der Sturm ist zu schlimm für dich, um draußen zu sein. Komm in die Höhle.«

Die Worte kamen aus ihrem Mund, bevor sie sie aufhalten konnte. Einen Moment lang wollte sie sie zurücknehmen. Die Höhle war nicht groß und es könnte ihr zu viel werden, Talon bei sich zu haben. Er könnte das Schlafzeug, das er ihr gegeben hatte, zurücknehmen, sie herumkommandieren oder versuchen, sie zu begrapschen. Er würde ihr die Unabhängigkeit nehmen, für die sie so hart gekämpft hatte.

Doch dann schüttelte sie den Kopf. Sie kannte Talon noch nicht sehr lange, aber sie hatte ihn ohne sein Wissen im Wald beobachtet. Sie hatte nie gesehen, dass er anderen etwas angetan hatte. Er behandelte die Frauen, die er rettete, mit Respekt, selbst wenn sie gemein zu ihm waren.

Dann dachte sie daran, wie Brock mit Finley umgegangen war. Er hatte sie beschützt, als sie unter dem Felsen waren. Er hatte seinen Körper zwischen sie und den Wald gebracht.

»Bist du sicher?«

Sunset zuckte bei Talons Worten überrascht zusammen. Sie war so in ihren Gedanken versunken, dass sie vergessen hatte, wo sie war. Als sie in das blendende Weiß des Waldes blickte, sah sie, dass er den Reißverschluss seines Zeltes ein wenig geöffnet hatte und sie anschaute.

»Weil es mir hier drinnen gut geht«, fuhr er fort.

Er sah nicht gut aus. Er sah müde aus. Sunset fragte sich, ob er überhaupt geschlafen hatte.

»Daran habe ich meine Zweifel. Es sieht nicht so aus, als würde es so bald aufhören. Vor Jahren gab es einen ähnlichen Sturm und wir saßen mindestens eine Woche lang in unseren Zelten fest, bevor der Wind so weit nachließ, dass wir herumlaufen konnten. Wir haben ewig geschaufelt, nur um von Zelt zu Zelt zu kommen.«

Sunset erinnerte sich an diesen Sturm, als sei es erst gestern gewesen. Sie war froh gewesen, sieben volle Tage für sich zu haben. Sie brauchte für niemanden zu kochen. Oder zu putzen. Oder zu jagen. Sie hatte sich einfach mit Arrows anderen Frauen in ein Zelt verkrochen und entspannt. Natürlich waren sie und die anderen Frauen für das Schaufeln der Wege zuständig, als der Wind nachließ, und sie musste ihre Pflichten als Ehefrau mit Arrow erfüllen, sobald es zu schneien aufhörte, aber das war es wert, eine ganze Woche lang eine Auszeit zu haben.

»Okay. Ich werde meine Sachen zusammenpacken und das Zelt abbauen. In der Zwischenzeit machst du die Plane zu und bleibst drinnen«, sagte Talon zu ihr.

Anstatt sich darüber zu ärgern, dass er ihr sagte, was sie tun sollte, nickte Sunset nur und ließ die Plane fallen. Sie erkannte, dass der Unterschied darin bestand, dass Talon ihr befahl, etwas für ihr eigenes Wohl zu tun. Er befahl ihr nicht, nach draußen zu gehen, seine Sachen zu holen und sein Zelt abzubauen. Das war ein großer Unterschied, und es fühlte sich überraschend gut an, dass er sich um sie sorgte, obwohl *er* derjenige war, der draußen im Sturm stand.

Es dauerte nicht lange, bis Talon am Eingang der Höhle erschien. Er zog die Plane beiseite und trat ein. Sein Kopf und sein Bart waren mit Schnee bedeckt, und auch an seiner Kleidung klebte der Schnee. Er stellte seine Tasche und das zusammengefaltete Zelt neben dem Eingang ab und setzte sich fast genau dort hin, wo er hereingekommen war. Er spannte die Zeltplane wieder auf und seufzte.

Sunset saß angespannt auf ihrem Schlafsack und wartete darauf, dass er etwas tun würde. Er sollte sie herumkommandieren, sie fragen, was sie ihm zum Frühstück machen würde ... *irgendetwas*. Aber er saß einfach nur da und hatte die Augen geschlossen. Der Schnee schmolz schließlich von seinem Gesicht und seiner Kleidung, aber er saß immer noch fast regungslos da.

Wenn sie es nicht besser gewusst hätte, hätte sie gesagt, dass er schlief, aber es war unmöglich, dass er aufrecht schlafen konnte ... oder doch? »Talon?«, flüsterte sie.

»Ja?«, entgegnete er sofort, aber er öffnete die Augen nicht.

Sunset hatte nicht wirklich eine Frage, sie wollte nur wissen, ob er wach war oder nicht.

Er öffnete die Augen und starrte sie von der anderen Seite des Raumes an. In der Höhle war es schummrig, das Licht des Feuers flackerte um sie herum. Draußen pfiff der Wind und Sunset war wieder einmal froh über den zusätzlichen Schutz, den die Zeltplane ihr bot. Sie wäre nie auf die Idee gekommen, sie als eine Art Tür zu benutzen, wenn Talon es nicht vorgeschlagen hätte. Den Winter davor hatte sie in ihrer Höhle gut überstanden, aber einen Schneesturm wie diesen hatte es letztes Jahr nicht gegeben.

»Alles in Ordnung?«, fragte Talon. »Soll ich wieder in mein Zelt gehen?«

»Nein!«, platzte es aus ihr heraus. »Ich wollte nur ...« Ihre Stimme wurde leiser.

»Ich verstehe«, entgegnete Talon ruhig. »Du kannst mir vertrauen, und ich werde dir nichts tun.«

Sunset atmete aus. »Bist du es schon leid, das zu sagen?«, fragte sie.

»Nein. Und das werde ich auch nie. Ich werde es so lange

sagen, bis du mit Leib und Seele daran glaubst, und dann werde ich es wahrscheinlich trotzdem immer wieder sagen. Danke, dass du mich hereingebeten hast.«

Sunset nickte. Ihre Kehle war wie zugeschnürt und sie glaubte nicht, dass sie sprechen konnte.

»Darf ich aufstehen und noch ein Holzscheit ins Feuer legen?«

Das fragte er *sie*? Sunset fühlte sich unwohl, aber sie nickte.

Langsam stand Talon auf und ging an ihr vorbei zu dem Holzstapel, den sie am Vortag gesammelt hatten. Stirnrunzelnd betrachtete er ihn. »Wenn ich es mir recht überlege, warte ich lieber noch. Ich weiß nicht, wie lange der Sturm andauern wird, und ich will nicht, dass uns der Brennstoff ausgeht.« Dann sah er sie an. »Ist dir warm genug?«

Sunset nickte.

Er ging zurück zu seinem Rucksack und kramte einen Moment lang darin herum. Er zog etwas heraus, ein kleines Päckchen, und drückte es in seinen Händen, bevor er es ihr hinhielt. »Hier.«

Sie griff, ohne nachzudenken, danach und nahm es ihm ab. »Was ist das?«

»Ein Handwärmer. Ein kleines Päckchen, das mit Chemikalien erwärmt wird. Es reicht für ein paar Stunden, bevor die Wärme nachlässt. Es wird dir helfen, dich warm zu halten, ohne dass wir jetzt viel Holz benutzen müssen.«

Überraschenderweise begann das Päckchen *tatsächlich* in ihren Händen warm zu werden, und Sunset machte große Augen. »Es ist wie Magie«, hauchte sie.

Talon lachte, während er sich wieder an den Eingang setzte. »Dem stimme ich voll und ganz zu. Und frag mich nicht, wie es funktioniert, denn ich habe keine Ahnung. Ich weiß nur, dass es voller Chemikalien ist, und ich war gestern Abend mehr als dankbar, dass ich diese Päckchen dabeihatte.« Er klopfte auf seinen Stiefel und sagte: »Ich habe gestern Abend eines in jeden Schuh getan, und meine Zehen danken es mir heute noch.«

Jetzt, da ihre Augen sich wieder an das schummrige Licht in der Höhle gewöhnt hatten, nachdem sie draußen vom Schnee geblendet worden waren, konnte Sunset die dunklen Ringe unter seinen Augen sehen. »Du siehst müde aus«, platzte sie heraus.

»Mir geht's gut«, entgegnete er achselzuckend.

Das war ein weiterer Unterschied zwischen diesem Mann und denen, die sie früher gekannt hatte. Arrow hatte oft ein Nickerchen gemacht. Er schlief ohne Rücksicht, während seine Ehefrauen arbeiteten. Cypress war genau wie er. Aber Sunset hatte das Gefühl, dass dieser Mann niemals schlafen würde, während die anderen um ihn herum arbeiteten.

»Was dagegen, wenn ich mein Hemd wechsle?«, fragte Talon. »Meines ist feucht und ich will nicht riskieren, krank zu werden.«

Das Adrenalin schoss durch Sunset. Sie schüttelte stumm den Kopf, wagte es aber nicht, den Blick von Talon abzuwenden. Sie umklammerte das heiße Päckchen in ihren Händen und hielt den Atem an, während ihr Herz heftig in ihrer Brust schlug.

Talon kramte in seinem Rucksack und zog ein langärmeliges Hemd heraus. Er drehte sich um und zog den Fleece aus, den er trug, dann das Sweatshirt und dann das hautenge schwarze Hemd. Sie konnte nicht anders, als sich über die Unterschiede zwischen diesem Mann und denen zu wundern, mit denen sie gelebt hatte. Cypress und Arrow waren nicht annähernd so schlank wie Talon. Sie hatten eine teigig-weiße Haut und dicke Bäuche, die hervorstanden. Talons Schultern waren breit, und es sah nicht so aus, als hätte er zusätzliches Fett am Körper. Sie konnte sehen, wie die Muskeln in seinem oberen Rücken sich bei seinen Bewegungen wölbten. Sogar seine Unterarme waren muskulös.

Viel zu schnell hatte er sich ein weiteres enges Hemd übergezogen, das sich an seinen Körper schmiegte. Er tauschte auch das Sweatshirt gegen ein anderes aus und zog sein Fleece an, bevor er die feuchte Kleidung auf dem Boden neben dem Feuer ausbreitete.

Dann setzte er sich wieder mit dem Rücken an die Höhlenwand. »Willst du, dass ich dir noch mehr von *Der König von Narnia* vorlese?«, fragte er.

Sunset nickte. Sie hatte immer noch ein komisches Gefühl in sich. Nicht gerade ängstlich, eher ... aufgeregt? Das ergab keinen Sinn. Sie hatte Angst gehabt, als Talon sein Hemd ausgezogen hatte. Sie hatte Angst, dass er sich auf sie legen wollte, aber er hatte nicht einmal in ihre Richtung geschaut.

Vielleicht ... nur vielleicht ... konnte sie ihm *tatsächlich* vertrauen.

Sie warf Talon das Buch zu, wobei sie darauf achtete, dass es nicht in die Nähe der Flammen geriet. Er lächelte sie an, öffnete es und machte sofort dort weiter, wo sie am Abend zuvor aufgehört hatten.

Die Zeit hatte keine Bedeutung, als Sunset sich in der Welt von Narnia und Aslan, dem Löwen, verlor. Draußen heulte der Wind weiter. Die Ausflüge nach draußen, um ihre Geschäfte zu erledigen, waren schnell erledigt, und sie fühlte sich nicht einmal unwohl, wenn sie sich in der Nähe von Talon um ihre körperlichen Bedürfnisse kümmern musste. Durch ihn fühlte sich alles einfach und normal an.

Er war gerade mitten in einem Kapitel, als er innehielt und sagte: »Verdammt, das hätte ich fast vergessen!«

Sunset war verwirrt, als er anfing, in seinem Rucksack zu suchen. Er zog das Satellitentelefon heraus und schenkte ihr ein kleines Lächeln. »Rockys Hochzeit. Ich habe versprochen anzurufen.«

»Wird es funktionieren?«, fragte Sunset.

Talon runzelte die Stirn. »Das hoffe ich doch sehr. Sonst stecke ich bis zum Hals in Schwierigkeiten.«

Er wählte und stellte das Telefon noch einmal auf Lautsprecher.

»Das musst du nicht tun«, erklärte sie schnell.

»Ich möchte, dass du dir anhörst, wie eine Hochzeitszeremonie *wirklich* abläuft«, konterte Talon, gerade als jemand abnahm.

»Das wurde aber auch Zeit«, begrüßte ihn eine tiefe männliche Stimme.

Talon lachte. »Dir auch hallo, Brock.«

»Wir hatten gewettet, ob du vergessen würdest anzurufen oder nicht.«

»So etwas Wichtiges würde ich auf keinen Fall vergessen.« Talon zwinkerte Sunset zu und legte sich den Finger an die Lippen, als wollte er sie bitten, nicht zu sagen, dass er *fast* vergessen hatte anzurufen. Sie schenkte ihm ein kleines Lächeln.

»Hallo, Tal«, sagte eine weibliche Stimme in den Hörer.

»Ich habe dich auf Lautsprecher«, sagte Brock zu ihm.

»Hey, Finley«, begrüßte Talon sie.

»Ist sie da?«

»Ja.«

»Sie heißt Sunset, richtig?«, fragte Finley.

»Ja.«

»Hallo, Sunset«, erklärte Finley sofort. »Ich bin Finley Mabrey. Ich bin die, die du gerettet hast, als du dem Idioten, der mich mit einem Messer bedroht hat, Dreck ins Gesicht geworfen hast. Ich danke dir so sehr. Im Ernst, du warst so knallhart und ich war zu Tode verängstigt. Du bist über die Lichtung gerannt wie Wonder Woman oder so. Es war unglaublich und du hast Brock genügend Zeit gegeben, um mich zu packen und uns da rauszuholen. Ich kann dir gar nicht sagen, wie dankbar ich dir bin.«

»Ich glaube, das hast du eben«, bemerkte Brock lachend.

Sunset saß stocksteif da und hörte sich das Lob der anderen Frau an. Sie war es nicht gewohnt, dass ihr für irgendetwas gedankt wurde, und fühlte sich unbehaglich. Sie wusste nicht, was sie sagen oder wie sie reagieren sollte.

»Gut, ich wollte dir nur sagen, dass das, was du getan hast, sehr mutig und erstaunlich war. Ich hoffe, ich lerne dich bald kennen«, fuhr Finley fort. »Ich werde dir meinen ganz besonderen Zimt-Karamellkuchen backen. Ich mache ihn nicht oft, weil er ziemlich mühsam ist, aber er ist sooooo lecker. Er schmeckt genau wie ein Zimtplätzchen, aber in Kuchen- und nicht in Keksform.«

»Warte, wieso hast du das noch nicht für mich gemacht?«, fragte Brock seine Frau.

»Darum. Hast du mir nicht zugehört? Er ist schwer zu machen und die Kekse sind viel einfacher zuzubereiten. Und ich will etwas Besonderes für Sunset machen, weil sie uns buchstäblich das Leben gerettet hat.«

»Na gut, schön. Das sehe ich ein«, entgegnete Brock.

Sunset sah auf ihre Hände hinunter und versuchte, nicht zu weinen. Sie hatte keine Ahnung, was ein Zimtplätzchen war, aber allein die Tatsache, dass diese Frau, die sie nicht kannte, etwas Besonderes für sie machen wollte, brachte sie zum Weinen.

»Ist sie da? Hallo, Sunset, ich bin Lilly! Wir sind alle hier und wir wünschten, du könntest auch hier sein, aber hoffentlich lernen wir dich bald kennen und wir können uns alle gegenseitig kennenlernen.«

»Hey, Sunset!«, rief eine andere Frau aus dem Hintergrund. »Ich bin Elsie!«

»Und ich bin Caryn. Khloe ist auch hier, aber im Moment ist sie draußen mit Duke. *Draußen!* Bei diesem furchtbaren Wetter! Sie nutzt das, um dem Trubel zu entkommen ... und ich glaube, um Raiden für einen Moment zu entkommen, weil er sie heute besonders nervt.«

In Sunsets Kopf drehte sich alles. Sie kannte diese Frauen nicht, war sich nicht sicher, ob sie sich alle Namen merken konnte, und hatte keine Ahnung, warum sie so nett zu ihr waren.

Talon stieß sich von der Wand ab, an der er gelehnt hatte, und rückte etwas näher an sie heran. Er achtete immer noch darauf, ihr nicht so nahe zu kommen, dass sie sich unwohl fühlte, aber er hielt das Telefon vor sich, damit sie es besser hören konnte.

»Hi«, sagte sie nach einem Moment zögerlich, weil sie nicht wusste, was sie sonst sagen sollte.

»Hi!«, ertönte ein Chor von Stimmen am anderen Ende der Leitung.

»Ihr hattet alle eure Chance, Hallo zu sagen, jetzt lasst mich mal kurz mit Tal reden«, sagte Brock zu den Frauen.

Sie lachten alle und verabschiedeten sich von Sunset.

»Geht es euch gut?«, fragte Brock. »Ihr wurdet also nicht eingeschneit?«

»Nein, uns geht es gut. Obwohl ich eine Tasse Tee gebrauchen könnte«, erklärte Talon mit einem breiten Grinsen im Gesicht.

»Ihr Briten und euer Tee«, bemerkte Brock lachend. »Aber im Ernst, braucht ihr irgendwas?«

»Nein. Sunsets Höhle ist perfekt. Wir haben Nahrung, Feuer und einen Unterschlupf.«

»In Ordnung.«

Sunset hörte, wie im Hintergrund Musik erklang.

»Sieht so aus, als würde es losgehen. Ich halte jetzt die Klappe, damit du hören kannst, was passiert.«

»Vorher wollte ich dich noch schnell fragen: Ist mit allen dort alles in Ordnung? Wegen des Sturms und so?«

»Ja, uns geht es gut. Es war ein bisschen haarig, heute Morgen hierherzukommen, aber wir sind alle da und vollzählig.«

»Gut.«

Die Art und Weise, wie Talon sich nicht scheute, seine Sorge um seine Freunde zu zeigen, ließ die seltsamen Gefühle in Sunset wieder aufflammen. Sie hatte die Erfahrung gemacht, dass Männer nie viel an andere dachten, außer an sich selbst. Sie konnte sich nicht daran erinnern, dass Arrow sich jemals Sorgen um diejenigen gemacht hatte, für die er verantwortlich war. Seine Philosophie war, dass alles, was passierte, so geschehen sollte.

Sie lehnte sich vor, als die Musik aus dem Telefon lauter wurde. Die Melodie war wunderschön und sie neigte den Kopf, um besser hören zu können.

»Ich habe ein Bild von Bristols Kleid gesehen«, erklärte Talon leise. »Lilly hat es mir gezeigt. Ich musste ihr schwören, Rocky keine Hinweise darauf zu geben, wie es aussieht. Es ist bis zu den Knien eng anliegend und dann fächert es von dort aus. Sie wollte keine Schleppe, also reicht der Schleier bis zu den Knöcheln, und ich habe gehört, dass sie zu dem Kleid Turnschuhe tragen wollte. Sie sagte, sie wolle es an ihrem Hochzeitstag bequem haben. Sie ist klein – tut mir leid, der politisch korrekte Begriff ist ›zierlich‹, aber das ist ihr egal –, aber sie wollte keine hohen Absätze tragen und den ganzen Tag damit zu kämpfen haben. Die Farben für die Zeremonie sind rot und grün, passend zu Weihnachten, und ich wette, sie hat einen riesigen Blumenstrauß.«

Sunset war dankbar, dass Talon ihr die Szene beschrieb. Sie war sich nicht ganz sicher, was er beschrieb, aber sie nickte trotzdem.

»Oh, du solltest Rockys Gesicht sehen«, sagte Brock leise. »Er ist völlig baff.«

Sunset runzelte die Stirn bei diesem seltsamen Wort, das sie noch nie gehört hatte.

»Rocky sieht Bristol zum ersten Mal in ihrem Hochzeitskleid«, erklärte Talon. »›Baff‹ bedeutet, dass er überwältigt ist, wie schön sie aussieht. Und wahrscheinlich kann er sein Glück gar nicht fassen.«

Wieder waren die Dinge, die Talon beschrieb, so fremd. Als sie das letzte Mal geheiratet hatte, hatte sie dasselbe braune

Kleid wie immer getragen, war verschwitzt von der Hitze des Tages und vom Kochen des Abendessens, und Cypress hatte sie am Arm genommen, sie in sein Zelt geführt und ihr gesagt, dass er nicht länger darauf warten wolle, dass sie sich mit seinen Ansprüchen abfand. Dann hatte er sie auf den Boden gestoßen und ihre Ehe vollzogen.

»Wir sind heute hier versammelt, um diese Frau und diesen Mann im heiligen Bund der Ehe zu vereinen«, sagte eine tiefe Stimme, die Sunset noch nie gehört hatte. Sie beugte sich wieder vor, um zu hören, was der Mann zu sagen hatte.

Talon rückte näher und hielt das Telefon zwischen sie.

Sie hörte ehrfürchtig, verwirrt und ein wenig ungläubig zu, als der Mann von Liebe und Loyalität sprach. Von Ehre und Aufopferung. Er sprach von Widrigkeiten und davon, wie sie Menschen stärker machen und wie zwei Menschen, die sich lieben, gemeinsam jedes Hindernis überwinden können, das sich ihnen in den Weg stellt.

Sie verlor sich in seinen Worten und versuchte verzweifelt, den Kloß aus Gefühlen herunterzuschlucken, der ihr im Hals aufgestiegen war.

Sollte *so* die Ehe sein? Sie hatte keine Ahnung. Das Leben in der *Gemeinschaft* war nicht so, wie es sein sollte. Es ging um Unterwerfung, Gehorsam und Bestrafung.

Die nächste Stimme, die sie hörte, war weiblich, stark und bestimmt. »Schon in dem Moment, in dem ich deine Stimme hörte, als du im Wald meinen Namen gerufen hast, wusste ich, dass alles wieder in Ordnung kommen würde. Du bist mein sicherer Zufluchtsort, Rocky. Du bist der erste Mensch, den ich sehen will, wenn ich aufwache, und deine Arme um mich zu haben, bevor ich einschlafe, ist das beste Gefühl der Welt. Du bist meine Muse, mein bester Freund und meine Liebe. Du hast mein Leben auf so viele Arten verändert, dass ich sie gar nicht alle aufzählen kann. Ich liebe dich so sehr, Cohen Watson. Ich werde den Rest meines Lebens damit verbringen, dir zu zeigen, wie sehr ich dich liebe, aber es wird nicht ausreichen, um es dir vollständig zu beweisen. Ich verspreche, dir treu zu sein, dich und nur dich zu lieben, in Krankheit und in Gesundheit. Ich werde die guten Zeiten feiern und in den schlechten dein Fels in der Brandung sein, so wie du es für mich warst. Ich liebe dich.«

Sunset fühlte sich wie betäubt. Sie konnte die Liebe in den Worten der Frau *spüren*. Sie konnte sich vorstellen, wie sie zu dem Mann aufschaute, den sie heiratete, während sie sprach. Sie standen offensichtlich vor einer Gruppe von Menschen, ihren Freunden, und doch waren die Worte so intim. Sunset fühlte sich beim Zuhören fast ein wenig schuldig.

»Du bist mein Leben«, entgegnete ein Mann. »Ich habe nicht gelebt, bis ich dich gefunden habe. Nicht wirklich. Ich habe noch nie jemanden getroffen, der so stark ist wie du. Kein SEAL kommt auch nur annähernd an dich heran. Ich habe Ehrfurcht vor dir, Bristol Wingham. Du bist klug, schön, witzig und hast einen Kern aus Stahl, der so stark ist, dass ihn nichts biegen kann. Ich will der Mann sein, der an deiner Seite steht und jeden einzelnen Sieg feiert, und der, der dich stützt, wenn du Unterstützung brauchst. Mit dir zusammen zu sein macht mich zu einem besseren Menschen, zu einem besseren Mann. Ich habe keine Ahnung, wie man ein Ehemann ist, aber ich *weiß*, wie man der Mann ist, dem du hundertprozentig vertrauen kannst, eine Schulter, an der du dich ausweinen kannst, und ein Beschützer, wenn du einen brauchst. Als du verschwunden warst ...«

Rockys Stimme brach, und Sunset konnte ihre Tränen nicht mehr zurückhalten. Eine lief ihr über die Wange, während sie zuhörte.

»... fühlte es sich an, als sei ein Teil von mir brutal weggerissen worden. Ich hätte nie aufgegeben, nach dir zu suchen. Niemals. Du gehörst jetzt mir, ich will dich beschützen, ehren und trösten. Im Gegenzug gehöre ich dir mit Leib und Seele. Es wird nie eine andere geben. Wie könnte ich auch nur daran denken, dich zu betrügen, wenn deine Hände die einzigen sind, nach deren Berührung ich mich sehne, wenn deine Stimme die einzige ist, die ich spät abends hören will, und wenn dein Wesen so tief in meine Psyche eingedrungen ist, dass du bei mir bist, selbst wenn wir getrennt sind. Ich kann mir nicht vorstellen, dich nicht an meiner Seite zu haben. Ich liebe dich, Bristol, auch wenn diese Worte nicht ausdrücken können, was ich wirklich fühle.«

Sunsets Tränen wollten nicht versiegen. Es war schwer zu glauben, was sie da hörte. Dass ein Mann einer Frau so leidenschaftlich ergeben sein konnte. Dass er kein Problem damit hatte, seine Gefühle für sie vor so vielen Menschen zu bekunden.

Mit plötzlicher Klarheit wurde ihr bewusst, dass das, was *Die Gemeinschaft* getan hatte, eine Abscheulichkeit war. Die vielen Ehefrauen, die Behandlung von Frauen wie Sklavinnen und nicht wie Partnerinnen, die Bestrafungen ... all das. Es war falsch. Böse.

Und einfach so schien eine Last von Sunsets Schultern zu fallen. Nichts, was sie durchgemacht hatte, war fair, normal oder richtig. Aber es war richtig, dass sie weggelaufen war, um zu entkommen. Sie war nicht egoistisch oder irgendwie kaputt, weil sie nicht mit Cypress »verheiratet« sein wollte.

»Du darfst deine Braut küssen ... und du deinen Ehemann«, sagte eine männliche Stimme, kurz bevor Stimmen im Hintergrund zu jubeln begannen.

Als Sunset zu Talon aufschaute, war sie überrascht, dass sein Blick auf sie gerichtet war, nicht auf das Telefon.

Ganz langsam streckte er seine andere Hand aus. Als sie nicht zurückwich, strich er ihr mit den Fingern über die Wange und wischte ihr mit einer hauchzarten Berührung die Tränen weg.

»Du kannst mir vertrauen ... und ich werde dir nicht wehtun«, flüsterte er.

Sunset schluckte wieder einmal schwer.

»Ich habe die große Ehre, Bristol Wingham und Cohen Watson zum ersten Mal als Mann und Frau vorzustellen!«

Ein weiterer Jubel brach aus.

»Sie behält ihren Nachnamen«, erklärte Talon leise, als würde ein normaler Tonfall den Moment irgendwie ruinieren. »Sie ist eine sehr berühmte Künstlerin, und obwohl sie ihren Nachnamen nur für ihr Geschäft hätte behalten können, haben sie beschlossen, dass das zu verwirrend wäre.«

Sunset runzelte die Stirn. »Nachname?«

Jetzt war es an Talon, die Stirn zu runzeln. »Ja. Hast du keinen Nachnamen?«

»Viele Frauen in der *Gemeinschaft* hatten denselben ... Meadowblossom. Wie heißt du?«

»Ross. Talon Ross.«

Das gefiel ihr. »Arrows und Cypress' Nachname ist Goodson. Ich fand das immer witzig, weil sie keine guten Söhne waren, ganz im Gegenteil.« Sie hatte diese Worte noch nie laut ausgesprochen, auch wenn sie sie mehr als einmal gedacht hatte.

»Tal? Bist du das?«, fragte eine aufgeregte Frauenstimme, bei deren Worten sowohl Sunset als auch Talon überrascht zusammenzuckten.

»Ja, Bristol. Ich bin's. Es tut mir leid, dass ich nicht persönlich da sein kann. Herzlichen Glückwunsch!«

»Danke, und das ist in Ordnung. Du hast etwas viel Wichtigeres zu tun. Dieser Sturm ist schlimm. Pass gut auf sie auf, okay?«

Erneut bildeten sich Tränen in Sunsets Augen. Diese Frauen, die sie noch nie getroffen hatte, hatten mehr Mitgefühl und Sorge um sie als die Menschen, die sie ihr ganzes Leben lang gekannt hatte.

»Dessen kannst du dir sicher sein«, versicherte Talon ihr. »Sorg dafür, dass Lilly viele Fotos macht, damit ich sie ansehen kann, sobald ich zurückkomme.«

Bristol lachte. »Als müsste ich ihr das sagen. Ich schwöre, sie ist schlimmer als die Paparazzi.«

»Hey, Tal. Hast du Bigfoot schon gefunden?«, fragte eine männliche Stimme.

»Nein, tut mir leid, Rocky. Aber ich habe etwas Besseres gefunden«, erwiderte er und blickte Sunset tief in die Augen.

»Die gute Nachricht ist, dass der Sturm alle aus dem Wald verjagt hat«, erklärte Rocky. »Das heißt, ich kann meine Flitterwochen genießen, ohne mir Sorgen machen zu müssen, dass ich mitten in der Nacht gerufen werde, um jemanden zu finden, der sich verlaufen hat. Die schlechte Nachricht ist, dass ich vielleicht alle hier unterbringen muss, wenn sie nicht nach Hause gelangen können. Ich hätte nie gedacht, dass ich in meiner Hochzeitsnacht ein Haus voller Gäste haben würde.«

Talon lachte.

»Ich muss Schluss machen. Schön, dass du wenigstens per Telefon dabei sein konntest«, fuhr Rocky fort.

»Gleichfalls. Glückwunsch, Kumpel. Du hättest keine bessere Frau für dich finden können.«

»Ich bin ein Glückspilz und ich weiß es. Bis später!«

»Tal?«

»Ich bin noch da, Brock.«

»Ich lege jetzt auf. Ich würde dich ja während der ganzen Hochzeitsfeierlichkeiten am Telefon lassen, aber ich glaube, das wäre nicht gut für die Batterien deines Satellitentelefons. Pass auf dich auf«, befahl er. »Ich rufe Harvey an und sage ihm, dass du eine Weile nicht zurückkommst. Hier ist nichts los, wie Rocky dir schon gesagt hat. Wir rechnen nicht damit, dass wir zu einem Einsatz gerufen werden, aber selbst wenn, kommen wir damit klar. Tu dort, was du tun musst. Nimm dir Zeit.«

»Verstanden.«

»Der Sturm soll im Laufe des Tages abflauen, aber es wird mindestens eine Woche lang verdammt kalt bleiben. Wenn du etwas brauchst, und ich meine wirklich, *egal was*, ruf an. Wir werden alle stinksauer sein, wenn du es nicht tust.«

»Das Gleiche gilt für dich. Wenn du etwas brauchst, sag mir Bescheid.«

»Mach ich. Und, Tal?«

»Ja?«

»Ist sie es?«

Sunset sah, wie Talons Muskeln sich anspannten. Sie hatte keine Ahnung, was sein Freund meinte, aber Talon wusste es offensichtlich.

»Ich glaube schon, aber ich bin mir nicht hundertprozentig sicher.«

»Okay. Wir werden uns an deine Anweisungen halten. Pass auf dich auf.«

»Natürlich.«

»Sunset?«

»Ja?«, entgegnete sie leise.

»Du kannst Tal vertrauen. Er würde sich eher die Hand abhacken, als dich zu verletzen. Ich weiß, er klingt komisch, aber er ist ein guter Kerl.«

Sunset wusste, dass Brock Talon aufziehen wollte, aber sie kam nicht über seine ersten Worte hinweg. Es war nur eine weitere Bestätigung dafür, dass sie dem Mann vor ihr wirklich vertrauen konnte. Dass er ihr nicht wehtun würde. Sie schaute Talon direkt an und sagte: »Ich weiß.«

Sie bemerkte seine körperliche Reaktion auf ihre Worte. Seine Schultern entspannten sich und die Emotionen in seinen Augen zeigten ihr, dass er ihre Worte mehr als zu schätzen wusste.

»Wir warten ab, was passiert«, sagte Talon zu Brock. »Wir hoffen, dass wir Ende der Woche zurück sind.«

Daraufhin verkrampfte sich auch Sunset. Er wollte schon so bald von hier verschwinden?

»Ich kann es kaum erwarten, dich kennenzulernen, Sunset«, bemerkte Brock. »Und ich denke, du hast sicher mitbekommen, dass meine Frau und alle unsere Freunde dasselbe wollen. Pass auf dich auf. Bis später.«

Talon drückte einen Knopf und beendete den Anruf ohne ein weiteres Wort an seinen Freund.

»Sunset?«

Sie hatte den Blick gesenkt, als er gesagt hatte, dass er bald gehen würde.

»Sieh mich bitte an.«

Er hatte es ihr nicht befohlen, was sie zu schätzen wusste. Also hob sie zögernd den Blick.

»Ich möchte, dass du mit mir kommst, wenn ich nach Fallport zurückkehre.«

Sie blinzelte überrascht.

»Ich habe nicht die Absicht, dich hier draußen allein zu lassen. Auf gar keinen Fall. Ich weiß, dass du auf dich selbst aufpassen kannst, das tust du schon sehr lange. Aber ... du bist nicht mehr allein. Ich möchte dir helfen. Ich weiß, dass der Gedanke, in die Stadt zu gehen, wahrscheinlich beängstigend ist, besonders nach allem, was die Mistkerle, bei denen du gelebt hast, über die Stadt gesagt haben. Aber es ist kein gefährlicher Ort. Die Menschen sind eigentlich sehr nett. Nun ja, die meisten zumindest. Und du kannst mir vertrauen, ich werde dich nicht mit in die Stadt nehmen und dich irgendwo absetzen. Du wirst einen Ort haben, an dem du bleiben kannst, einen sicheren Ort, an dem du dich wieder an das Leben gewöhnen kannst, für das du geboren wurdest.«

Der Gedanke daran, in die Stadt zu gehen, war geradezu beängstigend. Auch wenn ihr allmählich klar wurde, dass nichts an ihrem Leben in der *Gemeinschaft* normal war, konnte sie Arrows Vorträge über die Übel von Fallport nicht abschütteln.

»Denk wenigstens darüber nach. Ich bin sicher, dass du im Moment nur Nein sagen willst. Es ist einfacher und bequemer, mit dem Leben weiterzumachen, das du kennst, als das Risiko des Unbekannten einzugehen. Aber du hast mein Wort, dass alles gut werden wird.«

Sie nickte. Seltsamerweise fühlte sie sich durch seine Worte besser.

Sie verbrachten den Rest des Tages zusammengekauert in der Höhle. Die Temperatur war erstaunlich angenehm, da die Zeltplane den schlimmsten Wind und die Kälte abhielt und das kleine Feuer fröhlich knisterte.

Talon las ihr noch etwas vor, dann ermutigte er sie zu versuchen, *ihm* etwas aus dem Buch vorzulesen. Es war peinlich, wie oft sie über die Worte stolperte, aber Talon spornte sie nur an.

Er machte ihnen beiden Abendessen, was für Sunset immer noch seltsam war, da sie es gewohnt war, alles zu tun, was zum Überleben nötig war. Die Verantwortung mit jemandem zu teilen war ein seltsames, aber angenehmes Gefühl. Als die Nacht hereinbrach, saßen sie und Talon weiterhin in der Dunkelheit der Höhle, die nur von den Flammen des Feuers erhellt wurde, und redeten.

Er erzählte ihr alles, was ihm über Fallport einfiel. Es war offensichtlich, dass er gern dort lebte, und die Menschen, von denen er erzählte, klangen interessant.

Zum ersten Mal in ihrem Leben verspürte Sunset das dringende Bedürfnis, in die Stadt zu gehen. Obwohl sie kein Zuhause hatte, hatte Talon versprochen, ihr dabei zu helfen, eine Lösung zu finden ... und sie glaubte ihm.

Sie wollte Sandra kennenlernen, die das Restaurant betrieb. Sie wollte sich den Gebrauchtbuchladen ansehen. Sie wollte Khloe und Raiden kennenlernen, die in der Bibliothek arbeiteten. Talon sagte, dass sie einen speziellen Ausweis bekommen könnte, mit dem sie Bücher kostenlos mit nach Hause nehmen dürfte.

Sie war fasziniert von seiner Beschreibung der drei älteren Männer, die jeden Tag vor dem Postamt saßen und über alles und jeden tratschten. Sie konnte sie sich fast bildlich vorstellen. Sie war sich nicht sicher, warum ihr Bild von ihnen so stark war, aber allein der Gedanke an sie brachte sie zum Lächeln.

Und als Talon den Marktplatz, das Stadtzentrum von Fallport, beschrieb, wusste sie irgendwie, dass er einen Pavillon in der Mitte erwähnen würde, den die Einheimischen »The Circle« nannten und der von Bäumen umgeben war. *Woher* sie das wusste, war Sunset nicht klar, aber eine merkwürdige Sehnsucht begann, tief in ihrer Brust zu pochen. Es war ein unangenehmes und beängstigendes Gefühl, also stellte sie schnell eine Frage über Talons Leben, bevor er nach Virginia gekommen war.

Den Rest des Abends verbrachten sie damit, über Talons Kindheit, seine Eltern – die beide noch am Leben waren und in London lebten – und einige Geschichten über seine Zeit beim Special Boat Service zu erzählen.

Sunset hatte bereits gewusst, dass Talon ganz anders war als die Männer in der *Gemeinschaft*, aber als ihre Augen zu schwer waren, um offen zu bleiben, wusste sie mit Sicherheit, dass er auch etwas Besonderes war. Er war ein Krieger. Er hatte sein ganzes Leben damit verbracht, dafür zu sorgen, dass Menschen in Sicherheit waren.

Die Worte des Vertrauens, an die er sie immer wieder erinnerte, drangen noch ein kleines bisschen tiefer in sie ein.

Nein, das war eine Lüge. Sie waren ihr bereits tief unter die Haut gedrungen. Sie verstand jetzt, dass sie ihn nicht in die Höhle eingeladen hätte, wenn sie ihm nicht bereits vertraut hätte. Egal wie viel Schnee draußen lag oder wie kalt es wurde, wenn sie ihm nicht vertrauen könnte, hätte sie ihn nicht so nahe an sich herangelassen, wie sie es jetzt gerade tat.

Er lag auf der anderen Seite der Höhle, an der Wand gegenüber dem Feuer von Sunset. Sie hatte ihn nicht darum gebeten, dort zu bleiben, sondern er tat es, um es ihr so angenehm wie möglich zu machen. Er hatte sein Schlafzeug aufgegeben, gekocht, einen Weg durch den Schnee zu einer Stelle gebahnt, an der sie sich beide erleichtern konnten, und ständig an der Plane herumgebastelt, um zu verhindern, dass sie weggeweht wurde, und gleichzeitig der Rauch des Feuers entweichen konnte.

Er hatte alles getan, um sie nicht zu verunsichern. Er hatte sie nicht berührt, außer beim Haareschneiden, und als er ihr einmal über die Wange gestrichen hatte, als sie nach dem Ehegelübde seiner Freunde von ihren Gefühlen überwältigt worden war.

»Talon?«, flüsterte sie. Der Wind hatte aufgehört zu heulen und sie hoffte, das bedeutete, dass auch der Schneefall aufgehört hatte oder bald aufhören würde.

»Ja?«

Seine tiefe Stimme schien in der Höhle widerzuhallen und legte sich wie eine warme Decke um sie. Sie hatte es immer vorgezogen, allein zu sein. Die Zeit auf der Jagd im Wald gehörte zu ihren schönsten Erinnerungen. Zurück in der *Gemeinschaft* war sie nie allein. Es waren immer andere Frauen um sie herum, die sie beobachteten und darauf warteten, dass sie einen Fehler machte, damit sie es Arrow erzählen konnten, und dann Cypress, nachdem sein Vater gestorben war. Jede Aufmerksamkeit auf jemand anderen bedeutete, dass die Augen und Ohren nicht auf *dich* gerichtet waren, und so waren die anderen Frauen schnell dabei, die Fehler und Fehltritte der anderen aufzuzeigen.

Und natürlich schauten auch die Männer immer zu. Sie spürte oft, wie sie beobachtet wurde.

Sie sollte dankbar sein, dass sie nur einen Ehemann hatte, dass sie immer nur mit einem Mann zusammen sein musste. Einige der anderen Frauen, die jüngeren, gehorsameren und unterwürfigeren Frauen, hatten zwei oder drei Ehemänner.

Aber als Sunset in der dunklen Höhle lag, merkte sie, dass sie *froh* war, nicht allein zu sein. Sie hatte Stürme noch nie gemocht, und wenn sie allein gewesen wäre, hätte sie ihr Bett nicht als Tür benutzt. Ihr wäre kalt gewesen und sie hätte Angst gehabt und der Schnee hätte sich bei dem Wind in ihrer Höhle sicher aufgetürmt.

Und nicht nur das, sie mochte es, wie sie sich in Talons Nähe fühlte. Er sprach nicht von oben herab mit ihr. Er befahl ihr nicht, etwas zu tun. Er sprach mit ihr, als sei sie gleichberechtigt.

Mit plötzlicher Gewissheit wurde Sunset klar, dass sie *das* schon immer gewollt hatte. Sie hatte nie das Gefühl, genauso wichtig zu sein wie die Männer um sie herum. Sie war eine Sklavin, und bis zu dem Moment, in dem Cypress der *Gemeinschaft* mitteilte, dass sie nach Florida ziehen würden, hatte sie das blindlings akzeptiert.

Monatelang hatte sie sich gefragt, ob sie das Richtige getan hatte, als sie weggelaufen war. Dass sie sich vor Cypress versteckt hatte. Aber jetzt, da sie Talon getroffen hatte, auch wenn es nur eine kurze Zeit war, hatte er sie in ihrem Handeln bestärkt. Er hatte ihr gezeigt, dass es richtig war, sich vor der *Gemeinschaft* zu verstecken, als diese nach ihr suchte.

»Sunset? Ist alles in Ordnung mit dir?«, fragte Talon.

Sie zuckte überrascht zusammen. Er hatte geduldig darauf gewartet zu hören, was sie ihm sagen wollte. Er hatte sie nicht angeschrien, weil sie ihn hatte warten lassen. Er hatte sie nicht als dumm bezeichnet, weil sie ihre Gedanken gesammelt hatte. Sie seufzte. »Ich wollte dir nur sagen, ich bin froh, dass du hier bist.«

Sie hörte seinen tiefen Seufzer und war auf alles gefasst, was er sagen würde.

»Du hast keine Ahnung, wie viel mir das bedeutet«, erklärte er ihr. »Und ich bin auch sehr froh, dass ich hier bin.«

Ein Gefühl der Wärme breitete sich in ihrem Körper aus, und das hatte nichts mit der Hitze zu tun, die von den Flammen des kleinen Feuers ausging.

Sie lächelte. Wenn jemand ihr vor einer Woche gesagt hätte, dass sie in ihrer Höhle liegen würde, mit einem Mann, der nur einen Meter von ihr entfernt war, und dass sie völlig entspannt wäre, hätte sie lauthals gelacht. Aber das war tatsächlich der Fall.

»Schlaf, Liebes. Ich werde dafür sorgen, dass das Feuer heute Nacht nicht ausgeht.«

Für den Bruchteil einer Sekunde hatte sie ein schlechtes Gewissen, weil sie nicht einmal daran gedacht hatte, aber dann schloss sie die Augen und ließ sich vom Schlaf übermannen.

Tal blieb bis spät in die Nacht wach und beobachtete Sunset beim Schlafen. So viele Gefühle drohten ihn zu überwältigen. Er freute sich für Bristol und Rocky, dass sie nun verheiratet waren. Verspürte Erleichterung darüber, dass der Sturm endlich abgeflaut zu sein schien. Dankbarkeit, dass er Sunset gefunden hatte, bevor der Sturm über sie hereinbrach. Und Erleichterung darüber, dass sie ihm genügend vertraute, um ihn in die Höhle einzuladen.

Je mehr er über ihr Leben mit dieser verdammten Sekte erfuhr, desto mehr wollte er jeden einzelnen der Männer, die dort lebten, zur Strecke bringen und ihm den Kopf abreißen.

Die Tatsache, dass Sunset ihm genügend vertraute, um ihn in ihre Nähe zu lassen, war ein kleines Wunder. Sie war durch die Hölle gegangen und trotzdem war sie noch mitfühlend und fürsorglich. Er verstand es zwar nicht, aber er war trotzdem dankbar.

Er dachte an die Hochzeitszeremonie und daran, wie tief sie davon berührt worden war. Es hätte ihn überrascht, wenn sie während ihres Lebens in der Sekte auch nur einen Funken Zuneigung erfahren hätte. Nach allem, was er gehört hatte, herrschten die Männer mit eiserner Faust, und die Frauen hatten alles getan, um zu überleben.

Er konnte sich vorstellen, wie Lilly und die anderen Sunset unter ihre Fittiche nehmen würden, wenn er sie zurück nach Fallport brachte. Sie würden ihr zeigen, wie wahre Freundschaft aussehen sollte. Sie würde auch sehen, wie eine liebevolle Beziehung aussah, wenn sie seine Freunde mit ihren Frauen beobachtete.

Sunset war ein faszinierender Widerspruch zwischen Naivität und alter Seele. Sie war zwar nicht im üblichen Sinne gebildet, aber in vielerlei Hinsicht klüger als die meisten Menschen. Ihr Durst nach Wissen war sehr offensichtlich. Es war ihr peinlich, dass sie nicht so gut lesen konnte, aber das hielt sie nicht davon ab, es trotzdem zu versuchen.

Ja, man konnte durchaus sagen, dass Sunset ihm unter die Haut gegangen war. Er bewunderte sie, respektierte sie und war verdammt beeindruckt davon, wie sie es geschafft hatte, im letzten Jahr für sich selbst zu sorgen. Er hatte weder Mitleid mit ihr noch bedauerte er sie. Wie könnte er auch, wenn sie mehr Entschlossenheit und Stärke in sich trug als jeder andere, den er je kennengelernt hatte – einschließlich der knallharten Soldaten, mit denen er bei der Spezialeinheit gedient hatte.

Am liebsten hätte er sie umarmt und ihr dabei geholfen, die erste zärtliche Umarmung zu erleben, die sie jemals von einem Mann bekommen hatte ... aber dazu würde es in nächster Zeit nicht kommen. Er würde sie weiterhin mit seinen Worten und Taten stärken. Um ihr klarzumachen, dass ihre Vergangenheit nicht ihre Zukunft bestimmte.

Mit diesem Gedanken fügte Tal dem Feuer ein Holzscheit hinzu, lehnte sich an die Seite der Höhle und schloss die Augen. An Schlafen war nicht zu denken, aber er konnte zumindest seine Augen ein wenig ausruhen.

KAPITEL ACHT

Mit jedem Tag, der verging, fühlte Sunset sich in Talons Gegenwart wohler. Er hatte sie immer noch nicht begrapscht. Er hatte nichts getan oder gesagt, was sie hätte denken lassen, dass er wie Cypress oder die anderen Männer war, die sie kennengelernt hatte.

Jeden Tag lasen sie mehr von dem Buch, das er ihr geschenkt hatte und das sie liebte. Jeden Tag unterhielten sie sich. Jeden Tag schnitt Talon ihr ein bisschen mehr Haare ab, und mit jedem Schnitt hatte Sunset das Gefühl, etwas von ihrer schmerzhaften Vergangenheit loszuwerden. Es war auch eines der schwierigsten Dinge, die sie je ertragen hatte. Denn jedes Mal, wenn Talon ihr Haar berührte, kamen die Erinnerungen an ihre Zeit im Strafzelt wieder hoch. Im Dunkeln, allein, gefesselt, manchmal mit verbundenen Augen und geknebelt, konnte sie nichts anderes tun, als dazuliegen und vor Angst zu zittern.

Talon war geduldig und er lobte sie ständig. Zuerst hatte sie die meisten netten Dinge, die er sagte, verdrängt, weil die Kritik von Arrow und Cypress in ihrem Kopf zu laut war und ihr sagte, sie sei wertlos, ein schlechter Mensch, hässlich und undankbar. Doch langsam begannen die alten Worte zu verblassen, während Talon sie immer weiter verdrängte.

Er sagte ihr mehrmals am Tag, wie ungewöhnlich und schön ihr Haar sei. Als sie ein weiteres Paar Schuhe aus den Kaninchenfellen machte, lobte er ihre Handwerkskunst. Er lobte ihre Fortschritte beim Lesen und behauptete, dass ihre Gedanken zu dem Buch genau richtig seien.

In seiner Nähe fühlte Sunset sich ... wahrgenommen. Ihr ganzes Leben lang hatte sie alles getan, um nicht aufzufallen. Um *nicht* bemerkt zu werden. Denn Aufmerksamkeit war noch nie etwas Gutes gewesen. Es bedeutete, dass sie ihre Pflichten als Ehefrau erfüllen musste. Mehr Hausarbeit. Angeschrien und bestraft zu werden, wenn sie etwas verbockt hatte.

Aber selbst als sie den Wassereimer umgeworfen hatte und Talon durch den tiefen Schnee und in der Kälte zurück zum Bach gehen musste, hatte er sie nicht ausgeschimpft. Er hatte nur gesagt: »Es war ein Versehen, so was passiert schon mal.« Sie hatte damit gerechnet, dass er ihr eine Ohrfeige verpassen würde. Aber seine Körpersprache hatte sich überhaupt nicht verändert. Er hatte sich nicht verkrampft. Er hatte nicht die Stirn gerunzelt. Nichts.

Das war sowohl verwirrend als auch erleichternd.

Jeden Tag rief Talon auch einen seiner Freunde an, um sich zu melden. Und jeden Tag konnte Sunset mit einer ihrer Frauen oder Freundinnen sprechen. Es war seltsam, dass sie alle so nett und freundlich zu jemandem waren, den sie nicht kannten, aber insgeheim freute Sunset sich auf seine täglichen Anrufe.

Sechs Tage waren seit dem Sturm vergangen und Sunset merkte, dass sie ... glücklich war.

Im letzten Jahr hatte sie einfach nur existiert. Sie hatte sich hinausgewagt und war den Menschen im Wald gefolgt, aus Langeweile und Neugier, aus dem Wunsch heraus, sich nicht so allein zu fühlen.

Aber als das Telefon, das Talon benutzt hatte, eines

Morgens klingelte, verkrampfte Sunset sich. Sie hatte sich an ihre Routine gewöhnt. Niemand hatte jemals Talon angerufen; er war derjenige, der seine Freunde anrief.

»Tal hier«, sagte er, als er abnahm – und einen Moment später keuchte er. »Was? Wann? Ist alles in Ordnung mit ihr?«

Es gab eine Pause, in der er demjenigen zuhörte, der am anderen Ende der Leitung war. Ausnahmsweise hatte er nicht den Knopf gedrückt, mit dem sie hören konnte, was gesagt wurde. Aber Sunset glaubte nicht, dass es daran lag, dass er etwas zu verbergen versuchte. Talon war einfach zu vertieft in das, was er hörte, um darüber nachzudenken.

»Verdammt noch mal! Warum hat mir das niemand vorher gesagt?«

Sunset konnte den Schmerz und die Sorge in seiner Stimme hören.

»Alles klar. Okay, ich komme heute zu euch. Ich weiß nicht ... aber ich werde auf jeden Fall kommen. Sag ihnen, dass ich sie wahrscheinlich heute Abend sehen werde. Ich habe keine Ahnung, wie lange es dauern wird, bis wir hier rauskommen, weil alle Spuren vergraben sind, aber *nichts* – rein gar nichts – wird mich davon abhalten, für sie da zu sein.«

Die Erregung in seiner Stimme brachte Sunset dazu, die Stirn zu runzeln, und ihr Bauch zog sich zusammen. Irgendetwas stimmte nicht. Und es war klar, dass er gehen würde.

Sie war noch nicht bereit. Es war ein seltsames Gefühl, nicht zu *wollen*, dass er ging.

»Ich weiß. Danke, dass du mir das gesagt hast. Bist du sicher, dass es ihr gut geht? Ja, alles klar. Ja. Wie geht es den anderen? Wie geht es Finley? Sie hat sich so darauf gefreut, den Prozess mit Lilly zu durchlaufen.«

Sunset hielt den Blick auf Talon gerichtet, während er zuhörte, was gesagt wurde. Sie saß ganz still da und bewegte keinen Muskel, während sie darauf wartete zu hören, was passiert war.

»Ja, das ist schrecklich. Okay, ich werde jetzt auflegen, damit ich hier alles regeln kann.«

Als die Person, die mit ihm sprach, noch etwas sagte, blickte Talon ihr in die Augen. Sie konnte sehen, dass in den blauen Tiefen Gefühle schwammen, und Sunset wollte unbedingt wissen, was sie sagen sollte, damit er sich besser fühlte, aber sie war völlig überfordert.

»Ich weiß es nicht, Kumpel, aber ich werde mein Bestes tun. Okay, wir sehen uns bald wieder.«

Talon nahm das Telefon von seinem Ohr und drückte eine Taste, bevor er tief durchatmete. Er rührte sich nicht von der Stelle, an der er ihr in der Höhle gegenübersaß, aber jeder Muskel in seinem Körper war angespannt.

»Das war Drew. Lilly hatte eine Fehlgeburt ... sie und Ethan haben ihr Baby verloren.«

Sunset atmete scharf ein. »Oh nein«, flüsterte sie. Lilly hatte sich so sehr auf ihr Kind gefreut. Noch vor drei Tagen hatte sie Sunset erzählt, wie glücklich sie und ihr Mann waren und dass Ethan bereits begonnen hatte, ein Zimmer in ihrem Haus als Kinderzimmer einzurichten. Sunset war eine Fremde, und doch hatte Lilly ihr so persönliche Dinge erzählt. Der Verlust, den sie in diesem Moment empfand, musste schrecklich sein.

»Ich muss zurück. Mich davon überzeugen, dass es ihr und Ethan gut geht«, erklärte Talon.

Sunset nickte sofort.

»Ich möchte, dass du mit mir kommst.«

Sie starrte ihn mit großen Augen an. Ihr Herz schlug wie wild. Er hatte ihr schon einmal gesagt, dass er wollte, dass sie mit ihm nach Fallport ging, aber sie hatte gedacht, das sei noch weit in der Zukunft. Vielleicht im Frühling. Sie war noch nicht bereit zu gehen. Das konnte sie nicht!

»Du kannst mir vertrauen, und ich werde dir nichts tun. Das wird niemand. Darauf gebe ich dir mein Wort. Bei meinen Freunden und mir bist du sicher. Du hast die anderen Frauen durch ihre Anrufe schon ein bisschen kennengelernt. Glaubst du, sie würden dir absichtlich etwas antun? Auf keinen Fall.«

Er ließ ihr keine Zeit, etwas zu sagen, sondern fing sogar an, schneller zu reden.

»Ich muss sie sehen. Sie sind meine besten Freunde. Ich fühle mich schlecht, weil ich nicht dabei war, weil ich es nicht wusste. Drew hat mir erzählt, dass sowohl Lilly als auch Ethan allen befohlen haben, mir nichts zu sagen, als es passiert ist. Weißt du, warum sie das getan haben?«

Sunset schluckte schwer und schüttelte den Kopf.

»Weil sie sich Sorgen um *dich* gemacht haben. Sie wussten, dass ich mich selbst davon überzeugen wollte, dass es ihnen gut geht, aber sie wollten nicht, dass du hier draußen allein gelassen wirst.«

Sunset runzelte die Stirn. Es war ein völlig fremdes Konzept, dass jemand sich darum sorgte, dass es *ihr* gut ging. Niemand hatte sich je dafür interessiert, wie es ihr ging.

»Bitte komm mit mir, Sunset.«

Sie machte den Mund auf, bevor sie darüber nachdenken konnte, was sie sagen wollte. »Okay.«

»Okay?«, fragte er und schien ein wenig schockiert zu sein. Sie nickte.

Talon schloss die Augen und seufzte erleichtert, als sei ihre Zustimmung wichtig gewesen.

Sunset wurde schlagartig klar, dass ihre Zustimmung ihm *tatsächlich* wichtig war.

»Danke«, flüsterte er. Dann öffnete er die Augen und sah sie erneut an. »Es wird nicht einfach werden, zu meinem Wagen auf dem Parkplatz am Anfang des Pfades zu kommen.«

»Ich weiß.« Und das tat sie tatsächlich. Der Schneefall hatte zwar aufgehört, aber es lag mindestens ein halber Meter auf dem Boden. Und draußen war es immer noch bitterkalt. Jedes Mal wenn sie nach draußen ging, um sich zu erleichtern, wurde sie daran erinnert, wie froh sie war, dass sie sich in ihre warme Höhle zurückziehen konnte.

Er sah sie an und nickte. »Zum Glück hast du die Stiefel. Ich habe noch ein Hemd, das du als zusätzliche Schicht anziehen kannst. Ich kenne mich im Wald aus, aber ich habe das Gefühl, dass du den einfachsten Weg zum Ausgangspunkt besser kennst.«

Es war eine Frage, ohne dass sie als Frage *gestellt* wurde. Sunset nickte langsam.

»Gut. Du kannst führen. Nun ... ich gehe zuerst, damit ich eine Spur in den Schnee machen kann, damit du leichter hinterherkommst. Aber du kannst mir sagen, in welche Richtung wir gehen sollen.«

Die Anwesenheit dieses Mannes öffnete ihr weiterhin die Augen. Keiner der Männer in der *Gemeinschaft* hätte jemals zugegeben, dass er etwas nicht wusste. Und sie hätten niemals einer der Frauen zugetraut, eine so wichtige Situation zu meistern, aber Talon traute es ihr zu. Sie hätten sie nicht den Weg durch den Wald führen lassen, obwohl sie ihn wie ihre Westentasche kannte. Sie wären lieber völlig orientierungslos im Kreis gelaufen, bevor sie eine Frau um Hilfe gebeten hätten.

Talon stand auf und begann, in seinem Rucksack zu kramen. »Ich kann das Zelt nicht zurücklassen, denn wenn etwas passiert und wir Schutz suchen müssen, werden wir es brauchen, aber ich will genügend Vorräte zurücklassen, falls wir diese Höhle in Zukunft benutzen müssen.«

»Was?«, fragte Sunset. Die Art und Weise, wie sie diese Frage so einfach und ohne Nachdenken stellen konnte, machte ihr klar, wie wohl sie sich in der Nähe dieses Mannes fühlte. Wenn sie es in der Vergangenheit gewagt hätte, ihren Mann oder irgendjemand anderen infrage zu stellen, wäre sie zurechtgewiesen worden.

»Dies ist dein sicherer Ort«, bemerkte Talon, richtete sich auf und sah ihr in die Augen. »Du kannst jederzeit hierher zurückkommen, wenn du es brauchst oder willst. Ich werde dir nie einen Grund geben, vor mir zu fliehen oder dich in den Wald zurückzuziehen, aber ich möchte, dass du weißt, dass du einen Ort hast, an den du gehen kannst, wenn du ihn brauchst. Einen Rückzugsort.«

Sunset starrte Talon ungläubig an.

Er unterbrach ihren Blick und sah sich um. »Wir müssen die Plane abbauen und zusammenfalten, aber das machen wir als Letztes, kurz bevor wir aufbrechen. Ich habe noch ein paar gefriergetrocknete Mahlzeiten, die ich hierlassen kann, und ich packe die Sachen, die ich für dich mitgebracht habe, in meinen Rucksack, damit du sie bei dir hast, wenn wir in meiner Wohnung sind. Ich lasse die Karten, eines der Taschenmesser, das Besteck und das Geschirr und natürlich deinen Eimer und die Töpfe hier. Der Feuerstein und die Bürste können auch bleiben.«

In Sunsets Kopf drehte sich alles. Dies passierte tatsächlich. Sie würde weggehen, nach Fallport. Der einzige Ort, über den Arrow ihnen eingebläut hatte, dass sie niemals dorthin gehen sollten. Und es schien ihm besonders wichtig gewesen zu sein, dass sie niemals dorthin ging. Sunset hatte nicht verstanden, warum es so schlimm für sie sein sollte, von den Einheimischen gesehen zu werden und sich in die Stadt zu wagen, aber sie war so sehr mit dem Überleben beschäftigt gewesen, dass sie nicht viel darüber nachgedacht hatte.

»Bist du sicher, dass du damit einverstanden bist?«, fragte Talon und machte kurz eine Pause vom Packen.

Sunset schluckte schwer und nickte, als sie merkte, dass sie tatsächlich nichts dagegen hatte. Sie war verängstigt, eigentlich erschrocken, aber auch ein Gefühl der Vorfreude und Aufregung durchströmte ihre Adern.

»Bist du *wirklich* sicher?«

»Ja«, erwiderte sie. »Ich habe Angst«, gab sie zu, »aber du musst deine Freunde sehen. Ich schaffe das schon.«

Talon machte einen Schritt auf sie zu, bevor er sich zu fangen schien und abrupt stehen blieb. Er starrte sie aus der kleinen Entfernung an, die sie trennte.

»Ich habe mal etwas gelesen«, begann er im Plauderton.

Sunset wusste, dass er es eilig hatte weiterzukommen, und doch sprach er mit ihr und versuchte, sie zu beruhigen.

»Es ist ein Zitat, das mir im Gedächtnis geblieben ist. Es ging darum, dass Angst zu haben bedeutet, dass man dabei ist, etwas wirklich Mutiges zu tun. Und mutig zu sein bedeutet, dass du klug genug bist, um zu wissen, dass das, was du vorhast, zwar beängstigend, schwierig und vielleicht sogar gefährlich ist, du es aber trotzdem tust, weil die Möglichkeit, erfolgreich zu sein, das Risiko des Scheiterns wert ist.«

Sunset ließ seine Worte in ihre Seele eindringen.

»Ich würde mir Sorgen machen, wenn du *keine* Angst hättest, Liebes. Dir wurde dein ganzes Leben lang erzählt, dass Fallport schlecht ist. Dass die Menschen dort böse sind. Du konntest nicht wissen, dass das Lügen sind. Du konntest nicht wissen, dass du von den Menschen unterdrückt wurdest, die dich eigentlich beschützen sollten.«

»Hattest du jemals Angst vor etwas?«, fragte Sunset.

»Ständig, verdammt«, erklärte Talon, ohne zu zögern. »Als ich all die Frauen und Kinder bei dieser Mission verlassen musste, hatte ich schreckliche Angst. Ich hatte ein schlechtes Gefühl, was passieren würde, wenn wir weggingen, aber ich war nicht in der Lage, etwas dagegen zu tun.

Und in letzter Zeit hatte ich Angst, dich nicht zu finden. Dann hatte ich Angst, dass du wegläufst, *wenn* ich dich finde. Ich habe Angst, dass ich das Falsche sage und du mir nicht vertraust. Ich habe Angst, dass ich etwas tue, das dir Angst vor mir macht. Ich habe Angst, dass es zu viel für dich ist, wenn wir nach Fallport kommen. Dass du dann nicht mehr bleiben willst.«

»Talon«, flüsterte sie und wusste nicht, was sie dazu sagen sollte.

»Du kannst mir vertrauen. Ich werde dir nie wehtun«, bemerkte er leise. »Wenn die Dinge zu beängstigend werden, wenn du dich zu sehr überwältigt fühlst, wiederhole diese Worte für dich. Wenn du mit etwas nicht zurechtkommst, kannst du es mir jederzeit sagen, und ich werde dich aus der Situation herausholen. Wir machen einen Spaziergang. Ich bringe dich zu mir nach Hause, wo du dich neu sammeln kannst. Ich tue alles, was nötig ist, damit du merkst, dass du in Sicherheit bist und dir niemand mehr wehtun wird.«

Seine Worte waren Balsam für ihre geschundene Seele. »Okay.«

»Okay«, stimmte er zu. »Willst du mir helfen, die Sachen einzupacken, damit wir sie mitnehmen können, wenn wir zurückkommen?«

Wir. Er hatte *wir* gesagt. Nicht *du*. Sie wussten beide, dass sie in Zukunft allein in diese Höhle zurückkehren konnte, aber bei dem Gedanken, dass sie irgendwann zusammen zurückkommen würden, entspannte Sunset sich. Diese Höhle hatte ihr das Leben gerettet. Als sie vor Cypress und den anderen aus der *Gemeinschaft* geflohen war, die sie mitnehmen wollten, wusste sie nicht, wohin sie gehen sollte. Diesen idealen Unterschlupf zu finden war ein Wunder, und in vielerlei Hinsicht würde sie ihn schrecklich vermissen.

Aber es war auch eine Art Gefängnis. Je länger sie hier lebte, desto schwerer fiel es ihr, sich vorzustellen, jemals wieder wegzugehen. Dass Talon sie gefunden hatte, war der Katalysator, den sie brauchte, um etwas zu ändern. Diese Veränderung war beängstigend, aber sie wollte sie mit beiden Händen ergreifen. Das Wissen, dass sie zurückkommen konnte, wenn sie wollte, war der letzte Anstoß, den sie brauchte, um ihr Leben fortzusetzen.

Es dauerte nicht lange, die Sachen zu packen, die sie mitnehmen wollte, und den Rest im hinteren Teil der Höhle sicher zu verstauen. Als Letztes nahmen sie die Plane ab. Sie faltete sie in der Hälfte und wickelte die Vorräte, die sie nicht mitnehmen wollten, darin ein. Sie legten Steine um und auf die Plane, um zu verhindern, dass Tiere sie wegschleppten.

»Bereit?«, fragte Talon sanft, als sie im Eingang der Höhle stand und auf den leeren Raum starrte.

Sie atmete tief durch und nickte. Sunset war sich nicht sicher, ob sie bereit war, aber wenn Talon sie für mutig hielt, wollte sie nichts tun, was ihn vom Gegenteil überzeugen könnte.

»Wenn dir zu kalt wird, sag mir Bescheid. Du hast den letzten Handwärmer, achte darauf, ihn alle paar Minuten zwischen deinen Händen zu wechseln.«

»Das werde ich«, entgegnete sie. Er war sehr besorgt um ihr Wohlbefinden. Sunset brachte es nicht übers Herz, ihm zu erzählen, wie oft sie im Winter auf die Jagd gegangen war, nur in dem verdammten braunen Kleid, das sie in der *Gemeinschaft* tragen musste, und mit ihren Kaninchenfellschuhen an den Füßen. In ihren Leggings, der Cargohose, dem langärmeligen Hemd, dem Sweatshirt, dem Fleece, den Wollsocken und den Stiefeln war es dagegen angenehm warm.

Sie starteten mit Talon an der Spitze, der sich einen Weg durch den tiefen Schnee bahnte, und Sunset ging ein paar Schritte hinter ihm. Schon nach kurzer Zeit merkte Talon, dass sie Schwierigkeiten hatte. Die Stiefel waren zwar warm, aber es war schwer, sich an sie zu gewöhnen, da sie noch nie Schuhe getragen hatte. Der Wind hatte zugenommen, jetzt, da sie nicht mehr im Schutz der dichten Bäume und der Vegetation um die Höhle herum waren, und es war schwer zu hören, wenn sie miteinander sprachen, es sei denn, sie standen sich gegenüber.

Als Sunset stolperte und stürzte, bemerkte Talon das nicht, und er war schon ein ganzes Stück vor ihr, bevor er merkte, dass sie nicht direkt hinter ihm war. Schnell kehrte er zu ihr zurück und schüttelte den Kopf. »So funktioniert das nicht.«

Sunset war entsetzt. Sie hatte sich ungeschickt angestellt und jetzt war er ungeduldig mit ihr. Sie machte sich auf seine harschen Worte gefasst. Aber sie hätte es besser wissen müssen.

»Ich könnte ein Seil herausholen und es mir um die Hüfte legen, damit du dich daran festhalten kannst, aber mir wäre es lieber, wenn du nicht so weit weg von mir wärst. Ich möchte, dass du dich an meinem Hosenbund oder meinem Rucksack festhältst, während wir gehen. Du kannst mich als eine Art Gehstock benutzen. Ich kann dir helfen, durch den Schnee zu kommen, ohne hinzufallen. Ich weiß, dass du mir nicht so nahe kommen willst, aber du kannst mir vertrauen, Sunset. Ich werde dir nicht wehtun.«

Die meisten Menschen wären es wahrscheinlich leid, ihn immer wieder das Gleiche sagen zu hören, aber jedes Mal, wenn er die Worte aussprach, sanken sie tiefer in ihre Seele. Sie antwortete nicht, sondern trat einfach näher und schob ihre Finger hinter den Gürtel um seine Taille.

»Danke«, sagte Talon zu ihr. Er lächelte sie an, und als sie dieses verdammte Grübchen sah, wurden ihre Knie ganz weich, bevor er sich wieder umdrehte. »Los geht's. Wenn ich zu schnell bin, sag Bescheid. Und sag mir auch, in welche Richtung ich gehen soll.«

So nahe bei ihm zu gehen war tatsächlich einfacher, als allein zu gehen. Talon war wie ein starker, stabiler Baum, der vor ihr ging. Wenn sie über ihre Füße stolperte oder diese sich anfühlten, als würden sie hundert Kilo wiegen, während sie sie durch den tiefen Schnee schleppte, war Talon da, um ihr Halt zu geben.

Sie gingen eine Weile, machten dann eine Pause und wiederholten das Muster immer wieder. Selbst wenn sie nicht das Gefühl hatte, dass sie eine Pause brauchte, bestand Talon darauf. Jedes Mal überprüfte er ihre Finger, um sich davon zu überzeugen, dass sie nicht zu sehr fror, und forderte sie dann auf zu trinken, um ihren Durst zu stillen.

Das war noch so eine Sache ... er ermutigte sie immer, Wasser zu trinken, bevor er überhaupt daran dachte, selbst etwas zu trinken. Die Männer der *Gemeinschaft* aßen und tranken zuerst. Das war ganz selbstverständlich.

Der Weg durch den Schnee war anstrengender, als sie gedacht hatte, selbst mit den Pausen. Obwohl sie in Form war, entfernte sie sich bei schlechtem Wetter normalerweise nicht allzu weit von ihrer Höhle. Es dauerte länger, als sie dachte, bis sie am Anfang des Weges ankamen. Ihr war kalt, sie war müde und ihre Nerven machten ihr zu schaffen.

»Ist schon gut, Sunset. Wir sind fast da, ehrlich. Und in die Stadt zu gehen ist eine gute Sache.«

Dass er ihre Gedanken lesen konnte, hätte sie eigentlich beunruhigen müssen, aber stattdessen war es ein Trost. »Ich weiß.« Und das war tatsächlich auch der Fall, aber das bedeutete nicht, dass sie plötzlich keine Angst mehr hatte.

»Du kennst diesen Wald wirklich, nicht wahr?«, fragte er, als sie weitergingen.

»Ich habe fast mein ganzes Leben hier verbracht«, sagte sie. »Es wäre irgendwie traurig, wenn ich mich hier nicht zurechtfinden würde.«

»Ich glaube, wir könnten dich in unserem Such- und Bergungsteam gebrauchen«, murmelte Talon, dann drehte er den Kopf und lächelte sie an.

Sunset erstarrte. Sie? Mit den anderen Männern zusammenarbeiten, die sie schon unzählige Male bei der Suche nach Vermissten ausspioniert hatte? Nein, das konnte sie nicht. Sie war eine Frau. Sie konnte nicht für so etwas verantwortlich sein.

»Du wärst wirklich gut darin«, erklärte er, als er ihren ungläubigen Gesichtsausdruck sah. »Aber heute ist nicht der Tag, an dem du entscheiden musst, was du mit dem Rest deines Lebens anfangen willst. Heute ist der Tag, an dem du tief durchatmen und erkennen kannst, dass es da draußen eine ganz andere Welt gibt. Eine, die viel freundlicher und einfacher ist als die, die du bisher kanntest.«

Sunset war sich da nicht sicher, aber sie widersprach ihm nicht.

Talon lachte. »Du willst mir am liebsten sagen, dass ich Mist erzähle. Aber du wirst schon sehen«, bemerkte er, bevor sie ihren Weg zum Anfangspunkt des Wanderweges fortsetzten.

Dieser Mann verwirrte sie immer wieder ... und weckte in ihr die Sehnsucht nach Dingen, die sie noch nie erlebt hatte. Es gefiel ihr, dass es ihm egal war, wenn sie ihn ausfragte. Und es schien ihn zu amüsieren, wenn sie mit etwas nicht einverstanden war, was er gesagt hatte. Er war so anders als alle anderen, die sie je gekannt hatte ... und das gefiel ihr. Sogar sehr.

Zum ersten Mal in ihrem Leben dachte Sunset, dass sie vielleicht jemand anderes sein könnte.

»Wir sind da«, erklärte er kurze Zeit später.

Und das waren sie auch. Sein Wagen – zumindest nahm sie an, dass es Tals Wagen war – stand auf dem Parkplatz, völlig unter einer riesigen Schneedecke begraben. Aber anstatt dass die Gegend sonst menschenleer war, lächelte sie ein Mann an, der in einem großen Wagen mit einem Schneepflug saß, als er sie vom Fahrersitz aus entdeckte. Als sie aus dem Wald auftauchten, winkte er und öffnete die Tür.

Ohne darüber nachzudenken, was sie da tat, rückte Sunset näher an Talon heran, anstatt sich von ihm zu entfernen. Ihre Hand fiel aus seinem Hosenbund und sie umklammerte die Hand, die ihr am nächsten war.

Er schaute sie überrascht an, schloss aber sofort seine mit Handschuhen bedeckten Finger um die ihren.

»Hey, ihr zwei!«, rief der Mann und stieg aus dem Laster. »Ich bin Rory! Ethan hat mich geschickt. Er hat mich letzte Woche angeheuert, um dafür zu sorgen, dass alle zur Hochzeit seines Bruders kommen. Als er hörte, dass ihr von eurem Campingausflug zurückkommt – mitten in einem Schneesturm zu campen ist verrückt, wenn ihr mich fragt, aber die meisten Leute halten mich für verrückt, weil ich liebe, was ich tue, also wer bin ich, dass ich darüber urteilen kann? –, hat er mich gefragt, ob ich euch in die Stadt mitnehmen kann. Ich könnte versuchen, euren Geländewagen dort auszugraben, aber es geht schneller, wenn ich euch einfach mitnehme.«

Talon lächelte den Mann an und sagte: »Wir würden gern mitfahren, danke.«

»Toll. Wow, deine Frau ist wirklich hübsch. Wenn ich eine Woche in den Wäldern verbracht hätte, würde ich sicher nicht so gut aussehen wie sie. Auf jeden Fall wird es im Führerhaus meines Wagens eng werden, aber ich denke, wir werden es schon schaffen.«

Talons Hand schloss sich fester um ihre eigene, als Sunset über diese Unterhaltung nachdachte. Der Mann, Rory, hatte sie nicht zweimal angeschaut. Er hatte sie nicht gefragt, warum sie so nahe bei Talon stand. Und er hatte sie hübsch genannt.

»Wenn es dir recht ist, würde ich gern direkt zu Lilly und Ethan fahren«, bemerkte Talon und sah sie an.

Stirnrunzelnd musterte Sunset ihn. Es hörte sich so an, als würde er sie um Erlaubnis bitten. »Ähm ... okay?«

»Ich könnte dich zuerst zu mir nach Hause bringen. Wir könnten uns umziehen, du könntest duschen und etwas essen, bevor wir sie besuchen, wenn es dir lieber ist.«

Sie hatte gehört, wie besorgt Talon um seine Freunde war. Sie wusste, dass er den Besuch nicht aufschieben wollte. Er wollte direkt zu Lilly und Ethan gehen, um ihnen seine Unterstützung anzubieten. Sich vergewissern, dass es ihnen gut geht. Sie hatte dieses Gefühl noch nie erlebt, noch nie jemanden gehabt, der sie unterstützte, aber sie wollte alles tun, was sie konnte, damit Talon sich besser fühlte.

Sie schüttelte den Kopf. »Nein, du musst so schnell wie möglich zu deinen Freunden gehen.«

Er schenkte ihr ein Lächeln und drückte ihre Hand. »Danke, Liebes.«

Dann drehte er sich um und ging auf den Wagen des Mannes zu. Er warf seinen Rucksack auf die Ladefläche, öffnete die Tür und stieg ein, bis er in der Mitte des langen Sitzes neben Rory saß, der sich hinter dem Lenkrad niederließ.

Sunset schloss die Tür hinter sich und bemerkte, wie viel Platz zwischen ihrem Bein und dem von Talon war. Er versuchte, sie nicht zu bedrängen. Seit sie ihn das erste Mal vor ihrer Höhle sitzen gesehen hatte, hatte er alles getan, damit sie sich wohlfühlte.

Die Fahrt nach Fallport verlief nicht schweigend. Rory hörte während der ganzen Fahrt nicht auf zu reden. Er war freundlich und aufgeschlossen und füllte die Fahrt mit Kommentaren zu verschiedenen Themen. Er erzählte ihnen, wie Rocky und Bristol ihn zu ihrer Hochzeit eingeladen hatten und wie viel Spaß er dabei gehabt hatte. Sie erfuhren, dass er Witwer war; seine Frau war vor ein paar Jahren gestorben und seine Kinder waren alle weggezogen. Er half der Gemeinde gern, indem er im Winter die Straßen räumte. Im Herbst fuhr er den Lastwagen, der das Laub aufsaugte, das die Leute auf ihren Bordsteinen liegen ließen, und im Frühling und Sommer war er auf Reisen.

Als sie anfingen, die Häuser am Straßenrand zu sehen, hatte Sunset begonnen, sich zu entspannen. Aber das hielt nicht lange an, denn immer mehr Gebäude kamen in Sicht. Sie hatte das Gefühl, als würde ihr das Herz aus der Brust springen.

Was tat sie da? Sie sollte nicht hier sein! Sie würde das gesamte nächste Jahr oder länger im Strafzelt verbringen müssen.

Gerade als sie sich innerlich völlig aufgeregt hatte, nahm Talon langsam ihre Hand in seine. Diesmal trugen sie keine Handschuhe und das Gefühl seiner nackten Hand mit den Schwielen auf ihrer eigenen ... beruhigte sie sofort.

Sie war nicht mehr in der *Gemeinschaft*. Cypress war weg. Er hatte sie zurückgelassen. Sie war auf sich allein gestellt.

Nein, das stimmte nicht. Talon war da.

Sie konnte ihm vertrauen. Er würde nichts tun, was ihr schaden könnte.

Sie merkte, dass sie die Worte, die er ihr ständig sagte, verinnerlicht hatte, als Rory vor einem hübschen Haus anhielt, das von anderen gepflegten und schön aussehenden Häusern umgeben war.

»Da sind wir«, verkündete er fröhlich.

»Was schulde ich dir für die Fahrt?«, fragte Talon.

»Nichts«, entgegnete Rory und schüttelte den Kopf. »Es war mir ein Vergnügen. Als ich hörte, warum du von deinem Campingausflug zurückkommst, war ich nur zu gern bereit, euch zu helfen.« Die Stimme des Mannes wurde leiser. »Meine Frau hat einmal ein Kind verloren, das war das Schlimmste, was uns je passiert ist. Wir bekamen noch drei weitere Kinder, aber ich denke immer noch an mein ältestes Mädchen ... traurig, dass ich sie nie kennengelernt habe. Wie auch immer, wenn ihr nach dem Besuch eine Mitfahrgelegenheit nach Hause braucht, ruft mich einfach an. Ethan hat ja meine Nummer. Es war schön, euch beide kennenzulernen ... aber vor allem dich, liebe Frau. Ich weiß, ich habe zu viel geredet und dir keine Chance gegeben, zu Wort zu kommen. Meine Kinder sagen mir immer, ich sei zu freundlich, aber ich sage ihnen immer, dass das nicht stimmt. Pass auf dich auf, okay?«

Sunset nickte automatisch. Arrow und Cypress hatten immer behauptet, dass die Menschen in Fallport misstrauisch und sogar gemein zu Außenstehenden waren, aber Rory war so weit von beidem entfernt, dass es kaum zu fassen war. Und obwohl sie schon vermutet hatte, dass die Leute, mit denen sie zusammenlebte, bei vielen Dingen gelogen hatten, war Rory ein lebendes Beispiel dafür, dass sie recht hatte.

»Es war auch schön, dich kennenzulernen«, entgegnete sie leise, nachdem sie aus dem Wagen ausgestiegen war.

Rory strahlte.

Talon holte seinen Rucksack von der Ladefläche und nickte Rory zu. Dann reichte er Sunset die Hand und sagte: »Bist du bereit?«

Sie holte tief Luft, als Rorys Wagen wegfuhr. »Ja.«

Sie war nicht bereit. Ganz und gar nicht. Aber sie würde es trotzdem tun. Erstens, weil es Talons Freunde waren und sie litten und er sie sehen musste. Und zweitens, weil sie unbedingt ein anderes Leben haben wollte. Eines, in dem sie keine

Angst haben musste, ins Strafzelt geworfen zu werden, in dem sie von einem anderen Mann in Besitz genommen wurde oder in dem sie geschlagen wurde, wenn sie es wagte, eine Frage zu stellen. Sie wollte ein Leben wie das, das Talon beschrieben hatte. Eines, in dem sie der Mensch sein konnte, von dem sie immer dachte, dass er sich tief in ihr versteckt hielt. Die Frau, die sie zu ihrem eigenen Schutz tief in sich verdrängt hatte.

»Du bist verdammt mutig«, sagte Talon zu ihr, als sie ihre Hand in die seine legte. Dann drehte er sich um und ging auf die Haustür zu.

Sie fühlte sich, als müsste sie sich übergeben, so viel Angst hatte sie, aber Sunset setzte einen Fuß vor den anderen. Talon war bei ihr. Sie konnte ihm vertrauen.

KAPITEL NEUN

Tal war so stolz auf die Frau an seiner Seite, dass er eine Gänsehaut auf seinen Armen spürte. Er hatte keine Ahnung, woher sie die Kraft nahm, immer wieder aus ihrer Komfortzone herauszutreten und den Unsinn zu überwinden, den ihre Entführer ihr in den Kopf gesetzt hatten, aber er konnte nicht leugnen, dass er von ihrer Tapferkeit fast überwältigt war.

Als sie sich der Tür von Lilly und Ethan näherten, wurde er ernst. Der Grund, warum er hier war, legte sich wie eine schwere Last auf seine Schultern. Er war am Boden zerstört wegen seiner Freunde. Er wusste nicht, was er sagen sollte, damit sie sich besser fühlten.

»Ich bin sicher, sie freuen sich, dich zu sehen«, sagte Sunset leise neben ihm.

Sie hatte offensichtlich seine Zurückhaltung bemerkt.

Tal nickte, hob eine Hand und klopfte an.

»Komm rein!«, hörte er Ethan rufen. Er stieß die Tür auf und trat ein, wobei er immer noch Sunsets Hand festhielt.

»Bist du das, Tal?«

»Ich bin's, Kumpel!«, rief Talon zurück, während er die Tür hinter sich schloss.

Sunset drückte seine Hand, dann machten sie sich auf den

Weg in den Hauptteil des Hauses, wo Ethan in einem übergroßen Sessel saß und Lilly auf seinem Schoß hatte.

Als er sah, wie sein Freund seine Frau so festhielt, schnürte sich seine Kehle vor Ergriffenheit zu. Lilly hatte schon so viel durchgemacht, und er fand es ausgesprochen schlimm, dass ihnen das passierte.

Ethan schob sich unter Lilly hervor und stand auf. Ohne zu zögern, trat Tal vor und umarmte ihn fest. »Es tut mir so leid«, erklärte er leise.

»Danke«, entgegnete Ethan und erwiderte die feste Umarmung.

Tal wich zurück und drehte sich zu Lilly um, die neben dem Sessel gestanden hatte. Er schlang seine Arme genauso fest um sie. Zu seiner Überraschung spürte er, wie ihm die Tränen kamen. »Das ist so schrecklich«, platzte er in Lillys Haar heraus.

Sie schniefte und nickte ihm zu. Er hielt sie einen Moment lang fest und wünschte, er könnte etwas für seine Freunde tun. Aber es gab nichts, was er sagen oder tun konnte, um diesen Schmerz zu lindern.

Es war Lilly, die sich zuerst von ihm löste. Sie schenkte ihm ein trauriges Lächeln, dann griff sie nach oben und wischte sanft die Tränen weg, die Tals Wangen hinuntergelaufen waren.

»Es tut mir so leid für euch beide«, erklärte er ihr.

»Ich weiß. Aber dass ihr hier seid, bedeutet uns sehr viel«, entgegnete sie. Dann schenkte sie ihm ein schiefes Lächeln und fragte: »Hätte es dich umgebracht zu duschen, bevor du aus der Wildnis zu uns geeilt bist?«

Tal schnaubte und grinste. Er starrte Lilly einen Moment lang an. Er suchte in ihren Augen nach ... etwas. Er wusste nicht genau was. Vielleicht etwas, um sich zu versichern, dass sie wieder in Ordnung kommen würde. Es ging ihr schlecht, daran bestand kein Zweifel, aber als er sie ansah, atmete er zum ersten Mal, seit er die Nachricht gehört hatte, etwas leichter. Mit Ethan an ihrer Seite würde sie es schaffen. Der Verlust ihres Kindes war ein schwerer Schlag, aber sie hatte so viel Liebe um sich herum.

»Wenn du glaubst, dass ich mir mehr Zeit als unbedingt nötig nehmen würde, um zu euch beiden zu kommen, bist du verdammt verrückt«, erwiderte er.

Lilly schenkte ihm ein sanftes Lächeln, dann ging ihr Blick an ihm vorbei und sie bemerkte: »Willst du uns nicht vorstellen?«

Als Tal sich umdrehte, sah er, dass Sunset am Eingang des großen Wohnzimmers stand und unsicher aussah. Kaum war er von Lilly weggetreten, kam Ethan wieder herein, legte seinen Arm um die Taille seiner Frau und zog sie an sich.

Tal ging zu Sunset hinüber und fragte leise: »Alles in Ordnung?«

Sie nickte.

Er war davon zwar nicht überzeugt, aber er lächelte sie trotzdem an. »Gut. Komm, ich will dir zwei meiner besten Freunde vorstellen.«

Sie schluckte schwer und nickte erneut. Einmal mehr kam ihm der Gedanke, dass sie verdammt stark war. Sie war eindeutig nicht in ihrem Element. Sie wusste nicht, was sie tun sollte, wie sie aufgenommen werden würde, und doch vertraute sie ihm, dass er sie nicht in Schwierigkeiten bringen würde. Sie machte ihn sprachlos.

»Das ist Sunset«, stellte er sie vor. »Und das sind Lilly und Ethan Watson.«

»Es ist schön, dich endlich kennenzulernen und nicht nur am Telefon mit dir zu reden«, begrüßte Lilly sie herzlich.

»Hallo«, sagte Ethan mit einem Lächeln.

»Es ist mir ein Vergnügen, eure Bekanntschaft zu machen«, erklärte Sunset steif. Sie klang förmlich und überhaupt nicht wie die Frau, die Tal in der letzten Woche kennengelernt hatte.

»Hat jemand von euch Hunger oder Durst?«, fragte Lilly.

»Lil«, warnte Ethan.

»Mir geht's gut«, entgegnete sie und drehte sich zu ihrem Mann um. »Ich habe nichts getan, außer zu schlafen und herumzusitzen. Es wird nichts Schlimmes passieren, wenn ich in die Küche gehe und ein paar Tassen Tee mache.«

Tal hatte das Gefühl, dass Ethan überfürsorglich war, seit Lilly aus dem Krankenhaus zurückgekommen war ... nicht dass er ihm das zum Vorwurf machen würde.

»Na gut. Aber wenn du nicht in fünf Minuten wieder hier bist, um dich auszuruhen, hole ich dich.«

Lilly verdrehte die Augen, dann stellte sie sich auf die Zehenspitzen und küsste Ethan sanft. Dann wandte sie sich an Sunset und fragte: »Möchtest du mir helfen, einen Tee zu machen?«

Tal konnte sehen, dass Sunset von der Idee nicht begeistert war, aber sie nickte trotzdem, wahrscheinlich zu ängstlich, um Nein zu sagen.

Er wollte Lilly bitten, vorsichtig zu sein, aber er biss sich auf die Lippe. Er brauchte sie darum nicht zu bitten, Lilly würde nichts tun oder sagen, was ihre Freundschaft mit Sunset gefährden würde. Sie war eine gute Menschenkennerin und würde wissen, dass sie vorsichtig sein musste.

Tal schenkte Sunset ein beruhigendes Lächeln, bevor sie Lilly in die Küche folgte.

Da er wusste, dass er nicht viel Zeit hatte, um mit Ethan zu reden, bevor er nach seiner Frau sah, fragte Tal: »Wie geht es dir?«

Ethan fuhr sich mit der Hand durch die Haare und seufzte. Tal konnte sehen, dass ihm die Verzweiflung ins Gesicht geschrieben stand, die er seiner Frau gegenüber nicht hatte zeigen dürfen.

»Nicht gut«, gab Ethan zu. »Als Lilly aus dem Bad nach mir gerufen hat und mir sagte, dass sie blutet, hatte ich noch nie in meinem Leben so viel Angst. Nicht nur um unser Baby, sondern auch um sie. Ich habe sie schon einmal fast verloren, das konnte ich nicht noch einmal durchmachen.«

Tal trat näher an seinen Freund heran, legte ihm eine Hand auf die Schulter und drückte fest zu.

»Der Blick in ihren Augen, als der Arzt es uns sagte, war einfach nur erschütternd. Eigentlich wusste sie es schon, aber zu hören, dass der Arzt bestätigte, dass unser Baby tot war ...«

Seine Stimme wurde leiser. Tal konnte sich den Schmerz, den sein Freund durchmachte, nur schwer vorstellen.

Ethan räusperte sich und versuchte sein Bestes, um seine Gefühle unter Kontrolle zu bringen. »Wir werden das schon durchstehen«, versicherte er ihm. »Lilly muss sich mindestens zwei Wochen lang ausruhen, dann kann sie wieder arbeiten. Die Ärzte haben gesagt, dass es nicht unbedingt etwas war, was sie getan oder nicht getan hat. Dass der Fötus sich manchmal einfach nicht normal entwickelt. Aber ich weiß, dass Lilly sich zumindest teilweise selbst die Schuld gibt. Und das ist schlimm, denn es gibt nichts, was ich tun oder sagen kann, um ihre Meinung zu ändern.«

»Was ist mit zukünftigen Schwangerschaften?«, fragte Tal. Er wusste nichts über diese Art von Dingen, aber jetzt wollte er unbedingt alle Details wissen.

»Doc Snow kam gestern vorbei und wir haben lange mit ihm über alles gesprochen. Im Krankenhaus in Christiansburg standen wir so unter Schock, dass wir nicht viele Fragen stellen konnten. Er sagte, dass die meisten Frauen ohne Probleme weitere Kinder bekommen. Ich glaube, das war Lillys größte Angst. Dass ihr Körper nicht dafür gemacht ist, ein Kind auszutragen oder so. Wir werden also warten, bis wir beide emotional und körperlich bereit sind, bevor wir es erneut versuchen.«

Tal war erleichtert, dass weder Lilly noch Ethan ihren Traum von Kindern aufgeben wollten. Sie hatten sich beide so sehr auf Kinder gefreut, dass es eine Schande wäre, wenn eine biologische Ursache sie daran hindern würde, in Zukunft Kinder zu bekommen. Er wusste, dass Adoption immer eine Option war, und obwohl er mit keinem seiner Freunde darüber gesprochen hatte, hatte er das Gefühl, dass sie damit einverstanden wären. Trotzdem war es offensichtlich, dass sie zuerst sehen wollten, ob sie ein leibliches Baby bekommen konnten. »Das ist immerhin schon mal positiv«, entgegnete er schließlich.

»Ja. Weißt du, es gibt Zeiten, in denen es mich zu Tode erschreckt, Lilly so sehr zu lieben, wie ich es tue. Ich bin buchstäblich nicht mehr derselbe Mensch, der ich war, bevor ich sie kennengelernt habe. Gut, dass ich kein SEAL mehr bin, denn ich weiß nicht, ob ich meinen Job noch so gut machen könnte, wie ich es getan habe, als ich noch Single war. Wenn wir getrennt sind, denke ich ständig an sie. Ich frage mich, ob es ihr gut geht, ob der Job, den sie macht, gut läuft, ob sie glücklich ist. Und wenn ich eine Nachricht von ihr bekomme oder sie anruft, ist mein ganzer Tag gerettet. Ich würde mich dafür schämen, wie viel sie mir bedeutet, wenn ich nicht wüsste, dass es ihr genauso geht. Hilflos zu sein und nichts tun zu können, wenn es ihr schlecht geht, ist einfach furchtbar, Tal. Ich kann es nicht besser erklären.«

»Das musst du auch nicht. Und wenn dir jemand zum Vorwurf macht, dass du deine Frau liebst, dann sag ihm, er soll sich verpissen.«

Ethan lachte. »Das werde ich und das habe ich.«

Die beiden Männer lächelten einander an.

»Genug davon ... was ist mit Sunset los? Denkst du, sie ist Heather Brown?«

»Ich bin mir zu neunundneunzig Prozent sicher, dass sie es ist. Sie hat bisher allerdings nicht über ihr Leben außerhalb der verdammten Sekte gesprochen, in der sie gelebt hat.«

»War es schlimm?«, fragte Ethan.

»Schlimmer als schlimm«, knurrte Tal. »Soweit ich weiß war es eine totale Dreckssache. Die Männer hatten das Sagen, die Frauen wurden körperlich, seelisch und sexuell missbraucht. Die Männer hatten jeweils mehrere Frauen und die Frauen mussten tun, was sie sagten und wann sie es sagten.

Sunset erzählte von einem sogenannten Bestrafungszelt, und obwohl sie mir nicht im Detail erzählt hat, was dort geschehen ist, kann ich es mir gut vorstellen. Sie wurde sogar ausgepeitscht, weil sie sich die Haare geschnitten hat.«

»Verdammter Mist, Mann!«, entgegnete Ethan mit großen Augen.

»Das ist nicht das Schlimmste.«

»Da ist noch mehr?«

»Ja«, sagte Tal grimmig. »Sunset sagte, dass nicht viele Kinder in der Sekte geboren wurden. Sie gab zu, dass die Frauen die Samen von Bischofskraut verwenden, um eine Schwangerschaft zu verhindern, aber um ihre Zahl und wahrscheinlich auch ihre Harems zu erhalten, tauchten die Männer immer wieder mit Kindern im Lager auf.«

»*Was?* Was meinst du damit, tauchten immer wieder mit Kindern auf?«

»Das hat Sunset auch gesagt. Sie kamen mit Säuglingen und Kleinkindern, die sie angeblich adoptiert hatten. Die Jungen wurden dazu erzogen, das Sagen zu haben, und die Mädchen wurden von anderen Männern beansprucht oder den Jungen als zukünftige Ehefrauen zugeteilt.«

»Du meine Güte!«, rief Ethan aus. »Sie entführen also schon seit Jahrzehnten Kinder?«

»Sieht ganz danach aus.«

»Du musst mit Simon reden.«

Tal atmete tief ein. »Ich weiß. Aber ich habe das Gefühl, dass Sunset zurückhaltend sein wird ... sie hat eine Todesangst vor Männern, Ethan.«

»Mit dir scheint sie klarzukommen.«

»Ja, aber nur, weil sie keine andere Wahl hatte. Der Sturm zog schnell auf und wenn sie mich nicht in die Höhle eingeladen hätte, in der sie seit einem verdammten Jahr lebt, wäre ich in Schwierigkeiten geraten.«

»Sie vertraut dir«, bemerkte Ethan.

»Ich glaube nicht, dass sie das tut.«

»Doch, *tut* sie«, versicherte sein Freund ihm nachdrücklich. »Du hast sie nicht gesehen, weil du dich mit Lilly unterhalten hast, aber sie hat dich nicht aus den Augen gelassen. Und als Lilly dir das Gesicht abgewischt hat, machte sie einen Schritt nach vorn, als wollte sie dich selbst trösten. Sie fing sich und ging wieder dorthin zurück, wo sie gestanden hatte ... aber sie vertraut dir mit Sicherheit, mein Freund.«

Ethans Worte gaben Tal ein gutes Gefühl. Ein richtig gutes. »Ich weiß immer noch nicht, wie ich die Tatsache ansprechen soll, dass sie selbst entführt worden sein könnte, als sie acht war.«

»Du wirst schon einen Weg finden«, entgegnete Ethan zuversichtlich.

Tal teilte die Zuversicht seines Freundes nicht.

»Hat sie gesagt, wie alt die Kinder waren? Die, die die Männer in die Sekte gebracht haben?«

»Jung. Sie hat das Wort ›Babys‹ benutzt.«

»Also haben sie vielleicht ihre Lektion bei ihr gelernt«, gab Ethan zu bedenken. »Sie war älter. Wahrscheinlich hat sie viele Erinnerungen aus ihrem alten Leben behalten und vielleicht zu viel von ihrer Unabhängigkeit. Es war wahrscheinlich schwierig, ihr beizubringen, ihre Rolle in der Gruppe zu akzeptieren.«

Das war dasselbe, was Tal gedacht hatte. »Ich stimme zu. Und manchmal denke ich, dass sie sich an ihr Leben vor der Entführung erinnert, aber ich habe gezögert, sie zu drängen. Ich vermute, dass sie alle ihre Erinnerungen aus Selbstschutz blockiert hat.«

»Vielleicht kommen diese Erinnerungen zurück, wenn wir hier in Fallport sind.«

»Ich weiß nicht so recht, ob das gut ist oder nicht.«

»Es ist gut«, entgegnete Ethan. »Sie muss wissen, dass ihr bisheriges Leben weder normal noch legal war.«

»Ich glaube, sie *weiß* das. Das habe ich ihr auch schon

gesagt. Und als die Sekte vor einem Jahr umzog, hat sie sich im Wald versteckt, damit sie nicht mitgehen musste.«

»Das hat sie toll gemacht«, erklärte Ethan mit Nachdruck.

»Sie ist stark«, bemerkte Tal. »So verdammt stark, dass es mich erstaunt.«

»Dann wird sie perfekt zu unseren Frauen passen.«

Ethan hatte nicht unrecht. Sie passte bereits zu ihnen, auch ohne die meisten der Gruppe persönlich kennengelernt zu haben. Tal hoffte nur, dass sie die schlechten Erfahrungen, die sie gemacht hatte, irgendwann vergessen und neue Freundschaften schließen konnte.

»Wie geht es dir?«, fragte Lilly.

Sunset blinzelte überrascht. Warum *sie* fragte, wie es ihr ging, wo Lilly doch gerade etwas Schreckliches durchgemacht hatte, war ihr schleierhaft. »Mir geht es gut.«

»Es war bestimmt nicht einfach, draußen im Wald zu leben. Ich meine, ich zelte auch gern ab und zu, aber soweit ich weiß warst du eine lange Zeit dort draußen.«

Sunset zuckte mit den Schultern. »Es war nicht so schlimm.« Und das war es auch nicht. Sie war es gewohnt, in einem Zelt zu leben. Die Höhle war in vielerlei Hinsicht bequemer.

»Möchtest du einen Tee?«

Sunset tat ihr Bestes, um ihre Reaktion zu verbergen. Sie hasste Tee. Sie *hasste* ihn. Die Blätter, die die anderen Frauen in der *Gemeinschaft* für Tee benutzten, schmeckten scheußlich. Sie hatte sich nie an den widerlichen Geschmack gewöhnt, aber es gab keine Alternative. Von den Frauen wurde erwartet, dass sie Tee tranken, während die Männer Bier tranken. »Ähm ... danke.«

Lilly lachte ein wenig. »Ich nehme an, du bist kein Fan von Tee.«

Sunset wusste nicht, was sie sagen sollte. War das ein Test? Würde man es ihr übel nehmen, wenn sie sagte, dass sie ihn nicht mochte? Würde sie aus dem Haus geworfen werden?

»Es ist kein Problem, wenn du ihn nicht magst ... ehrlich. Aber ich denke, du magst vielleicht die Sorte, die ich habe. Ich mag keinen normalen Tee. Ich mag nicht einmal Eistee. Ich finde, der schmeckt, als würde ich Dreck trinken.«

Sunset machte große Augen. So ging es ihr auch immer.

»Aber ich habe vor Kurzem dieses Zeug gefunden. Es ist Zimt-Apfel. Ich schwöre, es schmeckt, als würdest du Weihnachten trinken. Okay, das klingt komisch, aber es ist fruchtig und der Zimt lässt meine Geschmacksknospen ein bisschen kribbeln. Mist, das klingt auch furchtbar. Aber ich schwöre, der Tee ist lecker. Wie wäre es, wenn du ihn probierst, und wenn du ihn nicht magst, musst du ihn nicht trinken? Ich bringe dir Wasser oder Saft oder irgendetwas anderes, mit dem du den Geschmack wegspülen kannst, wenn du es nicht magst.«

Sunset rief eine Erinnerung auf den Plan. Sie erinnerte sich an einen Geruch. Zimt und andere Gewürze. Er erfüllte die Luft, gemischt mit Kiefernholz. Sie wusste nicht genau, woher die Erinnerung kam, denn sie konnte sich nicht erinnern, dass sie in der *Gemeinschaft* jemals Gewürze zu sich genommen hatte. Die Männer durften Salz und andere Gewürze für ihre Gerichte verwenden, aber nicht die Frauen. Arrow behauptete, Gewürze seien schlecht für den weiblichen Körper.

»Willst du ihn probieren? Ich verspreche, dass ich nicht sauer bin, wenn du ihn nicht magst.«

Sunset nickte zögernd.

Lilly lächelte sie wieder an. »Die anderen werden dich lieben. Es ist schwer, zu Wort zu kommen, wenn wir alle zusammen sind, und dass du kein Plappermaul bist, wird dich bei ihnen beliebt machen und sie gleichzeitig frustrieren. Denn sie werden alles über dich wissen wollen, und wenn sie dir keine Antworten entlocken können, werden sie nur noch mehr wissen wollen.«

Sunset runzelte die Stirn. Das hörte sich gar nicht gut an. Sie war es gewohnt, still zu sein. Allerdings hatte sie früher eine Vorliebe dafür gehabt, zu viel zu reden, die man ihr austreiben musste.

»Oh, verdammt, das tut mir leid! Das ist nicht schlimm. Ganz und gar nicht. Wir sind alle von Natur aus redselig. Na ja ... außer Khloe. Aber es ist völlig in Ordnung, wenn du dich zurücklehnen und zuhören willst. Es wird niemanden stören. Verdammt, jetzt habe ich dich verunsichert, obwohl ich es nicht wollte.«

»Schon gut«, entgegnete Sunset, um Lilly nicht noch mehr aus der Fassung zu bringen. »Es war nur ... es war verpönt, dass Frauen reden, sogar miteinander.«

Ein trauriger Blick ging über Lillys Gesicht, bevor sie wieder ein kleines Lächeln aufsetzte. »Aber jetzt, da du hier bist, musst du dir darüber keine Sorgen mehr machen. Reden ist gut. Das ist das Beste.« Sie lachte. »Jetzt klinge ich wie Buddy von *Der Weihnachtself*, wenn er sagt: ›Lächeln ist das Beste.‹«

Sunset lächelte höflich, aber sie hatte keine Ahnung, wovon Lilly sprach.

»Also, ich verwirre dich schon wieder. Tut mir leid. Ich habe neulich erst *Buddy – Der Weihnachtself* gesehen. Das ist ein Weihnachtsfilm. Den müssen wir uns irgendwann mal zusammen ansehen. Also, füllst du mir bitte den Kessel mit Wasser? Er steht da drüben.«

Sunset schaute dorthin, wohin Lilly zeigte, und sah eine hübsche Keramikkanne auf dem Tresen. Sie hob den Kessel von dem Sockel auf, auf dem er stand, und brachte ihn zur Spüle. Es war lange her, dass sie den Luxus von fließendem Wasser genossen hatte, und sie konnte sich ein Lächeln nicht verkneifen, als sie den Kessel füllte.

»Das sieht nach einem schönen Gedanken aus«, bemerkte Lilly.

»Ich habe gerade daran gedacht, wie schön es ist, nicht

einen Kilometer zum Bach laufen zu müssen, um Wasser zu holen«, erklärte Sunset ihr.

»Kein Wunder, dass du in Form bist«, erwiderte Lilly. »Für Beine wie deine würde ich sterben. Und Haare. Und Lippen. Du bist wirklich hübsch, Sunset.«

Sunset machte große Augen und starrte ihre neue Freundin an.

»Und deine Augen! Meine Güte, du bist einfach wunderschön.«

Das Kompliment wärmte Sunset von innen heraus. Ja, Talon hatte ihr gesagt, dass sie hübsch sei, aber sie dachte, er würde nur lügen, um ihr Vertrauen zu gewinnen, damit er Sex mit ihr haben konnte. Sie konnte sich nicht erklären, was hinter den netten Dingen steckte, die Lilly sagte. Frauen machten anderen Frauen keine Komplimente. Zumindest nicht nach ihrer Erfahrung. Aber sie fand trotzdem Gefallen an den Worten.

Und hatte sie sich nicht vor Cypress im Wald versteckt, weil sie immer sicherer wurde, dass *Die Gemeinschaft* nicht ... richtig war?

»Danke«, presste sie hervor.

»Nichts zu danken. Wenn du den Kessel wieder auf seinen Sockel stellst und den kleinen Hebel nach unten drückst ... ja, genau so. Jetzt wird er das Wasser erhitzen. Ich könnte die Tassen einfach in die Mikrowelle stellen, aber Tal meckert immer, dass wir Amis den Tee nicht richtig zubereiten. Und als er mir eines Tages den Wasserkocher brachte, dachte ich mir, dass ich es genauso gut auf seine Art versuchen könnte. Und weißt du was? Er hatte recht. Der Tee schmeckt besser, wenn ich ihn auf diese Weise mache.«

Sunset war wieder einmal ratlos, aber sie nickte und lächelte.

Während sie darauf warteten, dass das Wasser kochte, lehnte Lilly sich gedankenverloren an die Küchentheke. Sunset runzelte die Stirn. Sie war superfreundlich und tat ihr Bestes, damit Sunset sich wohlfühlte, aber in ihrem fröhlichen Auftreten blitzte immer noch ein Hauch von Trauer auf.

»Das mit deinem Baby tut mir leid«, sagte Sunset leise.

»Danke. Es war einfach so eine Überraschung. Ich hatte nicht einmal gedacht, dass ich mein Baby verlieren könnte.«

»Vor ein paar Jahren«, begann Sunset langsam, »habe ich ein schwangeres Reh im Wald gefunden. Ich sollte jagen, um Nahrung für *Die Gemeinschaft* zu finden. Sie wäre eine leichte Beute gewesen, aber ich konnte mich nicht dazu durchringen, sie zu verletzen. Sie hatte sich mit ihrem Bein in einer Angelschnur aus dem Bach verheddert. Ich wusste, dass ich bestraft würde, wenn ich jemandem von ihr erzählte, weil ich das Fleisch nicht zurückgebracht hatte, also sagte ich es niemandem. Jedes Mal wenn ich in dieses Waldstück zurückkehrte, brachte ich ein paar Karotten aus unserem Garten mit, und das Reh war immer da. Ich nannte sie Chloe.

Jedenfalls ging ich eines Tages zu unserem Platz und sie war nicht da ... aber sie hatte ihr Baby bekommen. Es hatte nicht überlebt. Ich nannte ihr Baby Little Chloe und begrub es. Ich habe Chloe nie wiedergesehen. Ich weiß nicht, was mit ihr passiert ist. Vielleicht war sie so traurig, dass sie nicht mehr weiterleben konnte, oder ein anderer Jäger hat sie erwischt. Aber ich würde gern glauben, dass sie vor den traurigen Erinnerungen an ihr Baby, das keine Chance zum Leben hatte, weggelaufen ist und irgendwo anders neu angefangen hat. Ich möchte glauben, dass sie ein anderes männliches Reh gefunden hat und wieder schwanger wurde. Und dass sie dieses Mal eine glückliche und gesunde kleine Chloe zur Welt gebracht hat, und die beiden streifen durch den Wald, fressen Blätter und führen ein schönes Leben.«

In dem Moment, in dem sie aufhörte zu reden, kam Sunset sich lächerlich vor. Über ein dummes Reh zu reden, das sein Baby verloren hat, war nichts im Vergleich zu einem Menschen, der sein Kind verliert.

Aber Lilly stieß sich von der Arbeitsplatte ab und kam mit

Tränen in den Augen auf sie zu. »Darf ich dich umarmen?«, fragte sie.

Sunset erstarrte und brachte kaum ein Nicken zustande.

Es fühlte sich unangenehm und komisch an, jemanden so nahe bei sich zu haben. Sie stand steif in Lillys Armen, aber das schien die andere Frau nicht zu stören.

»Danke«, sagte sie leise, ihr Atem war warm an Sunsets Hals. »Und ich stimme dir zu, ich glaube, deine Chloe lebt mit ihrem neuen kleinen Rehlein und erinnert sich immer noch gern an die Frau, die sie vor der Angelschnur gerettet und ihr Karotten zum Fressen gebracht hat.«

Langsam zog Sunset ihre Arme hoch und schlang sie locker um Lillys Rücken.

Als sie so in Lillys Umarmung stand, schoss ihr eine Erinnerung durch den Kopf. Sie war ein kleines Kind und eine Frau umarmte sie. Der Duft der Blumen in ihrem Haar war beruhigend.

Sunset blinzelte heftig und zuckte in Lillys Armen zusammen.

Die andere Frau ließ sie sofort los und wich zurück. »Es tut mir leid, wenn ich zu weit gegangen bin. Ich bin eine Umarmerin«, bemerkte sie mit einem leichten Schulterzucken.

»Ist schon gut ... ich wurde nur schon sehr lange nicht mehr umarmt.«

Lilly lächelte sie an. »Ich glaube, das Wasser kocht.« Sie schob die Tassen, die sie aus einem Schrank geholt hatte, näher an den Wasserkocher und riss zwei kleine Päckchen auf.

Sunset war sofort neugierig. Sie kannte es nur so, dass die Blätter zu einem Brei zerdrückt wurden und das heiße Wasser über das Ganze gegossen wurde. Die Blätter blieben ihr beim Trinken immer zwischen den Zähnen stecken und das Ganze war wie Wasser kauen. Vollkommen eklig.

Aber der Geruch, der aus der Tasse kam, als Lilly das Wasser über die kleinen Päckchen schüttete, war köstlich. Süß.

Sunset beobachtete genau, wie Lilly die Tütchen im Wasser auf und ab tauchte und es braun färbte.

»Je länger du den Beutel im Wasser lässt, desto stärker wird der Tee. Ich weiß nicht, ob du ihn lieber schwach oder stark magst.«

Sunset wusste es auch nicht.

»Also ... wie wär's, wenn ich meinen stark mache, weil ich ihn so mag, und wir machen deinen etwas schwächer? Du kannst beide probieren und wenn meiner dir besser schmeckt, tun wir deinen Teebeutel wieder rein und machen ihn besser, okay?«

Sunset nickte. Sie war hier so überfordert, dass sie die Entscheidung in Bezug auf den Tee Lilly überlassen wollte. Es war erbärmlich, dass sie keine Ahnung hatte, wie man so eine Tasse Tee zubereitet, aber sie war entschlossen, so viel wie möglich zu lernen. Sie hatte offensichtlich so viel verpasst, während sie in der *Gemeinschaft* gelebt hatte. Es war aufregend, neue Dinge zu lernen.

»Manche Leute geben Milch oder Zucker in ihren Tee, aber ich glaube, die aromatisierten Sorten brauchen beides nicht. Auch hier können wir experimentieren, um zu sehen, was du magst.« Lilly reichte ihr eine Tasse. Der Tee darin war heller als das Wasser in Lillys Tasse. »Probier mal und sieh, was du davon hältst.«

Zögernd senkte Sunset den Kopf in Richtung der Tasse und atmete ein. Der süße Geruch war jetzt stärker, und überraschenderweise lief ihr das Wasser im Mund zusammen. Sie nippte an dem heißen Getränk und ihre Augen wurden groß, als sie schluckte. »Das ist lecker!«, stellte Sunset überrascht fest.

Lilly lächelte fröhlich. »Nicht wahr? Hier, probier mal meinen. Mal sehen, ob er besser oder schlechter ist.«

Sunset nahm Lillys Tasse entgegen und nahm einen Schluck. Der Zimtapfelgeschmack war viel stärker ... und süßer.

Lilly lächelte. »Du magst meinen lieber. Behalte ihn. Ich tue den Teebeutel noch ein oder zwei Minuten in deinen, und dann nehme ich den.«

Sunset nahm einen weiteren Schluck Tee, während Lilly die andere Tasse zurechtmachte. Bald seufzte sie zufrieden, während sie ihren eigenen Tee trank.

Sie war noch keine Stunde in der Stadt und schon konnte Sunset mit eigenen Augen sehen, dass die Menschen, die in der Stadt lebten, nicht die Feinde waren, zu denen *Die Gemeinschaft* sie gemacht hatte. Lilly und Ethan waren unheimlich nett. Und sie hatte gelernt, dass auch etwas so Einfaches wie Tee Freude bereiten kann. Sie konnte nicht anders, als sich zu fragen, welche anderen Freuden auf sie warteten.

So lange war *Die Gemeinschaft* ihre einzige Familie gewesen. Alles, was sie kannte. Sie hatte die Worte von Arrow und den anderen Männern über das, was außerhalb ihres kleinen Kreises vor sich ging, als Tatsache hingenommen. Erst Arrows Tod und Cypress' Niedertracht brachten sie dazu, etwas anderes zu wollen.

Diesen köstlichen Tee in Lillys Küche zu trinken, war der erste Schritt in ihr neues Leben, und Sunset konnte nicht anders, als sich glücklich zu fühlen. Sie bedauerte den Grund, warum sie dort war, den Verlust von Lilly und Ethan, aber sie konnte nicht bedauern, dass Talon sie gefunden hatte. Er hatte sie aus ihrer gewohnten Zufriedenheit aufgerüttelt.

»Du siehst aus, als würdest du angestrengt nachdenken«, bemerkte Lilly.

»Das tue ich«, erwiderte Sunset schlicht.

»Nachdenken kann gut sein. Aber verliere dich nicht zu sehr in deinen Gedanken. Glaube mir, das ist nicht immer gut«, gab Lilly zu bedenken und zuckte mit den Schultern. »Du kannst Tal vertrauen. Er ist ein guter Mann, genau wie alle Männer im Eagle Point Such- und Bergungsteam. Du hörst vielleicht Geschichten darüber, dass er ein Mörder ist und alles tut, was seine Regierung von ihm verlangt, aber das stimmt überhaupt nicht. Ethan war ein Navy SEAL, und ja, er hat Menschen getötet, aber er hat es nie wahllos getan. Wenn er nicht die Dinge getan hätte, die er während seiner Zeit bei der Navy getan hat, wären viele unschuldige Menschen gestorben. So geht es mir auch mit all den anderen.«

Wieder einmal war Sunset ratlos. Sie hatte Talon nicht für einen Mörder gehalten. Er hatte ihr die Geschichte von den Frauen und Kindern erzählt, die er zu retten versucht hatte und die wegen der Männer in ihrer eigenen *Gemeinschaft* gestorben waren. Das klang nicht wie etwas, das ein Mörder tun würde.

»Ich will damit nur sagen, dass es vielleicht beängstigend ist, hier in Fallport zu sein, aber du kannst darauf vertrauen, dass Tal das Richtige für dich tut. Du bist in einer anderen Welt als der, in der du bisher gelebt hast, aber das ist auch gut so. Und egal, wo du lebst, guten Menschen passieren immer wieder schlimme Dinge. Sieh dir mich und meine Freunde an. Aber mit Unterstützung kannst du darüber hinwegkommen.«

Es fühlte sich an, als wollte Lilly ihr etwas sagen, ohne es direkt zu sagen, aber Sunset hatte keine Ahnung, was es war. Sie nickte einfach noch einmal.

»Also kannst du Tal und den anderen Jungs vertrauen. Simon auch.«

»Simon?«, fragte Sunset.

»Der Polizeichef. Er ist großartig. Er will wirklich nur das Beste für Fallport. Oh, und Doc Snow ist auch großartig. Als wir ihn in Panik anriefen, blieb er ganz ruhig und empfing uns in seiner Praxis. Er sorgte dafür, dass ich mit dem Krankenwagen nach Christiansburg gebracht wurde, und er setzte sich zu mir und Ethan und beantwortete all unsere Fragen. Ich glaube, er ist erst gegen Mitternacht gegangen. Und wenn du ein Gespräch unter Frauen brauchst, kannst du mich anrufen, oder Elsie, Bristol, Caryn, Finley oder Khloe.«

»Ähm ... okay«, sagte Sunset, denn es schien, dass Lilly darauf wartete, dass sie zustimmte.

»Ich bin sicher, die anderen wollen dich so schnell wie

möglich kennenlernen. Vielleicht können wir uns im *Sweet Tooth* treffen. Du musst unbedingt eine von Finleys Zimtrollen probieren. Die sind so lecker. Oh! Und du musst dir unbedingt Bristols Glasmalerei im *Sunny Side Up* ansehen! Die ist einfach fantastisch. Liest du gern?«

Sunset nickte. Sie las gern, auch wenn sie nicht sehr gut darin war, aber das sagte sie nicht.

»Gut. Khloe arbeitet in der Bibliothek, sie wird dir sicher helfen, ein paar Bücher auszusuchen. Elsies Sohn Tony hängt dort nach der Schule rum, er ist witzig und süß. Er wird dir wahrscheinlich unwahrscheinlich viele Fragen stellen, wenn es um das Leben im Wald geht. Er liebt Camping und Wandern und alles, was mit Männerkram zu tun hat. Und wenn du Caryn triffst, lass dich nicht einschüchtern. Sie ist hart, aber im Inneren ein echter Softie.«

In Sunsets Kopf drehte sich alles. Aber je mehr Lilly redete, desto mehr wollte sie die anderen Frauen kennenlernen. Sie wusste nicht, was sie zu ihnen sagen oder wie sie sich verhalten sollte, aber wenn sie nur halb so freundlich waren wie Lilly, brauchte sie sich keine Sorgen zu machen.

»Bist du bereit, dich wieder hinzusetzen?«, fragte Ethan, als er die Küche betrat.

Sunset zuckte überrascht zusammen und wich sofort einen Schritt vor dem großen Mann zurück, der auf sie zukam.

Er ließ den Blick zu ihr wandern, aber er sagte oder tat nichts Beunruhigendes. Er legte lediglich einen Arm um Lilly und zog sie an seine Seite.

»Ja«, entgegnete sie und sah ihn mit liebevollem Blick an.

Sunset beobachtete sie genau. Lilly hatte offensichtlich keine Angst vor ihrem Mann. Nicht im Geringsten. Alle Beziehungen, die sie in der *Gemeinschaft* gesehen hatte, zumindest aus der Sicht der Frauen, waren von Angst geprägt. Alle hatten Angst, etwas Falsches zu sagen oder zu tun und dafür bestraft zu werden. Wenn sie zu den Zelten ihrer Ehemänner beordert wurden, gehorchten sie mit einer gewissen Resignation. *Keiner* der Männer berührte seine Frau so, wie Ethan Lilly im Arm hielt. Es gab keine Fragen wie die, die er gerade gestellt hatte. Alles war ein Befehl. *Geh hierhin. Mach das. Schneller. Hör auf, das zu tun.*

»Alles okay?«

Sunset erschrak über die Frage. Ethan und Lilly hatten die Küche verlassen und Talon war eingetreten. Sie hatte es gar nicht bemerkt, so verloren war sie in der Vergangenheit gewesen. »Ja.«

»Hat Lilly irgendetwas gesagt, das dich verärgert hat?«

Sunset schüttelte schnell den Kopf. »Nein, ganz und gar nicht. Ich liebe diesen Tee. Er ist ganz anders, als ich dachte.«

Talon rügte sie nicht, dass ihr abrupter Themenwechsel unangemessen war. »Er riecht gut.«

»Willst du mal probieren?«, fragte Sunset und hielt ihm ihre Tasse hin. Sie hatte nicht erwartet, dass er Ja sagen würde, aber er griff nach der Tasse und drehte sie so, dass er einen Schluck von der Seite nahm, aus der sie getrunken hatte. Aus irgendeinem Grund wurde sie rot, aber sie konnte ihren Blick nicht von ihm abwenden.

»Er ist ein bisschen zu süß für mich, aber nicht schlecht«, entgegnete er und reichte ihr die Tasse zurück.

Schüchtern nahm Sunset die Tasse entgegen. »Es gibt verschiedene Sorten?«

»Oh ja, es gibt Hunderte von Teesorten.«

Sie runzelte die Stirn. »Wirklich?«

»Ja.«

»Wow.« Sie fand es toll, dass Talon sie nicht wegen ihres mangelnden Wissens über alltägliche Dinge belächelte, die anscheinend alle anderen Menschen auf der Welt, die nicht in der *Gemeinschaft* lebten, bereits kannten. Sie versuchte, lässig zu wirken, drehte die Tasse in ihren Händen und nahm einen weiteren Schluck Tee, wobei sie von der gleichen Stelle wie er trank.

Talon lächelte, aber er kommentierte ihr Verhalten nicht.

Sunset wusste nicht, warum sie das getan hatte. Es war ja nicht so, dass er sich für sie interessierte ... zumindest glaubte sie das nicht. Er hatte sie nicht berührt, außer um ihre Hand zu halten. Er war sehr darauf bedacht gewesen, Abstand zu halten und Intimität zu vermeiden ... bis zu diesem Schluck aus ihrer Tasse.

»Bist du bereit, den Heimweg anzutreten? Ich weiß nicht, wie es dir geht, aber ich brauche dringend eine Dusche. Lilly war zu höflich, um mehr von sich zu geben als diesen einen kleinen bissigen Kommentar, aber ich bin sicher, dass ich nicht besonders gut rieche.«

Sofort dachte Sunset daran, wie ihre neue Freundin sie umarmt hatte. Sie musste sich geekelt haben, denn sie konnte sich nicht einmal daran erinnern, wann sie das letzte Mal gebadet hatte. Im Winter war es einfach zu kalt, um mehr als eine schnelle Katzenwäsche unter ihrer Kleidung zu machen. Als sie noch das braune Kleid trug, war das einfacher, aber selbst da hatte sie es nicht oft gemacht, weil sie so lange brauchte, um sich aufzuwärmen.

Verlegen ließ sie den Kopf sinken.

»Sunset? Was ist los?«

Sie zuckte mit den Schultern, hielt den Blick aber auf den Boden gerichtet.

»Würdest du mich bitte ansehen?«

Verdammt. Sie konnte nicht widerstehen, wenn Talon sie freundlich bat, etwas zu tun, anstatt es ihr zu befehlen. Sie schaute auf.

»Lilly denkt an nichts anderes, als dass du dich willkommen und wohl fühlen sollst. Dass du hier bist, ist eine gute Ablenkung für sie. Ethan hat gesagt, dass sie heute glücklicher aussieht als je zuvor, seit sie erfahren hat, dass sie das Baby verloren hat. Das muss dir nicht peinlich sein. Wenn überhaupt, sollte ich derjenige sein, dem es peinlich ist, dass ich keinem von uns Zeit gegeben habe, sich zu waschen, bevor wir hergekommen sind.«

Es war immer noch eine neue Erfahrung für Sunset, dass ein Mann die Verantwortung für etwas übernahm, das er falsch gemacht hatte. Nicht dass es falsch gewesen wäre, zu seinen Freunden zu gehen und sich zu vergewissern, dass es ihnen gut geht, aber trotzdem. »Kommt sie wieder in Ordnung?«, fragte sie leise.

»Früher oder später ganz bestimmt«, entgegnete Talon mit Nachdruck. »Du magst diesen Tee wirklich?«

Sie nickte.

Er grinste, dann griff er hinüber und holte mehrere Päckchen aus der Schachtel.

»Was machst du da?«, fragte sie entsetzt.

»Du magst den Tee, aber ich habe nichts davon zu Hause, also sorge ich dafür, dass du etwas hast, das dir schmeckt, bis wir in den Supermarkt fahren und uns eindecken können.«

»Das ist Diebstahl!«, flüsterte sie.

»Nein, ich leihe es mir nur. Ich kaufe ihr eine neue Packung, wenn wir im Laden sind.«

Sunset konnte nicht glauben, wie lässig er war. Wenn sie etwas von jemand anderem nahm, bedeutete das eine Woche im Bestrafungszelt.

Sie nahm einen tiefen Atemzug. Nein. Sie war nicht mehr in der *Gemeinschaft.* Cypress war nicht hier. Die Frauen, die es liebten, über alle anderen zu lästern, waren nicht hier.

»Meinst du, sie hat etwas dagegen?«, fragte sie leise.

»Ganz und gar nicht. Ich wette, sobald wir ihnen sagen, dass wir losfahren, wird sie dir anbieten, dir die ganze Packung zu geben. Glaub mir, Sunset, ich werde nichts tun, was dich in Schwierigkeiten bringen könnte.«

»Und du wirst mir auch nicht wehtun.«

Er schien erfreut über ihre Worte. »Niemals«, hauchte er. Er steckte die Teebeutel in seine Tasche und sagte: »Trink aus, dann verabschieden wir uns und gehen.«

Wieder hätten seine Worte ein Befehl sein können, aber sie klangen nicht wie einer. Zumindest nicht wie ein Befehl, den sie jemals von Arrow oder Cypress erhalten hätte. Der Tee war inzwischen so weit abgekühlt, dass Sunset ihn ziemlich schnell austrinken konnte. Talon nahm ihr die Tasse aus der Hand und stellte sie in die Spüle.

»Ich sollte das sauber machen«, bemerkte sie, aber Talon hielt ihr die Hand hin.

»Ethan wird sich später darum kümmern.«

Es überraschte sie immer noch, dass ein Mann Geschirr spülte. Aber sie hatte Talon in der Höhle oft genug dabei gesehen, sodass sie nicht weiter über seine Bemerkung nachdachte. Sie starrte seine Hand einen Moment lang an, bevor sie sie ergriff. Ihr wurde klar, dass Talon sie noch nie berührt hatte, ohne vorher um Erlaubnis zu fragen, außer in Rorys Wagen. Aber selbst da hatte er es sehr langsam gemacht und ihr erlaubt, sich zurückzuziehen, wenn sie es wollte.

Er war so unglaublich anders als die Männer, die sie bisher gekannt hatte, dass ihr immer schwindelig wurde.

Sie gingen Hand in Hand zurück in den Wohnbereich und Sunset sah, dass Lilly wieder auf dem Schoß ihres Mannes saß. Es sah nicht so aus, als würde er sie dazu zwingen, dort zu sitzen. Als sie noch klein war, hatte Arrow sie immer auf seinem Schoß gehalten und ihr Haar gestreichelt. Es war unangenehm, besonders wenn er sie zwischen den Beinen berührte und ihr sagte, dass sie ein braves Mädchen sei.

Lilly dagegen hatte ihren Kopf auf Ethans Schulter gelegt und hielt eine seiner Hände, während sie mit der anderen über seine Brust strich. Er drückte sie fest an sich und hatte einen Arm um ihren Rücken gelegt. Ihre Beine waren zur Seite geneigt und sie sahen beide sehr zufrieden aus.

»Wir lassen euch jetzt in Ruhe«, sagte Talon.

»Oh, müsst ihr schon so früh gehen?«, fragte Lilly und hob den Kopf.

»Ja«, entgegnete Talon mit Nachdruck. »Ich muss Sunset nach Hause bringen, duschen, ihr etwas zu essen machen und mir überlegen, was wir wegen Kleidung und anderen Sachen machen sollen.«

»Sie kann sich Sachen von mir leihen, wenn sie sie braucht«, bot Lilly, ohne zu zögern, an.

»Das weiß ich zu schätzen. Ich bin sicher, dass ich etwas für sie habe, bis wir in einen Laden kommen«, erklärte Talon.

»Na gut, aber wenn du deine Meinung änderst, sag es einfach. Wir können etwas vorbeibringen. Es ist ja nicht so, dass sie sich etwas von Bristol leihen kann.«

Sunset war verwirrt, als die anderen drei lachten.

»Sie ist nur einen Meter fünfzig groß«, erklärte Talon, als er ihre Verwirrung sah.

»Und wir sind ungefähr gleich groß«, bemerkte Lilly mit einem Lächeln.

»Du kannst dir gern etwas aus dem Kleiderschrank holen, bis du eigene Klamotten hast«, bot Ethan an.

»Oh! Lass mich aufstehen, Ethan, ich will noch eine Schachtel Tee holen und sie Sunset mitgeben.«

Talon drückte ihre Hand, als wollte er sagen: »Habe ich dir ja gleich gesagt«, und entgegnete: »Ich habe schon ein paar Teebeutel geklaut, die reichen, bis wir zum Supermarkt kommen. Wir brauchen nichts weiter.«

Lilly schmiegte sich wieder an Ethan. »Oh, okay. In Ordnung.«

Ihre Antwort bestätigte, was Talon über den Tee gesagt hatte. Lilly war es ehrlich gesagt egal. Und Ethan war es auch egal. Mit jeder Minute, die verging, lernte Sunset etwas Neues und Erstaunliches. Ihr Geist öffnete sich für eine ganz andere Art zu leben.

»Du bleibst aber in Kontakt?«, fragte Lilly. »Ich nehme an, sie hat noch kein Handy, also kann ich nicht mit ihr reden. Und die anderen werden sie so schnell wie möglich kennenlernen wollen.«

»Na klar bleib ich in Kontakt. Und ich denke, wir müssen sie langsam an die anderen gewöhnen. Noch kein Handy, ich will nicht, dass sie überfordert wird. Ich muss mit Simon spre-chen, aber ich melde mich wieder und werde etwas arrangie-ren, damit alle Frauen sie treffen können, wenn sie bereit ist«, entgegnete Talon.

Sunset wusste nicht genau, warum er mit Simon sprechen musste, von dem sie jetzt wusste, dass er der Polizeichef war. Das machte sie sehr nervös. Würde sie Ärger bekommen, weil sie so lange im Wald gelebt hatte? Würde sie ins Gefängnis kommen?

»Vertrau mir«, beschwichtigte Talon und drückte ihre Finger. »Es ist alles in Ordnung.«

Sie entspannte sich. Seine Bitte um Vertrauen sorgte dafür, dass sie sich beruhigte, vielleicht weil ihr die Worte jetzt so vertraut waren. Vielleicht lag es aber auch daran, dass er ihr kein einziges Mal einen Grund gegeben hatte, ihm *nicht* zu vertrauen.

»Es hat mich sehr gefreut, dich kennenzulernen, Sunset«, sagte Lilly zu ihr.

»Geht mir auch so«, entgegnete sie.

»Danke, dass ihr vorbeigekommen seid«, bemerkte Ethan.

»Es tut mir leid, dass ich nicht hier war, als es passiert ist«, sagte Talon zu ihnen.

»Aber jetzt bist du da. Das bedeutet uns sehr viel«, erwi-derte Ethan.

Die tiefe Freundschaft zwischen Talon und seinen Freunden war unschwer zu erkennen.

»Oh, warte. Ich nehme an, ihr wollt nicht nach Hause laufen?«, fragte Ethan.

Tal schnaubte. »Verdammt, ich habe ganz vergessen, dass ich nicht mit dem Wagen da bin.«

»Nimm meinen«, erklärte Ethan. »Ich rufe die Jungs an, damit wir dir deinen morgen herbringen können.«

»Das weiß ich zu schätzen. Rory, der Schneepflugfahrer, sagte, er würde den Wagen freilegen.«

»Perfekt. Mein Schlüssel liegt in einer Schüssel in der Küche«, entgegnete Ethan.

»Soll ich hinter uns abschließen?«, fragte Talon.

»Bitte.«

»Ich hoffe, wir sehen uns bald wieder. Wenn du etwas brauchst, sag Talon, er soll mir Bescheid sagen, okay?«, sagte Lilly leise zu Sunset.

Sie hatte keine Ahnung, was sie wollen könnte, aber sie nickte trotzdem.

Talon führte sie wieder in die Küche, um den Schlüssel zu holen, und dann zur Haustür. Er schloss ab, nachdem er die Tür hinter ihnen geschlossen hatte. Er hob seinen Rucksack auf, den er neben der Tür liegen gelassen hatte, und führte sie zu dem Wagen in der Einfahrt.

Es fiel ihr schwer zu begreifen, wie selbstverständlich Ethan Talon seinen Wagen angeboten hatte. Sie hatte die Erfahrung gemacht, dass Männer übermäßig darauf bedacht waren, wer ihre Fahrzeuge fahren durfte. Cypress ließ nie jemanden seinen Wagen fahren. Niemals.

Talon hielt ihr die Beifahrertür auf und wartete, bis sie saß, bevor er sie wieder zumachte und auf die Fahrerseite ging. Er legte seinen Sicherheitsgurt an und drehte sich dann zu ihr um. »Gurt?«, fragte er.

Einen Moment lang wusste sie nicht, was er meinte, doch dann dämmerte es ihr. Sie griff hinter sich und zog den Sicherheitsgurt über ihre Schulter. In den Fahrzeugen, die der *Gemeinschaft* gehörten, funktionierte keiner der Sicherheitsgurte.

Als der Gurt einrastete, lächelte er sie an und ließ den Wagen an. Als sie losfuhren, sagte er: »Du musst eine Entscheidung treffen, Sunset.«

Bei dem Gedanken, sich für irgendetwas entscheiden zu müssen, verkrampfte sie sich sofort. Sie mochte es nicht, Entscheidungen zu treffen. Egal wofür sie sich entschied, es endete meistens schlecht für sie. Vor allem wenn Cypress ihr die Optionen präsentierte.

»Ich nehme dich mit in meine Wohnung, damit wir uns beide waschen, etwas essen und vielleicht sogar unsere Klamotten waschen können. Danach kannst du entweder allein in meiner Wohnung bleiben und ich fahre zum *Mangree Hotel*, oder ich bringe *dich* zum Hotel. Ich bin mir sicher, dass Edna dich gern unter ihre Fittiche nehmen würde. Oder, wenn du mir genügend vertraust, kannst du in meiner Wohnung bleiben und ich bleibe bei dir. Du kannst mein Schlafzimmer haben und ich schlafe auf dem Sofa.«

Sunset starrte Talon an, während er fuhr. Er sah entspannt aus, als sei es ihm egal, welche Option sie wählte. Der Gedanke, in ein Hotel gebracht und allein gelassen zu werden, gefiel ihr nicht. Sie hatte sich daran gewöhnt, dass Talon in der Nähe war. Das war eigentlich lächerlich, denn sie war die meiste Zeit des letzten Jahres allein im Wald gewesen. Aber sie kannte die Wälder wie ihre Westentasche. Sie war jetzt in einer Welt, die sie nicht ganz verstand. Alles schien neu zu sein. Das Alleinsein schien viel beängstigender, als es sein sollte.

Allein in Talons Wohnung zu sein fühlte sich nicht so beängstigend an, einfach weil es sein Zuhause war. Aber sie mochte den Gedanken nicht, dort zu sein, wenn er nicht da war. Was, wenn etwas passieren würde? Was, wenn sie etwas kaputt machte? Sie wollte nicht riskieren, dass er wütend wurde, wenn sie etwas von ihm kaputt gemacht hatte, und er nie wieder mit ihr sprach.

Der Gedanke, Talon zu verlieren, versetzte sie fast in eine Panikattacke. Es fühlte sich an, als sei er ihre Rettungsleine in dieser seltsamen neuen Welt, in der sie sich befand. »Ich will in deiner Wohnung bleiben, mit dir zusammen«, erklärte sie schließlich.

»Bist du sicher? Es hört sich nicht so an, als seist du dir sicher«, bemerkte Talon.

Sunset holte tief Luft. »Ich bin mir sicher.«

»Okay. Das werden wir tun. Aber sei gewarnt, ich werde dich sehr oft fragen, ob du deine Meinung geändert hast. Du kannst dich jederzeit für eine der anderen Optionen entscheiden und ich werde dir nicht böse sein, okay? Es würde mich nicht wundern, wenn eine der anderen Frauen dir ebenfalls anbietet, bei ihr zu wohnen. Du bist keine Gefangene in meiner Wohnung. Du kannst kommen und gehen, wann immer du willst. Hast du das verstanden?«

Sunset nickte, auch wenn ihr kein Grund einfiel, warum sie die Wohnung verlassen wollte. Sie hatte kein Geld. Sie hatte keine Möglichkeit, Geld zu *verdienen*. Sie konnte nicht besonders gut lesen und schreiben. Talon saß sozusagen mit ihr fest. Sie dachte, er würde eher wollen, dass sie geht, als dass sie gehen wollte.

»Denk nicht so viel nach«, erklärte er sanft. »Ich weiß, dass das alles neu für dich ist, aber du machst das ganz wunderbar. Lilly schien so viel glücklicher zu sein, als wir gingen, denn als wir ankamen. Ich denke, dass *du* dafür verantwortlich bist, Sunset.«

»Ich? Ich habe nichts getan.«

»Vielleicht, vielleicht auch nicht. Aber dass du da warst und zugelassen hast, dass Lilly sich um dich kümmert, hat ihr sehr geholfen. Und ich weiß nicht, worüber ihr in der Küche geredet habt, aber was auch immer es war ... es hat sie berührt.«

Worüber sie gesprochen hatten? Sunset versuchte, sich zu erinnern. Tee. Ihre Augen. Und das Reh, das sie Chloe genannt hatte. Könnte Talon recht haben? Könnte ihre Geschichte geholfen haben, wenn auch nur ein bisschen? Das schien unwahrscheinlich. Es war nur eine dumme Geschichte über ein Reh. Aber tief im Inneren fühlte sie sich gut. Als hätte sie ihrer neuen Freundin wenigstens ein *bisschen* geholfen.

»Meine Wohnung ist nichts Besonderes. Ich habe zwei Schlafzimmer, wovon eines ziemlich leer ist. Ich habe nicht viel aus dem Ausland mitgebracht, als ich hierhergezogen bin. Und ich habe nicht das Bedürfnis, Dinge zu kaufen, die ich nicht wirklich brauche. Aber vielleicht ist es jetzt an der Zeit. Ich kann ein Bett und eine Kommode für dich besorgen. Auf jeden Fall ein Bücherregal, und wir gehen zu *Fall for Books*, dem Gebrauchtbuchladen in der Stadt, und schauen, ob wir es nicht auffüllen können.«

Sunset starrte ihn mit großen Augen an. »Du musst mir keine Sachen kaufen.«

»Da liegst du falsch. Aber wir werden es nach Gefühl angehen. Vielleicht willst du so schnell wie möglich eine eigene Wohnung haben.«

Sunset war fassungslos. Talon war bereits netter zu ihr gewesen als jeder andere in ihrem Leben. Das war verwirrend ... aber gleichzeitig auch sehr beruhigend.

»Also, was Kleidung angeht ... ich habe jede Menge T-Shirts und Sweatshirts, die du anziehen kannst, aber ich habe natürlich keine Hosen, die dir passen. Eine Jogginghose reicht für heute Abend wahrscheinlich aus, auch wenn sie dir zu groß sein wird. Deine Leggings und die Cargohose werden heute Abend gewaschen, und du kannst beides morgen wieder anziehen. Ich hätte wahrscheinlich auf Lillys Angebot eingehen sollen, dir ein paar Sachen zu leihen, aber ich wollte nicht, dass sie aufsteht und ... du verdienst deine eigenen Sachen. Neue Outfits, die du selbst aussuchen kannst. Ich habe das Gefühl, dass du dazu noch nie die Gelegenheit hattest.«

Damit hatte er recht.

»Gut, morgen gehen wir also einkaufen. Dann gehen wir in den Lebensmittelladen. Dann muss ich mit Simon reden.«

»Stecke ... stecke ich in Schwierigkeiten?«

»Nein!«, erwiderte Talon so umgehend, dass Sunset nicht anders konnte, als ihm zu glauben. »Aber es gibt Dinge, die wir besprechen müssen.«

»Über *Die Gemeinschaft*«, sagte sie. Es war eher eine Feststellung.

»Ja. Und wie du dorthin gekommen bist.«

Sunset runzelte die Stirn. Wie *war* sie dorthin gekommen?

Sie hatte immer angenommen, dass sie wie alle anderen Kinder adoptiert worden war.

»Aber du hast für heute schon genügend durchgemacht. Du musstest kilometerweit in der Kälte laufen und dann mit einem Fremden in einem Wagen in die Stadt fahren. Du hast Fallport zum ersten Mal gesehen und dann meine Freunde kennengelernt, die den Verlust ihres ersten Kindes betrauern. Es war ein ereignisreicher Tag und er ist noch nicht einmal zu Ende. Du hast mein Apartment noch nicht gesehen.«

»Dein Apartment?«

»Tut mir leid, da kommt meine britische Seite zum Vorschein. Meine Wohnung.«

»Ich mag es, wie du sprichst«, bemerkte sie etwas schüchtern.

»Danke.« Er fuhr auf den Parkplatz vor einem dreistöckigen Backsteingebäude. »Ich glaube, dies ist das höchste Gebäude in Fallport.« Er grinste. »Ich wohne im zweiten Stock, neben der Treppe. Bist du bereit?«

War sie das? Sunsets erster Impuls war, Nein zu sagen und darum zu bitten, zurück in den Wald gebracht zu werden. Wenigstens wusste sie dort, was sie erwartete. Es war kein besonders angenehmes Leben, aber es war ihr vertraut. Aber sie holte tief Luft und nickte Talon zu.

»Du bist so verdammt stark«, erklärte er leise. Dann sah er ihr in die Augen und sagte: »Ich werde dir nicht wehtun und du kannst mir vertrauen. Das wird schon klappen, versprochen.«

Was konnte sie anderes tun, als ihm zu glauben?

KAPITEL ZEHN

Sunset realisierte erst, als sie bereits geduscht und die riesige Jogginghose und das T-Shirt angezogen hatte, die Talon ihr gegeben hatte, dass sie wahrscheinlich etwas vorsichtiger hätte sein sollen, wenn sie sich im Badezimmer eines Fremden auszog.

Aber weil der Fremde Talon war und er sich *alles andere* als fremd anfühlte, hatte sie nicht zweimal darüber nachgedacht. Um ehrlich zu sein, war sie schon in dem Moment, in dem sie Talons Wohnung zum ersten Mal betrat, von der Neuartigkeit des Ganzen überwältigt worden.

Sie hatte es geschafft, ihre Neugier und ihr Staunen darüber, wie anders und modern alles wirkte, zu unterdrücken, als sie in Lillys und Ethans Haus war. Sie war mehr darauf bedacht gewesen, sich nicht lächerlich zu machen, und machte sich Sorgen um Lilly, als dass sie sich zu viele Gedanken über all die neuen Dinge um sie herum machte.

Aber als sie Talons Wohnung betrat, war sie sich sicher, dass ihre Augen so groß geworden waren, dass sie wie eine totale Verrückte ausgesehen haben musste. Angefangen bei seinem riesigen Fernseher bis hin zu den Geräten auf der Küchenarbeitsplatte ... sie wollte nichts anderes, als stehen zu bleiben und alles zu begutachten. Sie hatte so lange ein Leben ohne jegliche Technologie geführt. Die Männer im Camp hatten zwar Radios und ein paar andere elektronische Geräte, aber Sunset hatte noch nie die Gelegenheit gehabt, sie aus der Nähe zu betrachten, geschweige denn sie zu benutzen oder zu fragen, wie sie funktionierten.

Aber Talon hatte ihr keine Gelegenheit gegeben, mehr zu tun, als ihr in sein Zimmer zu folgen, wo er sagte, dass sie schlafen würde, bevor er ihr ein paar Klamotten zum Anziehen nach dem Duschen gab, ihr zeigte, wie seine Dusche funktionierte, und sie dann allein ließ.

Das heiße Wasser hatte auch ihre Aufmerksamkeit abgelenkt. Sie konnte sich nicht erinnern, wann sie das letzte Mal mit warmem Wasser geduscht hatte. Ab und zu, meistens im Sommer, kochten die Frauen Wasser zum Baden, aber meistens begnügten sie sich mit Schwammbädern.

Unter der Dusche zu stehen fühlte sich wie eine Wiedergeburt an. Als der jahrelange Dreck den Abfluss hinuntergespült wurde, konnte Sunset praktisch spüren, wie der Schatten von Arrow und Cypress von ihrer Haut abfiel. Sie hatte sich so lange unterdrückt und niedergeschlagen gefühlt. Selbst als sie allein im Wald war, hatte sie Angst vor Cypress' Rückkehr gehabt. Er war so wütend gewesen, als sie sich vor ihm versteckt hatte. Wenn er sie gefunden hätte, hätte sie Monate im Strafzelt verbringen müssen. Das war ihnen beiden klar.

Die Bedrohung durch dieses Schicksal lastete auf ihr, obwohl sie weder Cypress noch irgendjemanden von der *Gemeinschaft* gesehen hatte, seit sie geflohen war. Ihre Rebellion hatte lange auf sich warten lassen, und obwohl sie stolz darauf war, dass sie es getan hatte, lebte sie seitdem jeden Tag in Angst.

Und jetzt? So behandelt zu werden, als sei sie nicht weniger wichtig und weniger wert als die Menschen um sie herum? Sunset spürte, wie ein Anflug von Optimismus in ihr aufstieg. Lilly war so nett gewesen, selbst als sie mit ihrer eigenen

Trauer um ihr verlorenes Kind zu kämpfen hatte. Sie hatte sich nicht über sie lustig gemacht, weil sie nicht wusste, dass es verschiedene Teesorten gibt. Sie hatte nicht auf sie herabgesehen, im Gegenteil.

Und was noch wichtiger war, ihr Mann hatte es auch nicht getan. Ethan hatte sie herzlich begrüßt, sie nicht herumkommandiert und die Art und Weise, wie er sich um Lilly kümmerte, gab Sunset zu verstehen, dass Arrows Führungsstil falsch gewesen war, schlichtweg falsch war. Er war zwar alt, aber er hatte die Regeln in der *Gemeinschaft* aufgestellt. Er war derjenige, der Bestrafungen anordnete und den Kindern und Frauen beibrachte, wie sie sich zu verhalten hatten.

Nachdem sie geduscht, das weichste Handtuch ihres Lebens benutzt und die geliehenen Kleider angezogen hatte, versuchte Sunset, sich die Haare zu bürsten. Sie hatte das Shampoo benutzt, das Talon für sie dagelassen hatte, aber es war fast unmöglich, die Bürste durch die Verfilzungen zu bekommen.

Als sie aus der Dusche kam, sah sie Talon nirgends. Es gab ein großes Bett mit vier Kissen darauf und einen Moment lang fragte Sunset sich, wie viele Frauen Talon hatte, um so viele Kissen zu brauchen. Dann schüttelte sie den Kopf. Nein, Talon sagte, er sei nicht verheiratet, und sie glaubte ihm. Er hatte nichts getan oder gesagt, was sich wie eine Lüge anfühlte ... und sie war im Laufe der Jahre sehr gut darin geworden, Menschen zu durchschauen. Es war so weit gekommen, dass sie fast alles, was Cypress sagte, als Lüge erkennen konnte.

Das Bett machte sie sehr nervös, auch wenn es so aussah, als sei es bequemer als alles andere, auf dem sie je geschlafen hatte. Der Schlafsack, den Talon ihr in der Höhle gegeben hatte, war so viel weicher als das Segeltuch, das sie bisher benutzt hatte, und zehnmal besser, als auf dem Boden zu schlafen, wie sie es damals in der *Gemeinschaft* getan hatte.

Aber sie erinnerte sich auch an die Matratze, die Arrow besessen hatte und die Cypress benutzt hatte, als er nach dem

Tod seines Vaters die Leitung der Sekte übernommen hatte. Sie musste auf dem Rücken auf der weichen Unterlage liegen, wenn es Zeit war, ihre Pflichten als Ehefrau zu erfüllen. Sie hasste das weiche Gefühl an ihrem Rücken, weil es bedeutete, dass sie es über sich ergehen lassen musste.

Als sie um das Bett herumging, bemerkte Sunset die Kommode an einer Wand und das Fenster, durch das die späte Nachmittagssonne hereinkam. Sie ging aus dem Zimmer in den Flur, ging in den Raum mit dem großen Fernseher und sah Talon in der kleinen Küche stehen, die sich an einem Ende des Raumes befand. Er hatte ein Glas Wasser in einer Hand und starrte aus dem kleinen Fenster über der Spüle.

»Ich bin fertig«, sagte sie leise.

Er drehte den Kopf zu ihr und stellte das Glas ab. Dann starrte er sie so lange an, dass Sunset sich unwohl fühlte. Als wüsste er, was er tat und wie sie sich dabei fühlte, senkte Talon sofort den Blick und griff nach einem zweiten Glas, das sie nicht bemerkt hatte und das neben ihm auf der Küchentheke stand.

Mit dem Wasser in der Hand ging er langsam auf sie zu.

»Ich dachte mir, dass du vielleicht Durst hast«, erklärte er und hielt ihr das Glas hin.

Sunset nickte und nahm das angebotene Wasser. Sie nahm einen Schluck und war überrascht, wie ... sauber das Wasser schmeckte. Das Wasser aus den Bächen, die sie in der *Gemeinschaft* benutzten, wie das Wasser, das sie trank, als sie in der Höhle lebte, war gut, aber irgendwie konnte sie immer den Sand und die Erde schmecken, die durch das Wasser flossen.

In diesem Wasser gab es keinen Geschmack nach Erde.

»Fühlst du dich besser?«, fragte Talon leise.

Da sie auf einmal schüchtern war, konnte Sunset nur nicken.

»Gut. Nachdem ich geduscht habe, wasche ich unsere Kleider. Willst du fernsehen, während ich mich frisch mache?«

Sunset nickte eifrig. Sie wusste, was Fernsehen ist. Sie wusste nicht, woher sie das wusste, aber sie wusste es.

Talon hatte den Blick nicht von ihr gelassen. Er musterte sie von Kopf bis Fuß und dann wieder zurück. Er zuckte zusammen, als er den Zustand ihrer Haare sah. »Soll ich versuchen, es zu bürsten, wenn ich fertig bin?«, fragte er und nickte ihr zu.

Sunsets erste Reaktion war, Nein zu sagen, dass sie es selbst machen könne. Aber dann erinnerte sie sich daran, wie sanft er mit ihr umgegangen war, als er sie in der Höhle gebürstet hatte. »Kannst du noch mehr abschneiden?«

»*Willst* du, dass ich noch mehr abschneide?«, gab er zurück.

Sunset fand es schwierig, so viele Entscheidungen treffen zu müssen. Sie hatte sich daran gewöhnt, dass ihr jede Minute des Tages gesagt wurde, was sie zu tun hatte. Als sie das erste Mal allein im Wald war, war es schwer gewesen herauszufinden, was sie ohne den strengen Zeitplan der *Gemeinschaft* tun sollte, aber schließlich hatte sie eine eigene Routine entwickelt. Diese Routine wurde nun über den Haufen geworfen, und Talon fragte sie ständig, was sie tun wolle oder ob etwas, was er tat, in Ordnung sei. Es war schwer, sich daran zu gewöhnen. »Ja?«, entgegnete sie zögerlich.

»Es ist deine Entscheidung, Liebes. Ich kann noch ein bisschen was wegnehmen, oder wir könnten deine Haare ausbürsten und du kannst sehen, wie du dich danach fühlst. Jetzt, da es sauber ist und du es tragen kannst, wie du willst, überlegst du dir vielleicht, ob du es möglicherweise doch nicht abschneiden willst.«

Sunset glaubte nicht, dass das passieren würde. Selbst mit dem kleinen Stück, das Talon schon abgeschnitten hatte, fühlte sie sich viel besser. Es war immer noch lang und reichte ihr fast bis zum Hintern, aber es war schwer und erinnerte sie zu sehr an ihre Zeit in der *Gemeinschaft*. Daran, dass sie keine andere Wahl hatte, als es lang zu lassen. »Ich glaube, ich möchte, dass du noch mehr abschneidest«, entgegnete sie und hob das Kinn, als würde Talon ihr widersprechen.

»Dann werden wir das tun. Fürs Protokoll ... es ist wunderschön. Noch schöner als vorher. Ich wusste gar nicht, dass du so viele verschiedene Schattierungen von Rotbraun drin hast.«

Sunsets Wangen fühlten sich aus irgendeinem Grund heiß an. Arrow hatte ihr Haar schon immer gemocht, aber Cypress war es, der es vergöttert hatte. Wenn er sie dazu brachte, ihre ehelichen Pflichten zu erfüllen, ballte er es zu einer Faust und hielt es sich vor die Nase, während er Sex mit ihr hatte. Manchmal wollte er gar keinen Sex haben, sondern zwang sie, ganz still zu liegen, während er ihr Haar um seinen Penis wickelte und masturbierte. Sie hasste es, wie seine Augen leuchteten, wenn er sie ansah. Wie er ihr sagte, wie sehr er ihr Haar liebte.

Aber aus irgendeinem Grund fühlte es sich gut an, wenn Talon ihr sagte, wie schön ihr Haar sei. Vielleicht weil er sie nicht angrinste, wie Cypress es getan hatte. »Danke«, sagte sie leise.

»Nichts zu danken. Komm, lass uns etwas im Fernsehen suchen, das dich interessieren könnte.«

Er drehte sich um, griff nach einem langen, flachen Gerät und richtete es auf den großen Bildschirm an der Wand. Sunset zuckte zusammen, als plötzlich zwei Personen auf dem Bildschirm erschienen und laut über etwas lachten.

»Verdammt, tut mir leid. Ich habe vergessen, es leiser zu stellen, als ich es das letzte Mal ausgeschaltet habe«, erklärte Talon verlegen. »Mal sehen ... was läuft gerade ... eine Sendung über wahre Verbrechen ... nein. Football? Ich glaube nicht, dass dich das interessieren würde. Eine Kochsendung ... vielleicht ... hmmmm. So ein Mist. Ich habe keine Ahnung, was dir gefallen könnte.«

Die Bilder auf dem Bildschirm scrollten schnell vorbei, aber Sunset war begeistert von den bunten Farben und den vielen Sendungen, die es zu geben schien. »Was ist mit der da?«, fragte sie und zeigte auf den Bildschirm, während Talon durch die Kanäle scrollte.

Er hielt an und drehte sich zu ihr um. »Welche?«

»Ähm ... die mit dem lila Hintergrund und dem süßen kleinen grünen Kerl?«

Talon schaute wieder auf den Bildschirm. »*StoryBots*?«, fragte er.

Sunset zuckte mit den Schultern. »Kann schon sein.«

Talon erklärte ihre Wahl nicht für dumm. Er drückte sofort einen Knopf und das lila Bild füllte plötzlich den Bildschirm. »Ich bleibe nicht lange, wenn es dir also nicht gefällt, können wir uns etwas anderes suchen«, erklärte er ihr.

Aber Sunset war bereits fasziniert von den Bildern, die sich über den Bildschirm bewegten. Sie hörte Talon leise lachen, aber sie wandte den Blick nicht vom Fernseher ab. Er lenkte sie sanft zum Sofa und forderte sie auf, sich zu setzen, aber sie war bereits in die Welt von Beep, Bing, Boop und Bo vertieft, den niedlichen kleinen Robotern, die versuchten herauszufinden, wie Computer funktionieren. Sunset interessierte sich ebenfalls dafür.

Als Talon zurückkam, war die Sendung gerade zu Ende.

»Ich nehme an, die Sendung hat dir gefallen.«

Sie lächelte. »Ich weiß, dass sie für Kinder ist, aber ich habe wirklich viel gelernt. Und die Lieder waren lustig.«

Als sie schließlich zu Talon aufsah, blinzelte sie überrascht. Sie hatte sich an seinen struppigen Bart gewöhnt, aber er hatte ihn gestutzt, während sie die Sendung gesehen hatte. Er trug ein T-Shirt, das sich an seine muskulöse Brust schmiegte. Er hatte eine Jogginghose an, genau wie sie, aber er füllte sie viel besser aus. Sogar von dort, wo sie saß, konnte sie seinen frischen, sauberen Duft riechen.

Kurz gesagt, dieser Mann war ganz anders als Arrow, Cypress oder die anderen Männer in der *Gemeinschaft*. Er war ... wunderschön. Das war das einzige Wort, das ihr einfiel, während sie ihn anstarrte.

»Alles in Ordnung?«, fragte Talon.

Sunset senkte den Blick und nickte.

»Gut. Ich habe unsere Kleidung in die Waschmaschine gesteckt. Willst du eine Kleinigkeit essen, bevor wir mit deinen Haaren anfangen?«

Plötzlich hatte Sunset Schmetterlinge im Bauch. Sie waren allein und er konnte mit ihr machen, was er wollte, ohne dass jemand es mitbekam. Aber anstatt das auszunutzen, blieb er auf Abstand, wollte ihr etwas zu essen geben und ihr mit den Haaren helfen.

Sie mochte in Talons Welt in vielerlei Hinsicht naiv sein, aber sie wusste alles über Sex und wie er zwischen zwei Menschen funktioniert. Vor ihrem ersten Mal hatten die Frauen der *Gemeinschaft* sie über ihre Pflichten aufgeklärt und ihr erklärt, wie der Mann auf ihr liegt und seinen Penis in sie einführt. Abstrakt betrachtet erkannte sie, dass manche Menschen tatsächlich Spaß am Sex zu haben schienen, aber sie war sich nicht sicher warum.

Zum ersten Mal in ihrem Leben ... begann sie zu verstehen. Sie sah Talon *gern* an. Sie mochte es, wie er roch. Und der Gedanke an seine Hände in ihrem Haar ließ ihre Brustwarzen kribbeln.

Anstatt sich zu fürchten oder auszuflippen, war Sunset ... erleichtert. Sie *wollte* tatsächlich, dass Talon sie berührte. Sie war sich nicht sicher, ob sie unter ihm liegen wollte, aber wenn *er* das wollte, würde sie es tun. Sie konnte ihm vertrauen, und er würde ihr nicht wehtun.

Mit diesem Gedanken im Hinterkopf lächelte Sunset wieder.

»Sunset? Bedeutet dieses Lächeln, dass du etwas zu essen möchtest?«, fragte Talon.

Das tat es nicht, aber sie nickte trotzdem. Sie zwang sich, auf dem Sofa sitzen zu bleiben, als Talon in die kleine Küche ging, die sich neben dem großen, offenen Raum befand. Er hatte ihr mehr als einmal gesagt, dass sie ihn nicht zu bedienen brauchte und dass er schon lange für sich selbst sorgte. Es gefiel ihr, dass er nicht erwartete, dass sie alle Aufgaben erledigte.

Mit diesem Gedanken im Hinterkopf und weil er sie nicht um Hilfe gebeten hatte, blieb Sunset, wo sie war.

Es dauerte nicht lange, bis er mit einem Teller zu ihr zurückkam. »Es gibt nicht viel Auswahl, aber ich hatte ein paar Cracker und Käse. Die Cracker sind vielleicht ein bisschen alt, aber ich denke, der Käse wird das überdecken.« Er rümpfte die Nase. »Ich hätte Ethans Angebot annehmen sollen, etwas aus seinem Kühlschrank mitzunehmen. Wenn das nicht klappt, kann ich schnell in den Laden laufen und etwas besorgen, das uns über den Tag hilft. Vielleicht bestelle ich uns später eine Pizza oder so.«

Sunset wusste nicht, was eine Pizza war, aber sie schüttelte den Kopf. »Das hier ist in Ordnung.« Und das war es auch. Sie musste es nicht töten, häuten und kochen, und sie hatte das Gefühl, dass Talon sie auch nicht zwingen würde, den Teller abzuwaschen. Sie würde diese Mahlzeit mehr genießen, als er ahnte, egal wie sie schmeckte.

»Okay, aber sei mir zuliebe nicht so höflich. Wenn du es nicht magst, musst du es nicht essen. Das gilt für alle unsere Mahlzeiten. Du kannst mir genau sagen, was du davon hältst, und ich werde nicht sauer sein, wenn dir etwas nicht schmeckt. Das gilt eigentlich für alles, was wir tun. Wenn dir etwas nicht gefällt, wenn du Angst bekommst oder dich nicht amüsierst, brauchst du nur ein Wort zu sagen und wir hören auf oder gehen.«

Er hatte keine Ahnung, was er ihr da für ein riesiges Geschenk machte. Sie hatte noch nie ein Mitspracherecht bei irgendetwas gehabt, weder beim Essen noch sonst wo. »Okay«, flüsterte sie.

»Gut.« Er warf ein Kissen von dem Sofa auf den Boden und setzte sich dann auf das Sofa direkt dahinter. »Wenn du hier sitzt, kann ich deine Haare leichter erreichen. Willst du die nächste Folge der Serie sehen, während ich dir die Haare bürste und wir etwas essen?«

Sunset drehte den Kopf so, dass er die Tränen nicht sehen konnte, die ihr in die Augen stiegen. Er war so *nett* ... und das war fast ihr Untergang.

Sie rutschte vom Sofa und setzte sich vor ihn. Er hätte kein Kissen hinlegen müssen, aber er hatte es trotzdem getan, nur damit sie es gemütlicher hatte. Er hielt ihr den Teller hin. »Warum nimmst du ihn nicht auf den Schoß?«

Sie nahm den Teller in die Hand und starrte ihn mit Augen, in denen die Tränen standen, an. Ein Teller mit Lebensmitteln, saubere Kleidung, er ließ sie die alberne Kindersendung sehen und Talon bürstete ihr Haar. Es war überwältigend.

Mit einer Hand hielt sie den Teller, mit der anderen nahm sie einen Cracker. Sie spürte, wie Talon sich zu ihr lehnte und die Wärme seiner Brust ihren Hinterkopf berührte, als er selbst nach einem Cracker griff. Sie erstarrte für einen Moment, weil sie dachte, er würde sie anfassen, aber als er sich zurücksetzte, atmete sie tief durch.

Wie konnte sie gleichzeitig *wollen*, dass er sie berührte, und Angst davor haben? Es war verwirrend. Aber mehr noch, es machte sie wütend. Sie wollte nicht zulassen, dass Arrow und Cypress sie von dem abhielten, was sie immer gewollt hatte – dazuzugehören. Freunde zu haben. Akzeptiert zu werden. Eine Familie zu haben. Eine *richtige* Familie. Nicht die verkorkste, die *Die Gemeinschaft* zu sein vorgab.

Sie hatte solche Angst gehabt, in die Stadt zu kommen. Fallport war immer als gefährlich dargestellt worden und seine Bewohner als Monster. Aber sie stellte schnell fest, dass die Monster die Menschen waren, mit denen sie zusammengelebt hatte.

Sunset wusste jedoch, dass sie wahrscheinlich nur deshalb etwas für Talon empfand, weil er der erste Mann war, der je nett zu ihr gewesen war. Trotzdem wollte sie sich nicht schlecht fühlen, weil sie ihn so sehr mochte. Wie sie selbst sehen konnte, respektierten seine Freunde ihn und waren gern mit ihm zusammen. Das half ihr sehr, ihren eigenen Gefühlen zu vertrauen.

»Sag mir, wenn ich dir wehtue«, erklärte Talon und strich ihr mit der Hand leicht über das Haar.

Ein Schauer durchlief Sunset und sie nickte. Er begann mit der nächsten Episode, die nicht ganz so unterhaltsam war wie die erste; sie wusste bereits, dass sie nicht die ganze Zeit nichts anderes als Nachtisch essen konnte.

Talon bürstete sanft ihr Haar. Obwohl sie alle Verfilzungen mit eigenen Augen gesehen hatte, war es, als existierten sie nicht, als er mit der Bürste durch ihre Strähnen fuhr. Irgendwann stand er auf, um eine Schere zu holen, und sie war so entspannt, dass sie sich nicht einmal beim Anblick der Schere verkrampfte.

Talon schnitt eine weitere kleine Menge von ihren Haarspitzen ab. Sie wollte ihm sagen, dass er noch mehr abschneiden könne, aber er war so vorsichtig, so sanft zu ihr, dass sie nichts tun oder sagen wollte, was ihn verärgern könnte.

Lange nachdem die Sonne untergegangen war, fühlte Sunset sich so wohl wie nie zuvor in ihrem Leben. Ihr Bauch war voll, sie saß sauber und warm auf dem bequemen Sofa und Talon hatte ihr erlaubt, mehrere Folgen der Kindersendung zu sehen. Sie hatte alles über die verschiedenen Tiere der Welt gelernt, wie Ohren und Vulkane funktionieren und was Elektrizität ist. Die Sendung war informativ, ohne zu sehr ins Detail zu gehen. Das Problem war nur, dass sie jetzt *noch mehr* wissen wollte.

Ihr Gehirn saugte so viele Informationen auf, wie es konnte, aber sie wollte immer noch mehr.

»Morgen gehen wir in die Bibliothek«, erklärte Talon ihr von der anderen Seite des Sofas aus, als könnte er ihre Gedanken lesen.

»Ich dachte, wir gehen in den Laden, um Essen zu besorgen?«, entgegnete sie verwirrt.

»Machen wir auch. Danach gehen wir in die Bücherei. Tony hat zwar gerade Weihnachtsferien, aber Elsie bringt ihn normalerweise trotzdem nachmittags hin, weil er dort gern Zeit verbringt ... und natürlich lässt sie ihn nicht allein zu Hause, während sie und Zeke im *On the Rocks* arbeiten.«

»Dann werden wir mit Simon reden?«, fragte sie. Davor fürchtete sie sich. Die Polizei war korrupt. Fies. Sie steckte die Leute gern ins Gefängnis.

»Vielleicht«, sagte Talon gleichgültig.

Sunset atmete erleichtert auf. Wenn sie gekonnt hätte, hätte sie das Gespräch mit der Polizei ewig hinausgezögert. Sie wusste immer noch nicht, warum Talon sich unbedingt mit dem Mann treffen wollte.

Er lächelte zu ihr hinüber. »Alles in Ordnung?«

Sunset nickte.

»Hast du es bequem?«

Sie nickte erneut.

»Gut. Wenn du irgendetwas brauchst oder willst, brauchst du es mir nur zu sagen und ich werde mich bemühen, dass du es bekommst.«

»Warum?« Die Frage kam ganz unvermittelt und Sunset zuckte zusammen. Diese Art von Frage hatte sie in der Vergangenheit immer in Schwierigkeiten gebracht. Aber Talon war kein Mitglied der *Gemeinschaft*. Er schien nicht im Geringsten verärgert oder genervt von ihr zu sein.

»Weil du schon so viel durchgemacht hast. Weil du es verdienst. Weil ich dich gern glücklich sehe. Ich mag dich, Sunset. Du hast eine Menge mitgemacht und ich weiß, dass es viel zu früh für dich ist, um überhaupt an eine Beziehung zu denken, aber ... wenn du bereit bist ...« Seine Stimme wurde leiser.

Ihr Herz schlug schnell in ihrer Brust und sie starrte Talon an. Sagte er das, was sie dachte, dass er es sagte?

»Ich bin sicher, dass ein Psychologe sauer wäre, dass ich das Thema überhaupt anspreche, aber ich habe am eigenen

Leib erfahren, wie kurz das Leben sein kann.« Er fixierte sie mit einem eindringlichen Blick aus seinen wahnsinnig blauen Augen. »Ich mag alles an dir, Liebes. Deine Stärke. Deine Entschlossenheit zu überleben, trotz allem, was du durchgemacht hast. Deine pragmatische Fähigkeit, die Dinge einen Tag nach dem anderen zu nehmen. Dein Aussehen. Dein großes Herz. Mir ist nicht entgangen, wie besorgt du um Lilly warst, eine Frau, die du gerade erst kennengelernt hast und für die du keinen Grund hattest, etwas zu empfinden. Und doch hast du ihr erlaubt, sich um dich zu kümmern, damit sie sich wieder einigermaßen normal fühlen kann. Ich weiß, dass die anderen Frauen dich lieben und dir helfen werden, dich in Fallport einzugewöhnen, damit du nicht mehr unter der Fuchtel eines Haufens von Mistkerlen stehst.

Wenn du also das Gefühl hast, bereit zu sein, werde ich hier sein. Ich will dein Mann sein, Sunset. Ich möchte das *Privileg* haben, dir zu gehören.«

Sunset schluckte. »Ähm ... okay.«

»Okay«, erklärte er leichthin, als hätte er nicht gerade ihre Welt auf den Kopf gestellt.

Dieser Mann wollte *ihr* gehören? So funktionierte das doch nicht, oder? Hätte er nicht sagen sollen, dass er sie für sich haben wollte? Sie war verwirrt ... aber innerlich hüpfte sie auch auf und ab wie Beep in *StoryBots*, was sie gerade gesehen hatte.

»Es ist schon spät. Wir haben morgen einen anstrengenden Tag vor uns. Bist du müde?«

Sunset nickte sofort. Sie war erschöpft, aber sie wollte den Abend nicht beenden, weil sie sich so gut amüsiert hatte.

»Gut. Ich bin so müde, ich glaube, ich könnte im Stehen einschlafen«, erklärte Talon. »Komm, wir kümmern uns darum, dass du alles hast, was du für die Nacht brauchst.«

Er war auch müde. Auch das war etwas, was Talon oft tat und woran sie sich erst noch gewöhnen musste – eine

Schwäche zuzugeben. Es war gut zu wissen, dass sie nicht allein war.

Sie folgte ihm in sein Schlafzimmer und sah, dass die Kleidung, die sie vorhin getragen hatte, ordentlich gefaltet auf der Kommode lag. Er hatte sie für sie gewaschen und getrocknet. Das war eine weitere Art und Weise, wie er sich um sie kümmerte, die warme Gefühle in ihrem Körper auslöste.

»Wir werden dir morgen neue Sachen zum Anziehen besorgen.« Er zog die Decke zurück, trat einen Schritt vom Bett weg und ging auf die Tür zu. »Schlaf gut, Sunset. Das ist die erste Nacht vom Rest deines Lebens, Liebes.« Dann drehte er sich um, bevor sie etwas sagen konnte, und schloss die Tür hinter sich.

Sunset blickte auf das Bett und lächelte.

Sie zog ihre Jogginghose nicht aus, sondern legte sich einfach auf die Matratze und zog die Decke bis zum Kinn hoch. Das Licht an der Decke war noch an, aber das machte ihr nichts aus. Sie mochte das Licht. Sie schloss die Augen und versuchte, sich zu entspannen. Sie genoss die luxuriöse Matratze. Ihre Knochen taten ihr nicht weh, weil sie auf dem harten Boden auflagen. Ihr war warm.

Aber je länger sie dort lag, desto ungemütlicher wurde es.

Sie sollte nicht hier sein. Dies war nicht ihr Bett. Es war Talons Bett. Sie konnte ihn an der Decke und an dem Kissen unter ihrem Kopf riechen. Er hatte ihr sein Bett gegeben, und das fühlte sich falsch an. So sehr sie auch versuchte, sich einzureden, dass es in Ordnung war, es fühlte sich nicht in Ordnung an.

Da sie keine Ahnung hatte, wie lange sie schon an die Decke starrte, kletterte Sunset aus dem Bett und ging zur Tür. Sie öffnete sie und war froh, dass sie kein Geräusch machte. Auf Zehenspitzen schlich sie den Flur entlang, vorbei an dem leeren Zimmer, das Talon ihr versprochen hatte, für sie einzurichten, und betrat das Fernsehzimmer.

Talon lag auf dem Sofa, auf dem sie den ganzen Abend

gesessen hatten. Er runzelte im Schlaf die Stirn, und noch während sie ihn beobachtete, drehte er sich mit einem Grunzen auf die Seite.

Leise wie ein Reh, das sich durch den Wald bewegt, machte Sunset einen Schritt auf ihn zu. Dann noch einen. In der Nähe von Talon fühlte sie sich sicherer. Er würde ihr nicht wehtun und sie konnte ihm vertrauen.

Mit den Worten, die er so oft gesagt hatte, im Kopf ließ sie sich neben dem Sofa auf den Boden sinken und schloss die Augen.

Sie konnte ihn über sich atmen hören und fühlte sich wohl. Das fühlte sich richtiger an, als allein in dem anderen Zimmer zu sein.

Tal wachte mit einem Ruck auf. Verdammt noch mal. Er hatte immer wieder gehofft, dass die Albträume, unter denen er seit diesem schrecklichen letzten Einsatz gelitten hatte, irgendwann ganz verschwinden würden. Aber Jahre später waren sie immer noch da.

Seufzend fuhr er sich mit einer Hand über das Gesicht. Sein Sofa war bequem genug, um darauf zu sitzen und ein Footballspiel zu sehen, aber darauf zu schlafen war eine andere Geschichte. Er streckte sich – und erstarrte, als ein Geräusch an seine Ohren drang. Tiefes Atmen.

Langsam bewegte er sich und verfluchte die Tatsache, dass er keine Waffe in der Nähe hatte, so wie es in seinem Schlafzimmer der Fall war.

Ein Lichtschein kam aus dem Flur und gab ihm gerade genügend Licht, um eine Gestalt zu erkennen, die neben dem Sofa auf dem Boden lag.

Sunset.

Sie lag auf der Seite, mit dem Gesicht zu ihm, und schlief tief und fest. Sie hatte weder eine Decke noch ein Kissen.

Tal hatte keine Ahnung, warum sie dort lag und nicht im Bett, wo er sie zurückgelassen hatte.

Der Gedanke, dass sie in seinem Bett lag, hatte ihn noch lange, nachdem er die Augen geschlossen hatte, verfolgt. Er hätte nicht sagen sollen, dass er eine Beziehung wollte. Es war zu früh, das wusste er. Aber er war nicht in der Lage gewesen, sich zurückzuhalten. Zweifellos würden andere Männer auf sie aufmerksam werden, wenn sie erst einmal anfing, aus dem Haus zu gehen. Sie war verdammt schön. Und sie hatte ein liebes Wesen, trotz allem, was sie durchgemacht hatte.

Wahrscheinlich sah sie in ihm ihren Retter oder so etwas, was für eine gesunde romantische Beziehung nicht gerade förderlich sein würde. Und obwohl er das alles wusste, konnte er sich nicht davon abhalten, sein Interesse an ihr zu bekunden.

Er seufzte einmal mehr über seine eigene Dummheit und setzte sich auf, wobei er darauf achtete, nicht auf die schlafende Frau zu treten, und kniete sich dann sofort neben sie. Er wollte sie nicht erschrecken, indem er sie berührte, also flüsterte er stattdessen ihren Namen. »Sunset.«

Sie bewegte sich nicht.

Tal verzog die Lippen zu einem Lächeln. Sie war immer bezaubernd, aber im Moment ganz besonders. Trotzdem war der Anblick, wie sie ihren Arm als Kopfkissen benutzte und auf dem harten Boden lag, überhaupt nicht schön. Er sagte ihren Namen noch einmal, ein bisschen lauter.

Diesmal zuckte sie zusammen – und sofort rollte sie sich zu einem kleinen Ball zusammen und legte die Arme über ihr Gesicht.

Im Geiste schwor er sich, sie zu rächen, egal wie lange es dauern würde, und stand schnell auf und machte einen großen Schritt von ihr weg. Er ließ ihr Platz.

»Ich bin's, Talon. Ich werde dir nicht wehtun. Du bist hier sicher.«

Sofort stützte sie sich auf einen Ellbogen und drehte den

Kopf zur Seite, als könnte sie dadurch im Dunkeln besser sehen. »Talon?«

»Ja, ich bin's. Wir sind in meiner Wohnung. Warum schläfst du auf dem Boden?«, fragte er.

»Ähm ... es schien mir angemessen.«

»Erkläre mir das«, befahl Tal. Seine Stimme klang in seinen eigenen Ohren etwas zu hart, aber er musste verstehen, was sie dachte.

»Das Bett war weich ... fast zu weich. Ich war nicht daran gewöhnt. Dann kam mir der Gedanke, dass es nicht richtig war, dass ich dort lag und du hier draußen warst. So funktionieren die Dinge in meiner Welt nicht. Also kam ich hierher, um dir zu sagen, dass du mit mir tauschen sollst, aber als ich dich schlafen sah, wollte ich dich nicht aufwecken.«

»Also hast du beschlossen, auf dem Boden zu schlafen?«, fragte er ungläubig.

»Das ist keine große Sache. Ich bin daran gewöhnt.«

Er rückte nicht näher an sie heran, sondern kniete sich hin, um ihr in die Augen schauen zu können. Im Raum war es immer noch dunkel, und selbst mit dem Licht, das aus seinem Schlafzimmer kam, konnte er sie nicht klar sehen. Aber er wollte, dass sie verstand, was für ein Mann er war.

»Du bist an etwas gewöhnt, das nicht akzeptabel ist«, erklärte er ihr nachdrücklich. »Das Leben, das du bisher kanntest, ist vorbei. Du fängst jetzt ein neues an. Wo Frauen wie Gold behandelt werden. Wo du immer zuerst dein Gericht bekommst, dein Bett immer das weichste ist, du zuerst duschst, damit du immer heißes Wasser hast, und ich dich vor jedem beschütze, der es wagt, dich auch nur schief anzuschauen.«

»Das ist ... ich weiß nicht, was das ist«, erklärte Sunset und setzte sich auf.

»Das ist Tals Welt, und du lebst jetzt in ihr. Ich wurde dazu erzogen, Frauen und Kinder als wertvoll zu behandeln. Du hattest das Pech, das Schlimmste der Menschheit kennenzulernen, und ich werde alles tun, was nötig ist, um dir zu helfen, alles zu verlernen, was diese Leute dir beigebracht haben. In meiner Welt kannst du so viele Fragen stellen, wie du willst, du kannst so viel widersprechen, wie du willst, du kannst mir sogar sagen, dass ich zur Hölle fahren soll, und du wirst für nichts davon bestraft werden.

In meiner Welt hast du Freunde, die dir ohne Wenn und Aber den Rücken freihalten. Denn auch sie leben in Tals Welt, und du kannst ihnen genauso vertrauen wie mir, und sie werden dir auch nie etwas tun.

Aber eines darfst du in meiner Welt *nicht* tun: dich so behandeln, als seist du nicht so viel wert wie ich oder irgendjemand anderes. So wie ich das sehe, bist du den meisten Menschen auf dieser Welt weit überlegen, weil du so viel überlebt hast. Du verdienst eine goldene Krone, aber alles, was ich habe, ist ein bequemes Bett, Sendungen im Fernsehen, die dir gefallen, und das Versprechen, dass dein Leben gerade verdammt viel einfacher geworden ist.«

Als Tal zu Ende gesprochen hatte, atmete er schwer, aber er bewegte sich nicht. Nicht einen Zentimeter. Wahrscheinlich machte er ihr Angst, aber sie musste verstehen, dass er ihr unter keinen Umständen erlauben würde, auf dem verdammten Boden zu schlafen.

»Ich glaube, ich will in deiner Welt leben«, flüsterte sie.

»Gut. Denn das tust du bereits.« Er stand langsam auf, machte einen Schritt auf sie zu und hielt ihr die Hand hin. »Komm, du musst runter vom Boden und zurück ins Bett.«

Sie legte ihre Hand in seine, und jeder Muskel in Tals Körper entspannte sich. Er half ihr auf die Beine, legte ihr dann eine Hand an den Rücken und drehte sie in Richtung des Flurs. Er ließ sie sofort los, als sie anfing zu gehen, blieb aber dicht bei ihr.

Er sah die zerwühlte Decke, als hätte sie sich vor dem Aufstehen hin und her gewälzt. Er richtete sie wieder und bedeutete ihr, wieder ins Bett zu steigen.

Sie tat es und sagte dann: »Ich weiß nicht, ob ich schlafen

kann, wenn ich weiß, dass du da draußen auf dem Sofa liegst und ich hier drin bin.«

Ihm gefiel ihr offensichtliches schlechtes Gewissen nicht, aber er hatte ihr versprochen, dass sie alles sagen konnte, was sie auf dem Herzen hatte, ohne dass er sich aufregte. Er rang einen langen Moment mit sich, was er tun und sagen sollte, bevor er um das Bett herumging und sich neben sie auf die Decke legte. »Ist das in Ordnung?«

»Ja.«

Er hörte die große Erleichterung in diesem einen Wort.

»Licht an oder aus?«, fragte er.

»Würde es dir etwas ausmachen, wenn wir es anlassen? Ich sollte an die Dunkelheit gewöhnt sein, aber es gefällt mir, sehen zu können.«

»Natürlich stört es mich nicht«, erklärte Tal.

»Talon?«, fragte sie nach einer Minute.

»Ja?«

»Ich will keine Krone aus Gold. Ich will mich nur sicher fühlen.«

»Du *bist* hier sicher«, entgegnete er sofort. »Du brauchst vielleicht eine Weile, bis du das wirklich glaubst, aber das macht es nicht weniger sicher.«

Er hörte sie seufzen, aber sie gab keinen Kommentar ab.

»Gute Nacht, Liebes. Schlaf gut.«

»Du auch«, antwortete sie leise.

Es dauerte eine Weile, bis Tal einschlief, auch weil er das Geräusch von Sunsets tiefen Atemzügen neben sich genoss. Er spürte, wie die Matratze sich bewegte, als sie sich im Schlaf umdrehte. Aber als er schließlich einschlief, hatte er noch nie so fest geschlafen wie jetzt, weil er wusste, dass die Frau, die sein Leben zum Besseren verändert hatte, sicher und zufrieden neben ihm lag.

KAPITEL ELF

Tal war sich bewusst, dass er das Treffen zwischen Sunset und Simon immer wieder hinausgeschoben hatte. Einerseits wollte er, dass sie ihnen so viele Informationen wie möglich über die Sektenführer gab, damit sie gefunden und strafrechtlich verfolgt werden konnten, andererseits gefiel es ihm zu sehen, wie sie sich mehr und mehr entspannte und aus ihrem Schneckenhaus herauskam. Er wollte nichts tun, was die Fortschritte, die sie in den wenigen Tagen in Fallport gemacht hatte, beeinträchtigen könnte. Und er hatte das Gefühl, dass es ein schwerer Schlag wäre, wenn er ihre Vergangenheit zur Sprache bringen und ihr sagen würde, dass sie entführt wurde, als sie acht Jahre alt war.

Während der letzten vier Tage hatten sich die anderen Frauen ganz schön ins Zeug gelegt. Tal hatte Sunset ins *Sweet Tooth* gebracht, wo sie Finley kennengelernt hatte. Niemand konnte Finleys aufgeschlossener Persönlichkeit und Freundlichkeit widerstehen, und Sunset war da keine Ausnahme. Er hatte sie zu Bristols und Rockys Haus gefahren und sie war von den erstaunlichen Buntglaskreationen beeindruckt, die Bristol angefertigt hatte und die noch nicht verschickt worden waren.

Außerdem konnte sie sehen, wo die Hochzeit stattgefunden hatte, der sie zugehört hatte.

Er und Sunset hatten am Tag nach ihrer Ankunft in der Stadt im *On the Rocks* zu Mittag gegessen, damit sie Elsie und Zeke kennenlernen konnte, und später hatte Tal sie in die Bibliothek gebracht, um Tony kennenzulernen. Es versteht sich von selbst, dass das sehr gut gelaufen war. Zuerst war Sunset schüchtern gewesen, aber Tony war nun mal Tony und hatte ihre Zurückhaltung nicht bemerkt und sie mit seinem ständigen Geplapper schnell für sich gewonnen.

Sie war überwältigt von der großen Auswahl an Büchern, aber Raiden half ihr – nachdem er mit Tal geredet hatte –, indem er ein paar Bücher aussuchte, von denen er glaubte, dass sie nicht zu schwer für sie sein würden, in Hinsicht darauf, dass sie wahrscheinlich nur über eine Schulbildung der dritten Klasse oder so verfügte.

Khloe war auch gekommen, um sie zu begrüßen, und obwohl Sunset ihr und Duke, Raidens Bluthund, gegenüber schüchtern wirkte, schien sie die Begegnung mit ihnen zu genießen.

Sie waren wieder zu Lilly gegangen, und dieses Mal war Caryn dabei gewesen. Tal hatte den Eindruck, dass Sunset ihre Augen nicht von Caryns kurzen Haaren lassen konnte. Und als Drew eintraf und mit einem viel zu langen Kuss vor allen Leuten bewies, wie schön er sie fand – mit kurzen Haaren und allem –, konnte Tal praktisch sehen, wie die Räder in Sunsets Kopf sich drehten.

Sie durch die Stadt zu begleiten und ihr all die Dinge zu zeigen, die er immer für selbstverständlich gehalten hatte, war herzzerreißend und unterhaltsam zugleich. Sie waren zum Kaufhaus gegangen, um ein Bett für sein leeres Gästezimmer zu besorgen, eine kleine Kommode, ein paar Klamotten, bis die anderen Frauen sie angemessener einkleiden konnten, und um sich mit Lebensmitteln einzudecken, von denen er glaubte, dass sie ihr schmecken würden, sowie mit Dingen, die er ihr zeigen wollte. Sunsets Augen waren die ganze Zeit über so groß wie Untertassen gewesen, als sie eingekauft hatten. Sie hatte nicht viel gesagt, aber man konnte sehen, dass sie sowohl überwältigt als auch aufgeregt war.

Gestern waren sie auf dem Marktplatz spazieren gegangen, um ein Gefühl für die Stadt im Allgemeinen zu bekommen. Sie hielten in Grogans Gemischtwarenladen und Tal konnte nicht widerstehen, Sunset eines der »Home of Bigfoot«-T-Shirts zu kaufen, die Harry Grogan für den Verkauf an Touristen hatte anfertigen lassen. Sie grüßten auch Silas, Otto und Art, die, obwohl es Anfang Januar und nicht gerade warm war, auf ihren üblichen Plätzen vor dem Postamt saßen. Dann aßen sie im *Sunny Side Up* zu Mittag, wo Sandra Sunset herzlich in der Stadt willkommen hieß.

Er hatte sie sogar in den Friseursalon mitgenommen und sie seinem Chef Harvey vorgestellt. Dort hatte sie Tal erlaubt, noch ein bisschen mehr von ihrem Haar abzuschneiden. Alles in allem hatte es ihm Spaß gemacht, Sunset die Stadt zu zeigen. Er war zwar nicht hier geboren oder aufgewachsen, aber er hatte die kleine Stadt und ihre meist freundlichen Bewohner lieb gewonnen.

Sie verbrachten ihre Abende damit, fernzusehen, gemeinsam zu kochen und über alles Mögliche zu reden. Er las ihr weitere Kapitel aus *Der König von Narnia* vor, und es gefiel ihm zu sehen, wie begeistert sie war, Dinge zu lernen, und wie sie diese neue, manchmal verwirrende und beängstigende Art zu leben annahm.

Die Nacht war für Tal sowohl himmlisch als auch verdammt frustrierend. Sunset hatte noch keine Nacht in dem Bett im Gästezimmer verbracht, das er für sie gekauft hatte. Wenn es Zeit zum Schlafengehen wurde, konnte Tal die Angst in ihren Augen sehen. Sie hatte nie zugegeben, dass sie Angst davor hatte, allein im anderen Zimmer zu schlafen, aber es war offensichtlich, dass sie das Neue zwar genoss, es aber auch überwältigend war.

Sie schliefen also immer noch zusammen in dem kleinen Doppelbett in seinem Zimmer. Sie unter der Bettdecke auf ihrer Seite und er darauf auf seiner Seite. Er schlief nicht sonderlich gut, aber zum ersten Mal in seinem Leben lag das nicht an den Albträumen. Der Grund dafür war, dass er, während er neben ihr lag und ihrem Atem lauschte, auf eine Weise zufrieden war, wie er es noch nie zuvor gewesen war ... und er wollte keinen Moment verpassen.

Sunset brachte ihn dazu, ein besserer Mann sein zu wollen. Sie war in ihrer Vergangenheit von anderen so schlecht behandelt worden, dass er sie vor jedem beschützen wollte, der es wagen würde, die sichere Blase zu zerstören, in der sie sich jetzt befand.

Und er wusste ohne Zweifel, dass die Nachricht, dass sie mit acht Jahren entführt worden war, ihrem Glück einen heftigen Dämpfer versetzen würde. Seines Wissens waren die Leute in der Sekte die einzigen Eltern und das einzige Leben, an das sie sich erinnerte. Wenn sie sich an irgendetwas aus ihrem Leben vor ihrem achten Lebensjahr erinnerte, erzählte sie es ihm nicht. Er war sich immer sicherer, dass sie es wahrscheinlich aus Selbstschutz verdrängt hatte ... und Tal konnte es ihr nicht verdenken.

Sie dazu zu bringen, mit Simon zu reden, würde ihre gute Laune zerstören, und Tal wollte ihr das nicht antun. Aber er wusste, dass er es nicht länger aufschieben konnte. Cypress musste gefunden und weggesperrt werden, damit er nicht weiterhin anderen Frauen und Kindern wehtun konnte.

Tal schlüpfte leise aus dem Bett, ohne Sunset zu stören. Es war noch früh, und er wollte sie ausschlafen lassen. Das Leben im Wald war kein einfaches Leben, aber bei all den Dingen, die sie in letzter Zeit getan hatte, musste ihr Körper sich erst noch daran gewöhnen, noch aktiver zu sein.

Bevor er das Zimmer verließ, schaute er auf sie hinunter und lächelte. Ihr war immer warm. Jeden Abend schlief sie unter der Decke ein, aber am Morgen hatte sie sie schon wieder abgestreift. Die Kälte schien sie nicht zu stören und es machte ihr nichts aus, dass er seine Wohnung kühl hielt. Er nahm an, dass sie an die Kälte gewöhnt war, nachdem sie ihr ganzes Leben draußen verbracht hatte. Er freute sich darüber, dass er etwas Neues über sie gelernt hatte.

Tal schnappte sich ein paar Klamotten und schlich sich leise ins Bad. Als er fertig war, konnte er sich nicht davon abhalten, noch einmal zum Bett zu gehen. Sunsets Haare lagen durcheinander auf dem Kissen und die rotbraunen Strähnen hoben sich deutlich vom Weiß des Kissenbezugs ab. Sie lag mit ausgebreiteten Armen auf dem Bett, als würde ihr Unterbe-wusstsein die Möglichkeit genießen, sich auf einer bequemen Matratze auszustrecken.

Er merkte, dass er immer noch lächelte, als er sich eine Tasse Tee zubereitete und Sunset eine Tasse hinstellte, damit sie sich zu ihm setzen konnte, sobald sie aufwachte. Ihre weit aufgerissenen Augen, als sie den Gang mit den Teesorten im Sortiment im Supermarkt betreten hatte, waren komisch gewe-sen, und als sie sich nicht entscheiden konnte, welche Sorte sie probieren sollte, hatte Tal zwanzig verschiedene Packungen gekauft. Sie hatte auch schon Kaffee probiert – und ihn nicht gemocht. Er konnte ihn zwar trinken, aber er war Engländer durch und durch und liebte seinen Tee.

Er saß auf dem Sofa und nahm einen Schluck von seinem Tee, während er seinen Laptop aufklappte, um die Nachrichten des Tages zu lesen. Er war schon halb durch einen Artikel über die zunehmenden Spannungen im Nahen Osten, als es an der Tür klopfte. Überrascht, weil es noch früh war und er sich mit keinem seiner Freunde verabredet hatte, stand Tal auf, um zu öffnen.

Sein Magen krampfte sich vor Unbehagen zusammen, als er merkte, dass seine Zeit abgelaufen war. Simon hatte ihm etwas Zeit gelassen, aber das war nun offensichtlich vorbei.

»Guten Morgen«, begrüßte Simon ihn mit einem Nicken.

Tal erwiderte das Nicken und trat zurück, um den Polizeichef eintreten zu lassen.

»Ich muss mit ihr reden«, erklärte er ernst und ohne Vorrede. Er hatte einen Ordner unter einem Arm und einen ernsten Gesichtsausdruck aufgesetzt. Er trug nicht seine Uniform, was Tal sehr gefiel. Ihm war nicht entgangen, wie nervös Sunset bei allem war, was mit der Polizei zu tun hatte. Simon trug eine Jeans, ein Polohemd mit dem Logo der Polizei von Fallport auf der linken Vordertasche und eine Lederjacke.

»Kannst du mir die Gelegenheit geben, zuerst mit ihr zu reden?«, fragte Tal, als er die Tür hinter Simon schloss und verriegelte.

»Soweit ich weiß bist du schon seit Tagen mit ihr in der Stadt«, antwortete er.

Das war kein Nein, aber es war offensichtlich, dass der Mann mit seiner Geduld am Ende war.

»Wir müssen es langsam angehen«, betonte er.

»Glaubst du, sie ist Heather?«, fragte Simon.

Tal seufzte und nickte.

»Sie hat ein Recht darauf, es zu erfahren«, gab der Polizeichef zu bedenken.

»Da kann ich dir nicht widersprechen. Aber sie hat Angst vor der Polizei. Die Kerle, bei denen sie gelebt hat, haben allen Frauen erzählt, dass sie verhaftet werden, wenn sie in die Stadt gehen. Dass die Leute hier auf sie schießen würden. Dass sie missbraucht und wie Dreck behandelt werden würden ... was angesichts ihrer Lebensbedingungen eigentlich ziemlich paradox ist.«

»Ein weiterer Grund für mich, mit ihr zu reden«, argumentierte Simon. »So kann sie sich selbst davon überzeugen, dass ich nur das Beste für sie will und alles, was sie gelernt hat, Quatsch war. Außerdem brauche ich so viele Informationen wie möglich, damit ich alle Beteiligten finden und ihr und den anderen Frauen Gerechtigkeit widerfahren lassen kann.«

Simons Stimme wurde leiser. »Sie war die ganze Zeit direkt

vor unserer Nase, Tal. Ich hätte sie finden müssen. Ich hätte mehr für all die Frauen und Kinder tun müssen, die dort draußen lebten. Ich war nicht hier, als sie entführt wurde, aber ich habe mich auf die Einschätzung des ehemaligen Polizeichefs verlassen, dass die Männer und Frauen, die in diesem Lager lebten, harmlos seien. Dass sie so etwas wie Hippies waren, die von der Natur lebten und nichts Böses taten. Wenn das, was Ethan mir erzählt hat, wahr ist, waren sie alles andere als harmlos. Ich will, dass sie zu Fall gebracht werden, Tal. Und ich brauche dazu ihre Hilfe.«

Er seufzte. Simon hatte recht, das wusste er, aber er es gefiel ihm nicht, dass das Reden darüber Sunset wehtun würde. »Darf ich sie wenigstens vorwarnen? Gib mir bitte eine halbe Stunde Zeit, um mit ihr zu reden, bevor du sie verhörst.«

»Ich werde sie verdammt noch mal nicht verhören«, entgegnete Simon. »Trau mir doch mal was zu, verdammt.«

»Tut mir leid«, erklärte Tal. »Ich finde das alles einfach ausgesprochen schlimm für sie.«

»Geht mir genauso. Nimm dir Zeit. Sag ihr, was du ihr sagen musst. Ich bin hier draußen, wenn ihr beide bereit seid.«

»Das heißt, du gehst erst, wenn du mit ihr gesprochen hast«, bemerkte Tal mit einem resignierten Grinsen.

»Allerdings.« Simon schaute in Richtung Küche und runzelte die Stirn. »Mist, ich habe vergessen, dass du keinen Kaffee trinkst.«

Tal lachte. »Nein, aber ich habe viele verschiedene Teesorten, aus denen du wählen kannst.«

Simon verzog die Lippen zu einem Lächeln. »Mit jedem, der den Tag nicht mit einer großen Tasse Kaffee beginnt, stimmt etwas nicht.«

Aus irgendeinem perversen Grund fühlte es sich ziemlich gut an, Simon gerade jetzt zu ärgern. Dann wurde er nüchtern. Er wollte nicht, dass ein Simon ohne Koffein seinen Frust an Sunset auslässt. »Du hast noch Zeit, zum *Grinders* zu gehen, wenn du willst. Ich verspreche, dass ich in der Zwischenzeit nicht mit ihr durchbrenne.«

Simon richtete seinen intensiven Blick auf Tal. »Ich werde vorsichtig mit ihr umgehen«, versicherte er ihm leise, aber mit einem Hauch von Unbeugsamkeit in seinem Ton. »Egal wie müde ich bin oder wie sehr ich Koffein will oder brauche, ich würde meinen Frust nie an einer unschuldigen Frau auslassen.«

Tal wusste das. Simon war ein verdammt guter Polizeichef. Er war nur besorgt über das bevorstehende Gespräch mit Sunset.

»Talon?«

Als hätten seine Gedanken sie aus dem Nichts herbeigezaubert, drehte Tal sich um und sah Sunset am Ende des Flurs stehen. Sie hatte wieder eines seiner Sweatshirts an, obwohl er ihr eigene Kleider gekauft hatte, die viel besser passten. Sie trug die Jeans, die er ihr besorgt hatte, und ihre Haare hingen ihr über die Schultern. Es war immer noch lang und reichte jetzt bis zur Mitte ihres Rückens statt bis zu ihrem Hintern, aber sie hatte sich immer noch nicht daran gewöhnt, es nach dem Aufstehen zu bürsten. Es war unordentlich, was Tal nur noch mehr dazu brachte, mit seinen Händen durch ihre Haare streichen zu wollen.

»Stecke ich in Schwierigkeiten?«, fragte sie mit zitternder Stimme.

»Nein«, erwiderte er sofort und drehte Simon den Rücken zu. Der Mann konnte es sich allein bequem machen; es war wichtiger, Sunset zu beruhigen, als ein guter Gastgeber zu sein.

Als er bei Sunset ankam, griff er nach ihrer Taille und drehte sie sanft in Richtung des Flurs zurück. Während der letzten Tage hatte sie sich mehr und mehr an seine Berührung gewöhnt, was Tal sehr freute. Sie zuckte nicht mehr zurück, wenn er sich ihr näherte.

»Komm schon, zurück in unser Schlafzimmer.«

Unser Schlafzimmer. Er hatte die Worte, ohne nachzudenken, benutzt.

Sie protestierte nicht und ging schnell zurück in die Sicherheit des Zimmers, das sie gerade verlassen hatte. Sobald Tal die Tür geschlossen hatte, drehte sie sich wieder zu ihm um. Ihre Arme lagen schützend um ihre Taille und sie hatte die Augenbrauen fragend zusammengezogen. »Talon?«, fragte sie erneut.

»Komm, setz dich«, bat er sie sanft und wies auf das Bett.

Sunset schüttelte den Kopf und sagte: »Nein. Sag mir einfach, was ich falsch gemacht habe und was jetzt passieren wird.«

Tal konnte sich ein Lächeln nicht verkneifen.

»Warum lächelst du?«, fragte sie und klang sauer.

»Ich glaube, das ist das erste Mal, dass du Nein sagst«, erklärte er ihr.

Sunset erstarrte und blickte ihn mit großen Augen an.

»Und damit das klar ist: Ich bin stolz auf dich. Wenn du aufstehen oder hin und her gehen willst, kannst du das tun. Ich wollte nur, dass du es bequem hast, während ich mit dir über etwas Ernstes rede. Du bist nicht in Schwierigkeiten. Simon ist nur hier, um mit dir zu reden. Er wird dich nicht verhaften. Er wird dich nicht anschreien. Das verspreche ich dir. Du kannst mir vertrauen.«

Er sah, wie Sunset tief einatmete und langsam wieder ausatmete. Dann schenkte sie ihm ein kleines Lächeln. »Ich habe dir doch Nein gesagt, oder nicht? Und ich habe auch eine Antwort auf eine Frage verlangt.«

»Ja, das hast du.«

»Und? Wirst du sie beantworten?«

Tals gute Laune verflog. Er setzte sich auf den Rand der Matratze und zog ein Bein hoch. Er wendete den Blick nicht von Sunset ab, als er fragte: »Du hast bisher nicht viel über deine Kindheit gesprochen. Kannst du dich an etwas erinnern?«

Sunset runzelte die Stirn, als sie ihn anstarrte. »Nein.«

»Bist du sicher? Nicht einmal ein paar Gedankenblitze hier und da?«

Es schien, als würde sie nicht einmal blinzeln, während sie ihn weiter anstarrte. »Warum?«

Tal seufzte. Er tat keinem von ihnen einen Gefallen, wenn er das hier hinauszögerte. »Sunset ... ich bin mir ziemlich sicher, dass du hier in Fallport aufgewachsen bist. Dein Name war Heather Brown und du wurdest entführt, als du acht Jahre alt warst. Ich glaube, du wurdest von dieser verdammten Sekte entführt. Monatelang wurde nach dir gesucht, aber es gab keinerlei Hinweise über deinen Verbleib.«

Sunset war so still geworden, dass Tal nicht sicher war, ob sie überhaupt atmete.

Als sie sich schließlich bewegte, ging sie auf das Bett zu. »Ich glaube, ich setze mich jetzt doch besser«, flüsterte sie. Sie ließ sich auf die Bettkante sinken und starrte ins Leere. Tal gefiel es nicht, dass sie ihm nicht in die Augen sehen wollte, aber er sprach weiter.

»Ich weiß es nicht genau, aber nach dem zu urteilen, was du mir erzählt hast, denke ich, dass sie dich genauso entführt haben wie all die anderen Babys und Kleinkinder. Sie haben dich in dem Glauben erzogen, dass das, was mit dir passiert ist, normal ist. Sie haben dir und all den anderen Frauen und Kindern Angst vor der Stadt gemacht, um dich fernzuhalten, damit niemand vermutet, dass sie etwas anderes als die harmlosen Hippies sind, die sie vorgeben zu sein ... und damit dich niemand erkennt. Sie ließen dich glauben, dass Polygamie normal sei, genauso wie der Missbrauch von Kindern, indem sie sie ›verheirateten‹. *Nichts* daran, wie du mit Arrow und den anderen gelebt hast, war normal oder richtig, wie ich bereits erwähnt habe. Und es war nicht deine Schuld. Du warst noch ein Kind, als du entführt wurdest.«

Sunset schaute zu ihm auf. Statt der Verzweiflung, die er in ihren Augen zu sehen erwartet hatte, sah er ... Erleichterung?

»Woher weißt du, dass ich sie bin? Diese Heather?«

»Das wissen wir erst mit Sicherheit, wenn wir einen DNA-Test gemacht haben. Deine Eltern haben der Polizei deine DNA-Probe gegeben, als du entführt wurdest, nur für den Fall.«

Sie blinzelte. »Ich habe Eltern?«, flüsterte sie.

»Ja. Aber ... ich habe vor Kurzem erfahren, dass sie verstorben sind. Das tut mir sehr leid. Ich glaube, sie sind ein paar Jahre nach deiner Entführung weggezogen, als du nicht gefunden wurdest. Nach allem, was ich gehört habe, waren sie am Boden zerstört. Sie konnten einfach nicht ohne dich weiterleben. Überall, wo sie hinsahen, wurden sie an ihr gebrochenes Herz erinnert. Die Ungewissheit, was mit dir passiert war, hat an ihnen gezehrt und sie waren nicht in der Lage weiterzumachen. Deine Mutter fing an zu trinken, um mit deinem Verlust fertigzuwerden, und hatte vor etwa zehn Jahren einen Autounfall. Dein Vater hatte vor fast fünf Jahren einen Herzinfarkt.«

»Hatte ich Geschwister?«, fragte Sunset leise.

»Nein. Aber wenn man die Zeitungsartikel von damals liest, hat die ganze Stadt dich quasi als ihr eigenes Kind adoptiert. In vielerlei Hinsicht bist du also die Schwester oder Tochter von allen.«

Als sie nichts sagte, sondern nur den Kopf drehte und wieder ins Leere starrte, ballte Tal die Hände zu Fäusten. Er wollte sie in die Arme nehmen. Ihr sagen, dass alles gut werden würde. Aber er wollte nichts tun, was sie erschrecken könnte. Oder sie dazu bringen könnte, den schwachen Halt zu verlieren, den sie im Moment über ihre Gefühle hatte.

Dann schockierte sie ihn zu Tode, indem sie die Schultern straffte und den Kopf zu ihm drehte. »Simon ist also hier, um mit mir darüber zu reden? Um zu sehen, ob ich Heather bin?«

»Ja. Und um herauszufinden, ob du bereit bist, ihm von Arrow und Cypress und allen anderen zu erzählen, mit denen du gelebt hast. Sie sollten nicht damit durchkommen, dich und wer weiß wie viele andere Kinder entführt zu haben. Es ist illegal, unmoralisch und sie müssen für ihre Verbrechen bestraft werden. Geht es dir gut? Bitte rede mit mir, Sunset.«

»*Heather*. Ich heiße Heather«, entgegnete sie mit Nachdruck.

Tal blinzelte überrascht. »Das wissen wir doch noch gar nicht so genau.«

»Ich schon«, beharrte sie. »Mein ganzes Leben lang hatte ich das Gefühl, nicht dazuzugehören. Alle anderen Frauen und Kinder hatten einfach akzeptiert, wie sie behandelt wurden. Ich nicht. Ich geriet ständig in Schwierigkeiten. Ich verbrachte mehr Zeit im Strafzelt als alle anderen, selbst als Erwachsene. Ich konnte nicht verstehen, warum ich ihre Grenzen austesten musste, warum ich immer das Falsche zur falschen Zeit sagte und Fragen stellte. Du kannst dir nicht vorstellen, wie groß die Erleichterung ist, zu wissen, dass mein Verdacht, dass etwas nicht stimmt, die ganze Zeit über richtig war. Ich habe einen Nachnamen«, sagte sie, während sich ihre Augen mit Tränen füllten. »Einen, den nicht jede andere Frau um mich herum ebenfalls trägt.«

»Nun, du solltest wissen, dass Brown hier in den Staaten ein häufiger Name ist. Millionen von Menschen haben diesen Nachnamen«, konnte Tal nicht umhin zu sagen.

Sie stieß einen Stoßseufzer aus, der teilweise ein Lachen war. »Das ist mir egal. Es ist immer noch meiner. Ich bin Heather Brown.«

Tal schloss die Augen und seufzte.

»Talon?«

Sofort öffnete er die Augen wieder. »Ja?«

»Du hattest Angst, es mir zu sagen.«

»Das hatte ich«, erklärte er ihr. »Ich wusste nicht, wie du reagieren würdest. Ob du wütend oder verängstigt sein würdest, oder ob du es rundheraus ablehnen würdest.«

»Ich *bin* wütend«, entgegnete sie achselzuckend. »Und verängstigt. Ich kann es nicht leugnen. Ich weiß nicht mehr, wann ich in *Die Gemeinschaft* kam, aber ich weiß noch, dass ich viel Zeit im Wald verbracht habe. Es gab Zeiten, in denen ich ohne Vorwarnung ins Gebüsch getragen wurde, eine Hand über meinem Mund und jemand flüsterte mir Drohungen ins Ohr, dass ich mehr Zeit im Strafzelt verbringen müsste, wenn ich schreien würde. Vielleicht war das, als die Leute nach mir gesucht haben? Ich weiß es nicht. Aber je mehr Zeit ich mit dir in Fallport verbringe, desto ... vertrauter kommt es mir vor.«

»Wie das?«, fragte Tal.

»Zum Beispiel Mr. Grogan. Als er mit mir sprach, hatte ich das Gefühl, schon einmal dort gewesen zu sein. Die Gänge auf und ab zu gehen kam mir sehr vertraut vor.«

»Harry war schon da, als du noch hier gelebt hast«, sagte Tal mit einem Nicken. »Was noch?«

»Art. Ich habe keine besondere Erinnerung an ihn ... aber es kam mir so vor, als kannte ich ihn schon, bevor du mich vorgestellt hast. Und der Pavillon auf dem Marktplatz. Kannst du mir das Haus zeigen, in dem ich gewohnt habe?«

»Wenn du das möchtest«, versicherte Tal ihr.

»Ich bin traurig, dass meine Eltern nicht lange genug gelebt haben, um zu erfahren, was passiert ist. Aber ... ich erinnere mich nicht wirklich an sie. Ich glaube, ich erinnere mich hier und da an Dinge, aber ich dachte, es seien Träume. Oder Wunschdenken.«

»Ist schon gut«, beruhigte Tal sie.

»Wolltest du mich deshalb so dringend finden?«, fragte sie.

Tal schüttelte den Kopf. »Nein. Als Brock und Finley mir erzählten, was du getan hast, wie du sie gerettet hast, war ich so fasziniert – und besorgt. Du warst im kalten Wald, in einem Kleid und ohne Schuhe. Ich *musste* dich finden ... um dir zu helfen. Erst als ich schon ganz besessen davon war, dich zu finden, erfuhr ich von Heather, von ihrer Entführung. Für mich ist es egal, ob du Heather, Sunset oder jemand anderes bist. Ich mag dich so, wie du jetzt bist. Ich bewundere dich für deine Stärke, Kraft und Intelligenz. Und ich bin so stolz darauf, wie du mit all den Veränderungen umgegangen bist, die du im Laufe der letzten Tage erlebt hast.«

»Ich bin nicht klug«, erwiderte sie zögernd.

»Und ob du das bist«, versicherte Tal ihr. »Es gibt Klugheit aus Büchern und es gibt Klugheit aus dem Leben. Und du hast mehr gesunden Menschenverstand und Wissen über die Dinge, die im Leben wichtig sind, als alle anderen, die ich je kennengelernt habe. Außerdem kannst du immer noch Kurse besuchen und die Dinge lernen, die du verpasst hast, nachdem du entführt wurdest. Die Fähigkeit, in den Wäldern zu überleben und sich selbst zu schützen, ist viel schwieriger zu erlernen.«

»Ich glaube, du willst einfach nur nett sein«, bemerkte sie nach einem Moment.

»Dem ist nicht so«, beharrte Tal. »Ich bewundere dich mehr als jeden anderen Menschen, den ich je getroffen habe.«

Sie schluckte schwer und flüsterte: »Ich bin Heather Brown. Nicht Sunset Meadowblossom. Warte – bin ich noch verheiratet?«

»Du warst nie verheiratet«, knurrte Tal. Er holte tief Luft und versuchte, sich zu beruhigen. »Wir haben darüber gesprochen. Die Feiglinge, die dich entführt haben, waren Kinderschänder und durch und durch böse. Um legal verheiratet zu sein, müssen die Papiere bei Gericht eingereicht werden. Ich kann dir garantieren, dass das nicht getan wurde. Ganz zu schweigen davon, dass es nicht legal ist, mit mehr als einem Menschen gleichzeitig verheiratet zu sein.«

»Gut.«

Das war wirklich gut.

»Also ... ist Simon noch hier?«

»Ja.«

»Was macht er denn da draußen?«

»Keine Ahnung, ist mir auch egal. Aber ich wollte nicht, dass er dir die Nachricht über deine Vergangenheit überbringt. Ich wollte es selbst tun.«

»Warum?«, fragte sie.

»Weil du ihn nicht kennst. Du kennst *mich*. Du kannst mir vertrauen. Und wenn du die Nachricht nicht gut verkraftet hättest, wäre ich zu ihm gegangen und hätte ihm gesagt, dass du heute nicht mit ihm reden willst.«

Sie machte große Augen. »Du hättest ihn weggeschickt?«

»Ja.«

Tal konnte die Emotionen, die sich in ihren Augen widerspiegelten, nicht deuten. Er hoffte, dass es keine Angst war.

»Bist du bereit, jetzt mit ihm zu reden? Wenn nicht, ist es auch in Ordnung, wenn du das erst einmal sacken lassen musst. Ich kann dir das Haus zeigen, in dem du aufgewachsen bist, und alles andere, was du sehen möchtest. Wir können Lilly besuchen und du kannst mit ihr über all das reden, wenn du willst.«

»All das möchte ich tun«, erklärte sie ihm, »aber ich will mit Simon reden. Ich weiß, dass ich Heather bin, ich fühle es in mir, aber ich will Beweise. Und ich will ihm so viel wie möglich über Cypress und *Die Gemeinschaft* erzählen. Es ist nicht richtig, was sie getan haben. Was sie mir und all den anderen Kindern, die plötzlich aufgetaucht sind, angetan haben. Sie verdienen es auch zu wissen, wer sie wirklich sind.«

»Ich bin so verdammt stolz auf dich«, sagte Tal und ihm brach die Stimme. Er hätte wissen müssen, dass diese Frau nicht einknicken würde, nachdem sie von ihrer Vergangenheit gehört hatte.

»Ich habe trotzdem noch Angst«, erwiderte sie leise. »Aber jetzt, da ich weiß, dass die Gefühle, die ich so lange in mir hatte, richtig waren, dass ich keine Außenseiterin war, dass ich keine schlechte Ehefrau und kein schlechtes Mitglied der *Gemeinschaft* war ... das gibt mir das Gefühl, dass ich wieder atmen kann.«

Tal stand auf und reichte ihr die Hand. »Komm, lass uns mit Simon reden.«

Sie erhob sich und legte ihre Hand in seine. »Talon?«

»Ja, mein Schatz?«

»Kann ich ... denkst du ...« Sie verstummte.

»Was? Du kannst mich alles fragen. Du kannst mir vertrauen und ich werde dir nicht wehtun.«

»Kann ich eine Umarmung haben?«, platzte sie heraus.

Ohne ein weiteres Wort zog Tal sie näher zu sich heran und schlang seine Arme um sie. Sie standen ein paar lange Minuten so da. Sie genossen das Gefühl des anderen und fanden Trost ineinander. Er spürte, wie sie tief einatmete, bevor sie ihre Arme um ihn lockerte.

»Ich bin bereit«, erklärte sie mit Entschlossenheit.

Tal verschränkte seine Finger mit ihren und ging auf die Tür zu.

KAPITEL ZWÖLF

In Heathers Kopf drehte sich alles um das, was sie erfahren hatte. Simon hatte ihr alles erzählt, was er über ihre Entführung vor zwanzig Jahren wusste, und auch, was alles unternommen worden war, um sie zu finden. Sie war zufrieden, dass die Polizei und die Bürger der Stadt alles getan hatten, um sie aufzuspüren und herauszufinden, was passiert war.

Arrow mochte alt sein, aber er war nicht dumm. Er hatte sie gut versteckt gehalten, nachdem sie in der *Gemeinschaft* angekommen war. Er hatte die Polizei mehrmals die Zelte und das Gelände durchsuchen lassen, bis die Beamten sicher waren, dass sie nicht da war. Dann musste er ihr nur noch eine Gehirnwäsche verpassen, damit sie dachte, dass jeder in Fallport der Feind sei und dass es der größte Fehler ihres Lebens wäre, in die Stadt zu gehen.

Sie konnte sich nicht schuldig fühlen, weil sie kein einziges Mal versucht hatte zu fliehen. Sie war nach ihrer Entführung und den anschließenden Schlägen und Drohungen so traumatisiert, dass ihr Gehirn die Vergangenheit verdrängt hatte, um damit fertigzuwerden. Um zu überleben.

Simon erklärte ihr all das und ging sehr ausführlich auf die Psychologie von Entführungsopfern ein, und sie war dankbar dafür, wie sehr er sich bemühte, ihr kein schlechtes Gewissen zu machen, weil sie sich mit ihren neuen Umständen abgefunden hatte.

Als er sie vorsichtig gebeten hatte, ihm zu sagen, was sie über Cypress und die anderen Männer wusste und wohin sie unterwegs waren, hatte Sunset, nein, *Heather*, ihm alles gesagt. Sie hatte ihm nichts verheimlicht. Sie empfand keine Loyalität gegenüber den Menschen, die ihr alles genommen hatten, was sie gekannt und geliebt hatte.

Wenn sie an die anderen Kinder dachte, die aufgetaucht waren und von denen alle gesagt bekommen hatten, dass sie adoptiert waren, wurde ihr ganz schlecht. Cypress und alle anderen, die wussten, was vor sich ging, mussten für das bezahlen, was sie getan hatten. Für sie und alle anderen.

Simon hatte einen Abstrich von der Innenseite ihrer Wange gemacht, um ihre DNA zu bestimmen, und sagte, er würde das Labor bitten, die Ergebnisse zu beschleunigen, damit sie mit Sicherheit wüssten, ob sie wirklich Heather sei. Aber sie wusste bereits, dass sie es war. Er hatte sie gewarnt, dass es sich wahrscheinlich herumsprechen würde, sobald die Ergebnisse vorlägen und bestätigt würde, dass sie Heather Brown sei. Er hatte gesagt, dass entführte Kinder in der Regel nicht zwanzig Jahre später lebendig und gesund wiederauftauchen. Es gab zwar ein paar Fälle, aber die Wahrscheinlichkeit war überwältigend gering. Wenn die Presse von der Geschichte Wind bekäme, könnte sie mit Interviewanfragen überschwemmt werden.

Heather gefiel der Gedanke nicht, aber Talon hatte ihr und Simon versichert, dass er auf sie aufpassen würde. Die Gewissheit, dass er ihr zur Seite stehen würde, machte die Vorstellung, dass es sich herumsprechen würde, viel weniger stressig.

Bevor der Polizeichef ging, fragte er sie, wie sie am liebsten genannt werden würde. Ohne zu zögern, sagte sie: »Heather.« In ihren Gedanken existierte Sunset nicht mehr. Sie war eine erfundene Person, die Arrow heraufbeschworen hatte, und alle anderen, die seine kranken Pläne unterstützt hatten.

Sie wollte Heather sein, die Frau, die Cypress getrotzt und sich im Wald versteckt hatte, als er nach Florida aufgebrochen war. Die Frau, die ein Jahr lang ganz allein überlebt hatte. Die Frau, die Tal gefunden hatte und die er zu mögen schien. *Das* war der Mensch, der sie sein wollte.

Drei Tage nach ihrem Gespräch mit Simon, bei dem sie herausgefunden hatte, wer sie wirklich war, saß Heather auf Bristols Veranda, trank eine Tasse heißen aromatisierten Tee und unterhielt sich mit Bristol und Elsie, während Tony, Zeke, Talon und Rocky im Garten einen Football warfen.

Es kam ihr unwirklich vor. Sie hatte noch nie den Luxus gehabt, herumzusitzen und zu plaudern, schon gar nicht mit anderen Frauen. Von ihr wurde erwartet, dass sie immer beschäftigt war. In der *Gemeinschaft* gab es immer etwas zu tun. Zelte reparieren, nähen, jagen, kochen, putzen, sich um die Kinder kümmern ... irgendetwas. Es war schön, einfach nur dazusitzen und die Gesellschaft anderer Menschen zu genießen, vor allem weil es ihr immer leichter fiel, sich mit den Frauen zu unterhalten.

Es war frisch, aber sonnig. Heather fühlte sich in ihrem Sweatshirt, ihren Jeans und den Stiefeln, die Talon ihr mitgebracht hatte, als sie noch in der Höhle lebte, pudelwohl, während Elsie und Bristol richtig dick eingepackt waren, auch in Decken, die Rocky ihnen von drinnen mitgebracht hatte.

»Tony hat sich so wichtig gefühlt, als du ihn um Hilfe bei dem Buch gebeten hast, das du gelesen hast«, sagte Elsie zu ihr.

Heather errötete und schaute auf den Becher in ihren Händen hinunter. »Ich hatte Schwierigkeiten mit einem Wort. Ich habe es nicht erkannt. Aber als er es sagte, wurde mir klar, dass ich weiß, was es ist. Ich hatte es nur noch nie aufgeschrieben gesehen. Es gibt so viele Wörter, die nicht so aussehen, wie sie klingen.«

»Wie lautete das Wort?«, wollte Bristol wissen.

»Kreischorverband«, sagte Heather. »Ich hatte keine Ahnung, wie man das lesen soll. Es hat einfach keinen Sinn ergeben.«

»Du hast ja so recht. Was ist mit Lasagne? Warum ist das g da drin?«, fragte Elsie.

»Da ist ein g drin?«, fragte Heather.

Sie lachten alle.

»Das ist wahrscheinlich eine Unterhaltung, die man besser mit einem Stift und einem Stück Papier führt«, bemerkte Elsie. »Ja, es gibt ein g in Lasagne. Genauso wie es ein h in dem Wort Ohr gibt, aber keins in dem Wort Tor.«

»Ich werde das alles nie lernen«, murmelte Heather.

»Doch, das wirst du. Daran habe ich keinen Zweifel. Aber wenn du es nicht tust … wen kümmert's?«, fragte Bristol achselzuckend.

»Ich glaube mich«, gab Heather zu. »In der *Gemeinschaft* durften Frauen weder lesen noch schreiben. Wir durften nichts wissen. Alles, was wir tun durften, waren Hausarbeiten. Und zwar alle«, sagte sie ein wenig verbittert. »Die Männer durften Fahrzeuge fahren, Bücher lesen, in die Stadt gehen … all die Dinge, von denen sie sagten, dass sie für uns Frauen tabu seien. Das war nicht fair, und ich habe es immer gehasst.«

Bristol streckte ihre Hand aus und legte sie auf Heathers Arm. »Es tut mir so leid.«

»Mir auch«, entgegnete Elsie. »Unsere Situationen waren nicht die gleichen, ganz und gar nicht, aber mein Ex war auch schrecklich zu mir. Er nannte mich ständig dumm und machte sich über alles lustig, was ich tun wollte, ohne dass es ihm zugutekam.«

Heather holte tief Luft und drehte sich zu ihr um. »Aber du hast Zeke geheiratet?«

»Zeke ist *kein bisschen* wie mein Ex«, entgegnete Elsie, ohne zu zögern, mit harter Stimme. »Ich gebe zu, dass es mir widerstrebte, mich noch einmal mit jemandem einzulassen. Ich wollte Tony in meinem Leben an die erste Stelle setzen und niemals einen anderen Mann an uns heranlassen. Aber Zeke riss langsam die emotionalen Mauern nieder, die ich um mich herum errichtet hatte. Er war freundlich zu mir *und* Tony und bewies uns immer wieder, dass wir ihm vertrauen konnten. Dass er uns nie so verletzen würde, wie mein Ex es getan hatte.«

»Als ich als Geisel festgehalten wurde, hatte ich vollstes Vertrauen, dass Rocky mich finden würde. Ich wusste nicht, wie oder wann, ich wusste nur, dass er es tun würde. Ich musste nur clever sein und durfte nichts tun, was meinen Entführer aus der Fassung bringen würde. Es hat länger gedauert, als ich gehofft hatte, aber am Ende *hat* Rocky mich gefunden und seitdem kümmert er sich um mich«, erklärte Bristol.

»Das Allererste, was Talon zu mir gesagt hat, war, dass ich ihm vertrauen kann und er mir nicht wehtun wird«, gab Heather zu.

»Das wundert mich nicht«, fügte Bristol mit einem kleinen Lächeln hinzu.

»Das klingt ganz nach Tal«, stimmte Elsie zu.

»Und tust du das auch?«, fragte Bristol.

Heather runzelte die Stirn. »Tue ich was?«

»Ihm vertrauen?«

Sie nickte, noch bevor sie über ihre Antwort nachgedacht hatte.

»Gut. Denn wenn du Nein gesagt hättest, hättest du etwas zu hören bekommen«, bemerkte Bristol mit einem kleinen Lächeln.

»Ich ... es ist ... *seltsam*, denn mein ganzes Leben lang hatte ich Angst vor Männern. Ich wurde von ihnen nicht gut behandelt. Sie haben mir immer wieder wehgetan. Aber wenn ich mit Talon zusammen bin, fühle ich mich sicher.«

Bristol drehte ihren Stuhl so, dass sie Heather direkt gegenübersaß, und beugte sich dann vor. »Hat er dir erzählt, was er früher gemacht hat?«

»Dass er Leute umgebracht hat? Ja.«

Heather runzelte die Stirn, als sowohl Elsies als auch Bristols Augen sich weiteten.

»Was? Hätte ich das nicht sagen sollen?«, fragte sie.

»Nun, normalerweise sagen sie lieber, dass sie Soldaten waren. Leute umbringen hat einen negativen Beigeschmack.«

»Beigeschmack?«, fragte Heather und hasste es, dass sie nicht immer wusste, welche Worte die Leute benutzten.

»Ja, es geht darum, wie ein Wort dich innerlich anspricht.«

Heather nickte. *Das* verstand sie. Wenn sie das Wort »Ehe« hörte, erschauderte sie innerlich, während diese Frauen offensichtlich nur gute Gefühle dabei hatten.

»Jedenfalls waren mein Mann und sein Zwillingsbruder Ethan zusammen bei den Navy SEALs. Sie haben eine Menge Dinge getan, mit denen sie bis heute nicht klarkommen«, erklärte Bristol.

»Moment, Ethan und Rocky sind Zwillinge?«, fragte Heather.

»Ja. Sie sind zweieiig, also sehen sie sich nicht ähnlich.«

»Oh, das ist ja toll«, sagte Heather.

»Ist es auch. Wie dem auch sei, Männer wie unsere – wie alle Jungs aus dem Such- und Bergungsteam – verstehen es, Helden zu sein, und zwar auf einer ganz neuen Ebene. Sie haben das Gefühl, dass es ihre Pflicht ist, andere zu beschützen. Sie werden wütend, wenn etwas Schlimmes passiert und sie es nicht verhindern konnten. Das liegt ihnen irgendwie in den Genen. Sie werden alle *sehr* wütend, wenn Frauen und Kinder missbraucht oder verletzt werden.«

»Talon erzählte mir von einem Einsatz, bei dem viele Frauen und Kinder ums Leben kamen. Er sagte, dass ihn das innerlich sehr mitgenommen hat«, gab Heather zu.

»Das macht absolut Sinn«, entgegnete Elsie mit einem Nicken.

»Ganz genau«, stimmte Bristol zu.

»Was denn?«, fragte Heather und fühlte sich verloren.

»Tal hat ein tiefes Bedürfnis, sich um Menschen zu kümmern. Tiefer als der Rest unserer Jungs. Ich vermute, das liegt zum Teil daran, was bei dieser Mission passiert ist. Ich will damit sagen, dass du perfekt für ihn bist«, erklärte Bristol.

Heather starrte ihre neue Freundin an und verstand nicht ganz, was sie meinte.

»Ich will damit nicht sagen, dass du heute etwas für ihn empfindest. Oder morgen. Oder selbst in einem Monat. Aber wenn du offen dafür bleibst, könntest du dich in Talon verlieben.«

»Du kannst ihm vertrauen. Du vertraust ihm doch bereits«, fügte Elsie hinzu. »Und glaub mir, ich weiß, dass Vertrauen der erste Schritt zu tieferen Gefühlen ist.«

Heather wollte von dem, was sie sagten, überrascht sein. Sie wollte protestieren und sagen, dass sie noch nicht bereit war, mit einem Mann zusammen zu sein. Sie würde vielleicht *nie* bereit sein. Aber all das wäre eine Lüge gewesen. Je besser sie Talon kennenlernte, desto mehr mochte und respektierte sie ihn. Und jetzt, da sie wusste, wie falsch und pervers – noch ein neues Wort, das sie gelernt hatte – die Männer der *Gemeinschaft* waren, fühlte sie sich umso wohler, wenn sie Zeit mit Talon verbringen konnte.

Tief im Inneren wollte Heather das, was Elsie und Bristol hatten. Sie wollte ein normales Leben. Eine Familie. Einen Ehemann, der sie gut behandelte. Der sie liebte.

Bristol sah sie einen Moment lang an, dann lehnte sie sich zurück und drehte ihren Stuhl so, dass sie die Jungs wieder beim Fangen spielen sehen konnte. Sie lächelte Heather an, als sie sagte: »Ich glaube, wir brauchen dich nicht zu ermutigen. Du weißt bereits, wie toll Tal ist.«

»Das tue ich«, stimmte Heather zu. Sie wurde rot, aber sie konnte es nicht verhindern.

»Erlaube ihm, sich um dich zu kümmern«, fügte Elsie sanft hinzu. »Fühl dich nicht schlecht deswegen. Er muss es tun und ich bin mir sicher, dass es ihm guttut, wenn er es tut.«

»Ich fühle mich auch gut dabei«, gab Heather leise zu. »Noch nie hat jemand etwas für mich getan ... zumindest nicht, seit ich mich daran erinnern kann ... und ich habe Schmetterlinge im Bauch, wenn er mir die Decke aufhält, damit ich darunter steigen kann, oder wenn er mir die Mahlzeiten zubereitet, von denen ich meinte, dass ich sie gern probieren würde.«

»Moment mal, er hält dir die Decke auf?«, fragte Bristol.

Heather nickte. »Ja. Wenn wir ins Bett gehen.«

»Du schläfst mit ihm?«, fragte Elsie mit großen Augen.

»Ja. Darf ich das nicht?«

»Nein, das ist in Ordnung. Toll! Perfekt!«, entgegnete Elsie schnell und mit einem breiten Lächeln. »Stimmt's, Bristol?«

»Ja«, pflichtete Bristol ihr mit einem nachdrücklichen Nicken bei. »Du tust, was sich richtig anfühlt. Egal was die anderen sagen.«

Heather dämmerte langsam, was ihre neuen Freundinnen dachten. »Wir haben keinen Sex«, platzte sie heraus.

Elsie klopfte ihr beruhigend auf den Arm. »Ich denke, wir beide wissen besser als viele andere Frauen, dass Sex nicht bedeutet, dass man intim miteinander ist. Mein Ex hatte Sex mit mir, und es bedeutete nichts. Sag mir Folgendes: Schläfst du gern neben Tal?«

»Ja.« Diese Frage war leicht zu beantworten.

»Dann mach dir keine Gedanken darüber, was du tun sollst oder was andere Leute denken, was du tun oder lassen sollst. Du und Tal solltet *immer* das tun, was sich richtig anfühlt.«

Heather nickte. »Okay.«

»Okay«, stimmte Elsie zu.

»Und jetzt, da wir uns so ungeschickt in dein Privatleben eingemischt haben, um dir Ratschläge zu geben, die du offensichtlich nicht brauchst ... wann glaubst du, wirst du von Simon etwas über das DNA-Ergebnis hören?«, fragte Bristol.

»Ich weiß es nicht. Er sagte, er würde Talon anrufen, wenn er etwas weiß. Aber ... ich dachte, vielleicht hat er einfach vergessen anzurufen, denn jeder, den ich seitdem in der Stadt getroffen habe, hat angefangen, mich Heather zu nennen und zu sagen, wie froh er ist, dass ich zu Hause bin und gefunden wurde.«

Sowohl Elsie als auch Bristol lachten.

»Das ist typisch Fallport. Hier bleibt nichts lange geheim«, bemerkte Bristol. »Zum Glück. So wurde *ich* schließlich gefunden. Die Leute wurden aufmerksam und meldeten sich, als ich als vermisst gemeldet wurde.«

»Stört dich die Aufmerksamkeit?«, fragte Elsie. »Ich muss zugeben, dass ich eine Weile gebraucht habe, um mich daran zu gewöhnen, dass alle darüber reden, was mit Tony und mir passiert ist.«

Heather zuckte mit den Schultern. »Es ist irgendwie komisch, aber ich lächle einfach und danke den Leuten. Ich glaube, es hilft, dass Talon meistens dabei ist. Auf andere wirkt er irgendwie einschüchternd.«

»Aber nicht auf dich«, bemerkte Bristol. Das war keine Frage.

»Nicht auf mich«, stimmte Heather zu.

Elsie und Bristol lächelten gemeinsam und Heather hatte das Gefühl, dass sie wieder einmal etwas verpasst hatte, aber sie war sich nicht sicher was. Sie wollte nicht fragen, falls es etwas Schlimmes sein sollte. Obwohl sie das nicht glaubte, so wie ihre Freundinnen einander anlächelten.

Sie dachte kurz darüber nach, dass es manchmal verwirrend war, Freundinnen zu haben, aber sie wollte nie wieder zu dem zurückkehren, wie es in der *Gemeinschaft* war. Die Frauen zögerten nicht, sich gegenseitig zu verpetzen, wenn sie dadurch negative Aufmerksamkeit vermeiden konnten.

»Achtung!«, rief eine Stimme.

Bristol und Elsie duckten sich sofort auf ihren Stühlen, aber Heather war sich nicht sicher, was »Achtung« bedeutete, und reagierte deshalb nur langsam auf die Warnung.

Ein Football knallte gegen ihr Schienbein, sodass sie mehr

vor Überraschung als vor Schmerz aufschrie. Sie ließ auch ihre Tasse fallen und verschüttete den Tee über ihren Schoß.

Bevor sie überhaupt registrierte, was passiert war, war Talon schon da. Heather bemerkte nur vage, dass Elsie und Bristol aufgestanden waren und zurücktraten, um ihm mehr Platz zu machen. Er schlug ihr die Tasse vom Schoß und zog sie hoch. »Warte, Liebes, ich weiß, dass es wahrscheinlich wehtut.« Er zog sein Sweatshirt aus und begann, den verschütteten Tee auf ihrem Bauch und ihren Oberschenkeln abzutupfen.

Der Schock über das, was passiert war, ließ langsam nach und Heather merkte, dass der Tee, den sie getrunken hatte, ziemlich abgekühlt gewesen war. Sie war zwar nass, aber er hatte sie nicht verbrannt.

»Es ist alles in Ordnung«, entgegnete sie mit etwas zittriger Stimme.

»Ich kümmere mich um dich«, sagte Talon, als er sich vor ihr hinkniete, wobei sein Tonfall deutlich zeigte, dass er verärgert war. Behutsam hob er das Hosenbein ihrer Jeans an und erschrak, als er einen roten Fleck auf einem ihrer Schienbeine sah.

»Es tut mir so leid!«, flüsterte Tony. Er stand mit Tränen in den Augen am Fuß der drei Stufen, die zur Veranda hinaufführten. »Ich dachte, du würdest den Ball auffangen.«

»Sie war zu weit weg«, erklärte Talon. »Und sie war damit beschäftigt, mit ihren Freundinnen zu reden. Das war nicht klug, Tony.«

Aus Angst davor, was mit Tony passieren würde, wie er bestraft werden könnte, tat Heather ihr Bestes, um das Geschehene abzutun. »Mir geht es gut«, erklärte sie nachdrücklich. »Es ist nichts passiert. Was haben wir heute sonst noch vor?«

Talon sah zu ihr auf und Heather spürte, dass auch die anderen sie ansahen. »Er wird nicht bestraft werden«, versicherte er ihr sanft.

»Du bist sauer«, flüsterte Heather.

»Ich bin sauer darüber, dass du hättest verletzt werden können. Dass er nicht zweimal nachgedacht hat, bevor er den Football geworfen hat. Aber ich werde ihm nicht wehtun. Genauso wenig wie Zeke oder Rocky. Ich denke, seine Reue ist Strafe genug.«

Heather schaute von Talon zu Tony und sah, wie dem kleinen Jungen Tränen über die Wangen liefen. Talon hatte nicht unrecht. Tony sah unglücklich aus.

»Ich wollte dir wirklich nicht *wehtun*«, erklärte er mit brüchiger Stimme. »Es tut mir so leid.«

»Ist schon gut«, sagte sie zu ihm. »Ich hätte besser aufpassen müssen.«

»Nein, du hast dich auf der Veranda nett unterhalten«, korrigierte Zeke sie milde. »Das war Tonys Fehler.«

Heather fühlte sich so schlecht wegen Tony.

»Achtung bedeutet, dass man sich ducken soll«, erklärte Bristol neben ihr.

»Das merke ich mir fürs nächste Mal«, sagte Heather mit einem kleinen Lächeln.

»Ich würde dir ja etwas zum Umziehen geben, aber ich glaube nicht, dass meine Sachen dir passen«, erklärte Bristol ein bisschen traurig.

»Ich werde sie nach Hause bringen«, erklärte Talon entschlossen.

»Mir geht es wirklich gut, ich bin nur nass«, protestierte Heather, die sich nicht sicher war, ob sie das Gespräch mit ihren Freundinnen beenden wollte.

»Dein Bein ist rot von dem Football. Es könnte vielleicht später wehtun. Ich bringe dich nach Hause.«

Heather öffnete den Mund, um weiter zu protestieren, aber Elsie sprach zuerst. »Gestatte ihm, sich um dich zu kümmern, Heather.«

Als sie ihre neue Freundin ansah, erinnerte sie sich an das, worüber sie gesprochen hatten. Sie hatten vermutet, dass Talon eine Frau braucht, um die er sich kümmern kann. Also nickte sie einfach.

»Danke«, erklärte Talon leise, als er aufstand.

Elsie schlang die Arme um Heather, bevor diese sich bewegen konnte. »Es tut mir so leid, dass Tony dich erwischt hat. Danke, dass du dafür gesorgt hast, dass er sich nicht noch schlechter fühlt, als er es ohnehin schon tut.«

»Er hat es nicht so gemeint«, beschwichtigte Heather. Natürlich musste sie an die Zeiten zurückdenken, in denen sie in der *Gemeinschaft* Ärger bekommen hatte. Viele dieser Vorfälle waren auch Unfälle gewesen. Sie hatte nicht vor, den Fisch für das Abendessen anbrennen zu lassen und ihn zu ruinieren. Sie wollte auch nicht das Hemd, das sie genäht hatte, in Brand setzen. Sie war den Flammen zu nahe gekommen, weil es draußen eiskalt war, und die Funken des Feuers waren auf dem Stoff gelandet. Beide Male hatte sie zwei volle Wochen im Bestrafungszelt verbringen müssen.

Sie kehrte in die Gegenwart zurück, als Bristol sie umarmte und sagte, dass sie sich bald wiedersehen würden.

Dann hob Talon sie hoch, seine Arme unter ihren Knien und um ihren Rücken, als wöge sie nicht mehr als eine Feder. Sie hätte sich gefürchtet, wenn jemand anderes als Talon sie hochgehoben hätte.

Als sie sich in seinen Armen entspannte, lächelte sie Zeke und Rocky zaghaft an. »Vielleicht können wir das nächste Mal mehr reden.«

Beide Männer grinsten und nickten, dann wurde sie von einem sichtlich ungeduldigen Talon zum Wagen getragen. Er setzte sie sanft auf den Beifahrersitz und schnallte sie an. Er ging zur Fahrerseite und ehe sie sichs versah, fuhren sie die lange Auffahrt entlang, weg von Bristols und Rockys Haus.

»Mir geht es wirklich gut«, versicherte sie ihm erneut.

»Das freut mich. Aber wir fahren trotzdem nach Hause, du kannst dich umziehen und ich kann mir deine Schienbeine ansehen, nur um mich davon zu überzeugen, dass es dir auch wirklich gut geht.«

Sie hätte weiter darauf bestehen können, dass es ihr gut geht. Dass er sich ihre Beine nicht ansehen müsse. Der Football hatte sie gar nicht so hart getroffen. Sie war eher überrascht gewesen als alles andere. Aber als sie sich an die Worte ihrer Freundinnen erinnerte und feststellte, dass es sich gut anfühlte, wenn jemand sich um sie kümmerte, nickte Heather nur.

KAPITEL DREIZEHN

Tal ging mit finsterer Miene durch sein Wohnzimmer und dachte darüber nach, was am Abend zuvor passiert war. Er hatte nicht gut geschlafen, und heute Morgen hatte Heather ihn gefragt, ob sie etwas falsch gemacht hatte. Er hatte natürlich Nein gesagt, aber Stunden später wusste er, dass er mit ihr reden musste, um ihr zu versichern, dass er nicht *ihretwegen* verärgert war ... sondern wegen der Hilflosigkeit, die er angesichts dessen, was sie gestern Abend durchgemacht hatte, empfunden hatte.

Gestern hatte Heather den Tag mit Finley in der Küche des *Sweet Tooth* verbracht, während er eine Schicht im Friseursalon abgeleistet hatte. Harvey war einverstanden gewesen, dass er sich so viel freigenommen hatte, aber er wollte die Großzügigkeit seines Chefs nicht überstrapazieren. Und Heather genoss es immer, Zeit mit Finley zu verbringen.

Aber er hatte sie zum Abendessen ins *Sunny Side Up* mitgenommen – und es war eine Katastrophe gewesen. Es hatte sich definitiv herumgesprochen, dass sie zurückgekehrt war.

Seit Simon bestätigt hatte, dass ihre DNA mit der von Heather Brown übereinstimmte, waren die Anwohner ein bisschen durchgedreht. Der Bürgermeister wollte sogar eine improvisierte Parade veranstalten, aber Heather war von der Idee so entsetzt, dass die Pläne verworfen wurden.

Aber in der *Fallport Gazette* wurde darüber berichtet und jeder, der die kleine Heather je gekannt hatte, wurde interviewt. Die Details über ihren Aufenthaltsort und die Qualen, die sie erlitten hatte, waren zwar minimal, aber das hielt die Leute nicht von Spekulationen ab.

Heather war nicht nur in den Augen der Bürger von Fallport eine Berühmtheit, sondern ihre Geschichte hatte sich auch außerhalb ihrer kleinen Gemeinde herumgesprochen.

Als sie im *Sunny Side Up* zu Abend essen wollten, wurde sie plötzlich von Reportern aus nah und fern umlagert. Alle wollten ein Interview mit dem Mädchen, das wie durch ein Wunder nach zwanzig Jahren wiedergefunden worden war.

Sandra hatte ihr Bestes getan, um sie daran zu hindern, aber nachdem die fünfte Person ihr Abendessen unhöflich unterbrochen hatte, indem sie an den Tisch trat und Heather ein Aufnahmegerät ins Gesicht hielt, und nachdem das x-te Foto gemacht worden war, hatte Talon endgültig genug. Er legte einen Arm um Heathers Schultern und bahnte sich mithilfe einiger Einheimischer einen Weg durch ein gutes Dutzend Reporter zu seinem Wagen.

In seiner Wohnung waren sie sicher, aber Tal hatte das Gefühl, dass es nicht lange dauern würde, bis die Reporter an seine Tür klopfen würden. Heathers Situation war einzigartig, und die ganze Welt würde sich darüber freuen, dass ein vermisstes Kind nach so vielen Jahren gefunden worden war.

»Es tut mir leid wegen gestern Abend«, sagte er zu Heather, als sie auf dem Sofa saß.

»Es ist nicht deine Schuld«, entgegnete sie in einem flachen und etwas distanzierten Ton.

Er biss die Zähne zusammen und seufzte. Er hatte gewusst, dass das passieren würde. Er wusste, dass jeder ihre Geschichte hören wollte. Die Reporter würden unangemessene Fragen stellen, jedes Detail über ihre Gefangenschaft wissen wollen ...

denn genau das war es. Auch wenn sie keine Ketten um die Knöchel hatte, war sie trotzdem eine Gefangene gewesen.

Er ging in die Küche und holte ihr eine Sprite. Sie mochte den Geschmack von Wein oder Bier nicht, aber sie liebte das süße, sprudelnde Erfrischungsgetränk. Er setzte sich neben sie auf das Sofa und reichte ihr die Dose.

Sie schenkte ihm ein Lächeln und nahm einen Schluck. »Vielleicht sollte ich in meine Höhle zurückkehren.«

Tal schüttelte den Kopf, noch bevor sie den Satz beendet hatte. »Nein!«, platzte er heraus – dann holte er tief Luft und versuchte, die Angst, die ihn durchströmte, zu kontrollieren. »Willst du wirklich dorthin zurückkehren?«, fragte er etwas ruhiger.

Jetzt war Heather an der Reihe zu seufzen. »Nein.« Sie starrte auf das Erfrischungsgetränk in ihrer Hand. »Mir gefällt es hier. Ich muss mir keine Sorgen machen, ob ich meine eigene Nahrung finden oder Holz hacken muss. Ich liebe meine neuen Klamotten und alle sind so nett. Und jetzt, da ich weiß, wie ich bei der *Gemeinschaft* gelandet bin, will ich nie wieder etwas mit diesen Leuten zu tun haben. Wenn ich zurück in den Wald ginge, würde das bedeuten, dass sie gewonnen haben.«

Tal streckte seine Hand aus und nahm eine ihrer Hände in seine. Eigentlich wollte er nur ihre Finger drücken, um ihr zu zeigen, dass er für sie da war, aber als sie ihre eigenen Finger fast verzweifelt um seine schloss, konnte er nicht mehr loslassen. »Sie werden nicht gewinnen. Simon wird sie finden und sie für das bezahlen lassen, was sie dir angetan haben.«

Sie zuckte mit den Schultern. »Ich wünschte, ich könnte die Vergangenheit ändern«, erklärte sie leise. »Ich hasse es, daran zu denken, wie schrecklich mein Verschwinden für meine Eltern gewesen sein muss. Ich frage mich, wie viele andere Familien das Gleiche durchmachen mussten, weil Arrow den Diebstahl von Babys zugelassen hat.« Sie schaute zu ihm auf. »Wie konnte er so ... schrecklich sein? So unmoralisch? Ob du es glaubst oder nicht, am Anfang war er ganz nett zu mir. Ich glaube, ich habe ihn als Großvater oder so gesehen.«

»Bis er dich gezwungen hat, mit ihm Sex zu haben«, murmelte Tal voller Abscheu.

Heather rümpfte die Nase. »Ja, bis dahin. Aber trotzdem war er von allen Männern in der *Gemeinschaft* der am wenigsten gemeine. Aber da er der Anführer war, war er in Wirklichkeit wahrscheinlich der verdorbenste. Er musste wissen, was die anderen taten. Vielleicht hat er ihnen sogar befohlen, mehr Mädchen zu finden. Er hat es immer auf sich genommen, die Jungs zu unterrichten, die sich unserer Gruppe angeschlossen haben.« Sie zitterte. »Er wusste, was er tat, und es war ihm egal.«

Tal fühlte sich hilflos. Er konnte nur dasitzen und zulassen, dass Heather ihre Fingernägel in seinen Handrücken grub. Natürlich hatte sie keine Ahnung, dass sie ihm wehtat, aber er hatte sich schon viel schlimmer gefühlt. Er würde so lange da sitzen, wie sie ihn brauchte.

Heather sah ihn an, aber anstatt Tränen in ihren Augen zu sehen, sah er Entschlossenheit. »Ich hasse sie. Ich hasse sie alle. Sie haben mich von einer Familie weggenommen, die mich liebte. Aus meinem Leben gerissen. Sie verweigerten mir Nahrung, machten mich zu einer Sklavin, vergewaltigten mich, gaben mir keine richtige Kleidung und versuchten alles, um mich zu unterwerfen.«

»Aber du hast das nicht zugelassen«, beruhigte Tal sie.

»Nein, das habe ich nicht«, erklärte sie und setzte sich aufrechter hin. »Aber nur, weil ich so alt war, als sie mich mitgenommen haben. Wäre ich nur ein paar Jahre jünger gewesen, hätte ich mich an nichts aus meinem alten Leben erinnern können. Ich hätte alles geglaubt, was sie mir beizubringen versuchten, alles, was sie darüber sagten, dass Frauen unwürdig sind und dass man Männern, ohne zu fragen, gehorchen muss.«

Sie hatte nicht unrecht. Und Tal *hasste* das.

Doc Snow hatte Heather vorgeschlagen, mit einer Psychologin zu sprechen, die in Christiansburg lebte, und sie hatte zugestimmt, aber Tal hatte noch keine Gelegenheit gehabt, das erste Gespräch zu vereinbaren. Er war voll und ganz damit einverstanden, dass sie mit jemandem über das, was sie durchgemacht hatte, sprach, auch wenn er das Gefühl hatte, dass sie keine langfristige Therapie brauchen würde. In der kurzen Zeit, seit sie in die Zivilisation zurückgekehrt war, hatte er gesehen, wie sehr sie sich entwickelt hatte. Auch die Zeit, die sie mit den anderen Frauen verbrachte, hatte ihr sehr geholfen.

Seine Heather war verdammt stark.

Moment mal ... *seine* Heather?

Ja.

Ja, das war genau das, was sie war.

Seit Brock und Finley ihm von der geheimnisvollen Frau erzählt hatten, die sie gerettet hatte, war er davon besessen gewesen, sie zu finden und ihr zu helfen. Jetzt verstand er, dass das Jahr, das sie allein in den Wäldern verbracht hatte, eine hervorragende Therapie für sie gewesen war. Sie hatte erkannt, dass sie für sich selbst sorgen konnte. Sie war nicht auf einen Mann angewiesen. Sie konnte tun, was sie wollte und wann sie wollte, und das musste für sie sehr befreiend gewesen sein.

Tal war sich nicht sicher, ob ihr Hass auf Cypress wirklich gesund war, aber das war ihm lieber als ihr Mitleid mit dem Mann oder ihr Wunsch, ihn zu beschützen. »Wir müssen über etwas reden.«

Sie starrte ihn mit ihren großen blaugrünen Augen erwartungsvoll an.

»Jetzt, da deine Geschichte raus ist, befürchte ich, dass der Medienrummel von gestern Abend nur die Spitze des Eisbergs sein wird. Es ist sehr gut möglich, dass Cypress oder andere, die du früher kanntest, es sehen werden. Sie werden wissen, dass du am Leben und hier in Fallport bist.«

Er beobachtete, wie die Farbe aus ihrem Gesicht wich. Sie schloss ihre Finger wieder fest um seine Hand.

»Du bist hier in Sicherheit«, beruhigte er sie schnell. »Aber du musst es wissen, damit du dich schützen kannst. Glaubst du, jemand würde hierherkommen und versuchen, dich zu überreden, mit ihm zu gehen?«

Heather nickte, sagte aber nichts.

Tal wollte diese Frage nicht stellen, aber er hatte das Gefühl, dass er sie stellen musste. »Glaubst du, derjenige könnte etwas sagen oder tun, was dich überzeugen würde, mit ihm zu gehen? Ich weiß, es ist eine Weile her, dass du in dieser Welt warst, aber diese Leute haben dich zwanzig Jahre lang manipuliert. Wenn Cypress zurückkäme und dich anschreien und dir mit dem Strafzelt drohen würde ... glaubst du, du würdest mit ihm gehen?«

Obwohl sie Angst in den Augen hatte, richtete sie sich auf und sagte: »Ich werde nie und nimmer mit Cypress Goodson gehen. Egal was er sagt, egal was er tut, ich werde nicht mit ihm nach Florida gehen«, schwor Heather.

»Er könnte versuchen, dich zu zwingen«, warnte Tal sie.

»Dann werde ich mich wehren. Ich bin nicht mehr derselbe Mensch, den er gekannt hat. Ich bin nicht mehr Sunset. Ich bin Heather Brown. Ich *mag* mein Leben jetzt. Ich habe Freunde und ein weiches Bett. Mir ist warm und ich muss nicht mehr dieses schreckliche braune Kleid tragen. Ich kann Schuhe tragen und Männern in die Augen schauen und ich lerne besser lesen und schreiben. Ich lebe gern in deiner Welt, Talon. Ich will nie wieder weg.«

Sein Herz schwoll in seiner Brust an. Er konnte nicht widerstehen, ihre verschränkten Hände an seine Lippen zu führen und ihren Handrücken ehrfürchtig zu küssen. »Und ich mag es, dich in meiner Welt zu haben, Liebes.«

Dann überraschte Heather ihn, indem sie sich vorbeugte, die Dose Limonade auf den Beistelltisch neben dem Sofa stellte und näher an ihn heranrückte. Sie ließ seine Hand los und legte ihren Arm um seinen Bauch ... und *kuschelte* sich an ihn.

Das war so natürlich wie das Atmen, als würden sie jeden Abend so sitzen.

Tal atmete langsam ein und genoss das Gefühl dieser Frau an ihm, den Duft ihres Shampoos und ihrer lieblichen Lotion in seiner Nase. Er legte seinen Arm um ihre Schultern und keiner von beiden sprach, sondern genoss einfach die Nähe eines anderen Menschen.

»Ich habe das vermisst«, entgegnete sie nach ein paar Minuten leise.

»Was?«, fragte Tal.

»Das. Das Umarmen. Menschlicher Kontakt. Niemand in der *Gemeinschaft* berührte sich außerhalb von Sex. Keine Umarmungen. Kein Händeschütteln. Arrow hat *mich* immer berührt. Aber ich durfte ihn nicht einmal während meiner ehelichen Pflichten berühren. Ich musste einfach daliegen, bis er fertig war. Dasselbe galt für Cypress.«

»Darüber brauchen wir nicht mehr zu reden«, erklärte Tal unwirsch. »Es waren keine ehelichen Pflichten, weil du verdammt noch mal nicht verheiratet warst.«

»Ich will damit nur sagen, dass sich das gut anfühlt.«

Tal tat sein Bestes, um über ihre Worte hinwegzukommen. Er war froh, dass sie nicht völlig gebrochen und traumatisiert schien von dem, wozu sie gezwungen war, aber es störte ihn trotzdem sehr. »Für mich auch«, versicherte er ihr.

»Talon?«, fragte sie und hob den Kopf, um ihm in die Augen sehen zu können.

»Ja?«

»Glaubst du, dass irgendjemand mit mir zusammen sein will, wenn er erfährt, was passiert ist? Du weißt schon ... dass ich entführt wurde?«

Er runzelte bei dieser Frage überrascht die Stirn. »Natürlich. Warum denn auch nicht?«

»Ich weiß es nicht«, entgegnete sie achselzuckend.

Tal wartete einen Moment, und als sie nichts weiter sagte,

fügte er hinzu: »Du kannst mit mir über alles reden, Heather. Sag mir, was du auf dem Herzen hast.«

Sie hatte den Blick nach ihrer Frage gesenkt, aber bei seinen Worten sah sie ihn wieder an. »Glaubst du, dass *du* jemals mehr für mich empfinden könntest als Freundschaft?«

Er verschluckte sich fast an ihrer Frage. Er dachte, er hätte sich ziemlich klar ausgedrückt, als er ihr vor nicht allzu langer Zeit gesagt hatte, wie viel sie ihm bedeuten würde. Aber entweder brauchte sie eine Bestätigung oder sie hatte nicht verstanden, was er gemeint hatte.

Er musste hier vorsichtig vorgehen. Er war sich nicht sicher, ob sie bereit war, über eine zukünftige Beziehung zu sprechen … oder ob er überhaupt eine Beziehung mit ihr anstreben sollte, auch wenn er es noch so sehr wollte. Zwei Dinge waren ihm jedoch klar …

Erstens, er wollte nicht einmal daran *denken*, dass sie mit einem anderen Mann zusammen war. Und zweitens wollte er nichts tun oder sagen, was sie noch mehr verletzen könnte, als sie es ohnehin schon war.

Er hatte offensichtlich zu lange mit seiner Antwort gewartet, denn sie begann, sich aus seinen Armen zu lösen.

Tal drückte sie fester an sich und weigerte sich, sie loszulassen. Schließlich sagte er einfach: »Ja.«

Sie starrte zurück. »Ja?«, fragte sie mit einer leichten Neigung ihres Kopfes.

»Ja«, wiederholte er. »Wenn ich nicht eine tiefe Verbindung zu dir gespürt hätte, hätte ich dich direkt zu Simon gebracht. Er hätte dir eine Wohnung besorgt und mit Frauenorganisationen zusammengearbeitet, um dir Kleidung und andere notwendige Dinge zu beschaffen. Ich hätte dich weder meinen Freunden vorgestellt, noch hätte ich dich ermutigt, dich mit ihnen anzufreunden. Ich würde nicht jeden Abend neben dir schlafen. Ich wäre nicht so besorgt, dass jemand von dieser verdammten Sekte davon erfährt, dass du hier bist, und etwas tut oder sagt, das dich dazu bringt, zu ihnen zurückzukehren.

Du bist mir so unter die Haut gegangen wie keine andere Frau zuvor, Heather. Das erschreckt mich zu Tode. *Du* machst mir Angst. Ich will nichts tun, was dich dazu bringen könnte, mich zu verlassen. Ich liege nachts wach und höre dir beim Atmen zu und danke Gott, dass ich dich gefunden habe. Dass es dir größtenteils gut geht. Dass du es irgendwie geschafft hast, dir eine wunderbare, liebenswerte Persönlichkeit zu bewahren, obwohl der Teufel versucht hat, sie aus dir herauszuprügeln.

Also, denke ich, dass ich außer Freundschaft noch etwas für dich empfinden kann? Liebes ... das tue ich bereits.«

Die letzten vier Worte flüsterte er, aber Tal konnte sie nicht anlügen. Das wollte er einfach nicht.

Sie starrte ihn an, ohne zu blinzeln. Bei seinen letzten Worten verzog sie ihre Lippen zu einem wunderschönen kleinen Lächeln. »Ich auch«, entgegnete sie.

Ihre Worte schickten Blitze direkt in sein Herz, aber er reagierte in keiner Weise. »Du brauchst mehr Zeit. Du bist noch nicht so lange aus dem Gröbsten raus. Ich bin der einzige Mann, mit dem du wirklich zu tun hattest.«

Sie schüttelte entschieden den Kopf. »Ich war schon mit vielen Männern zusammen«, erwiderte sie.

Tal strich ihr eine Haarsträhne über die Wange und hinter das Ohr. Er liebte es, wie seidig und glatt ihr Haar jetzt war. Er hatte so viel abgeschnitten, dass es ihr jetzt bis zu den Schulterblättern fiel, und sie hatte ihm noch nicht gesagt, dass sie aufhören wollte. Je mehr er abschnitt, desto lockiger wurden die Strähnen. Er konnte nicht anders, als mit beiden Händen in die wunderschönen Wellen zu fahren. »Mit normalen Männern«, stellte er klar. »Guten Männern.«

Ein störrischer Blick huschte über ihre Züge, und Tal versteifte sich instinktiv.

»Ich habe dich beobachtet«, erklärte sie. »In den Wäldern. Ich bin dir und deinen Freunden bei euren Suchaktionen gefolgt, auch wenn ich damals noch nicht wusste, was ihr eigentlich seid. Aber ich habe gesehen, wie du mit ihnen gelacht hast, wie ernst du warst, wenn du es sein musstest, wie vorsichtig du mit Menschen warst, die sich verlaufen hatten und verletzt waren. Ich habe deinen Gesprächen zugehört. Und ich habe andere Wanderer im Wald beobachtet. Ich habe gehört, wie Männer über Frauen sprachen, wenn sie mit ihren Kumpeln unterwegs waren. Ich hörte, wie sie mit all dem Sex, den sie hatten, prahlten. Wie sie ihre Jobs hassten, wie sie ihre Arbeitgeber bestohlen haben. Es ist erstaunlich, was man alles über Menschen erfahren kann, wenn man sie beobachtet und ihnen zuhört, wenn sie denken, dass sie mit ihren Freunden allein sind.

Ich war schon mit anderen Männern als denen aus der *Gemeinschaft* zusammen, und du, Talon, bist derjenige, den ich will. Du hast mir gesagt, dass ich jetzt in deiner Welt lebe, und das will ich auch. Ich *will* in deiner Welt sein. Du wirst mich nicht verletzen und ich kann dir vertrauen. Das hast du mir immer wieder gesagt, aber du hast es auch bewiesen. Ich weiß, dass ich nicht so klug bin, dass ich anders bin, aber wenn du mir eine Chance gibst, kann ich lernen. Ich kann wie die anderen Frauen sein, mit denen du ausgegangen bist.«

Tal brach fast das Herz bei ihren selbstabwertenden Worten. Ohne nachzudenken, lehnte er sich auf dem Sofa zurück und zog Heather mit sich. Sie landete auf seinem Bauch, während er sich unter sie legte. »Du *kannst* mir vertrauen, und ich werde dir *nie* wehtun«, erklärte er ihr ernsthaft. »Und du bist die klügste Frau, die ich kenne. Ich kenne keine andere, die in der Lage gewesen wäre, das zu tun, was du getan hast. Du hast Cypress und die anderen überlistet. Du hast dich dort versteckt, wo sie dich nicht finden konnten. Du hast sie gezwungen, ohne dich zu gehen. Du hast dich selbst gerettet, und das ist wirklich erstaunlich ... und verdammt sexy. Weißt du noch, als ich dir von den Frauen und Kindern erzählt habe? Die, die ich nicht retten konnte?«

Sie nickte. Ihre Hände lagen flach auf seiner Brust und sie stützte sich damit an ihm ab.

»Wenn sie nur halb so mutig gewesen wären wie du, hätten sie einen Weg gefunden, sich selbst zu retten. Es ist wahrscheinlich nicht fair von mir, das zu sagen, weil ich ihre Situation nicht kenne, aber dadurch, dass du dich selbst gerettet hast, dass du in der Lage warst, im Wald zu überleben – und das in einem verdammten Kleid und barfuß –, hast du mich auf eine Weise berührt, wie es keine andere Frau je getan hat.

Wenn du mich willst, gehöre ich dir«, versprach er. »Ich glaube, wenn noch mehr Zeit vergeht, wirst du sehen, dass du eine ganze Welt vor dir hast. Männer, die Schlange stehen würden, um dich ihre Frau nennen zu dürfen. Aber bis du mich nicht mehr willst, bin ich froh, dir zu gehören. Ich helfe dir, dich in einer Welt zurechtzufinden, die immer noch ein wenig überwältigend scheint.«

Ihre Augen tränten wieder und sie fragte: »Du gehörst mir? Meinst du nicht, dass ich dir gehöre?«

»Nein. Du hast mich um deinen kleinen Finger gewickelt. Alles, was du willst, gebe ich dir bedingungslos. Du wirst nie wieder jemandem *gehören*, Heather. Es sei denn, du *entscheidest* dich, dich jemandem zu geben. Du bist frei von diesem Mist. Von jetzt an entscheidest du über dein Schicksal. Nicht ich, nicht irgendjemand anderes. Du triffst die Entscheidungen darüber, was du willst. Ich helfe dir gern und gebe dir alle Informationen, die du brauchst, um diese Entscheidungen zu treffen, aber du hast das Sagen. Du entscheidest, wie es weitergeht … egal worum es geht.«

Eine Träne löste sich aus ihrem Auge und sie wischte sie ungeduldig weg. »Ich würde dich gern küssen«, erklärte sie ihm leise. »Ich habe gesehen, wie Lilly, Elsie und die anderen ihre Ehemänner geküsst haben. Aber ich bin noch nie geküsst worden.«

Talons Herz schlug ihm bis zum Hals. Er zwang sich, ihre Hüften loszulassen, und verschränkte die Arme hinter dem Kopf, um so wenig bedrohlich wie möglich zu wirken. »Dann küss mich«, erklärte er leise.

Sie lächelte – und runzelte dann sofort die Stirn.

»Was ist los?«

»Ich habe noch nie ... auf dir zu liegen kommt mir so seltsam vor.«

Die Wut auf die Männer, die sie in ihrer Vergangenheit gekannt hatte, drohte ihn zu überwältigen. Er verstand nur zu gut, was sie damit sagen wollte. »Es ist nicht seltsam«, versicherte er ihr. »In normalen Beziehungen ist manchmal der Mann oben und manchmal die Frau. Es gibt viele verschiedene Arten, wie Paare miteinander intim sein können. Das ist nur eine von ihnen.«

Er sah, wie sie ihn verstehend ansah. Sie nickte. »Ich darf dich also küssen?«

»Du kannst mich immer und überall küssen, wann immer du willst«, erklärte Tal mit Nachdruck.

»Sagst du mir, wenn ich es falsch mache?«, fragte sie.

»Du kannst nichts falsch machen, Liebes«, versicherte er ihr. »Das kann ich dir versprechen.«

Er wusste, dass er das nicht tun sollte. Er sollte ihr mehr Zeit geben. Wahrscheinlich klammerte sie sich an ihn, weil er der erste Mann war, der seit zwanzig langen Jahren nett zu ihr war. Aber er konnte es ihr nicht verwehren. Er war schon zu weit gegangen. Das Einzige, was er *je* tun konnte, war, ihr zu geben, was sie wollte. Sie experimentieren zu lassen. Ihr ihre Freiheit und Unabhängigkeit zurückgeben ... und beten, dass sie am Ende bei ihm bleiben wollte.

Wenn sie ihn verließ, würde es ihn zerstören, aber letztendlich würde er sie mit einem Lächeln auf dem Gesicht gehen lassen, wenn es das war, was sie wollte.

Als sie sich langsam zu ihm herabbeugte, schlug Tal das Herz praktisch bis zum Hals. Er hielt die Augen offen, genau wie sie, als sie ihre Lippen zaghaft auf seine legte.

Sie zog sich ein Stück zurück und starrte auf ihn herab. »Ungefähr so?«

»Genau so«, stimmte er zu. »Versuch es noch einmal, fester.«

Sie beugte sich vor und dieses Mal presste sie ihre Lippen auf seine. Er konnte sich nicht zurückhalten, seinen Mund zu öffnen und über ihre Unterlippe zu lecken.

Sie zuckte zusammen und schaute ihn mit großen Augen an.

»Zu manchen Küssen gehört die Zunge. Lecken, Saugen, Knabbern«, erklärte er ihr.

Heather benetzte mit der Zunge ihre Lippen und Tal stöhnte fast auf.

Als sie ihn erneut küsste, war ein Teil ihrer Zurückhaltung bereits verschwunden. Diesmal leckte sie ihm über die Lippe und er konnte nur mit Mühe seine Hände dort lassen, wo sie waren. Am liebsten hätte er seine Finger in ihrem Haar vergraben und sie festgehalten, während er sie richtig küsste. Aber er hatte ihr gesagt, dass sie das Sagen hatte, und er würde verdammt sein, wenn er sein Wort brechen würde.

Ihr langes Haar fiel wie eine Art Vorhang um sie herum und schirmte sie von der Welt ab, während der Kuss immer weiter ging.

Sie lernte schnell und folgte seinem Beispiel. Jedes Mal wenn er etwas tat, wiederholte sie die Bewegung. Wenn er an ihrer Unterlippe knabberte, tat sie dasselbe. Wenn er stöhnte, tat sie es auch.

Es dauerte nicht lange, bis sie seine Handlungen nicht mehr spiegeln musste, sondern die volle Kontrolle über den Kuss übernahm. Ihre Zunge drang in seinen Mund ein und schon bald neigten sie ihre Köpfe und knutschten heftig miteinander.

Sie schmeckte wie die süße Limonade, die sie getrunken hatte, und Tal hatte das Gefühl, dass er nie wieder Sprite schmecken konnte, ohne sich an diesen Moment zu erinnern. Sie ließ eine Hand zu seiner Wange wandern, als sie sich küssten. Sie strich mit ihren Fingern leicht über seinen kurzen Bart und das leise Rascheln seiner Gesichtsbehaarung auf ihrer Haut ließ eine Gänsehaut auf seinen Armen entstehen.

Sie zog sich zurück, um Luft zu holen, und Tal merkte, dass er genauso heftig keuchte wie sie.

»Es macht mir Spaß zu küssen«, bemerkte sie und errötete.

»Und mir macht es Spaß, *dich* zu küssen«, entgegnete er.

»Ich bin auch gern oben«, erklärte sie unschuldig.

Bilder davon, was sie sonst noch mit ihr oben machen könnten, schwirrten Tal durch den Kopf. Es kostete ihn all seine Selbstbeherrschung, sich nicht an ihr zu reiben. Sein Schwanz war steinhart, aber zum Glück hatte sie ihn noch nicht gespürt. Das war aber nur eine Frage der Zeit. Sie war in vielerlei Hinsicht unschuldig, aber sie würde sicher wissen, was seine Erektion bedeutete, und er wollte keine schlechten Erinnerungen in ihr wecken.

Kaum hatte er den Gedanken, bewegte Heather sich. Sie setzte sich ein wenig auf und bewegte sich dabei so weit nach hinten, dass sie ihre Muschi an seinen Schwanz schmiegte.

Sie erstarrten beide.

KAPITEL VIERZEHN

»Beachte ihn gar nicht«, bat Talon.

Heathers erste Reaktion war Angst. Sie wusste, was ein steifer Penis bedeutete. Sie hatte den von Cypress und Arrow oft genug zwischen ihren Beinen gespürt. Aber sie war immer unter ihnen gewesen. Die einfache Veränderung, auf Talon zu sitzen, ließ alles bemerkenswert anders erscheinen.

Ohne nachzudenken, schaukelte sie leicht auf Talons Körper, nur ein einziges Mal. Oben zu sein fühlte sich … befreiend an. Sie mochte es. Und zwar sehr.

»Heather«, warnte er, aber er bewegte sich nicht weiter. Er packte sie nicht. Er zwang sie nicht, aufzuhören oder sich zu drehen, damit sie unter ihm war. Die Macht, die sie spürte, weil er sie zu nichts zwang, war berauschend.

Als sie den Mann unter ihr ansah, bemerkte sie, dass seine Hände über seinem Kopf zu Fäusten geballt waren. Seine Lippen waren von ihren Küssen geschwollen.

Das Küssen war ganz anders, als sie es sich vorgestellt hatte. Es war … fast überwältigend gewesen. Als Talon das erste Mal seine Zunge mit ihrer berührt hatte, hatte es sich seltsam angefühlt. Aber dann hatte er ihr in die Unterlippe gebissen und es fühlte sich an, als hätte Elektrizität ihren ganzen Körper durchströmt. Durch ihre Brustwarzen direkt zwischen ihre Beine. So etwas wie dieses Gefühl hatte sie noch nie erlebt.

Und jetzt war sie unendlich neugierig. Sie hatte schon einmal einen Penis gesehen, aber nur kurze Blicke in der Dunkelheit darauf werfen können. Wenn Arrow und Cypress mit ihr Sex hatten, war alles so schnell vorbei gewesen. Und sie hatten sich auch nie so groß oder so hart angefühlt wie Talon.

Sie lehnte sich zurück, sodass sie auf Talons Schenkeln saß, und starrte auf die Beule in seiner Jeans. Ohne nachzudenken, griff sie danach, um ihn zu berühren.

»Heather!«, wiederholte Talon schroff, als ihre Finger den Jeansstoff berührten.

Sie schaute in sein Gesicht. Ein Muskel zuckte in seinem Kiefer und jeder Zentimeter seines Körpers war angespannt. Sie konnte spüren, wie seine Schenkel sich unter ihrem Hintern versteiften.

»Mach auf keinen Fall meine Jeans auf«, befahl er.

Sie legte verwirrt den Kopf schief.

»Es ist noch zu früh, Liebes. Ich will dich nicht erschrecken. Oder böse Erinnerungen in dir wecken. Du kannst mich anfassen, wenn du es wirklich willst ... aber nur durch meine Kleidung hindurch, okay?«

Sie nickte sofort. Es war aufregend, diesen Mann anfassen zu dürfen. Sie legte ihre Hand um die große Wölbung zwischen seinen Beinen und er stöhnte laut auf, während er seine Hüften leicht nach oben drückte.

Die Macht, die sie in diesem Moment spürte, war ihr genauso fremd wie das Gefühl, oben zu sein, und doch so befriedigend. Wann hatte sie sich das letzte Mal so gefühlt, als hätte sie die Kontrolle über etwas? Noch nie. In der *Gemeinschaft* musste sie immer tun, was von ihr verlangt wurde. Sie hatte keine Kontrolle darüber, was sie trug, was sie aß, mit wem sie reden oder was sie sagen durfte. Aber hier? Mit Talon? Sie durfte tun, was sie wollte und wann sie es wollte. Sie konnte Schokolade essen, ohne vorher schmerzhafte Dinge tun zu müssen. Sie konnte essen, wann immer sie hungrig war. Sie konnte jede Kleidung tragen, die ihr gefiel.

Und sie konnte berühren, anstatt nur berührt zu werden.

»Fühlt sich das gut an?«, fragte sie.

»Du hast keine Ahnung, wie gut sich das anfühlt, Liebes«, keuchte er.

Talon dachte offensichtlich, dass sie ihn nicht mehr wollen würde, wenn sie erst einmal andere Männer kennengelernt hatte, aber er irrte sich. Sie hatte versucht, es zu erklären, aber sie hatte das Gefühl, dass er ihr nicht glaubte. Ja, sie kannte ihn noch nicht so lange, aber sie hatte ihn *gesehen*. Sie hatte ihn beobachtet. Er war ein guter Mann, und nichts, was sie gesehen oder gehört hatte, seit er in ihrer Höhle aufgetaucht war, hatte sie dazu veranlasst, ihre Meinung zu ändern.

Wenn er glaubte, dass sie dumm genug war, um mit einem anderen zusammen zu sein, irrte er sich gewaltig. Sie machte sich eher Sorgen, dass er *ihrer* überdrüssig werden könnte. Sie war sich nur zu schmerzhaft bewusst, wie viel sie noch zu lernen hatte. Wahrscheinlich würde Talon es leid sein, ihr alles erklären zu müssen und ständig auf sie Rücksicht nehmen zu müssen, um sie nicht zu verärgern.

Die Wahrheit war ... Heather war mehr als bereit, ihr Leben in Angriff zu nehmen. Zwei Jahrzehnte lang war ihr ein normales Leben verwehrt worden, und sie wollte keinen einzigen Moment mehr verschwenden.

Sie wollte, was Lilly hatte. Was Elsie, Bristol, Caryn und Finley hatten. Sie wollte einen Mann, der sie liebte, so wie ihre Männer sie liebten. Und sie wollte, dass Talon dieser Mann war.

Sie fuhr fort, seinen Schwanz durch seine Jeans zu streicheln, und ihre Brustwarzen spannten sich an, als sie die Größe und Form des Penis erkundete. »Der ist aber ziemlich groß«, platzte sie heraus und zog dann eine Grimasse. Sie hörte sich dumm an.

»Nicht *zu* groß«, entgegnete Talon und wirkte weder beleidigt noch schockiert über ihre Worte.

Heather rieb sich an ihm.

»Küss mich noch einmal, Heather«, forderte er.

Sie hatte kein Problem mit diesem Befehl; sie wollte mehr von seinen Küssen.

Als sie sich aufrichtete, musste sie seinen Schwanz loslassen, aber sie drückte sich so an ihn, dass sie ihn immer noch zwischen ihren Beinen spüren konnte, während sie einander küssten.

Sie hatte keine Ahnung, wie lange sie sich geküsst hatten, aber schließlich hob sie den Kopf und sah ihn stirnrunzelnd an.

»Was? Was ist denn los?«, fragte er sofort.

Er war so gut auf sie eingestimmt. Es hätte sie erschrecken können, wenn es sich nicht so gut angefühlt hätte.

»Würdest du ... du fasst mich gar nicht an«, bemerkte sie zögerlich.

»Ich will dir keine Angst machen«, erklärte er. »Du hast das Sagen, Heather.«

»Du machst mir keine Angst. Du wirst mir nicht wehtun. Ich weiß nicht, ob ich unter dir liegen will, aber du kannst mich anfassen ... wenn du willst.«

»Oh, und ob ich das will«, hauchte Talon.

Langsam ließ er die Arme sinken und strich mit einer seiner großen Handflächen ihren Arm entlang, von ihrem Handgelenk bis zu ihrer Schulter. Mit den Fingern seiner anderen Hand strich er über ihre Wirbelsäule, bevor er sie auf ihrem Kreuz liegen ließ und sie fester an sich drückte.

Er strich ihr mit der Rückseite seiner Finger über die Wange, legte ihr die Hand in den Nacken und hielt sie fest. »Küss mich noch einmal«, bat er sie.

Noch bevor er zu Ende gesprochen hatte, senkte sie den Kopf. Als sie sich diesmal küssten, hielt Talon sie fest in den Armen. Beim Küssen strich er mit dem Daumen über die empfindliche Haut ihres Halses und eroberte sie sogar von seiner Position unter ihr aus.

Heather konnte nicht stillhalten und presste ihre Hüften gegen seinen harten Schwanz. Es fühlte sich so gut an! Sie wollte mehr. Sie wollte ihm näher kommen.

Nach einigen Minuten brach er den Kuss ab, behielt aber seine Hand in ihrem Nacken. Er lehnte seine Stirn an ihre und flüsterte: »Fester, Süße. Reib dich fester an mir. Hol dir, was du brauchst.«

Und das tat sie auch. Es gefiel ihr unheimlich gut, wie fest er sie an sich drückte, obwohl sie nicht wusste warum. Jedes andere Mal, wenn sie bis jetzt von einem Mann festgehalten worden war, war es beängstigend gewesen.

Tal ließ seine Finger unter den Bund ihrer Cargohose gleiten und sie spürte sie auf der empfindlichen Haut ihres Hinterns. Heather drückte sich weiter an ihn und sah ihm in die Augen, während er seine Hüften wieder und wieder gegen sie drückte – und dann abrupt aufhörte.

Ein langes Stöhnen drang aus seinem Mund, bevor er einen Seufzer ausstieß und schließlich die Augen zumachte.

Er lag still unter ihr und Heather erstarrte. Sie war sich nicht sicher, was gerade passiert war. Sie war verwirrt und in ihrem Körper kribbelte es gewaltig.

»Verdammt, Heather«, sagte Talon ein paar Sekunden später, als er die Augen öffnete und sie verwundert anstarrte.

»Was ist passiert? Ist alles in Ordnung mit dir?«, fragte sie.

Talon sah einen Moment lang selbst verwirrt aus, dann seufzte er wieder. »Du weißt es nicht?«

Sie schüttelte den Kopf.

»Ich bin zum Orgasmus gekommen.«

Heather runzelte die Stirn.

»Weißt du, was das bedeutet?«

»Ja. Aber ich dachte, das kann nur passieren, wenn ein Mann seinen Schwanz in einer Frau hat.«

Ein Funken Wut blitzte in seinen Augen auf, bevor er sich

wieder unter Kontrolle hatte. »Nein. Sowohl Männer als auch Frauen können mit der richtigen Stimulation jederzeit Lust empfinden und zum Orgasmus kommen. Wir können masturbieren, uns selbst berühren, um diese Lust zu empfinden, genauso wie jemand anderes uns berühren und das Gleiche tun kann.«

Heathers Gedanken überschlugen sich. »Wir können uns selbst berühren? Ist das nicht verboten?«

»Nein.«

»Und wir müssen nicht verheiratet sein, um das zu tun?«

»Nein.«

»Und ... Frauen dürfen das auch?«

»Ja.«

Sie war erstaunt. Und wieder stinksauer. Es gab so viel, was *Die Gemeinschaft* verboten hatte, dass es schon nicht mehr lustig war. »Und das ... das hat dir jetzt schon gefallen?«

Talon lachte. Sie spürte, wie sein Bauch sich unter ihrem bewegte. »Das hat mir nicht einfach nur gefallen, ich fand es *großartig*«, versicherte er ihr. »Ich kann mich nicht erinnern, wann ich das letzte Mal so in meiner Hose gekommen bin. Es reichte schon, dass du mich geküsst und dich an mir gerieben hast ... ich konnte mich einfach nicht zurückhalten.«

Stolz durchflutete Heather. *Sie* hatte das bei ihm bewirkt. Sie richtete sich auf und schaute zwischen ihren Körpern hinunter. Er war nicht mehr steif, aber sie konnte einen dunklen Fleck auf seiner Jeans zwischen seinen Beinen sehen.

»Du siehst so aus, als wärst du unheimlich stolz auf dich«, bemerkte Talon mit einem Grinsen.

»Ich wusste nur nicht, dass es passieren kann, ohne dass du deinen Schwanz in mir hast.«

»Du hattest noch nie einen Orgasmus, oder?«, fragte Talon sanft.

Heather schüttelte den Kopf, ohne dass es ihr peinlich war. Immerhin handelte es sich hier um ihren Talon.

Er lächelte und das Grübchen war durch seinen Bart sichtbar. »Wir werden eine Menge Spaß miteinander haben.«

Wenn jemand ihr gesagt hätte, dass Sex Spaß machen kann, hätte Heather sich kaputtgelacht. Sex machte keinen Spaß. Er war weder angenehm noch schön noch verdiente er irgendein anderes positives Adjektiv. Es war eine Pflicht. Die meiste Zeit über tat es weh. Es war etwas, das man schnell hinter sich bringen musste.

»Aber nicht jetzt. Ich glaube, das war genügend Sexualkunde für einen Tag«, erklärte er, setzte sich auf und hielt Heather mit Leichtigkeit auf seinem Schoß.

Die Art und Weise, wie er sie ohne jedes Problem bewegte, ließ Heather zum ersten Mal erkennen, wie stark Talon wirklich war. Er hätte sie jederzeit unter sich zwingen können. Er hätte sie packen und ihr richtig wehtun können. Aber er hatte ihr die Kontrolle überlassen. Er hatte sich, ohne zu zögern, unter sie gelegt.

Talon umschloss ihr Gesicht mit seinen Händen. »Alles in Ordnung?«

Sie runzelte die Stirn. »Warum sollte nicht alles in Ordnung sein?«

»Es ging gerade ziemlich rund. Und du hast Dinge getan, die du noch nie zuvor getan hast.«

Und schon war er wieder ganz lieb und beschützend. Heather freute sich über seine Besorgnis. »Mir geht es gut.«

»Gut.«

»Ich ... magst du mich wirklich?«, fragte sie.

Sie mochte den sanften Blick, der über sein Gesicht ging. »Ich mag dich wirklich.«

Sie lächelte.

»Aber ich sollte mich jetzt wohl besser umziehen«, sagte er.

Heather grinste. »Ja, das solltest du wohl besser.«

»Du bist anscheinend ziemlich stolz auf das, was du getan hast«, bemerkte er.

»Ein bisschen«, gab sie zu.

»Das solltest du auch sein. Ich bin bekannt für meine Selbstbeherrschung. Auf dem Schlachtfeld, bei der Kontrolle meiner Gefühle und beim Sex. Aber bei dir, mein Schatz, ist es *vollkommen* um meine Selbstbeherrschung geschehen.«

»Es tut mir leid?«, sagte sie zögerlich.

»Das muss es nicht. Ich bin Wachs in deinen Händen. Und ich genieße das.«

Mit diesen Worten stand er auf und ihre Füße landeten auf dem Boden. Er wartete, bis sie wieder sicher auf beiden Beinen stand, bevor er sich zu ihr hinunterbeugte und sie sanft auf die Lippen küsste. Es war kein leidenschaftlicher Kuss wie zuvor, aber er fühlte sich tief im Inneren genauso gut an. »Es wird nicht lange dauern.«

Heather sah ihm nach, wie er in Richtung Flur ging. Sie lächelte und schlang die Arme um ihren Körper, als er aus ihrem Blickfeld verschwand. Sie hatte Talon sofort bemerkt, als sie ihn im Wald erspäht hatte, auch wenn sie nicht wusste, dass er derjenige war, der ihr die Geschenke hinterlassen hatte. Wie sie so viel Glück haben konnte, dass *er* derjenige war, der *sie* gefunden hatte, war ihr schleierhaft.

Die Entschlossenheit, ihr Leben selbst in die Hand zu nehmen, stieg in ihr auf. Arrow hatte es immer gehasst, wenn sie sich etwas in den Kopf gesetzt hatte. Sie war stur und er hatte es nie geschafft, ihr das auszutreiben. Talon dachte vielleicht, dass sie sich für einen anderen Mann entscheiden würde, nachdem sie andere Männer kennengelernt hatte, aber er irrte sich.

Später, als Talon von seiner Dusche zurückkam, schien es zwischen ihnen einfacher zu sein. Er berührte sie häufiger ... kleine Streicheleinheiten, er strich ihr mit dem Finger über den Rücken, wenn er in der Küche an ihr vorbeiging, er strich mit einer Hand über ihren Arm, er setzte sich direkt neben sie auf das Sofa, während sie fernsahen, anstatt am anderen Ende zu sitzen, und so weiter und so fort.

Sie entspannten sich nach dem Abendessen – er hatte ihr

beigebracht, wie man Auberginen mit Parmesan macht, was sie liebte –, als Talons Handy klingelte.

»Tal«, meldete er sich, nachdem er abgenommen hatte. »Es ist schon spät ... alles klar ... okay. Wir warten auf dich.« Mit einem Seufzer legte er auf.

Heather drehte sich ängstlich zu ihm um. »Was ist?«

»Das war Simon. Er will mit dir über etwas reden.«

Sie konnte nicht anders, als sich zu verkrampfen.

»Es wird schon gut gehen. Ich werde nicht zulassen, dass dir etwas passiert.«

Heather atmete langsam durch die Nase aus und nickte.

Zehn Minuten später klopfte es an der Tür. Talon stand auf, um zu öffnen, während Heather nervös neben dem Sofa stand. Wenige Augenblicke später kam er mit dem Polizeichef hinter sich zurück in den Raum.

»Schön, dich wiederzusehen«, begrüßte Simon sie mit einem Nicken.

Heather schenkte ihm ein kleines Lächeln, griff aber gleichzeitig nach Talons Hand.

Dem anderen Mann entging die Intimität zwischen ihnen nicht, aber das war Heather egal. Sie wollte, dass jeder wusste, dass dieser Mann ihr gehörte. Sie wollte ihn nicht zurückgeben ... er hatte gesagt, dass er ihr gehörte, solange sie ihn wollte, und sie wollte ihn für immer haben.

»Ich wollte mit dir über die Presse sprechen«, sagte Simon, nachdem sie sich alle hingesetzt hatten.

»Sie sind völlig außer Rand und Band«, brummte Talon.

»Du hast noch gar nichts mitbekommen«, bemerkte der Polizeichef und schüttelte den Kopf. »Seit dem Abendessen, als ihr aus dem Restaurant geflohen seid, sind noch mehr Journalisten aufgetaucht. Sie haben überall auf dem Marktplatz und entlang der Main Street geparkt. Das Hotel an der Autobahn ist überfüllt. Whitney und Edna haben sich geweigert, Zimmer an jeden zu vermieten, der auch nur so aussieht, als könnte er ein Reporter sein, was ja ganz nett ist, aber ich glaube, diese Typen werden nicht gehen, bevor sie nicht irgendeine Erklärung bekommen haben.«

»Wir werden Heather nicht wie einen Freak vorführen, damit sie sie anglotzen können«, entgegnete Talon hitzig.

»Das verlange ich auch nicht von dir. Die Stadt steht geschlossen hinter euch«, antwortete er.

»Was soll das heißen?«, fragte Heather.

»Es bedeutet, dass die Überraschung und Aufregung, die alle empfunden haben, als sie herausfanden, wer du wirklich bist, schnell nachlässt, weil so viele Reporter so unhöflich und aufdringlich sind. Du bist Heather Brown, eine langjährige Bewohnerin der Stadt. Und so wie sich die Reporter verhalten, die mit jedem reden, den sie finden können, und unangenehme Fragen über dich und deine Erlebnisse stellen, sind die guten Menschen in Fallport schnell angewidert. Sie sind fest auf deiner Seite. Ich denke, du wirst feststellen, dass sie mehr als bereit sind, für dich einzutreten, wenn du dich nach draußen wagst. Wenn nötig, werden sie eine Mauer zwischen dir und den Reportern errichten. Aber ...« Seine Stimme wurde leiser.

»Das wird nicht ausreichen«, beendete Talon seinen Satz.

»Ganz genau. Die Reporter verstoßen nicht gegen das Gesetz, wenn sie hier sind. Sie sind zwar lästig, aber es ist nicht illegal, hier herumzuhängen und darauf zu warten, einen Blick auf dich zu erhaschen.«

»Was soll ich also tun? Soll ich gehen? Mich für eine Weile in meiner Höhle verstecken?«

»Nein!«, platzte Talon heraus. Er drehte sich zu ihr um. »Dies ist jetzt dein Zuhause. Und diese Mistkerle werden dich nicht vertreiben.«

Wieder sorgte seine beschützende Art für eine wohlige Wärme in ihrem Körper. »Was dann?«

»Ich denke, wenn du dir ein paar angesehene Reporter aussuchst, denen du deine Geschichte erzählst, wird die Neugierde sich legen«, schlug Simon vor.

»Nein«, erklärte Talon und schüttelte den Kopf.

»Hör mir zu«, erwiderte der Mann beschwichtigend. »Ich sage ja nicht, dass du eine große Pressekonferenz veranstalten sollst, aber die Welt will unbedingt mehr über Heather erfahren und wo sie gewesen ist. Sieh es ein, Tal, das ist eine große Neuigkeit. Und denk an die Eltern da draußen, deren Kinder ebenfalls vermisst werden. Sie würden alles dafür tun, dass ihre Kinder lebend gefunden werden. Wenn sie ihre Geschichte erzählt, könnte das den Menschen mit vermissten Kindern Hoffnung geben.«

»Und es könnte sie noch mehr vernichten, wenn sie keine neuen Informationen erhalten«, entgegnete Talon. »Du weißt genauso gut wie ich, wie ungewöhnlich es ist, dass Heather noch lebt. Leider haben die meisten Kinder, die entführt werden, nicht so viel Glück.«

»Ja, ich weiß. Aber genau deshalb sind alle so neugierig. Weißt du noch, als Elizabeth Smart gefunden wurde? Es war ein verdammtes Wunder und sie wurde schnell zu Amerikas Liebling. Aber nach ein paar Interviews konnte sie sich wieder in ein normales Leben einfügen. Dann war da noch Jaycee Dugard. Sie wurde achtzehn Jahre lang gefangen gehalten, bekam zwei Kinder von ihrem Entführer und ist jetzt frei. Ganz zu schweigen von Shawn Hornbeck, Katie Beers, Carlina White und Elisabeth Fritzl. Und dann sind da noch Michelle Knight, Amanda Berry und Gina DeJesus ...«

»Das ist etwas anderes«, betonte Talon.

»Ist es nicht«, entgegnete Simon sanft.

»Moment mal, wer sind all diese Leute?«, fragte Heather.

»Sie wurden alle entführt und monatelang oder jahrelang festgehalten, bevor sie gefunden wurden. Seitdem können sie ein relativ normales Leben führen und werden nicht von der Presse gejagt«, sagte Simon.

»Sie waren wie ich? Und es geht ihnen gut?« Heather atmete auf.

»Es geht ihnen gut.«

Heather wandte sich an Talon. »Kann ich sie kennenlernen?«

Er seufzte. »Ich weiß es nicht.«

»Im Moment könntest du wahrscheinlich Opal Williams selbst bitten, dich zu interviewen, und sie wäre einverstanden«, sagte Simon.

»Wen?«, fragte Heather Talon im Flüsterton.

»Sie ist eine sehr berühmte Schauspielerin, die jetzt eine Talkshow moderiert. In letzter Zeit ist sie dafür bekannt, Prominente und andere Menschen zu interviewen, die in öffentlichkeitswirksame Vorfälle verwickelt waren.«

»So wie meiner?«, fragte Heather.

Tal nickte, dann wandte er den Blick wieder Simon zu. »Das gefällt mir nicht.«

»Mir auch nicht, aber im Endeffekt werden diese Reporter nicht verschwinden, bis sie bekommen, was die Welt will. Und wenn sie sich mit einem Reporter ihrer Wahl trifft und ihre Geschichte erzählt ... verlieren die anderen vielleicht das Interesse, weil jemand anderes das Exklusiv-Interview hat.«

Talon seufzte. »Je mehr Aufmerksamkeit sie bekommt, desto wahrscheinlicher ist es, dass einer der Mistkerle, die sie entführt haben, sie hier aufspürt.«

»Und dann können wir denjenigen verhaften. Wir können mehr Informationen über andere Kinder bekommen, die sie entführt haben und wo sie jetzt leben«, gab Simon zu bedenken. »Ich habe die Behörden in Florida kontaktiert und ihnen von der *Gemeinschaft* erzählt und dass sie wahrscheinlich in den Staat umgezogen sind. Das FBI, das Bureau of Criminal Investigations and Intelligence und das FDLE, das Florida Department of Law Enforcement. Aber wenn Heathers Geschichte landesweit bekannt wird, würde das alle, auch die Zivilbevölkerung, in Alarmbereitschaft versetzen, und wir hoffen, dass sie bald gefunden und aufgehalten werden können.«

Heather schaute Talon aufmerksam zu. Er starrte Simon an und weigerte sich, sie anzuschauen. »Talon?«, flüsterte sie.

Er drückte wieder ihre Hand, drehte aber nicht den Kopf.

»Talon«, wiederholte sie. »Wenn das Erzählen meiner Geschichte anderen Kindern helfen kann, von ihnen wegzukommen ... dann will ich das tun.«

Er holte tief Luft und sah sie schließlich an. »Ich will nicht, dass du das überstürzt. Und ich will nicht, dass du etwas tust, was dich verletzen könnte.«

»Bleibst du bei mir?«

Er runzelte die Stirn. »Natürlich werde ich das. Warum solltest du auch daran zweifeln?«

Heather zuckte mit den Schultern. »Ich weiß es nicht. Ich schätze, weil du im Moment so wütend bist. Ich dachte, dass das alles vielleicht zu viel ist. Dass du dich nicht mit allem auseinandersetzen willst.«

Er drehte sich zu ihr um und hob seine Hände so, dass sie ihr Gesicht umrahmten. »Ich bin nicht sauer auf dich. Ich bin wütend auf die Mistkerle, die dich entführt und missbraucht haben. Ich bin wütend auf die Reporter, die nicht einmal darüber nachdenken, eine echte Person ins Visier zu nehmen, die immer noch traumatisiert ist von dem, was ihr passiert ist. Ihnen geht es nur um eine reißerische Story.«

»Ich hatte Zeit, das Geschehene zu verarbeiten«, erklärte Heather, griff nach oben und hielt seine Handgelenke. Sie strich mit ihren Daumen hin und her, um Talon irgendwie zu trösten. »Ich bin jetzt frei, aber die anderen Frauen und Kinder, mit denen ich gelebt habe, sind es nicht. Sie erinnern sich vielleicht nicht an ein anderes Leben, so wie ich. Sie wissen nicht, dass ihr Leben anders ist als das der anderen Menschen auf der Welt. Das ist aber nicht richtig. Wenn es ihnen hilft, meine Geschichte zu erzählen, muss ich es tun.«

Talon schloss die Augen und seufzte. Dann öffnete er sie wieder und fixierte sie mit seinem Blick. »Du bist der stärkste Mensch, den ich je kennengelernt habe. Du hast jedes Recht, verbittert und gebrochen zu sein, und doch ist dein erster Gedanke, anderen Menschen zu helfen.«

»Ich habe Angst«, gab sie zu. »Ich spreche nicht gern über mein Leben in der *Gemeinschaft*. Es war nicht gut. Aber ich mag Fallport ... so wie es war, als du mich hergebracht hast. Ich mag es, auf dem Marktplatz spazieren gehen zu können. Mit Tony in die Bibliothek zu gehen. Mit Art und seinen Freunden vor dem Postamt zu reden. Ich fand es wirklich toll, den Tag mit Finley in ihrer Bäckerei zu verbringen und zu lernen, wie man süße Leckereien herstellt. All das kann ich nicht machen, wenn mich jemand mit Fragen bombardiert und jedes Mal ein Foto von mir macht, wenn ich durch die Stadt gehe.«

»Verdammt«, sagte Talon.

»Ich weiß nicht, wem ich meine Geschichte erzählen kann, aber ich vertraue dir, dass du die richtige Person findest, um es zu arrangieren. Ich will nicht, dass Cypress oder jemand anderes mir noch mehr von meinem Leben wegnimmt. Ich will vorwärtskommen, und wenn das bedeutet, dass ich ein Gespräch führen muss, dann werde ich das tun.«

Talon starrte sie einen Moment lang an, dann beugte er sich vor und küsste sie sanft. Mit einem weiteren Seufzer ließ er seine Hände von ihrem Gesicht sinken und wandte sich an Simon. »Ruf Opal an.«

Der andere Mann begann zu lachen. »Glaubst du, ich habe sie auf der Kurzwahltaste oder so?«

Talons Lippen zuckten amüsiert. »Ich schätze, es wird nicht allzu schwer sein, ihre Aufmerksamkeit zu erlangen. Schick ihr eine E-Mail, poste auf ihrer Facebook-Seite ... ich weiß nicht, irgendwas. Aber sie ist *schlau*. Sie wird wissen, wie wichtig die Sache ist. Sie wird darauf reagieren.«

»Ich werde tun, was ich kann.«

»Und je eher du es einrichten kannst, desto besser. Und wir wollen es hier machen. In Fallport. Wo Heather ein Unterstützungssystem hat.«

»Du verlangst nicht viel, oder?«, sagte Simon sarkastisch.

»Sie wird es tun«, erklärte Talon. »Und jetzt ist es schon spät. Wir sind müde und Heather braucht etwas Schlaf.«

»Stimmt. Wenn du mich fragst ... ich bin auch nicht begeistert von der Situation. Ich bin sauer, dass diese Monster jahrelang in meiner Gemeinde gelebt haben und ich nicht wusste, was direkt vor meiner Nase vor sich ging.«

»Mach dir deswegen keine Vorwürfe«, entgegnete Heather sofort. »Sie waren sehr gut in dem, was sie taten. Sie haben uns alle im Auge behalten. Sie haben dafür gesorgt, dass wir nichts verraten. Selbst wenn du in *Die Gemeinschaft* gekommen wärst, um Fragen zu stellen, hätten sie die Kinder versteckt, die du nicht sehen solltest, so wie sie es mit mir gemacht haben, und der Rest von uns hätte das gesagt, was man uns beigebracht hatte. Man hatte uns alle möglichen schrecklichen und beängstigenden Dinge darüber erzählt, was mit uns passieren würde, wenn man uns wegnimmt. Es ist nicht deine Schuld.«

Simon seufzte. »Es ist nett, dass du das sagst, aber es mildert meine Schuldgefühle nicht. Ich werde bald mit euch beiden reden. In der Zwischenzeit empfehle ich euch unterzutauchen.«

»Das hatte ich sowieso vor«, erwiderte Talon zu ihm.

Er stand auf und begleitete den Polizeichef nach draußen, und als er zurückkam, fragte Heather, bevor er etwas sagen konnte: »Was bedeutet ›mildern‹?«

Talon starrte sie einen Moment lang an, bevor er den Kopf schüttelte. »Nach allem, was du gerade gehört hast, und mit dem bevorstehenden Interview über das, was dir passiert ist, ist es das, worauf du dich konzentrierst?«

»Ich kann nicht ändern, was mit mir passiert ist. Ich kann nur vorwärtsgehen. Und ich will nicht die dumme Frau sein, die nicht versteht, was die Leute sagen.«

»Du bist nicht dumm«, entgegnete er unwirsch und kam auf sie zu.

Er setzte sich wieder neben sie auf das Sofa und nahm ihre Hände in seine.

»Also ... was bedeutet mildern?«

»Ein unangenehmes Gefühl weniger intensiv zu machen«, erklärte er.

Heather dachte einen Moment lang darüber nach und runzelte dann die Stirn. »Ich fühle mich schlecht, weil er sich schuldig fühlt. Arrow wusste, was er tat, und er war gut darin. Sehr gut.«

»Das spielt keine Rolle. Männer wie Simon und ich ... wir halten uns für sehr aufmerksam und durchschauen den Schwachsinn der Leute. Es gefällt uns nicht, wenn wir herausfinden, dass wir falschlagen.«

»Was kann ich tun, damit er sich nicht so fühlt?«, fragte Heather.

»Du kannst ein langes, glückliches Leben führen«, erklärte Talon, ohne zu zögern.

»Okay, das werde ich tun.« Sie konnte den Ausdruck auf seinem Gesicht nicht lesen. Aber bevor sie fragen konnte, woran er dachte, stand er auf und hielt immer noch ihre Hand.

»Bereit fürs Bett?«

Heather nickte. Er half ihr auf und sie gingen in Richtung seines Schlafzimmers.

Nachdem sie sich die Boxershorts, die Talon ihr geschenkt hatte, und eines seiner großen T-Shirts angezogen hatte, kroch Heather ins Bett. In jeder anderen Nacht, in der sie geschlafen hatten, war Heather auf ihrer Seite geblieben, während Talon auf seiner lag – auf der Bettdecke. Heute Nacht schlüpfte er mit ihr unter die Decke, blieb aber immer noch auf seiner Seite des Bettes. Nach dem, was sie auf dem Sofa getan hatten, wollte sie nicht mehr so weit von ihm entfernt sein. Er hatte gesagt, dass er sie mochte und dass er ihr gehörte.

Also rutschte sie rüber, bis sie an seiner Seite lag. Er fragte sie nicht, was sie da tat, und schob sie auch nicht weg, sodass Heather ihren Kopf an seine Schulter lehnte. Sie freute sich, als er seinen Arm um sie legte und sie noch näher zu sich zog.

»Ist das okay?«, flüsterte sie.

»Ja.«

»Ist das komisch? Berühren verheiratete Menschen sich im Schlaf? Ich meine, ich habe noch nie mit einem Mann geschlafen, also weiß ich es nicht.«

»Es ist nicht seltsam und ja, Menschen, die sich mögen, schlafen oft in den Armen des anderen, ob verheiratet oder nicht. Es gibt allerdings keine Regeln, wenn es ums Schlafen geht. Manche Menschen mögen es nicht, wenn andere sie nachts berühren. Sie lieben sich vielleicht trotzdem, aber sie brauchen die körperliche Nähe einfach nicht.«

»Was ist mit dir?«, fragte sie. »Stört dich das?«

»Seit ich neben dir liege, schlafe ich so gut wie schon lange nicht mehr«, bemerkte Talon leise. »Von dem Einsatz, von dem ich dir erzählt habe, hatte ich keine Albträume mehr. Ich habe das Gefühl, dass ich noch besser schlafe, wenn ich dich im Arm halte.«

»Ich auch«, erklärte Heather fröhlich. »Obwohl ...«

»Was? Was ist denn los?«, fragte Talon.

»Du bist sehr warm«, gab sie zu.

Talon entspannte sich unter ihr und lachte. »Das bin ich. Und dir ist auch nie kalt. Das muss an der vielen Zeit liegen, die du in der freien Natur verbracht hast.«

»Wahrscheinlich. Stört es dich, wenn ich mich im Schlaf wegrolle?«, fragte sie.

»Nein. Stört es *dich*, wenn ich dich trotzdem irgendwie berühren muss? Zum Beispiel, wenn ich meinen Fuß an deinen lege oder meine Hand auf deinen Rücken lege?«

Sie lächelte zu ihm hoch. »Nein.«

»Gut. Denn jetzt, da ich dich geküsst habe und deine Erlaubnis habe, dich zu berühren, glaube ich, dass ich nicht damit aufhören kann.«

Er schien immer die richtigen Worte zu finden. »Ich mag es, wenn du mich berührst. Irgendwann bringst du mir den Orgasmus bei, oder?«

Talon verschluckte sich und stieß dann ein leises Lachen

aus, das Heather an der Hand spürte, die auf seiner Brust lag. »Ja, Liebes. Obwohl ich das Gefühl habe, dass du es schnell lernen wirst, so wie du es mit allem anderen auch tust. Es macht dir wirklich nichts aus? Dass ich dich berühre?«

»Nein. Deine Berührungen sind *überhaupt nicht* wie ihre. Ich kenne den Unterschied zwischen dem, was sie getan haben, und dem, was wir vorhin auf deinem Sofa gemacht haben. Ich vertraue dir und du wirst mir nicht wehtun.«

»So ist es. Aber wenn du trotzdem irgendwann Angst hast oder nervös wirst, sag es mir. Ich werde nicht sauer sein. Ich werde nicht beleidigt sein. Wir halten inne und geben dir Zeit, um zu verarbeiten, was passiert ist, okay?«

Sie nickte ihm zu. »Ich habe es vorhin ernst gemeint, ich will ihnen nicht noch mehr von meinem Leben geben. Ich will weitermachen. Mit dir. Ich fühle nicht dasselbe, wenn du mich berührst, wie wenn sie es taten. Ich fühle ein Kribbeln in mir, wenn ich dich küsse. Meine Brust ist wie zugeschnürt, auf eine gute Art. Ich will leben, Talon.«

Er drehte den Kopf und küsste sie auf die Stirn, bevor er sie fest umarmte. »Wir machen gemeinsam weiter«, versicherte er ihr.

Sie waren eine Weile still, bevor sie fragte: »Talon?«

Sie hörte den Humor in seiner Stimme, als er sagte: »Ja?«

»War das dein Ernst? Gehörst du wirklich mir?«

»Es war mir todernst.«

»Ich habe noch nie etwas besitzen dürfen«, sinnierte sie. »Ich werde mich gut um dich kümmern, damit du nie aufhören willst, mir zu gehören.«

Sie hörte, wie ihm der Atem stockte, wagte es aber nicht, zu ihm aufzusehen.

»Ich werde mich auch gut um dich kümmern«, entgegnete er. Es klang wie ein Schwur, der Heather tief in ihrer Seele traf.

»Schlaf gut, Liebes. Wir werden jeden Tag so nehmen, wie er kommt.«

»Darf ich morgen Bristol und ihr neues Kätzchen besuchen?«, fragte sie.

»Ja.«

»Und schneidest du mir noch ein bisschen die Haare?«

»Ich könnte dich zu *A Cut Above* bringen ... die können Frauen wahrscheinlich besser die Haare schneiden«, gab er zu bedenken.

»Nein. Ich vertraue dir.«

»Okay, dann können wir das auch machen.«

»Ich glaube, mir gefällt die Länge, wie sie jetzt ist, aber vielleicht nur ein kleines bisschen kürzer.«

»In Ordnung.«

»Als ich mit Finley gesprochen habe, sagte sie, dass Khloe noch ein Kätzchen füttert, das ein Zuhause braucht.«

Ein weiteres Lachen grollte in Talons Brust. »Du willst ein Kätzchen?«

»Vielleicht?«, entgegnete sie, obwohl sie auf jeden Fall eins wollte.

»Na gut. Ich spreche morgen mit Rocky und frage ihn, ob er die Sachen besorgt, die wir brauchen, damit eine Katze sich wohlfühlt. Katzenklo, Kratzbaum, Futter, Spielzeug und so weiter.«

Heather hob den Kopf. »Wirklich?«

»Du willst das Kätzchen?«

Sie runzelte die Stirn. Sie hatte ihm bereits gesagt, dass sie es wollte. »Ja.«

»Dann werde ich morgen mit Rocky sprechen.«

Ein zufriedenes Gefühl machte sich in Heather breit. Dieser Mann war ... sie wusste es nicht. Sie wusste nur, dass sie sich noch nie so umsorgt gefühlt hatte. So geliebt.

Liebe. Liebte sie Talon? Liebte er sie? Sie war sich nicht sicher, was Liebe war. Sie hatte so lange ohne jede Art von wahrer Zuneigung gelebt. Sie wusste nur, dass sie sich in seiner Nähe sicher fühlte. Sie fühlte sich gewollt. Hübsch. Klug. Als ob sie etwas zählte.

Als sie sich an ihn schmiegte, wurde ihr klar, dass sie sich in der Nähe seiner Freunde ganz ähnlich fühlte, es war also nicht so, dass sie für Talon etwas empfand, weil er der einzige Mann war, der nett zu ihr gewesen war. Nein, bei Talon empfand sie all diese Dinge einfach viel *stärker*. Sie konnte sich nicht vorstellen, einen anderen Mann zu küssen oder mit ihm Sex zu haben. Der Gedanke daran ließ sie vor Angst zittern.

»Alles in Ordnung?«, fragte Talon schläfrig, als er spürte, wie sie sich an ihn schmiegte.

»Ich bin froh, dass *du* mich gefunden hast«, flüsterte sie.

»Ich hätte nicht aufgehört zu suchen, bis ich es getan hätte«, entgegnete er.

Kurze Zeit später wurden seine Atemzüge gleichmäßiger und sein Arm um sie entspannte sich. Er war mit Heather an sich geschmiegt eingeschlafen. Er hatte sich bei ihr verletzlich gemacht ... als gehörte er wirklich ihr.

»Er gehört mir«, sagte sie mit einem kaum hörbaren Flüstern. Sie schlief mit einem Lächeln auf dem Gesicht ein und wusste tief in ihrem Herzen, dass sie trotz all des Schlimmen, das sie durchgemacht hatte, irgendwie den Menschen gefunden hatte, der für sie bestimmt war.

Cypress Goodson las den Artikel online mit einem finsteren Gesichtsausdruck. Er wusste, dass die Schlampe sich vor ihm versteckt hatte! Alle hatten ihm versichert, dass sie bei der Jagd einen Unfall gehabt haben und dabei ums Leben gekommen sein musste. Sie konnten sich nicht vorstellen, dass eine Frau es wagen würde, einem der Männer der *Gemeinschaft* nicht zu gehorchen, schon gar nicht dem Anführer ihrer Gruppe. Nicht nach dem, was sie ihnen beigebracht hatten.

Aber tief im Inneren hatte Cypress gewusst, dass Sunset irgendwo da draußen war.

Sein Vater hatte sein Bestes getan, um ihr den Ungehorsam

auszutreiben, aber Cypress wusste, dass Arrow es nicht geschafft hatte, wenn er ihr nur in die Augen sah. Er hatte die Unzufriedenheit in ihrem Blick gesehen.

Sie war zu spät in *Die Gemeinschaft* aufgenommen worden. Daraus hatten alle ihre Lektion gelernt. Es hatte viel zu lange gedauert, bis sie ihr altes Leben vergessen und sich an ihre neue Rolle gewöhnt hatte. Deshalb nahmen sie auch keine Kinder mehr auf, die so alt waren wie Sunset. Jetzt nahmen sie nur noch Kinder auf, die höchstens vier Jahre alt waren. Sie waren leichter zu formen. Zu lehren.

Trotz ihrer wilden Ader hatte Cypress Sunset immer *begehrt*. Nachdem sein Vater es nicht geschafft hatte, sie richtig auszubilden, war Cypress überglücklich gewesen, als er nach Arrows Tod seine Chance bekam. Er hatte Sunset sofort zu seiner Frau erklärt ... und alles getan, was ihm einfiel, um zu beweisen, dass er ihren Ungehorsam nicht so dulden würde wie sein Vater.

Und trotzdem hatte die Schlampe sich vor ihm *versteckt*!

Er hatte keine andere Wahl gehabt, als sie zurückzulassen, als es Zeit war, nach Florida zu ziehen ... aber jetzt, da er wusste, dass sie noch lebte? Jetzt, da die Welt wusste, wie sehr sie ihm ungehorsam gewesen war und dass er sie nicht unter Kontrolle hatte?

Er war fest entschlossen, sie zurück in die Herde zu holen.

Er würde sie ein verdammtes Jahr lang im Strafzelt festhalten und sie nur besuchen, um zu beweisen, wem sie gehörte ... und ihr vielleicht einmal am Tag etwas zu essen bringen, wenn sie sich benahm. Wenn sie dann entlassen würde, wäre sie die perfekte Ehefrau für *Die Gemeinschaft*.

Der Umzug nach Florida war für Cypress schwierig gewesen. Er war es gewohnt, das Sagen zu haben, und nun musste er zwei frisch miteinander vereinte Gruppen mit jemand anderem gemeinsam leiten. Allerdings *hatte* er durch den Umzug sechs neue Ehefrauen bekommen, was gut war, da er seiner alten überdrüssig geworden war. Sie waren auch dabei,

Die Gemeinschaft weiter zu vergrößern, was sehr aufregend war. Im letzten Jahr hatten sie drei neue Mädchen im Alter von sechs Monaten bis drei Jahren aufgenommen. Die Dreijährige hatte er bereits zu seiner zukünftigen Frau gemacht und ihre Ausbildung verlief gut.

Es gab auch zwei neue Jungen, die später aufrechte Mitglieder der *Gemeinschaft* werden und sich ihre eigenen Frauen nehmen würden. Sie lernten bereits, dass Mädchen im Vergleich zu Männern zweitklassig waren, und zeigten in dieser Hinsicht vielversprechende Leistungen.

Jetzt war Cypress an der Reihe, eine weitere zukünftige Frau für ihre Herde zu finden. Die Mitglieder wechselten sich bei der Anwerbung neuer Mitglieder ab. Drei der Frauen aus Florida waren schwanger, was gut war, denn in Virginia waren nicht genügend Kinder in *Die Gemeinschaft* hineingeboren worden. Cypress wusste, dass diese Schlampen etwas getan hatten, um eine Schwangerschaft zu verhindern, aber seit sie nach Florida gezogen waren, hatte das irgendwie aufgehört. In der Zwischenzeit mussten sie ihre Zahl aufrechterhalten, und die ganze Tortur der Schwangerschaft dauerte viel zu lange ... deshalb war er auf dem Weg nach Norden.

Cypress wusste genau, wo er hinwollte. Er hatte in Virginia noch etwas zu erledigen. Er würde ein kleines Mädchen finden, dann würde er seine missratene Frau holen.

Sunset würde es bereuen, sich ihm widersetzt zu haben. Sie würde ihn um Vergebung bitten, wenn er mit ihr fertig war. Er würde sie an den Ort zurückbringen, an dem er sie zu seiner Frau gemacht hatte, und seine Vorherrschaft wiederherstellen. Er konnte zwei Fliegen mit einer Klappe schlagen, indem er dem neuen Kind zeigte, was ihre zukünftigen Pflichten sein würden, und gleichzeitig Sunset in die Schranken weisen.

Sie hatte ihn vor der *Gemeinschaft* blamiert. Dafür musste sie bezahlen.

Keine Frau sagte Nein zu Cypress. Jemals.

KAPITEL FÜNFZEHN

Die nächste Woche verging ohne größere Zwischenfälle zwischen Heather und der Presse. Die Journalisten waren immer noch in der Stadt, campierten dort und waren begierig auf jede Information, die sie bekommen konnten. Aber die Bürger von Fallport hatten sich tatsächlich zusammengerottet.

Sie verbreiteten falsche Gerüchte darüber, wo sie sich aufhalten könnte, um die Reporter dazu zu bringen, ihre Parkplätze rund um den Marktplatz zu verlassen. Dann wurden diese Plätze von Einheimischen besetzt, die ihre Fahrzeuge einfach stehen ließen, damit die Reporter woanders parken mussten. Die Besitzer der Geschäfte verweigerten allen Reportern den Zutritt und gingen sogar so weit, sie aus ihren Läden zu geleiten.

Alle außer Whip Johansen, dem *The Cellar* gehörte, aber da niemand Respekt vor ihm hatte und die Gäste der Billardhalle keinen Kontakt zu Heather hatten, erwartete niemand etwas anderes.

So konnte Heather ihre Bibliotheksbesuche mit Tony fortsetzen, sie und Tal hatten ein paarmal im *Sunny Side Up* gegessen, sie hatte ein langes Gespräch mit Henry Grogan über die Jahre geführt, in denen ihre Eltern in der Stadt lebten, und sie hatten sogar bei *Fall for Books* angehalten und eine ganze Einkaufstüte voller Bücher mitgenommen.

Die Möbel, die er für sie gekauft hatte, standen immer noch unbenutzt in seinem Gästezimmer. Er hatte vorgehabt, Heather ihren eigenen Raum zu geben, weil er dachte, dass er ihr nach allem, was sie durchgemacht hatte, gefallen würde, aber sie hatte noch keine einzige Nacht dort verbracht. Nicht dass er sich beschwert hätte.

Mit Heather in seinen Armen einzuschlafen war das Größte für ihn. Er hatte buchstäblich noch nie besser geschlafen. Die Albträume, die ihn so lange geplagt hatten, waren so gut wie verschwunden. Das einzige Problem war, je mehr Zeit er mit ihr verbrachte, desto mehr wollte er sie. *Alles* an ihr. Es hatte ihm fast das Herz gebrochen, als sie gesagt hatte, dass sie noch nie geküsst oder im Arm gehalten worden war. Er hätte die gewalttätigen Mistkerle, die sie entführt hatten, am liebsten auf schmerzhafte Art und Weise umgebracht.

Aber er musste darauf vertrauen, dass Simon und das FBI ihr Möglichstes taten, um Cypress und seine Anhänger in Florida zu finden. Es sollte nicht schwer sein, eine Gruppe von Männern und Frauen zu finden, die so groß war wie diese verdammte Sekte, aber es stellte sich überraschenderweise als komplizierter heraus, als Tal gedacht hatte.

In der Zwischenzeit verbrachte er so viel Zeit wie möglich mit Heather. Und mit jedem Tag, der verging, schien sie mehr und mehr aufzublühen. Neue Leute zu treffen schüchterte sie immer noch ein wenig ein, aber nach zehn Minuten oder so wurde sie immer lockerer und gewann die Herzen aller, mit denen sie in Kontakt kam.

Sie war unverwüstlich, freundlich und hatte eine entwaffnende Persönlichkeit, die die Menschen in ihren Bann zog. Die Stadtbewohner, die sich so sehr über ihre Rückkehr gefreut hatten, respektierten nun ihre Privatsphäre, stellten keine aufdringlichen Fragen und behandelten sie wie eine der Ihren.

Und so war es nicht verwunderlich, dass Heathers alte Erinnerungen langsam wieder auftauchten.

Eines Tages, als sie in *Grogan's General Store* einkauften, stand eine ältere Frau mitten in einem der Gänge. Heather blieb stehen und starrte sie mit großen Augen an. Es stellte sich heraus, dass die Frau in dem Jahr, in dem sie verschwunden war, ihre Lehrerin gewesen war. Beide Frauen weinten, als sie erkannten, wer die andere war.

Heute wollten sie sich mit Khloe in der Wohnung treffen, damit sie das letzte Kätzchen abliefern konnte, für das sie noch ein Zuhause gesucht hatte. Rocky hatte Tal mit allem versorgt, was ein Kätzchen so braucht und sich wünscht. In seiner Wohnung gab es überall Katzenspielzeug. Außerdem gab es einen Kratzbaum, vierzig Dosen Katzenfutter in der Speisekammer, einen großen Sack Trockenfutter und drei Katzenklos. Für Tal war das alles viel zu viel, aber da Rocky mit allem, was er mitbrachte, Heather zum Lächeln brachte, war ihm das egal. Er würde seine Wohnung mit Dingen für die Katze füllen, wenn es sie glücklich machte.

»Wann wollte Khloe hier sein?«, fragte Heather und unterbrach Tals Gedanken.

Er lächelte. »Gegen eins.«

»Sollen wir ihr etwas zu essen machen?«

»Entspann dich, mein Schatz. Sie wird nicht erwarten, dass wir sie zum Essen einladen. Sie kommt nur während ihrer Pause in der Bibliothek hierher.«

»Was ist, wenn sie mich nicht mag?«

»Khloe? Sie mag dich jetzt schon«, entgegnete Tal verwirrt.

»Nein, das Kätzchen«, entgegnete Heather mit einem Stirnrunzeln.

»Sie wird dich lieben«, versicherte er ihr.

»Ich wollte schon immer ein Haustier haben. Aber es war nicht erlaubt«, erklärte Heather und schaute in die Ferne.

So sehr Tal es auch hasste, von all den verschiedenen Arten des Missbrauchs zu hören, den sie erlebt hatte, sagte die

Psychologin, die sie online kontaktiert hatte, dass es ein wichtiger Teil ihrer Genesung sei, über ihre Zeit in Gefangenschaft zu sprechen ... solange sie es in ihrem eigenen Tempo tat und nicht gezwungen wurde. Tal wollte nicht, dass sie sich schämte, über die letzten zwanzig Jahre zu sprechen. »Ich kann mir niemanden vorstellen, der besser als Katzenbesitzerin geeignet wäre als du«, erklärte er ehrlich.

Zum Glück verschwand der entrückte Blick in ihren Augen, als sie sich ihm zuwandte.

»Du hast mehr Liebe zu geben als jeder andere, den ich kenne. Du saugst Zuneigung auf wie ein Schwamm und gibst sie zehnfach zurück. Dabei ist es egal, ob es sich um Tiere, Kinder oder Menschen handelt, die du auf der Straße triffst.«

»Ist das etwas Schlechtes?«, fragte sie leise.

Tal konnte sich nicht länger von ihr fernhalten. Es war für ihn körperlich unmöglich, Abstand zu halten. Wenn sie in der Nähe war, verspürte er ein tiefes Bedürfnis, sie zu berühren. Er trat näher heran und legte einen Arm um ihre Taille. Sofort legte sie ihre Hände auf seine Brust und schmiegte sich an ihn, was Tal ein zufriedenes Seufzen entlockte.

»Ganz und gar nicht«, entgegnete er. »Ich glaube, weil Liebe, Freundschaft und menschliche Berührung dir so lange verwehrt waren, holst du das jetzt nach. Und du warst auch nicht in der Lage, irgendjemandem etwas davon zurückzugeben, also tust du es jetzt im Überfluss. Ich habe keine Ahnung, wie du nach allem, was du durchgemacht hast, so verdammt freundlich sein kannst ... aber irgendwie bist du es.«

»Ich bin nicht immer freundlich. Neulich habe ich gelacht, als der Reporter gestolpert und über den Bordstein gefallen ist, als er ein Foto von uns machen wollte.«

Tal schüttelte den Kopf. »Das hatte er verdient«, erklärte er entschieden. »Sei einfach du selbst, Heather. Mach dir keine Gedanken darüber, wie du denkst, dass du dich verhalten *solltest*. Ich finde, das ist das Tolle an dir. Weil du keine vorgefassten Meinungen darüber hast, was du sagen und tun sollst, bist du viel natürlicher. Du bist offener. Du hast die letzten zwanzig Jahre nicht in den sozialen Medien verbracht und wurdest von Millionen von Fremden beeinflusst und beurteilt ... und das macht dich authentischer.«

»Naiv, meinst du«, murmelte sie und sah ihm nicht in die Augen.

»Daran ist nichts falsch«, beruhigte Tal sie. »Ich liebe es, dass alles so neu für dich ist. Was für große Augen du machst, wenn du eine von Finleys tollen Kreationen probierst. Wie sehr du dich über jedes neue Buch aus der Bücherei freust. Wie alles eine Chance für dich ist, etwas Neues zu lernen.«

»Ich möchte jemand sein, auf den du stolz sein kannst. Nicht jemand, dem du ständig beibringen musst, wie man Dinge tut, wie zum Beispiel eine Mikrowelle zu bedienen.«

»Ich *bin* stolz auf dich«, erwiderte er sofort. »Du bist unglaublich. Du könntest verbittert und gebrochen sein, aber stattdessen hältst du deinen Kopf hoch und nimmst neue Erfahrungen an. Das ist ein Wunder. *Du* bist ein Wunder.« Tal beschloss, dass er mit dem Reden fertig war, und senkte den Kopf.

Heather neigte sofort den ihren und kam ihm auf halbem Weg entgegen. Küssen war nie etwas, worüber Tal viel nachgedacht hatte. Es war einfach etwas, das man tun konnte, bevor man zu den »guten Dingen« kam. Aber nachdem er Heather in der letzten Woche bei jeder Gelegenheit geküsst hatte, hatte er seine Meinung geändert. Heather zu küssen war unglaublich intim. Es bedeutete so viel mehr als Sex mit anderen Frauen.

Sobald sie begannen, einander zu küssen, ließ Heather ihre Hände wandern. Es war eine Qual, ihre Hände auf seinem Körper zu spüren, aber er wollte, dass sie ihn erforschte. Dass sie sich bei ihm wohlfühlte. Sie schob ihre Finger unter sein Hemd und fuhr nach oben. Sie war fasziniert von seinen Brustwarzen, und so ließ sie ihre Finger unweigerlich zu ihnen wandern. Sie streichelte, kniff und schnippte. Wie immer wurden sie durch ihre Berührungen härter und sein Schwanz wurde größer.

Heather zu küssen war eine schwierige Herausforderung. Jedes Mal wenn sie ihn berührte, wollte er sie mehr. Nur mit Mühe konnte Tal seine Lippen von den ihren lösen. So sehr er auch stundenlang rummachen wollte, er wusste, dass Khloe jeden Moment hier sein würde. Und er wollte auf keinen Fall eine Erektion haben, wenn sie kam.

Heather lächelte ihn an, während sie mit ihren Daumen sanft über seine Brustwarzen strich. »Ich liebe es, dich zu berühren.«

»Und ich liebe es, wenn du mich berührst«, entgegnete er und erinnerte sich an den Abend zuvor, als sie ihn endlich davon überzeugt hatte, dass sie seinen Schwanz berühren durfte, ohne dass seine Boxershorts im Weg waren. Er war fast explodiert, als sie ihre warme Hand um seinen Schwanz gelegt hatte. Es hatte nicht lange gedauert, bis er kam, und die Art, wie sie sich über die Lippen leckte und ihn anstarrte, machte seinen Orgasmus noch heftiger.

Es ärgerte ihn, dass *er* gekommen war und sie nicht – und das gleich zweimal –, aber sie hatten darüber gesprochen und sie hatte zugegeben, dass sie beim Sex immer noch nervös war, was Tal nicht im Geringsten überraschte. Er war mehr als glücklich, sie einfach zu halten und ihr die Zeit zu geben, die sie brauchte, um zu heilen.

Es war nur eine Frage der Zeit, bis sie miteinander schlafen würden, und so nervös Tal auch war, weil er keine schlechten Erinnerungen in ihr wecken wollte, konnte er es kaum erwarten, Heather zu seiner Frau zu machen. Oder sollte er sagen, dass Heather ihn zu *ihrem* Mann machte?

Das kleine Lächeln auf ihrem Gesicht ließ Tal vermuten, dass sie sich auch an den Abend zuvor erinnerte. Sie hatte ihm beim Aufräumen geholfen und danach viel Zeit damit verbracht, seinen Schwanz mit ihren Händen und Augen zu erforschen, und erklärt, dass sie noch nie einen Penis aus der

Nähe gesehen hatte. Nachdem er das gehört hatte, konnte Tal ihr Bedürfnis, ihre Neugier zu befriedigen, nicht mehr länger ignorieren ... auch wenn es ihn wieder einmal erregt hatte.

Er hatte keine Ahnung, ob er zu schnell war oder nicht. Er wollte auf keinen Fall ihre Genesung gefährden. Vielleicht war es zu früh, mit ihm zusammenzuleben und eine sexuelle Beziehung einzugehen. Wenn er auch nur das kleinste Zögern von ihr gespürt hätte, wäre er schon längst auf die Bremse getreten. Aber ihr die Kontrolle über ihre körperliche Intimität zu geben schien ihr Selbstvertrauen zu stärken. Es verringerte ihre Angst vor einem Akt, der in der Vergangenheit immer zu klinisch, gefühllos und schmerzhaft gewesen war.

Ein Klopfen an der Tür unterbrach den intimen Moment, in dem sie sich befunden hatten.

»Sie ist da!«, sagte Heather aufgeregt und mit einem breiten Grinsen im Gesicht.

Tal beobachtete, wie sie sich von ihm wegdrehte und zur Tür eilte. Er atmete tief durch und betete, dass seine Erektion abklingen würde, bevor Khloe einen Blick auf ihn werfen konnte. Vorsichtshalber blieb er in der Küche hinter der Küchentheke stehen.

Als Heather den Raum neben der Küche betrat, hatte sie bereits ein kleines schwarzes Kätzchen auf dem Arm. Tal konnte es von dort, wo er stand, schnurren hören.

»Ich habe ihr noch keinen Namen gegeben, ich dachte, das überlasse ich dir. Ich bin so erleichtert, dass du sie nehmen willst. Sie war einsam hinter der Bibliothek ohne ihre Geschwister. Aber Bristol und Lilly konnten jeweils nur ein Tier nehmen, und ich darf keine Haustiere halten, wo ich wohne.«

Tal hörte die Sehnsucht in Khloes Stimme und zwang seine Aufmerksamkeit von Heather und dem Kätzchen weg, um sie zu betrachten.

»Sie ist auch die freundlichste von allen, deshalb dachte ich, dass sie besser als Wohnungskatze geeignet wäre. Die anderen beiden haben gern gespielt und Mäuse, Käfer und andere Tiere gejagt, aber dieses kleine Mädchen wollte nur kuscheln, wenn ich da war, um sie zu füttern. Außerdem ist sie ziemlich wählerisch, also musst du sie im Auge behalten und wenn sie nicht frisst, musst du vielleicht kreativ werden. Versuche, das Trockenfutter mit verschiedenen Marken und Geschmacksrichtungen von Weichfutter zu mischen. Bristol hat mir gesagt, dass Rocky das Futter vorbeigebracht hat, aber ich habe gemerkt, dass sie es satthat, immer das Gleiche zu fressen, und nach einer Weile die Nase rümpft. Oh, und sie schont ihr rechtes Hinterbein. Ich habe es mir angeschaut und glaube nicht, dass es etwas Ernstes ist, aber wenn es schlimmer wird und sie es nicht mehr belastet, solltest du es auf jeden Fall untersuchen lassen. Ihre Impfungen sind auf dem neuesten Stand, aber sie müssen aufgefrischt werden, wenn sie etwa ein Jahr alt ist.«

Khloes Einblicke in die Kätzchen, um die sie sich gekümmert hatte, waren tiefgründiger, als Tal gedacht hatte. Er nahm an, dass es nicht allzu ungewöhnlich war, da sie sich schon seit Wochen um sie kümmerte ... aber er hatte trotzdem das Gefühl, dass sie viel mehr über die Gesundheit von Kätzchen wusste als jemand, der nur ein paar Streuner gefüttert hatte.

»Ich habe sie zu einem Tierarzt in Christiansburg gebracht. Ich weiß, dass es nicht ideal ist, den ganzen Weg dorthin zu fahren, aber Dr. Ziegler ist ein Idiot. Ich würde nicht einmal ein Tier, das ich *hasse*, zu ihm bringen.«

Heather streichelte den Kopf des Kätzchens, starrte Khloe an und nickte zu allem, was sie sagte.

Tal war sich bewusst, dass Khloe nicht viel von dem Tierarzt in der Stadt hielt, aber als er die Vehemenz in ihrem Tonfall hörte, fragte er sich, was genau der ältere Mann getan hatte, um sich diesen Zorn zu verdienen.

»Du wirst eine wunderbare Katzenmutter sein«, sagte Khloe zu Heather. »Wie ich sehe, habt ihr schon eine Menge Sachen für Katzen, das ist toll. Ich schlage vor, dass du sie runterlässt, damit sie ein Gefühl für die Wohnung bekommt. Zeig ihr, wo das Katzenklo ist, spiel ein bisschen mit ihr und lass sie dann ein Nickerchen machen. Dies ist ein aufregender Tag für sie und ich bin sicher, dass sie bald erschöpft sein wird.«

»Vielen Dank, dass du sie mir überlassen hast«, erklärte Heather.

»Nein, ich danke dir, dass du sie haben willst. Ich muss jetzt los. Meine Pause ist vorbei und Raiden wird sauer sein, wenn ich zu spät zurückkomme.«

»Das bezweifle ich«, entgegnete Tal, der endlich hinter der Küchentheke hervorkam. Er legte einen Arm um Heather und zog sie an seine Seite, während sie sich weiter um das kleine Kätzchen kümmerte. »Ich habe gehört, dass du ihm eine große Hilfe bist. Du arbeitest immer freiwillig in der Lesehalle, du liest den Kindern vor und du bist einer der wenigen Menschen, die Duke außer Raid noch zu lieben scheint.«

Khloe lächelte. »Duke ist großartig. Er ist ein typischer Bluthund: Er frisst gern, schlabbert, schläft gern und wenn es Zeit ist zu arbeiten, kann er eine Fährte kilometerweit verfolgen.«

Da wurde es Tal klar. Khloe liebte Tiere mehr, als sie Menschen mochte.

Sie und Raiden waren sich ähnlicher, als er gedacht hatte.

»Wie auch immer, wenn du Fragen hast, kannst du mich jederzeit anrufen oder eine Nachricht schicken. Warte, hat Tal dir schon ein Handy besorgt?«

Heather nickte. »Obwohl ich es noch nicht so gut bedienen kann.«

»Das ist nicht schlimm. Tal kann sich mit mir in Verbindung setzen, wenn du etwas brauchst. Aber im Ernst, wenn du irgendwelche Fragen hast, beantworte ich sie gern.«

»Vielen Dank«, sagte Heather erneut.

Khloe lächelte sie an. »Nichts zu danken. Und ich muss

sagen ... ich bin so froh, dass du hier bei uns bist und nicht mehr allein im Wald lebst.«

»Ich auch«, entgegnete Heather schlicht.

Die beiden Frauen lächelten einander an, dann drehte Khloe sich um und ging zur Tür. »Ich finde selbst hinaus. Bis später!«

Tal hörte, wie die Wohnungstür geöffnet und geschlossen wurde, aber seine Aufmerksamkeit galt Heather und dem Kätzchen.

Sie starrte das Kätzchen ganz verzückt an und er konnte sehen, dass sie bereits ganz verliebt in das kleine Wesen in ihren Armen war.

»Was hältst du von Boots als Namen? Sie hat diese weißen Flecke an jedem Fuß, es sieht fast so aus, als würde sie Schuhe tragen.«

»Das halte ich für perfekt.«

Sie sah zu ihm auf. »Ich bin glücklich«, sagte sie einfach. »Ich glaube, ich war im Laufe der letzten zwanzig Jahre kein einziges Mal glücklich. Und jetzt habe ich einen Mann, Schuhe, Kleidung, die ich mir selbst aussuchen kann, einen warmen Platz zum Schlafen, ein weiches Bett, Nahrung, die ich nicht selbst töten muss, Freunde und jetzt auch noch ein Haustier! Hättest du mir vor einem Jahr, als ich mich vor Cypress im Wald versteckt habe, gesagt, dass ich jetzt hier sein würde, hätte ich dir ins Gesicht gelacht. Danke, dass du gekommen bist, um mich zu suchen, Talon.«

Ihm schmolz das Herz. Wenn er sie vorher nicht geliebt hatte, so war er jetzt zweifelsohne total in sie verliebt. Sie war so dankbar für Dinge, die die meisten Menschen als selbstverständlich betrachteten. Sie war durch die Hölle gegangen, aber sie war immer noch in der Lage, das Gute in ihrem Leben zu sehen. Er hätte alles für sie getan, um ihre positive Einstellung zu bewahren. »Gern geschehen«, entgegnete er mit brüchiger Stimme.

Aber sie schien nicht zu bemerken, wie sehr er von seinen

Gefühlen überwältigt war. Sie schaute wieder zu dem Kätzchen hinunter und sagte: »Hallo, Boots. Du bist jetzt zu Hause. Du bist in Sicherheit. Du kannst Talon und mir vertrauen, und wir werden dir nie etwas tun. Wie wäre es, wenn wir dir dein neues Zuhause zeigen?«

Tal stand da, atmete tief durch und versuchte, seine Gefühle unter Kontrolle zu bringen, als Heather begann, durch die Wohnung zu gehen und Boots jeden Winkel zu zeigen. Als er hörte, wie sie dieselben Worte benutzte, die er immer wieder zu ihr gesagt hatte, um das Kätzchen zu beruhigen, traf ihn das härter, als er es erwartet hatte. Er war sich nicht sicher, ob sie jemals wieder Vertrauen fassen könnte. Aber als er sah, wie sie lächelte und das kleine Kätzchen streichelte, völlig entspannt und zu Hause in seinem Reich, seufzte er erleichtert auf.

Sie würde wieder in Ordnung kommen. Ihre Entführer hatten ihr Bestes getan, um sie zu brechen. Sie wollten aus ihr ein Sexspielzeug machen, eine unterwürfige, gedankenlose und ungebildete Sklavin, die sie nach ihrem Willen beugen konnten. Aber sie hatten spektakulär versagt. Sie hatte zwanzig Jahre gebraucht, um ihnen zu entkommen, aber sie hatte es geschafft.

Er hoffte, dass er auch nur die Hälfte des Mannes sein konnte, den sie verdiente. Er würde alles tun, was nötig war, um ihrer würdig zu sein, und er würde sie nach besten Kräften beschützen und für sie sorgen. *Dafür* hatte er all die Jahre gedient. Er wollte das Böse davon abhalten, seine Frau jemals wieder zu berühren.

»Oh! Ich glaube, es gefällt ihr!«, rief Heather aus. »Komm her, Talon! Sie klettert auf das Baumding!«

Mit einem Lächeln ging Tal zu Heather hinüber, die das Kätzchen mit ehrfürchtiger Miene beobachtete. Es war ihm egal, ob seine Freunde ihn hänselten oder dachten, sie hätte ihn in der Hand. Denn es war wahr. Und damit hatte er hundertprozentig kein Problem. Er gehörte ihr. Schlicht und ergreifend.

Am nächsten Abend saß Heather neben Tony auf Talons Sofa und tat ihr Bestes, um ihm zuzuhören und ihm zu folgen, als er aus dem Buch vorlas, das er mitgebracht hatte. Sie hatte die Wohnung nicht mehr verlassen, seit Khloe Boots vorbeigebracht hatte, aber das war ihr auch egal. Sie war wahnsinnig verliebt in das Kätzchen, und als es gestern Abend auf ihrem Schoß eingeschlafen war, hatte Heather vor Freude geweint.

Sie merkte, dass Talon nicht begeistert war, als sie wollte, dass das Kätzchen bei ihnen im Bett schläft, aber er hatte nicht Nein gesagt. Er war so lieb zu ihr. Sie war noch nie von jemandem so gut behandelt worden. Er sprach nicht von oben herab mit ihr. Er hörte ihr zu, wenn sie sprach, als seien ihre Meinung und ihre Gedanken von Bedeutung. Es war aufregend, und sie wusste nicht, ob sie ihn jemals aufgeben könnte.

Sie liebte Talon.

Sie hatte ein paar Online-Sitzungen mit einer Therapeutin gehabt und das der Frau gegenüber auch zugegeben. Die Psychologin hatte ihr viele Fragen zu ihren Gefühlen gestellt, sodass Heather glaubte, die Therapeutin vermutete, dass ihre Gefühle für Talon nicht echt waren. Dass sie einfach nur dankbar für seine Hilfe war und überwältigt, weil er der erste Mann war, der ihr Zuneigung zeigte.

Aber Heather wusste, dass das nicht stimmte. Sie war dankbar für Talons Hilfe ... aber sie war auch dankbar für Simons Hilfe, und sie empfand für ihn nicht das, was sie für Talon empfand.

Heather war nicht dumm. Nicht alle Männer waren wie Cypress und die anderen in der *Gemeinschaft*. Mit Talon zusammen zu sein war kein Opfer. Ganz und gar nicht. Sie hatte gesehen, wie alle seine Freunde ihre Frauen behandelten. Genau so wie Talon sie behandelte. Sie hatte andere alleinstehende Männer in Fallport kennengelernt, aber keiner von ihnen ließ ihr Herz schneller schlagen und verursachte eine Gänsehaut auf ihren Armen, wenn er sie ansah. Und sie konnte sich nicht vorstellen, einen von ihnen zu küssen oder zu berühren.

Heather wusste, was sie fühlte. Talon gehörte ihr. Er hatte es gesagt. Sie würde ihn nicht aufgeben ... es sei denn, er entschied, dass er sie nicht mehr liebte.

Dieser Gedanke war so schmerzhaft, dass sie ihn verdrängte und ihr Bestes tat, um sich auf das Hier und Jetzt zu konzentrieren – und auf ihren Gast.

Elsie hatte gefragt, ob es in Ordnung sei, wenn Tony hier übernachten würde. Sie und Zeke wollten sich den Abend von der Arbeit in der Kneipe freinehmen und ihn gemeinsam verbringen. Talon hatte sie gefragt, ob es ihr etwas ausmachte, wenn Tony bei ihnen übernachtete, und sie hatte natürlich gesagt, dass es okay für sie sei.

Heather liebte es, in der Nähe des kleinen Jungen zu sein. Er war so anders als die Kinder, die sie aus der *Gemeinschaft* kannte. Er war neugierig, stellte eine Million Fragen und war so respektvoll zu ihr. Das war neu für sie. Sie war es gewohnt, dass alle Männer sie herumkommandierten, herablassend waren und sich generell für etwas Besseres hielten als alle anderen. Dabei spielte es keine Rolle, ob der Mann sechs Jahre alt war oder sechzig. Als Frau musste sie alles tun, was von ihr verlangt wurde, ganz gleich, wie alt der Mann war.

Tony ging immer noch jeden Tag nach der Schule in die Bibliothek, und Heather liebte es, bei ihm zu sitzen, wenn er seine Hausaufgaben machte. Sie lernte indirekt durch ihn, und das war aufregend und machte Spaß. Tony fand natürlich nicht, dass Hausaufgaben Spaß machen, also war er dankbar für ihre Hilfe.

Nach den Hausaufgaben lasen sie oft zusammen, bis es Zeit für ihn war, nach Hause zu gehen. Selbst in der kurzen Zeit, in der sie in Fallport war, hatte Heather das Gefühl, dass ihre Lesefähigkeiten sich erheblich verbessert hatten.

»Heather?«, fragte Tony und sie blinzelte, als sie merkte, dass sie gar nicht darauf geachtet hatte, was er las. Als sie das Zimmer nach Boots absuchte, sah sie, dass das Kätzchen auf dem Kratzbaum im Sonnenlicht schlief, das durch das Fenster schien. Sie konnte Talon in der Küche hören, wie er das Abendessen zubereitete.

Es hatte lange gedauert, bis sie sich daran gewöhnt hatte. Talon bestand oft darauf, selbst zu kochen und zu putzen, während sie lesen, Matheaufgaben lösen oder mit Boots spielen durfte. Es schien ihn nicht im Geringsten zu stören, dass er das tat, was die Mitglieder der *Gemeinschaft* als »Frauenarbeit« bezeichnet hätten.

»Heather?«, fragte Tony erneut, und sie lenkte die Aufmerksamkeit auf den Jungen neben ihr.

»Ja?«

»Hat es dir gefallen, im Wald zu leben?«

Heather hörte, wie alle Geräusche aus der Küche verstummten. Es schien, als ob Talon ihr Gespräch belauschte und bereit war, sich einzumischen, wenn er glaubte, dass Tony etwas fragte, das sie verärgern könnte. Das tat er ständig, und Heather schätzte das mehr, als sie sagen konnte. Oft, wenn sie in der Stadt unterwegs waren, hielt er sie davon ab, eine möglicherweise beleidigende Frage von jemandem zu beantworten.

So wie damals, als eine der Frauen, die er als notorische Klatschtanten bezeichnet hatte, sie fragte, wie sie es geschafft hatte, nie schwanger zu werden.

»Ja und nein«, antwortete sie Tony ganz ehrlich.

Er runzelte die Stirn. »Wie kann es beides sein? Ich meine, ich liebe Camping. Alles daran. Wenn ich in einem Zelt in den Wäldern leben könnte, würde ich das tun. Aber ich muss zur Schule gehen und meine Mutter mag keine Käfer und keinen Schmutz. Es würde also nicht funktionieren. Wenn ich alt bin, werde ich aber auf jeden Fall in einem Zelt leben.«

Heather lächelte über seinen Enthusiasmus und seine Blauäugigkeit. »Ich liebe die Natur und wenn ich aufwache und die Vögel zwitschern, ist das immer der schönste Teil meines Tages. Und die anderen Tiere zu sehen, die sich um ihre eigenen Angelegenheiten kümmern und ihrem Leben nachgehen, war auch großartig.«

»Hast du Bigfoot gesehen?«, fragte Tony mit großen Augen. »Ich meine, du warst lange Zeit da draußen. Zeke sagte, du hast ein ganzes Jahr lang in einer Höhle gelebt! Du musst ihn doch gesehen haben!«

»Was ist Bigfoot?«, fragte Heather, die genau wusste, wovon der Junge sprach, aber neugierig darauf war, wie er die legendäre Kreatur erklären würde. Lilly hatte ihr erzählt, dass sie nach Fallport gekommen war, um eine Fernsehsendung über die Suche nach Bigfoot zu drehen. Heather erinnerte sich daran, wie sie die Leute mit den Kameras gesehen hatte, die jede Nacht in den Wäldern herumbrüllten. Das erklärte auch, warum immer mehr Menschen in den Appalachen wanderten und warum sie Talon und seine Freunde während der vergangenen sechs Monate öfter gesehen hatte als in den Jahren zuvor.

»Du weißt nicht, was Bigfoot ist?«, fragte Tony mit großen Augen. »Er ist gigantisch! Er ist wie ein Affe, aber in menschlicher Gestalt. Er ist groß, über zweieinhalb Meter, sogar größer als Raiden! Und er ist haarig und hat riesige Füße! Er knurrt und grunzt und versteckt sich vor Menschen.«

»Oh. Du meinst Darryl?«

Tony hatte sich in seiner Begeisterung an den Rand des Sofas geschoben und starrte sie nun erstaunt an. »Du kennst seinen Namen?«, fragte er.

Heather lachte und beschloss, den armen Jungen vom Haken zu lassen. »Ich ziehe dich nur auf, Tony. Ich habe einen Werbespot im Fernsehen gesehen, in dem eine Frau mit einem Bigfoot gesprochen hat. Als sie ihm sagte, dass die Leute ihn

›Bigfoot‹ nennen, schaute er verwirrt und entgegnete: ›Aber ich heiße Darryl‹.«

Tony starrte sie stirnrunzelnd an, dann drehte er sich um und schaute in die Küche. »Tal, hast du den Werbespot gesehen?«

»Ja, Kumpel, ich habe ihn gesehen. Willst du, dass ich ihn im Internet suche und dir zeige?«

»Ja!«

Heather vergaß, dass die meisten Dinge, die sie im Fernsehen sah, auf Talons Handy abgespielt werden konnten. Mit einem kleinen Lächeln beobachtete sie, wie Tony in die Küche lief, um den Werbespot zu sehen, den Talon aufgerufen hatte.

Danach lachte der Junge und lief zurück zu Heather, die auf ihrem Platz sitzen geblieben war. Sowohl die Jungen in der *Gemeinschaft* als auch Tony liefen nur selten langsam irgendwo hin, das hatten sie alle gemeinsam. Sie waren immer ein Energiebündel und rannten hin und her.

»Das ist lustig«, informierte Tony sie mit einem breiten Grinsen. »Aber du hast wirklich keinen Bigfoot gesehen?«

Heather zuckte mit den Schultern. »Tut mir leid, nein. Rehe, Eichhörnchen, Waschbären, Opossums, Fledermäuse, Stinktiere, Truthähne, Mäuse, Spechte, Kaninchen, Schlangen, Falken, Streifenhörnchen, Füchse, Stachelschweine ... und sogar gelegentlich einen Schwarzbären.«

»Wow, wirklich?«

»Wirklich.«

»Ich will einen Bären sehen«, erklärte Tony voller Sehnsucht.

»Das wirst du sicher eines Tages«, sagte Heather zu ihm.

»Das hört sich alles toll an, aber du hast auch gesagt, dass du nicht gern im Wald lebst«, bemerkte Tony. »Warum nicht?«

»Na ja ... es war einsam«, erklärte Heather ihm ehrlich. »Ich war allein und hatte niemanden, mit dem ich reden konnte.«

Tony dachte einen Moment lang darüber nach und nickte

dann. »Ja, ich würde meine Mutter vermissen. Und meine Freunde. Und all die Jungs.«

»Und im Winter war es kalt. Ich hatte kein schönes, weiches Bett, wie ich es jetzt habe. Ich konnte nicht duschen oder baden, bis das Wetter wärmer wurde.«

Tony rümpfte die Nase. »Ich würde es nicht vermissen, nicht baden zu müssen.«

Heather lachte. »Ich habe gestunken«, flüsterte sie. »Es war nicht gut.«

Tony sah nicht überzeugt aus und Heather vermutete, dass es für einen kleinen Jungen nicht gerade abschreckend war, wenn er eklig roch. Sie fuhr fort: »Ich musste alle meine Mahlzeiten selbst finden und zubereiten. Und wenn ich keinen Fisch, kein Kaninchen oder sonst etwas fangen konnte, musste ich hungern.«

»Hattest du keine Snacks?«, fragte Tony.

»Nein.«

»Ich würde auf jeden Fall Snacks mitnehmen«, erklärte er selbstbewusst.

Heather lächelte daraufhin.

»Und Fernsehen hattest du wohl auch nicht, hm? Oder ein Handy?«, fragte Tony.

»Nein. Nichts von alledem. Ich hatte nicht mal ein Buch«, erwiderte Heather.

»Tja, das ist echt blöd«, stimmte er ihr zu und schaute auf das Buch, das er beiseitegelegt hatte. »Vielleicht kann ich, anstatt im Wald zu leben, einfach viele kürzere Campingausflüge machen«, überlegte er nach einer Minute. »Aber ich nehme auf jeden Fall Snacks und ein Buch mit. Oh, und einen warmen Schlafsack. Und vielleicht lasse ich Zeke mitkommen, damit ich mit jemandem reden kann.«

»Das klingt nach einem tollen Plan«, versicherte Heather ihm.

»Weißt du, manche Leute haben Jobs, bei denen sie die ganze Zeit im Wald arbeiten«, gab Talon zu bedenken, der aus der Küche zu ihnen kam und sich gegen die Lehne des Sofas lehnte.

»Ja, wie du und Zeke und die anderen. Ihr sucht nach vermissten Menschen.«

»Ja, aber es gibt auch Vollzeitjobs, bei denen man Geld dafür bekommt, im Wald zu sein«, erklärte er dem Jungen.

»Gibt es die wirklich?«

»Hm-hm. Es gibt Waldbrandbekämpfer, Förster, Holzfäller, Wildhüter und sogar einige Forschungsjobs, bei denen man Tiere in ihrem natürlichen Lebensraum studiert.«

»Cool«, hauchte Tony. »Ich will auch so einen Job.«

»Dann musst du unbedingt fleißig lernen, damit du schlau genug bist, um einen zu bekommen.«

»Das werde ich!« Er drehte sich wieder zu Heather um. »Soll ich weiterlesen oder kann ich mit Boots spielen?«

Sie lächelte ihn an. »Ich glaube, Boots würde gern spielen.« Sie war sich da nicht so sicher, denn das Kätzchen sah ganz so aus, als würde es gemütlich schlafen. Aber obwohl das Kätzchen erst seit gestern bei ihnen war, hatte Heather bereits gelernt, wie wichtig es war, es vor dem Schlafengehen müde zu machen, sonst hätte sie beim Einschlafen selbst ein Kätzchen im Gesicht gehabt. Oder schlimmer noch, Talon. Und obwohl es offensichtlich war, dass er die kleine Kreatur sehr mochte, wollte sie ihr Glück nicht überstrapazieren.

Nach dem Abendessen – das köstlich war; Talon hatte ihnen Cheeseburger und Kroketten gemacht – erzählte Tony, dass Silas, Otto und Art sich darüber stritten, wer von ihnen beim Schachspiel die Nase vorn hatte.

»Schach?«, fragte Heather.

»Ja, das ist alles, was sie tun. Sie sitzen da draußen, spielen Schach und tratschen«, erklärte Tony vergnügt. »Im Winter haben sie eine kleine Heizung, damit sie nicht erfrieren. Sie sitzen da draußen, egal wie kalt oder heiß es ist. Aber wenn es zu heiß oder zu kalt ist, bleiben sie zum Essen länger im *Sunny Side Up*.«

Heather lächelte. Sie spürte den Blick von Talon auf sich. Er saß neben ihr auf dem Sofa und hatte ihre Beine über seinen Schoß gezogen. Sie fühlte sich wohl, warm und zufrieden.

»Schach wird auf einem Brett mit weißen und schwarzen Feldern gespielt. Es gibt Könige und Königinnen und jede Figur hat ihre eigenen Regeln, wie sie sich auf dem Brett bewegen kann«, erklärte Tony. »Ich spiele lieber Dame, aber Zeke versucht, mir Schach beizubringen.«

Heather schluckte schwer und sagte etwas, das sie in ihrem alten Leben niemals zugegeben hätte. »Ich glaube, ich weiß, wie man es spielt.«

»Du glaubst?«, fragte Talon und neigte leicht den Kopf.

»In der *Gemeinschaft* durften nur die Männer und Jungen Spiele spielen. Aber ich habe ihnen zugesehen. Ich habe zwar noch nie Schach gespielt, aber ich glaube, ich kann es.«

»Warum durften nur Jungen spielen?«, fragte Tony.

Heather drehte sich um und sah ihn an. Er saß auf dem Boden vor dem Sofa und sah fern, aber er hatte sich umgedreht, um sie anzuschauen, als er die Frage stellte.

Sie zuckte mit den Schultern. »Weil das die Regeln dort waren.«

Talon fuhr fort, die Frage zu beantworten. »Weil sie mit Männern leben musste, die Frauen nicht respektierten. Die nicht verstanden haben, wie toll Frauen sind und dass sie genauso schlau oder sogar schlauer sind als Männer. Weil sie gewalttätige Idioten waren. Sie mussten Frauen unterdrücken, damit sie sich wegen ihrer eigenen Unzulänglichkeiten besser fühlten.«

Heather schluckte schwer. Er hatte nicht unrecht, aber irgendwie fühlte es sich komisch an, das alles zu Tony zu sagen.

Der kleine Junge nickte nur feierlich. »Dann ist es ja gut, dass sie jetzt hier bei uns ist, nicht wahr?«

»Ja, Tony. Das ist es auf jeden Fall.«

Talon drückte ihr Bein und Heather konnte nicht anders, als die Augen zu schließen und dankbar zu sein, dass sie genau da war, wo sie war. Und dass Talon ihr gehörte.

»Alles in Ordnung?«, fragte er einige Minuten später leise, nachdem Tony die Aufmerksamkeit wieder auf den Fernseher gerichtet hatte.

Sie nickte.

Talon starrte sie einen langen Moment an, bevor er ebenfalls nickte. »Vielleicht sollte ich dich mit zur Post nehmen und dich mit Art und den Jungs Schach spielen lassen.«

Heather schüttelte den Kopf. »Oh nein, ich bin mir sicher, dass sie viel besser sind als ich. Ich habe noch nie wirklich gespielt.«

»Das macht nichts. Vielleicht trittst du ihnen in den Hintern und rüttelst sie ein bisschen auf«, konterte Talon. »Obwohl es keine gute Idee wäre, wenn du dich einfach so in die Öffentlichkeit setzt. Auch wenn einige der Reporter die Stadt verlassen haben, gibt es immer noch viele, die nicht widerstehen können, Fotos zu machen oder eine Erklärung zu bekommen. Ich werde mit Sandra sprechen und sehen, ob wir das Schachbrett auf einem Tisch aufstellen können, wenn sie zum Mittagessen kommen.«

Das war eines der vielen Dinge, die Heather an Talon liebte. Er hatte immer ein offenes Ohr für sie. Er wollte sie beschützen und ihr Erfahrungen ermöglichen, die sie noch nie gemacht hatte. Sie lächelte ihn an.

Später, als sie vor dem Gästezimmer stand, beobachtete sie, wie Talon Tony in das nagelneue Bett steckte. Das Zimmer sah ein bisschen kahl aus mit nur einem Einzelbett und einer kleinen Kommode, aber ihr Blick war auf ihren Mann und den kleinen Jungen gerichtet. Dies war eine weitere neue Erfahrung. In der *Gemeinschaft* schliefen die Jungen alle im selben Zelt und es gab kein Gute-Nacht-Sagen oder irgendwelche Nettigkeiten.

Talon saß auf der Bettkante und sprach leise mit Tony. »Hattest du einen guten Tag?«

»Ja. Boots ist so süß. Und die Cheeseburger waren fantastisch. Meinst du wirklich, ich könnte einen dieser Waldjobs bekommen? Ich liebe Camping total.«

»Da bin ich mir sicher.«

»Wirst du noch mal mit mir zelten gehen?«

»Natürlich. Aber vielleicht können wir warten, bis es ein bisschen wärmer wird?«, fragte Talon.

Tony seufzte, nickte aber. »Was gibt es zum Frühstück? Können wir ins *Sweet Tooth* gehen und Zimtschnecken holen?«

Talon lachte. »Klar, Kumpel.«

»Tal?«

»Ja?«

»Ich glaube nicht, dass ich gern die ganze Zeit im Wald leben würde. Ich würde meine Mutter zu sehr vermissen. Und Zeke. Und dich.«

»Ist schon gut, das musst du nicht.«

»Glaubst du, Heather war traurig, als sie da draußen allein gelebt hat?«

Talon nahm einen tiefen Atemzug. Er wusste, dass sie an der Tür stand und zuhörte, aber er zögerte nicht, dem kleinen Jungen zu antworten. »Ich bin sicher, dass sie das war. Aber manchmal tun wir Dinge nicht, weil wir es wollen, sondern weil wir es müssen.«

»So wie ich den ganzen Weg zurück nach Fallport gefahren bin, obwohl ich wusste, dass ich großen Ärger bekommen könnte.«

»Genau so ist es.«

Heather hatte die Geschichte gehört, wie Tonys leiblicher Vater geplant hatte, den Jungen zu entführen und für Geld zu töten, und wie Tony seinen Wagen gestohlen hatte und zurück in die Stadt gefahren war, um Hilfe zu holen. Das hatte ihr das Herz gebrochen und sie gleichzeitig beeindruckt.

»Es gibt Menschen, die du im Leben triffst, von denen du

einfach weißt, dass sie außergewöhnlich sind. Menschen, die Dinge überlebt haben, die kein Mensch durchmachen sollte, und die trotzdem freundlich und liebevoll sind.«

»Wie Anne Frank. Ich meine, sie ist gestorben, aber ich habe das Gefühl, dass sie eine tolle Erwachsene gewesen wäre«, erklärte Tony.

Seine Klasse beschäftigte sich gerade mit dem Zweiten Weltkrieg und dem Holocaust, und der Junge war fasziniert von dem jungen Mädchen und dem, was sie durchgemacht hatte. Heather war genauso fasziniert, denn sie konnte sich an nichts erinnern, was sie vor ihrer Entführung über Geschichte gelernt hatte.

»Das glaube ich auch«, stimmte Talon zu. »Heather ist einer von diesen Menschen, Kumpel. Sie wurde von den Menschen, bei denen sie lebte, sehr schlecht behandelt, und trotzdem ist sie innerlich und äußerlich wunderbar.«

»Wurde sie wirklich entführt, als sie so alt war wie ich?«, fragte Tony.

»Ich fürchte ja.«

»Und sie hat keine Eltern mehr, oder?«

»Nein. Sie sind gestorben.«

»Aber ... sie hat doch uns, oder?«

»Das stimmt«, pflichtete Talon ihm bei.

»Sie ist hübsch. Mir gefallen ihre Haare«, stellte Tony fest.

»Mir auch.«

»Und sie ist wirklich klug. Als ich sie das erste Mal traf, kannte sie nicht viele Wörter. Aber jetzt kennt sie eine Menge davon.«

»Sie lernt schnell.«

»Sie sollte bleiben«, sagte Tony mit Entschlossenheit. »Du solltest sie heiraten. Zeke hat meine Mutter, und deine anderen Freunde haben alle Freundinnen und Frauen. Aber du hast keine. Sie könnte hier bei dir bleiben und ihr könnt heiraten.«

»Meinst du?«, fragte Tal.

Heather hatte das Gefühl, dass ihre Wangen knallrot

waren, aber sie konnte sich nicht dazu durchringen, von der Tür wegzugehen.

»Ja. Entweder du oder Mr. Smith aus der Schule. Aber er ist alt und macht ein komisches Geräusch, wenn er niest. Ich denke, *du* solltest es tun.«

Talon lachte. »Ich werde über deinen Vorschlag nachdenken.«

»Heißt das, du wirst es tun?«, fragte Tony.

»Es bedeutet, dass es spät ist und du etwas schlafen musst. Ich will nicht, dass deine Mutter und Zeke denken, wir hätten dich länger aufbleiben lassen«, erklärte Talon.

»Das bedeutet es nicht«, beschwerte Tony sich. »Aber okay.«

Talon beugte sich vor und küsste Tonys Stirn. »Schlaf gut, Kumpel.«

»Das werde ich. Talon?«

»Ja?«

»Ich bin froh, dass du sie gefunden und zurückgebracht hast.«

»Ich auch, Tony. Ich auch.« Damit stand Talon auf und Heather trat weiter zurück, sodass sie nicht mehr in Tonys Sichtweite war.

»Schlaf gut. Wenn du etwas brauchst, Heather und ich sind gleich am Ende des Flurs.«

»Ich weiß. Ich komme schon klar. Wenn ich vor dir aufwache, werde ich lesen. Das ist es, was Mom mich tun lässt.«

»Klingt gut. Hab dich lieb.«

»Ich hab dich auch lieb, Talon. Gute Nacht.«

Mit diesen Worten verließ Talon das Zimmer und lehnte die Tür nur an, sodass ein kleiner Spalt offen blieb. »Bist du okay?«, flüsterte er.

Heather nickte.

»Er ist ein neugieriges Kind«, stellte er immer noch flüsternd fest.

»Seine Fragen machen mir nichts aus«, entgegnete sie ehrlich.

»Gut.«

Für einen Moment hatte sie Angst, dass er auf Tonys letzte Frage zurückkommen würde. Aber er fragte nur: »Willst du noch fernsehen oder ins Bett gehen? Wir können auch noch etwas lesen, wenn du noch nicht müde bist.«

»Bett«, sagte sie, ohne darüber nachzudenken. Das Fernsehen war zwar interessant, aber manchmal auch erdrückend. Sie mochte die Stille der Nacht und dass sie nicht mit Wörtern und Musik bombardiert wurde und von Leuten, die in den Werbespots etwas verkaufen wollten.

»Klingt gut. Du gehst rein und machst dich fertig, und ich hole Boots.«

Lächelnd nickte Heather.

Als sie mit dem Zähneputzen und Umziehen fertig war, lag Talon schon mit Boots im Bett. Das Kätzchen hatte sich auf seinem üblichen Platz auf Heathers Kissen niedergelassen. Da sie immer mit dem Kopf auf Talons Schulter einschlief, brauchte sie es nicht wirklich.

Sie streichelte Boots und hörte ihm beim Schnurren zu, während Talon ins Bad ging. Als er herauskam, machte er das Licht aus und kroch auf seiner Seite unter die Decke. Er zog Heather sofort an sich und seufzte zufrieden, als sie es sich gemütlich gemacht hatte.

»Ich dachte, wir wollten lesen?«, fragte sie.

»Das können wir, wenn du willst. Ich wollte dich nur vorher kurz in den Arm nehmen.«

Dagegen konnte sie nichts einwenden.

Sie wollte mehr Küsse, aber sie war plötzlich zu müde, um sich zu bewegen. So sehr sie es auch genoss, Tony um sich zu haben, seine endlose Energie war ein bisschen anstrengend. Er stellte pausenlos Fragen und musste unterhalten werden. Auch das tat Heather gern, aber sie war die ständige Stimulation nicht gewohnt.

»Fürs Protokoll«, sagte Talon nach einem Moment, »ich halte Tonys Vorschlag für sehr gut.«

Heather verstummte, als er weitersprach.

»Ich finde auch, dass du bleiben solltest. Und ich scheine eine bessere Wahl zu sein als der arme Mr. Smith, der sich komisch anhört, wenn er niest.«

»Ich habe dich noch nicht niesen hören«, meinte Heather.

Er lachte und sie spürte, wie das Geräusch in ihr widerhallte.

»Stimmt. Aber du bist bereits hier, du kannst genauso gut bleiben. Aber egal was passiert, es gibt keinen Druck. Wenn du eine eigene Wohnung brauchst, helfe ich dir, eine passende zu finden. Wenn du dich mit anderen Leuten treffen willst, werde ich alles tun, um dich zu unterstützen, auch wenn ich jeden dieser Momente hassen werde. Niemand wird dich jemals wieder kontrollieren, Heather. Dafür werde ich sorgen. Aber damit das klar ist: Ich habe dich gern hier. Ich schlafe gern mit dir in meinen Armen ein. Ich mag alles an dir. Ich *will nicht*, dass du gehst, und ich will schon gar nicht, dass du jemand anderen küsst. Aber wenn es das ist, was du brauchst oder was du willst, werde ich dich hundertprozentig unterstützen.«

»Ich will nicht gehen und ich will auch niemand anderen küssen«, erwiderte sie leise.

»Gut.«

Die Erleichterung in seiner Stimme war deutlich zu hören.

»Morgen werde ich mit Art und Sandra sprechen und sehen, ob wir nicht eine Schachpartie für dich arrangieren können. Willst du mit mir Zimtrollen im *Sweet Tooth* holen? Oder willst du hier bei Tony bleiben?«

»Ich bleibe hier.«

»Okay. Du weißt, dass es Boots nichts ausmacht, wenn wir sie allein in der Wohnung lassen, oder?«, fragte er mit einem kleinen Lachen.

»Ja«, erklärte sie und wusste nicht, ob sie überzeugend klang.

»Schlaf gut, Liebes. Ich weiß, dass *ich* das auf jeden Fall tun werde. Ich bin platt. Tony ist ein Wirbelwind.«

»Platt?«, fragte sie.

»Tut mir leid, das ist Umgangssprache. Das bedeutet müde. Erschöpft.«

»Ich mag es, wie du sprichst«, sagte sie zu ihm. »Und ich bin auch platt.«

»Willst du eines Tages eins? Ein Kind?«, fragte er.

Heather versteifte sich an ihm. Sie hatte noch nicht viel darüber nachgedacht. Während sie in der *Gemeinschaft* lebte, hatte sie alles getan, um eine Schwangerschaft zu verhindern. Sie wollte nicht, dass ihre Tochter so behandelt wurde wie sie und die anderen Frauen, und der Gedanke, dass ihr Sohn dazu erzogen wurde, sie zu hassen oder andere Frauen und Mädchen wie Dreck zu behandeln, war ihr zuwider.

Aber jetzt, da sie frei war? Und nicht mehr in einer Höhle im Wald lebte? Nachdem sie Talon kennengelernt und gesehen hatte, wie sanft er zu ihr, zu Boots und zu Tony war ... erschien der Gedanke, ein Baby zu bekommen, nicht mehr so beängstigend.

»Schon gut«, wehrte er sofort ab, als sie nicht antwortete. »Es ist noch zu früh für mich, um so was zu fragen.«

»Ich denke schon«, platzte Heather heraus. »Aber ich weiß nichts darüber, wie es ist, Mutter zu sein.«

»Blödsinn«, sagte Talon. »Du wärst eine tolle Mutter.«

Er sagte nichts mehr, aber jetzt, da er die Frage gestellt hatte, konnte Heather nicht mehr aufhören, darüber nach-zudenken.

Er drehte den Kopf und küsste ihre Schläfe, bevor er seufzte und die Augen schloss.

In dieser Nacht träumte Heather von einem kleinen rothaarigen Mädchen, das sie in den Arm nahm und Mommy nannte. Und an ihrer Seite war Talon, der sie beide mit einem so liebevollen Blick ansah, dass Heathers Herz zu explodieren drohte.

KAPITEL SECHZEHN

Das Schachspiel konnte am nächsten Tag nicht stattfinden, aber Heather machte das nichts aus. Tal merkte, dass es ihr gefiel, mit Boots in der Wohnung zu bleiben. Er überredete sie schließlich, drei Tage später die Wohnung zu verlassen und sich mit Lilly und Ethan zu treffen. Lilly durfte wieder ihren normalen Aktivitäten nachgehen und sie trafen sich alle in Bristols Haus zu einem lauten, chaotischen Mittagessen.

Und noch mal drei Tage später brachte Talon Heather endlich ins *Sunny Side Up*, um Art und seine Freunde zu besuchen und ihre Fähigkeiten im Schachspiel auszuprobieren.

Die ersten paar Partien waren schwierig, aber sobald sie den Dreh raushatte, wie sich die Figuren bewegten, war Heather eine beeindruckende Gegnerin. Sie hatte offensichtlich sehr gut aufgepasst, wenn die Männer in der *Gemeinschaft* gespielt hatten, und das kam ihr, zusammen mit ihrer Intuition, zugute. Sie gewann kein einziges Spiel, aber beim letzten Mal war sie sehr nahe dran. Sogar Art schien beeindruckt.

Sie aßen gerade ein spätes Mittagessen und Heather schwelgte in ihren erfolgreichen Schachpartien, als Talons Telefon klingelte. Als er sah, dass es Simon war, ging er ran und hoffte, dass der Polizeichef mehr Informationen über den Aufenthaltsort von Heathers Entführern haben würde.

»Opal Williams wird morgen früh hier sein. Ich dachte, ihr könntet hier auf dem Revier reden.«

Talons Herz setzte einen Schlag aus. Das kam so unerwartet! Natürlich hatte er Simon vorgeschlagen, Opal anzurufen, um mit Heather zu reden, aber niemals hätte er damit gerechnet, dass es tatsächlich klappen würde.

»Auf keinen Fall, nicht dort«, entgegnete er sofort. Er überlegte angestrengt, wie er das Gespräch am besten gestalten konnte.

»Du hast bis morgen Zeit, dir einen besseren Ort auszudenken und Heather dorthin zu bringen. Ich bin sicher, Opals Leute werden ihr mit Make-up und so weiter helfen.«

»Eine Vorwarnung wäre nett gewesen«, beschwerte Talon sich, und die Frustration war in seiner Stimme deutlich zu hören.

»Dies *ist* deine Vorwarnung. Ich habe es eben erst erfahren. Davor wurde mir immer nur gesagt, dass es in Arbeit ist. Anscheinend hat Opal eine unerwartete Lücke in ihrem Terminkalender, sodass sie nur um diese Zeit hier sein kann. Ich dachte mir, dass du es so bald wie möglich hinter dich bringen möchtest.«

Er hatte nicht unrecht. »Gut. Ich rufe dich bald wieder an.«

»Das wird schon klappen«, entgegnete Simon in einem für ihn untypisch sanften Ton.

»Das hoffe ich«, konterte Talon und legte auf.

»Was? Was ist denn los?«, fragte Heather.

Dankbar, dass sie mit dem Essen fast fertig waren, stand er auf und hielt ihr die Hand hin.

Heather nahm sie, ohne zu zögern, und er half ihr auf die Beine. Er winkte Sandra zu und bedankte sich für das Essen, dann führte er Heather nach draußen. Es war kühl, aber nicht unerträglich kalt. Nach dem Monsterschneesturm und der damit verbundenen extremen Kälte hatten die Temperaturen sich eingependelt und waren für diese Jahreszeit eher normal.

»Talon?«, fragte sie, als er sie zu seinem Geländewagen begleitete. Als er sich umsah, entdeckte er keine Reporter, die ihm auflauerten, wofür er dankbar war. Viele hatten aufgegeben und waren dorthin zurückgekehrt, woher sie gekommen waren. Aber ein paar lauerten immer noch herum, und ab und zu kam jemand Neues in die Stadt und hoffte auf einen Knüller.

Nachdem er sie in seinen Wagen gebracht hatte und hinter das Lenkrad gestiegen war, holte Tal tief Luft und drehte sich zu ihr um.

»Was ist los? Du machst mir Angst«, bemerkte Heather.

Verdammt. Das war nicht seine Absicht gewesen. »Es tut mir leid. Ich denke nur nach. Das war Simon.«

»Hat er *Die Gemeinschaft* gefunden?«, fragte Heather.

»Nein. Ich meine, ich habe nicht gefragt. Er hat angerufen, um mir zu sagen, dass Opal auf dem Weg nach Fallport ist. Sie wird morgen früh hier sein.«

Heather blinzelte überrascht. »Wirklich?«

»Ja.«

»Okay.«

»Okay?«, fragte er.

Heather zuckte mit den Schultern. »Ja. Du hast gesagt, sie ist die Frau, der ich meine Geschichte erzählen soll, damit alle anderen mich vergessen. Ich bin bereit, das zu tun.«

Sie schaffte es immer wieder, ihn zu überraschen und zu beeindrucken.

»Du bist verärgert«, fügte sie hinzu und runzelte die Stirn. »Sollte ich das nicht tun?«

»Nein, das ist es nicht. Es ist nur so, dass du dich in letzter Zeit so gut gemacht hast. Die Therapeutin sagt, dass du dich sehr gut einlebst. Ich will nicht, dass du über alles redest und einen Rückschritt machst.«

»Ich glaube, ich *will* darüber reden«, erklärte Heather.

»Wenn jemand meine Geschichte hört, erkennt er vielleicht, ob sich andere Leute wie Arrow und Cypress in ihren Städten niedergelassen haben. Meine Eltern haben nicht überlebt, um zu erfahren, was mit mir passiert ist, um zu sehen, dass ich lebe und es mir gut geht ... aber wenn ich im Fernsehen über meine Erfahrungen spreche, könnte das *anderen* Eltern Hoffnung geben, dass ihre entführten Kinder noch irgendwo am Leben sind. Wie Simon schon sagte. Ich will nicht lügen, ich bin nervös, aber du wirst doch dabei sein, oder?«

»Natürlich. Ich würde dich so etwas nicht allein machen lassen.«

»Dann komme ich schon klar«, erklärte sie nachdrücklich.

Tal war wieder einmal beeindruckt. »Ich bewundere dich«, bemerkte er. »Du bist so verdammt stark, es ist kaum zu fassen.«

»Es geht nicht darum, dass ich stark bin«, erwiderte Heather. »Ich bin *wütend*. Arrow und *Die Gemeinschaft* haben mir so viel genommen. Ich habe zwanzig Jahre gebraucht, aber ich konnte mich befreien. Und es gibt so viele andere, die nicht so viel Glück hatten. Wir haben über die Jungen und Mädchen gesprochen, die einfach im Camp aufgetaucht sind ... woher kommen sie? Wo sind *ihre* Eltern? Ich hoffe, dass ich der Polizei helfen kann, Cypress zu finden, und dass all diese Kinder zu ihren Familien zurückkehren können.«

Tal beugte sich vor und streichelte sanft ihren Nacken. Er zog sie näher zu sich und küsste sie sanft auf die Stirn. »Das hoffe ich auch«, entgegnete er leise.

Sie saßen einen langen Moment so da, bevor er tief durchatmete und seine Hand von ihrem Nacken löste. »Wir müssen uns überlegen, wo wir das Interview machen wollen. Vielleicht können die Mädchen dir dabei helfen, etwas zum Anziehen zu finden, in dem du dich wohlfühlst. Ich muss die Jungs anrufen und ihnen sagen, was los ist. Mist, ich sollte morgen arbeiten. Ich hasse es, Harvey um einen weiteren freien Tag zu bitten, aber es lässt sich nicht ändern. Ich sollte ...«

Er hörte auf zu reden, als Heather ihre Hand auf seinen Arm legte. »Es wird schon gut gehen«, erklärte sie.

Tal atmete tief durch und nickte. Sie hatte recht. Das würde es. Und ihm entging nicht die Ironie, dass Heather diesmal diejenige war, die *ihm* das versicherte. Er schenkte ihr ein Lächeln und drehte den Schlüssel im Zündschloss.

Am nächsten Morgen war Heather nervös. Sie kannte diese Opal nicht, aber Talon hatte ihr gestern Abend eines ihrer Interviews im Internet gezeigt, damit sie sehen konnte, was wahrscheinlich passieren würde, wenn sie sich mit der extrem berühmten Fernsehmoderatorin zusammensetzen würde. In der Aufzeichnung, die sie sah, interviewte Opal einen Prinzen aus Talons geliebtem England und seine relativ neue Frau. Sie lebten jetzt in den Vereinigten Staaten und anscheinend gab es deswegen eine Menge Kontroversen. Nachdem sie sich das Ganze angesehen hatte, fühlte Heather sich besser. Opal stellte einige schwierige Fragen, aber sie war nicht unhöflich und schien ... nett zu sein.

Talon wollte das Interview in der *Chestnut Street Manor* Frühstückspension stattfinden lassen. Lilly hatte es vorgeschlagen. Sie hatte dort übernachtet, als sie zum ersten Mal nach Fallport gekommen war, als sie für die Bigfoot-Sendung als Kamerafrau arbeitete, und hatte sich mit der Besitzerin, Whitney Crawford, angefreundet. Anscheinend hatten Brock, Raid und Drew gestern den Nachmittag in der Frühstückspension verbracht und das Esszimmer in ein provisorisches Studio verwandelt. Sie halfen Whitney beim Ausräumen und Putzen und taten, was sie konnten, um sie auf den Besuch der Fernsehstars in ihrem Haus vorzubereiten.

Heather und Talon trafen an diesem Morgen gegen halb sieben in der Pension ein. Sie traf sich mit einer Produzentin und die Frau ging mit ihr einige der Fragen durch, die Opal stellen würde. Heather war froh, dass sie sich auf einige der schwierigen Themen vorbereiten konnte, über die sie sprechen würde.

Dann wurde sie in eines der Gästezimmer gebracht, wo eine Frau ihr die Haare stylte und eine andere ihr Make-up auftrug. Heather hatte noch nie Lippenstift getragen und ihr Gesicht fühlte sich komisch und seltsam schwer an, als die Frau fertig war.

Und jetzt war es so weit. Zeit, Opal zu treffen. Zeit, der Welt ihre Geschichte zu erzählen.

»Du kannst immer noch aussteigen«, erklärte Talon sanft, während er mit dem Daumen über ihren Handrücken strich. Er war nicht einen Moment von ihrer Seite gewichen. Wenn sie von der ganzen Aufmerksamkeit überwältigt war, war Talon da, um ihr zu helfen, das durchzustehen.

»Nein, ich will das machen«, erklärte sie, obwohl ihre Stimme nicht so fest war, wie sie es gern gehabt hätte.

Talon führte sie von dem ganzen Trubel weg und lehnte sich gegen eine Wand, sodass Heather mit dem Rücken zum Raum stand. Sie konnte nur ihn sehen, als er seine Hände an ihre Wangen legte und ihren Kopf nach oben neigte.

»Du wirst großartig sein«, versicherte er ihr sanft. »Die Welt wird einen Blick auf dich werfen und Cypress und alle anderen, die es gewagt haben, dich zu verletzen, persönlich zur Strecke bringen wollen.«

Heather legte ihre Hände auf Talons Schultern und packte sein Hemd ganz fest.

»Du siehst wunderschön aus. Aber du solltest wissen ... das Make-up, die Kleidung und die Frisur sind nett ... doch ich fühlte mich schon zu dir hingezogen, als ich dich das erste Mal in der Höhle sah. Du hattest zerzauste Haare, Schmutz im Gesicht und trugst meine Klamotten, die an deinem kleinen Körper hingen. Ich fühlte mich nicht wegen deines Aussehens zu dir hingezogen, sondern wegen deines Kampfgeistes. Du hättest schon vor langer Zeit aufhören können, es zu versuchen. Dich den Umständen ergeben. Aufgeben. Aber das hast du nicht. Du hast weitergekämpft, auch wenn es wehgetan hat. Selbst als alles hoffnungslos schien. Das ist die Heather, in die ich mich verliebt habe. Geh heute da raus und sei du selbst. Hab keine Angst, die Wahrheit zu sagen. Hier bist du sicher. Beschützt.«

»Ich kann dir vertrauen und du wirst mir nicht wehtun«, flüsterte Heather. Wie oft hatte sie diese Worte schon zu sich selbst gesagt? Öfter als sie zählen konnte. Sie waren ein Rettungsanker für sie gewesen. Und selbst wenn sie ihm noch nicht ganz vertraute, klammerte sie sich bereits an sein Versprechen.

»Diese Worte sind heute noch genauso wahr wie damals, als ich sie zum ersten Mal gesagt habe«, schwor er.

»Du bist in mich verliebt?«, fragte sie leise, als ihr klar wurde, was er gerade gesagt hatte.

»Ja.«

Ein Wort. Einfach und auf den Punkt gebracht.

Sie lächelte ihn an. »Ich glaube, ich habe mich auch in dich verliebt«, gab sie zu.

Er verzog die Lippen zu einem Lächeln und sie konnte das Grübchen in seiner Wange durch seinen gestutzten Bart hindurch sehen. »Es ist an der Zeit. Du schaffst das.«

Heather nickte und schloss die Augen, als Talon den Kopf senkte. Er küsste sie ganz sanft, und obwohl sie das Gefühl seiner Lippen auf ihren liebte, war ihr das plötzlich nicht mehr genug. Sie wollte alles von diesem Mann. Er hatte ihr schon so viel über Sex und Intimität beigebracht, und sie war bereit, sich von ihm alles zeigen zu lassen.

»Heather?«, fragte eine melodiöse Stimme hinter ihnen.

Sie drehte sich um, immer im Bewusstsein, dass Talons Hand auf ihrem Rücken lag, und sah eine wunderschöne dunkelhäutige Frau hinter ihnen stehen. Sie erkannte sie aus der Sendung, die sie am Tag zuvor gesehen hatte. »Hallo«, sagte sie etwas schüchtern.

»Ich bin Opal Williams«, sagte die Frau und hielt ihr die Hand hin. »Es ist schön, dich kennenzulernen.«

»Es ist auch schön, dich kennenzulernen«, entgegnete Heather.

»Ich bin so froh, dass es dir gut geht.«

»Ich auch«, stimmte sie zu.

Opal verzog ebenfalls amüsiert die Lippen. »Ich glaube, wir werden uns gut unterhalten. Manchmal sind die Leute so überwältigt davon, mich zu treffen, dass sie sich verkrampfen. Ihnen fällt nichts ein, was sie sagen könnten.«

Heather zuckte mit den Schultern. »Ich weiß, dass du berühmt bist, aber ich durfte die letzten zwanzig Jahre nicht fernsehen, also bist du für mich ... nur ein Mensch wie jeder andere.«

Daraufhin wurde Opals Lächeln noch breiter. »Das bin ich auch«, stimmte sie zu.

»Und Talon wollte nicht, dass ich etwas tue, das mich dumm aussehen lässt, oder mit jemandem spreche, der mich verletzen würde, deshalb habe ich zugestimmt, mit dir zu reden. Das, und weil ich will, dass hier alles wieder normal wird. Ich will ins *Sweet Tooth* gehen, ohne Angst haben zu müssen, dass jemand mit einer Kamera hinter einem Wagen hervorlugt. Oder ins *Sunny Side Up* gehen, ohne dass mich jemand von der anderen Seite des Raumes mit Fragen bombardiert. Alle sagen, wenn ich mich von dir interviewen lasse, kann ich wieder die langweilige alte Heather Brown sein.«

»Ich glaube nicht, dass du jemals langweilig sein könntest«, bemerkte Opal. Dann drehte sie sich um und gestikulierte zu jemandem hinter ihr. Eine andere Frau kam auf sie zu. »Damit du bei unserem Gespräch nicht überrumpelt wirst, das ist Lilac Lee.«

Heather nickte der anderen Frau höflich zu.

»Sie wurde im Alter von einundzwanzig Jahren entführt und elf Jahre lang festgehalten.«

Heather atmete scharf ein und starrte die Frau vor ihr mit

großen Augen an. Sie war älter als Heather, aber sie sah gesund aus. Und glücklich. Sie hatte Tattoos auf den Armen und auf der Brust, die aus dem V-Ausschnitt des Kleides, das sie trug, hervorlugten. Sie hatte kurzes dunkles Haar, das fast denselben Rotbraun-Ton hatte wie ihr eigenes. Außerdem hatte sie ein Piercing in der Lippe und in der Augenbraue. Heather hatte noch nie jemanden wie sie gesehen.

»Hallo«, sagte Lilac und hielt ihr die Hand hin.

Heather schüttelte sie und leckte sich nervös über die Lippen. Diese Frau sah so ... normal aus. Sie wusste ein wenig über ihre Geschichte und obwohl sie entführt wurde, als sie schon erwachsen war, hatte sie in dem Haus, in dem sie festgehalten wurde, genauso gelitten, wenn nicht sogar mehr als Heather.

»Wenn du möchtest, würde ich gern mit dir reden, sobald dein Interview vorbei ist.«

Heather nickte sofort. Sie hatte so viele Fragen an diese Frau.

Sowohl Opal als auch Lilac wandten sich ab und Talon beugte sich zu ihr herunter. Sie spürte, wie sein Bart ihre Wange berührte, bevor er flüsterte: »Ich wusste nicht, dass sie hier sein würde. Ist alles in Ordnung mit dir?«

Heather nickte und drehte sich um, um ihn anzusehen. Sie schätzte seine Unterstützung mehr, als sie ausdrücken konnte. Sie erinnerte sich daran, wie Lilly ihr gesagt hatte, dass Talon ein Mann sei, der geboren wurde, um sich um eine Frau zu kümmern, und sie war so dankbar, dass sie diese Frau war.

Die Produzentin gab ihr ein Zeichen, nach vorn zu kommen und sich auf das kleine Sofa vor den vielen Lichtern zu setzen, die aufgestellt worden waren. Talon küsste sie auf die Schläfe, dann hob sie ihr Kinn und ging auf das Sofa zu.

Drei Stunden später war Heather geistig und seelisch erschöpft. Sie war so müde, wie sie es sonst nur nach tagelangen Jagden war. Es war seltsam, denn diese Tage fühlten sich an, als seien sie schon so lange her, aber in Wirklichkeit war es noch nicht einmal einen Monat her, dass sie in dieser Höhle im Wald gelebt hatte.

Opal hatte ein paar schwierige Fragen gestellt, aber als sie Talon hinter den Scheinwerfern und Kameras stehen gesehen hatte, hatte er ihr den Mut gegeben, jede Frage ganz ehrlich zu beantworten. Es war nicht leicht, aber als alles vorbei war, fühlte sie sich ... leichter. Als ob ihre Erfahrungen und alles, was sie durchgemacht hatte – wie sie sich gefühlt hatte, als sie im Strafzelt gefesselt war, als sie ohne ihre Zustimmung zur Ehefrau erklärt worden war, als sie die schreckliche Entscheidung getroffen hatte, sich im Wald zu verstecken, als *Die Gemeinschaft* ihre Sachen zusammenpackte, um umzuziehen ... und warum sie nicht schon früher versucht hatte, wegzulaufen – nun wirklich vorbei wären.

Als das Licht ausgeschaltet war und die Kameras nicht mehr liefen, kam Opal auf Heather zu und fragte: »Darf ich dich umarmen?«

Heather nickte und schloss die Augen, als die ältere Frau ihre Arme um sie legte. Sie roch nach einem teuren Parfüm und ihr Haar kitzelte Heathers Wange, aber abgesehen von Talons Umarmung war es eine der besten, die sie je bekommen hatte. Sie hatte sich völlig geöffnet. Sie hatte Dinge erzählt, die sie noch nie jemandem erzählt hatte, nicht einmal Talon. Und trotzdem respektierte Opal sie nach wie vor. Sie mochte sie immer noch. Es war ein berauschendes Gefühl.

Opal zog sich zurück, legte ihre Hände auf Heathers Schultern und starrte sie einen langen Moment an, bevor sie entschieden nickte. »Du kommst wieder in Ordnung.« Dann verabschiedete sie sich und ging zur Zimmertür, die Produzentin die ganze Zeit an ihrer Seite.

Als sie sich umdrehte, blinzelte Heather überrascht. Hinter Talon standen Lilly und Ethan. Und alle anderen auch. Elsie, Zeke, Bristol, Rocky, Caryn, Drew, Finley, Brock, sogar Khloe und Raid waren da. Duke lag schlafend auf dem Boden und bekam von dem ganzen Trubel um ihn herum nichts mit.

Heathers Augen füllten sich mit Tränen. »Was ... ihr seid alle gekommen?«, stotterte sie.

»Natürlich sind wir gekommen!«, rief Caryn aus, als sie auf Heather zuging und sie fest umarmte.

»Dachtest du, wir würden nicht kommen? Freunde halten zusammen«, bemerkte Finley leise.

»Außerdem ist es *Opal*!«, erklärte Elsie, und die Aufregung war in ihrer Stimme deutlich zu hören.

Alle lachten.

»Nicht weinen«, befahl Lilly. »Wenn du anfängst, werden wir alle heulen.«

Es war schwer, sich an so viel Unterstützung zu gewöhnen, nachdem sie so lange auf sich allein gestellt war. Sie machte den anderen Frauen in der *Gemeinschaft* keinen Vorwurf mehr, weil sie so waren, wie sie waren. Sie waren alle darauf konditioniert worden, nicht miteinander zu reden. Keine Freundschaften zu schließen. Die Angst davor, was mit ihnen passieren würde, wenn sie jemandem zu nahe kämen, war zu real.

Sie mussten alle überleben, so gut es eben ging.

Eine Bewegung auf ihrer linken Seite ließ Heather aufmerken, und sie sah, dass Lilac sie mit einem kleinen Lächeln im Gesicht beobachtete.

»Lasst ihr mich einen Moment allein?«, fragte Heather, denn sie wollte nicht, dass jemand beleidigt war, wenn sie ging, um mit Lilac zu reden.

»Natürlich. Nimm dir so viel Zeit, wie du brauchst«, entgegnete Bristol. »Whitney hat ein spätes Mittagessen für uns zubereitet, aber wir müssen warten, bis alle Kameras, Lichter und anderes Zeug weggeräumt sind, bevor wir den Tisch wieder reinbringen und essen können.«

»Heather?«

Sie sah zu Talon auf und wusste, was er wissen wollte, ohne dass er es sagte. »Mir geht es gut. Ich möchte nur kurz mit ihr reden.«

»Okay. Wenn du mich brauchst, ich bin hier.«

»Ich weiß.« Und das tat sie wirklich. Talon war ihr Fels in der Brandung.

Sie war nervös, mit der anderen Frau zu sprechen, aber sie atmete tief durch und ging zu ihr hinüber. »Hallo«, grüßte sie sie, als sie sich der Frau näherte.

»Dir auch hallo«, entgegnete Lilac mit einem einladenden Lächeln. Der Ring in ihrer Lippe war gewöhnungsbedürftig, aber sie war so freundlich, dass Heather ihn schnell vergaß.

»Es tut mir leid, was mit dir passiert ist«, erklärte sie.

»Es tut mir leid, was *dir* passiert ist«, konterte Lilac. »Aber wenn ich mir deine Geschichte anhöre und sehe, wie sehr du unterstützt wirst, dann bin ich mir sicher, es wird alles gut.«

Ihre aufbauenden Worte sorgten dafür, dass Heather sich besser fühlte. »Darf ich dich etwas fragen?«

»Du kannst mich alles fragen, was du willst«, sagte Lilac.

»Ich wusste bis heute nicht viel über deine Geschichte. Bis Opal davon erzählt hat. Sie sagte, du hast geheiratet?«

Lilac nickte. »Ja. Ich habe ihn durch Freunde kennengelernt und wir haben auf den Tag genau drei Jahre nach meiner Rettung geheiratet.«

»Das ist großartig.«

Lilac legte den Kopf schief und lächelte leicht. »Was willst du *wirklich* wissen?«, fragte sie sanft.

»Ich ... woher wusstest du ... nach dem, was passiert ist ... warst du nervös?« Heather wusste, dass sie es vermasseln würde, aber sie wusste nicht, wie sie die richtigen Worte finden sollte.

»Ja und nein«, antwortete Lilac. »Ich war nervös, weil ich ihn wirklich mochte und wollte, dass er mich auch mag. Ich hatte Angst, dass er nicht darüber hinwegsehen kann, was mir passiert ist. Dass ich immer das arme Mädchen sein würde, das entführt und über ein Jahrzehnt lang als Geisel gehalten wurde. Aber es fühlte sich *richtig* an, in seiner Nähe zu sein. Ich fühlte mich sicher. Er ließ mich nie anders fühlen. Für ihn ... war ich einfach Lilac.«

Mit jedem Wort aus dem Mund der anderen Frau entspannte Heather sich. Genau so fühlte sie sich, wenn sie in Talons Nähe war.

»War es schwer ... habt ihr Sex?«, platzte sie heraus und bereute es sofort, diese Frage gestellt zu haben.

»Ja«, antwortete sie mit einem Lächeln. »Und es war überhaupt nicht schwer, sich in ihn zu verlieben. Was der Mistkerl, der mich entführt hat, getan hat, war etwas völlig anderes als die Liebe zu meinem Mann ... meinem damaligen Freund. Es war ein Unterschied wie Tag und Nacht. Ich will nicht behaupten, dass es immer einfach ist und dass ich keine schlechten Tage habe, an denen mich die Erinnerungen überwältigen, aber niemals, wenn ich mit meinem Mann zusammen bin.

Ich habe mich entschieden, kein Opfer zu sein. Ich will nicht zulassen, dass er den Rest meines Lebens ruiniert. Ich bin eine Überlebende, und mit meinem Mann bin ich stärker. Wir haben einen kleinen Jungen adoptiert und meine Familie ist das, was mir Halt gibt. Wenn du dich fragst, ob es falsch oder seltsam ist, dass du dich zu dem gut aussehenden Mann hingezogen fühlst, der dich im Laufe der letzten drei Stunden nicht aus den Augen gelassen hat ... das ist es nicht. Lebe dein Leben, Heather. Liebe. Lache. Lass dich von diesen Mistkerlen nicht davon abhalten, dich zu verlieben, Kinder zu bekommen und das alles hinter dir zu lassen.«

Ihre Worte *befreiten* Heather auf eine Weise, wie nichts anderes es vermocht hatte. Sie liebte Talon. Es fühlte sich nicht zu früh an, aber sie hatte Angst, dass sie verurteilt würde. Dass es irgendwie abnormal sei, mit einem Mann zusammen sein zu *wollen* nach dem, was ihr passiert war. Als Heather hörte, dass Lilac glücklich war und ein normales Leben führte und jetzt verheiratet war, nachdem sie so schrecklich misshandelt worden war, fühlte sie sich gleich viel besser.

Die beiden Frauen umarmten sich lange und innig. »Willst du mit uns essen?«, fragte Heather.

»Danke, aber nein. Ich fahre jetzt nach Hause. Mein Sohn hat morgen eine Geburtstagsparty, nicht seine, sondern die eines Freundes, und wir müssen noch ein Geschenk für ihn besorgen, das er mitbringen soll. Außerdem vermisse ich meinen Mann sehr.«

Heather verstand. »Okay. Es war schön, dich kennenzulernen.«

»Geht mir auch so. Du bist jetzt Mitglied in einem ausgewählten Klub«, erklärte Lilac feierlich. »Es ist kein Klub, in dem man eigentlich sein möchte, aber so ist es nun mal. Wenn du irgendetwas brauchst, ich meine wirklich, egal *was* ... zum Reden, zum Weinen, um dich über die Ungerechtigkeit des Lebens auszulassen ... dann lass es mich wissen. Du bist nicht allein. Es gibt einige von uns da draußen, Frauen, die entführt und monatelang oder jahrelang als Geiseln gehalten wurden und überlebt haben, um davon zu erzählen. Wenn du bereit bist, kann ich dich mit anderen wie uns in Kontakt bringen.«

»Ich ... ich glaube, das würde mir gefallen«, entgegnete Heather.

»Gut. Pass auf dich auf ... und hab keine Angst vor dem *Leben*.«

Damit lächelte Lilac Heather an und folgte einem Mann, der eine große Lampe trug, aus dem Raum. Noch bevor Heather sich wieder zu ihren Freunden umdrehte, war Talon da.

Er starrte sie einen Moment lang an, bevor er lächelte. »Du siehst ... entschlossener aus.«

»Das bin ich«, stimmte sie zu. »Außerdem habe ich Hunger.«

»Dann besorgen wir dir besser was zu essen«, erklärte er leichthin.

An der Erleichterung, die Heather auf seinem Gesicht sah,

erkannte sie, wie gestresst er wegen ihres Interviews gewesen war. Er hatte sich Sorgen um sie gemacht, und das sah man.

Wie sie so viel Glück hatte, dass dieser Mann sie gefunden hatte, wusste sie nicht. Aber sie war dankbar. Er gehörte jetzt ihr ... er hatte es gesagt. Und sie wollte ihm zeigen, wie viel er ihr bedeutete. Aber zuerst wollte sie sich in der Gesellschaft ihrer Freunde vergnügen.

Leben ... wie Lilac es vorgeschlagen hatte.

Heather machte sich nichts vor. Sie wusste, dass sie nach der Ausstrahlung ihres Interviews mit einem weiteren Ansturm von Leuten konfrontiert sein würde, die mit ihr reden und Interviews haben wollten ... genau wie kürzlich, als bekannt wurde, dass sie nach all den Jahren gefunden worden war. Aber sie war sich ziemlich sicher, dass die Bürgerinnen und Bürger von Fallport sie unterstützen und beschützen würden, so wie sie es bisher getan hatten.

Wenn sie für eine Weile drinnen bleiben musste, dann war das eben so. Damit konnte sie umgehen. Whitney Crawford hatte ihr sogar angeboten, sie zu unterrichten, und Heather wollte das Angebot unbedingt annehmen. Es gab so viel, was sie lernen wollte. Sie wollte, dass Talon stolz auf sie war, aber vor allem wollte sie Dinge wissen, die für die meisten Erwachsenen selbstverständlich waren.

Mit einem guten Gefühl lehnte Heather sich an Talon, als er mit seinem Arm ihre Taille umfasste. Er beugte sich zu ihr hinunter, küsste sie und half dann den anderen Jungs, den großen Tisch zurück in den Raum zu tragen, damit sie essen konnten.

Vier Tage später wurde das Opal Williams Special ausgestrahlt.

Cypress Goodson saß in einem Hotelzimmer in einer Kleinstadt in North Carolina und überlegte, wie er seine nächste Frau bekommen könnte, die er heute in einem

Kindergarten gesehen hatte und der er nach Hause gefolgt war.

Zur besten Sendezeit sah er sich plötzlich mit Sunset konfrontiert, die über ihre Zeit in der *Gemeinschaft* berichtete. Sie verriet alle ihre Geheimnisse im nationalen Fernsehen. Seine Hände zitterten vor Wut, als er nach der Fernbedienung griff, um die Lautstärke aufzudrehen.

Was ihm zuerst auffiel, als er sie auf dem Bildschirm sah, war, dass sie sich die Haare geschnitten hatte.

Sunset *wusste*, dass das gegen die Regeln war. Frauen sollten sich *niemals* die Haare abschneiden, und doch konnte die ganze Welt sehen, wie sie die Hälfte ihrer Haarpracht verloren hatte. Erinnerungen daran, wie er in die dicken Strähnen gewichst hatte, wie seine Wichse noch Stunden später da war und sie als sein Eigentum kennzeichnete, schwirrten durch sein Gehirn.

Sie würde dafür *bezahlen*, dass sie sich ihm widersetzt hatte.

Hass durchströmte seine Adern, als Sunset sich darüber beschwerte, wie sie behandelt worden war. Sie erzählte der Welt vom Strafzelt, von den Kindern, die plötzlich im Lager aufgetaucht waren, und davon, wie viele Ehefrauen jeder Mann hatte.

Cypress wusste ohne Zweifel, dass sein Leben sich gerade verändert hatte. Es würde ihn nicht wundern, wenn die neue *Gemeinschaft* in Florida innerhalb einer Woche gestürmt und aufgelöst werden würde.

Es war kein Zufall, dass er jetzt nicht bei den anderen zu Hause war – er war dazu bestimmt zu überleben. Um die erste seiner vielen neuen Frauen zu beschaffen und auszubilden.

Wenn er an das kleine rothaarige Mädchen dachte, das er heute gesehen hatte, musste er lächeln. Sie war perfekt ... nur eines von viel zu vielen Pflegekindern in einem überfüllten, heruntergekommenen Heim. Keiner würde sie vermissen. Sie war entbehrlich, wie alle Kinder, die sie im Laufe der Jahre aufgenommen hatten.

Sunset war eines der ersten, die sie aufgenommen hatten ... und das am schwierigsten zu erziehende. Viele Schläge und mehr Zeit im Bestrafungszelt als alle anderen machten sie schließlich gehorsamer. Aber sie war nie völlig unterwürfig. Trotz der Konsequenzen stellte sie immer wieder Fragen, auch wenn Cypress sie härter bestrafte, als Arrow es je getan hatte.

Nach Sunset hatten sie sich nur noch Kleinkinder oder Babys geschnappt. Kinder, die sich nicht an das Leben vor der *Gemeinschaft* erinnern konnten. Es dauerte länger, bis sie alt genug waren, um als Ehefrau beansprucht zu werden, aber das ließ sich nicht ändern.

Jetzt war Cypress auf sich allein gestellt, und das wusste er. Er konnte nicht zurück nach Florida gehen, nicht mit all den Informationen, die Sunset in ihrem Interview ausgeplaudert hatte.

Aber das machte nichts. Er würde das Mädchen, das er heute gefunden hatte, mitnehmen und neu anfangen.

Und nicht nur das: Er würde trotzdem nach Fallport zurückkehren ... gerade lange genug, um Sunset zu zeigen, dass er immer noch das Sagen hatte. Dass sie nie frei von ihm sein würde. Er wollte sie dazu bringen, sich ihm noch einmal zu unterwerfen. Und welcher Ort wäre besser geeignet, sie dazu zu zwingen, zu akzeptieren, dass sie immer ihm gehören würde, als der Ort, an dem alles angefangen hatte?

Je mehr er über den Plan nachdachte, desto besessener wurde er. Es war riskant, ja, aber er würde es vermeiden, mit jemandem in der Stadt zu sprechen. Er würde eine Verkleidung tragen, um sicherzugehen, dass er nicht erkannt wurde. Er würde dorthin zurückkehren, wo *Die Gemeinschaft* all die Jahre gediehen war und wo sein Vater ihm beigebracht hatte, dass Männer den Frauen in jeder Hinsicht überlegen waren.

Niemand würde von ihm erwarten, dass er so verrückt war zurückzukehren, zumal die Stadt Fallport jetzt im Zentrum des Interesses stand. Aber er würde nicht lange dort bleiben ...

Gerade lange genug, um mit der Ausbildung seiner neuen

Sunset zu beginnen und der Schlampe im Fernsehen zu zeigen, dass sie nichts als Abschaum war.

Das war sie immer gewesen und würde sie immer sein.

Zufrieden mit seinen Plänen, grinste Cypress. Er hörte nicht einmal mehr, was Sunset im Fernsehen sagte. Stattdessen dachte er daran, wie aufregend es sein würde, seine zukünftige Frau auf dem Boden seines Wagens kauern zu sehen. Wie sie alles tat, was er ihr auftrug, sobald er es ihr sagte. Sie würde es lernen. Sie lernten alle. Und diejenige, die es nicht getan hatte?

Sie würde sterben und es bereuen, dass sie sich nicht wie die anderen unterworfen hatte.

Keine Frau sagte Nein zu Cypress Goodson.

Sunset Meadowblossom war es nicht erlaubt, ein glückliches Leben zu führen. Sie hatte sich ihm widersetzt, sich vor ihm versteckt, und jetzt hätte sie ihm genauso gut ins Gesicht spucken können. Diese Art von Unverschämtheit durfte nicht toleriert werden. Nachdem er ihr gezeigt hatte, wer der Boss war, und nachdem sie sich entschuldigt und ihm ihre Loyalität geschworen hatte, würde er ihr den Garaus machen. Ein für alle Mal.

Dann würden er und seine neue Sunset Meadowblossom glücklich bis ans Ende ihrer Tage leben, weit weg von Fallport, Virginia. Vielleicht würde er nach Idaho gehen. Oder nach North Dakota. Oder nach Montana, wo es nur wenige Menschen gab. Er würde sich von den Städten fernhalten. Genügend Frauen sammeln, die ihm dienten, damit er ein bequemes Leben führen konnte.

Cypress schaltete den Fernseher aus und löschte das Licht neben dem Bett. Er konnte hören, wie zwei Leute im Zimmer neben ihm Sex hatten, und die lauten Geräusche machten ihn an. Er ließ eine Hand an seinem Körper hinuntergleiten, während er sich vorstellte, wie diese Schlampe um Vergebung bettelte. Um ihr Leben bettelte. Aber am Ende würde sie die Konsequenzen dafür ernten, dass sie Nein zu ihm gesagt hatte. Oder *jemals* zu irgendeinem Mann.

KAPITEL SIEBZEHN

Es waren sieben Tage vergangen, seit Heathers Interview ausgestrahlt worden war, und mit jedem Tag, der verging, schien sie mehr und mehr aus sich herauszugehen. Tal hatte sich Sorgen gemacht, dass das Interview sie zurückwerfen würde. Sie traumatisieren würde. Aber stattdessen schien sie glücklicher und fröhlicher als je zuvor zu sein.

Es war Ende Februar, und obwohl eine Kaltfront durch die Gegend zog und ein wenig Schnee mitbrachte, schien Heather wie ein Sonnenschein und verbreitete eine Wärme in seinem Leben, wie Tal sie noch nie erlebt hatte.

Das Such- und Bergungsteam hatte nicht viel zu tun, was Tal sehr recht war. Er war sich sicher, dass die Bigfoot-Jäger im Frühling wieder auftauchen würden, aber im Moment begnügte er sich damit, morgens im Friseursalon zu arbeiten und Heather nachmittags herumzufahren.

Bevor seine Schichten begannen, setzte Tal Heather bei Whitneys Frühstückspension ab, wo sie die Vormittage damit verbrachte, all die Dinge zu lernen, die sie in der Schule hätte lernen sollen. Ihr Leseverständnis verbesserte sich in erstaunlichem Tempo. Zurzeit hatte sie das Fach Geschichte und lernte alles über den Bürgerkrieg und die Ereignisse in Pompeji.

An den Nachmittagen war Heather mit ihren neuen Freunden beschäftigt. Den einen Tag verbrachte sie mit Finley in der Bäckerei, den nächsten mit Bristol, während sie eine weitere Glasmalerei anfertigte. Lilly war wieder zur Arbeit gegangen und Heather half ihr, als sie Fotos von der Softballmannschaft der Fallport Highschool machte.

Sie war sogar mit Caryn zu einem der Treffen der Jugendfeuerwehr gegangen, was dazu geführt hatte, dass Tal abends neben ihr auf dem Sofa saß, während sie sich ein Feuerwehrvideo nach dem anderen ansah.

An einem anderen Nachmittag hatte Heather Elsie bei einer ihrer Schichten im *On the Rocks* begleitet. Sie hatte an diesem Abend zugegeben, dass sie es nicht wirklich genossen hatte, den ganzen Tag auf den Beinen zu sein, aber *dass* sie es genossen hatte, so viele Leute zu treffen.

Ja, seine Heather war wie eine Blume, die aufblüht, nachdem ihr die Sonne zu lange vorenthalten wurde. Alles war faszinierend und interessant für sie, und fast jeder, den sie traf, war respektvoll. Nur ein paar Leute hatten versucht, sie zu fragen, was sie durchgemacht hatte, aber sie wurden immer von anderen, die in der Nähe standen, abgewiesen.

Tal war so stolz auf sie. Es gab Zeiten, spät in der Nacht, wenn sie in seinen Armen lag, in denen sie sich eingestand, dass sie Angst hatte. Sie machte sich Sorgen um die Zukunft, ob sie einen Job finden würde, da sie nicht einmal einen Highschool-Abschluss hatte. Die Erinnerungen an die Dinge, die sie durchgemacht hatte, überwältigten sie manchmal. Tal konnte nichts weiter tun, als sie in den Arm zu nehmen. Ihr zu sagen, wie stolz er auf sie war. Er erinnerte sie an die Freunde, die sie gefunden hatte, und daran, dass sie alles auf der Welt tun konnte, was sie wollte. Sie war frei.

Sie schliefen jeden Abend in den Armen des anderen ein und wachten auf, nachdem sie die Decke weggezogen hatte und Tal sie immer noch auf die eine oder andere Weise berührte. Seine Hand auf ihrem Rücken. Sein Bein um ihr eigenes geschlungen. Seine Nase in ihrem Haar vergraben.

Der heutige Tag war für sie beide sehr anstrengend gewesen. Das Team war zu einer Suche nach einem vermissten zwölfjährigen Jungen mit Downsyndrom gerufen worden. Er war von seinem Haus weggelaufen und es hatte eine halbe Stunde gedauert, bis es jemand bemerkt hatte. Raid und Duke übernahmen die Führung bei der Suche und zum Glück dauerte es nur eine Stunde, bis der Junge gefunden wurde. Ihm war kalt und er war verängstigt, aber ansonsten ging es ihm gut. Der Hund eines Nachbarn war ihm gefolgt, als er das Haus verließ, und man fand die beiden aneinandergekuschelt in einem Schuppen vier Häuser weiter.

Das vermisste Kind hatte bei Heather schlimme Erinnerungen geweckt, und sie war verzweifelt, bis der Junge gefunden wurde. Sie hatte mit Elsie und Khloe in der Kneipe ausgeharrt, bis sie erfuhren, dass der Junge am Leben und wohlauf ... und wieder mit seinen Eltern vereint war. Da sie merkte, dass es nicht das Beste für sie war, sich in ihrer Wohnung zu verkriechen, hatte Tal sie danach zu Art, Silas und Otto gebracht, die sie erfolgreich mit mehreren Schachpartien ablenkten.

Danach hatte sie Finley geholfen, einen Kuchen für eine goldene Hochzeit zu backen. Khloe war dann in die Wohnung gekommen, um Boots zu besuchen, und sie war zum Abendessen geblieben.

Je mehr Tal mit der widerspenstigen Frau zu tun hatte, desto mehr wurde ihm klar, dass sie nicht unbedingt abweisend war, sondern wahrscheinlich etwas verheimlichte. Sie war zwar freundlich, aber wenn man sie nach ihrer Vergangenheit fragte, woher sie kam und was sie getan hatte, bevor sie nach Fallport kam, wich sie aus und wechselte das Thema.

Sie war ein Rätsel und Tal konnte nicht anders, als sich gleichzeitig für sie zu interessieren und sich Sorgen um sie zu machen. Aber er hatte alle Hände voll mit Heather zu tun und musste dafür sorgen, dass sie in ihrer neuen Welt gut zurechtkam. Er nahm sich jedoch vor, mit Raiden zu reden. Er arbeitete tagein, tagaus mit ihr zusammen und Khloe schien sich mit Duke angefreundet zu haben. Raiden war am besten dazu geeignet, den Geheimnissen auf den Grund zu gehen, die Khloe vielleicht verbergen mochte.

Nachdem Khloe gegangen war, entspannten er und Heather sich auf dem Sofa. Heather hatte ein Buch auf ihrem Schoß aufgeschlagen, aber sie las nicht. Sie war mit ihren Gedanken ganz woanders und Tal konnte nicht anders, als sich Sorgen zu machen.

»Geht es dir gut nach dem, was heute passiert ist? Nachdem du gehört hast, dass der Junge vermisst wird?«

Sie drehte sich zu ihm um und Tal konnte die Überraschung in ihrem Blick sehen. »Ja. Ich bin froh, dass es ihm gut geht.«

»Ich auch. Wenn dich das nicht beschäftigt, was macht dir dann Sorgen?«

Sie klappte ihr Buch zu und drehte sich zu ihm um. »Ich bin nicht besorgt ... ich bin nervös.«

»Weswegen? Bei mir brauchst du nicht nervös zu sein, Süße. Du weißt, dass ich dir nie wehtun würde und dass du in meiner Gegenwart alles tun und sagen kannst.«

»Gestern Abend war ...« Sie hielt inne.

Tals Schwanz wurde sofort steif und er biss die Zähne zusammen und versuchte, die Reaktionen seines Körpers unter Kontrolle zu halten.

Gestern Abend, als sie ins Bett gegangen waren, hatte sie ihn angefleht, dass sie ihn noch einmal berühren dürfe. Er konnte ihr nichts abschlagen und so hatte er seine Boxershorts ausgezogen und sie ... spielen lassen. Er wusste nicht, welches Wort er sonst benutzen sollte. Sie hatte ihn so lange geküsst, bis ihm schwindelig wurde, dann ihre warme Hand um seinen Schwanz gelegt und ihm einen runtergeholt, bis er über seinen Bauch und ihre Finger kam.

Meistens schaffte er es, die Sache an dieser Stelle zu beenden … aber gestern Abend hatte sie es nicht erwarten können, dass er auch *sie* berührte. Tal war nervös *und* aufgeregt gewesen. Er wünschte sich, ihr so viel Freude zu bereiten, wie sie ihm bereitet hatte.

Am Anfang war alles gut gewesen. Großartig, um genau zu sein. Er hatte ihre Brustwarzen gestreichelt und geleckt, was sie beide genossen hatten. Aber als er begann, eine Hand in ihr Höschen zu stecken, versteifte sie sich.

So sehr Tal ihr auch zeigen wollte, wie sehr er sie liebte und dass er nicht wie die Mistkerle war, die sie missbraucht hatten, konnte er nichts riskieren, was ihrer Genesung schaden könnte. Das würde ihr glückliches, fröhliches Gemüt in etwas anderes verwandeln.

Sie waren beide enttäuscht gewesen, aber Tal hatte ihr immer wieder versichert, dass sie große Fortschritte machte. Dass er so lange warten würde, bis sie sich bei ihm ganz entspannen konnte.

Jetzt leckte Heather sich über die Lippen und begegnete seinem Blick, als sie ihren Satz beendete. »Frustrierend.«

Tal wünschte sich, er könnte mehr für sie tun. Ihr den Schmerz nehmen, den sie erlebt hatte. Aber er konnte ihr nur immer wieder versichern, dass er nicht wie die Männer war, die sie in ihrer Vergangenheit kennengelernt hatte.

Heather fuhr fort. »Lilac ist verheiratet. Ich habe auch einige der anderen Frauen nachgeschlagen. Elizabeth Smart ist verheiratet und hat mehrere Kinder. Sie leben in glücklichen Beziehungen. Sie haben es geschafft weiterzukommen. Das will ich auch.«

Tal hatte sich noch nie so sehr außerhalb seiner Komfortzone gefühlt wie in diesem Moment. Er war der Härteste der Harten. Er hatte die tödlichsten Feinde besiegt. Und doch zitterte er in diesem Moment praktisch vor Angst. »Du *machst* Fortschritte«, sagte er nach einem Moment.

»Ich habe nicht das Gefühl, dass ich das tue«, sagte sie zu

ihm. »Ich habe wirklich keine Angst vor dir«, fuhr sie fort. »Du wirst mir nicht wehtun. Gestern Abend war ich bereit. Das Gefühl deiner Hand ... *da* ... hat mich überrascht. Aber ich hatte keine Angst vor dir. Aber dann hast du aufgehört. Ich will wissen, wie sich ein Orgasmus anfühlt.«

»Liebes, ich ...«

Sie schüttelte hartnäckig den Kopf. »Ich liebe dich, Talon. Ich will Sex mit dir haben. Ich habe keine Angst. Du hast mir die Kontrolle überlassen, und ich wusste nicht, dass Sex so aufregend sein kann wie mit dir. Aber ich weiß, dass ich immer noch etwas verpasse. Ich habe mit Lilly gesprochen und sie hat mir erzählt, wie es sich anfühlt, wenn sie mit Ethan Sex hat. Sie sagt, es ist unglaublich. Er gibt ihr das Gefühl zu fliegen. Das will ich auch.«

Mit jedem Wort, das über ihre Lippen kam, wurde Tals Schwanz härter, bis er fast spürte, wie er in seiner Hose pochte. »Wie oft habe ich dir schon gesagt, dass ich dir nicht wehtun werde?«, fragte er.

Sie runzelte die Stirn. »Ich weiß es nicht. Zu oft, um es zu zählen.«

»Stimmt, aber wenn ich zu schnell vorpresche, *könnte* ich dir wehtun. Ich will es nicht, aber ich könnte es trotzdem tun. Und wenn das passiert, würde ich mir das nie verzeihen.«

»Und du glaubst, dass Sex mit dir mich verletzen könnte?«, fragte sie und runzelte die Stirn.

»Es könnte schlimme Erinnerungen wachrufen. Und das will ich auf keinen Fall tun.«

»Willst du, dass ich ein Kleid trage und es mir über die Hüften schiebe, und dann in mich eindringen, ohne dafür zu sorgen, dass es nicht wehtut?«

»Was? Nein!«, rief Tal aus.

»Zwingst du mich auf alle viere und nimmst mich ... von hinten?«

»Auf keinen Fall«, entgegnete Tal leise und nachdrücklich.

»Wie um alles in der Welt kann es dann sein, dass die Zeit

mit dir schlechte Erinnerungen weckt? Talon, du bist nicht wie diese anderen Männer. *Gar nichts* an dir. Keiner von ihnen hat sich von mir so berühren lassen wie du. Keiner von ihnen hat mir erlaubt, oben zu sein. Keiner von ihnen hat mich je geküsst. Ich denke nicht an all die anderen Male, wenn ich mit dir zusammen bin. Ich rieche nur noch dich. Ich sehe nur dich. Ich spüre nur deine Hände auf mir. Deine Lippen auf meinen.«

Tal starrte sie einen Moment lang an … und erkannte, dass er zwar dachte, er tue das Richtige, wenn er es langsam angehen ließ, indem er sie ihn berühren ließ, ohne den Druck, im Gegenzug berührt zu werden, aber das war eindeutig nicht mehr das, was sie brauchte.

Er war egoistisch gewesen und schämte sich für sein Verhalten. Er hatte Befriedigung erfahren, ihr aber keine Gegenleistung erbracht. Aber der Gedanke, sie zu berühren und sie dabei zu verunsichern oder zu verletzen, ängstigte ihn zu Tode, obwohl sie ihn beruhigte.

»Bist du dir absolut sicher?«, fragte er.

»Ja.«

»Wenn ich *irgendetwas* tue, das dir Angst macht oder schlechte Erinnerungen weckt, musst du versprechen, es mir zu sagen.«

»Okay.«

»Ich meine es ernst, Heather. Versprich es mir. Jetzt sofort.«

»Ich verspreche, es dir zu sagen, wenn sich etwas falsch anfühlt.«

Tal spürte, wie er viel zu schwer atmete. Sein Schwanz pochte im Takt seines Herzschlags. Er wünschte sich nichts sehnlicher, als tief in diese Frau einzudringen, aber er musste es langsam angehen. Er musste dafür sorgen, dass sie sich wohlfühlte. Er musste dafür sorgen, dass sie bei jedem Schritt hundertprozentig bei ihm war. Obwohl sie furchtbar missbraucht worden war, könnte sie genauso gut Jungfrau sein, denn sie hatte noch nie erlebt, wie intim und zärtlich Liebesbeziehungen sein können.

Er stand auf und griff sofort nach der Frau, die sein Herz in Besitz genommen hatte, als er sie zum ersten Mal gesehen hatte. Ohne ein Wort zu sagen, ging er auf sein Schlafzimmer zu.

Nein, in ihr *gemeinsames* Schlafzimmer.

Als er an der Bettkante ankam, drehte er sich zu Heather um und sah ein breites Lächeln auf ihrem Gesicht. Sie sah begierig aus. Aufgeregt. Auf jeden Fall nicht besorgt oder verängstigt. Er entspannte sich ein wenig.

»Musst du auf den Pott?«, fragte er.

»Den was?«

»Entschuldige, noch ein umgangssprachliches Wort. Auf die Toilette?«

Sie schüttelte den Kopf.

Ohne zu zögern, zog er sich das Hemd über den Kopf. Dann schob er sich die Jogginghose über die Hüften und entledigte sich gleichzeitig seiner Boxershorts.

Er stand vor ihr, nackt wie Gott ihn geschaffen hatte. Sein Schwanz wippte leicht, und als sie den Blick an seinem Körper entlang bis zu seinem Schwanz wandern ließ, quoll ein Lusttropfen aus der Spitze und rollte träge seinen Schaft hinunter.

Tal wusste, dass er kurz davor war, die Beherrschung zu verlieren, schlug die Decke zurück und stieg auf das Bett. Er legte sich zurück, verschränkte die Arme über dem Kopf und starrte Heather an. »Ich gehöre ganz dir«, erklärte er in einem tiefen, schroffen Ton.

Sie lächelte und begann, sich zu entkleiden. Tal ließ den Blick nicht von ihr ab. Sie hatte ihn schon öfter nackt gesehen, aber er hatte sie nie dazu gedrängt, sich selbst auszuziehen. Sie zögerte einen Moment, bevor sie das übergroße T-Shirt auszog, in dem sie geschlafen hatte, aber er sah die Entschlossenheit in ihren Augen, kurz bevor sie den Saum packte und nach oben zog.

Tal hatte nicht vergessen, das Licht auszumachen. Er hatte es absichtlich eingeschaltet gelassen. Er war egoistisch genug, um sie sehen zu wollen. Alles von ihr. Er wollte ihr Gesicht sehen, wenn sie zum ersten Mal zum Orgasmus kam. Wollte sehen, wie ihre Augen sich weiteten, wenn er in sie eindrang. Er war ein gieriger Mistkerl, und er wollte alles.

Er verschlang sie mit den Augen, als sie neben dem Bett stand. Die kastanienbraunen Locken zwischen ihren Beinen ließen ihm das Wasser im Mund zusammenlaufen. Er wollte sie schmecken. Er wollte mit seinen Fingern durch das weiche Haar fahren, bis er ihre Klitoris fand. Ihre Brüste waren eine perfekte Handvoll, mit rosafarbenen Brustwarzen, die sich, selbst als er sie ansah, unter seinem Blick verhärteten. Sie hatte auch Sommersprossen. Nicht viele, aber er hatte das Gefühl, wenn sie in der Sonne war, würden sie sich vermehren wie ein Feld voller Löwenzahn.

Sie hatte etwas zugenommen, seit sie den Wald verlassen hatte, und ihr Bauch war rund, ihre Hüften üppig und ihre Schenkel berührten sich, als sie dastand. Eine Haarsträhne kräuselte sich um eine ihrer Brüste, als wollte sie ihn zum Saugen auffordern.

Jeder Muskel in seinem Körper spannte sich an und er musste sich beherrschen, um nicht aus dem Bett zu springen, sie zu packen und sich an ihr zu vergehen.

»Talon?«, flüsterte sie und klang unsicher.

Das war inakzeptabel. Sie sollte bei ihm nicht einmal ein bisschen Angst haben.

»Du bist wunderschön«, erklärte er leise. »Du bist so perfekt, dass ich gar nicht in Worte fassen kann, wie sehr ich dich will.« Sein Schwanz zuckte gegen seinen Bauch und ihre Augen wurden von der Bewegung angezogen. Eine weitere Ladung Sperma tropfte aus seiner Spitze.

»Siehst du das? Ich glaube, ich könnte explodieren, wenn ich dich nur ansehe.«

Sie wandte ihren überraschten Blick wieder ihm zu. »Kann ich ... ich will ...«

»Ja«, erklärte er, ohne dass sie ihren Satz beenden musste. »Berühre mich. Mach mich zu deinem, Liebes.«

Mit diesen Worten bewegte sie sich langsam auf ihn zu. Sie hob ein Knie und stieg neben ihm auf die Matratze. Sie setzte sich neben ihn auf ihre Fersen und starrte auf seinen Körper, der vor ihr lag.

»Du hast die Kontrolle«, erklärte er ihr. »Alles, was du willst, gehört dir.«

»Alles?«, fragte sie.

Tal nickte.

»Ich will, dass du mich anfasst«, erklärte sie, ohne zu zögern. »Ich will deine Hände auf meinem Körper spüren. Zeig mir, wie es sein soll. Ich verstehe, warum du mich bisher nicht berührt hast ... und ich weiß es zu schätzen. Ich glaube, ich war nicht ganz bereit. Aber jetzt bin ich es. Ich will, dass du mich zum Orgasmus bringst. Dann will ich dich in mir spüren.«

»Verdammt«, murmelte Tal. Er ließ langsam die Arme sinken. »Reite auf mir«, knurrte er. Einen Augenblick lang dachte er, dass er zu dominant geklungen hatte und dass es ihr nicht gefallen würde, wie er sie herumkommandiert hatte. Doch dann bildete sich ein kleines Lächeln auf ihrem Gesicht und sie hob ein Bein an, bis sie auf seinen Schenkeln lag.

»Komm her«, sagte er, griff sanft nach ihren Hüften und zog sie nach vorn. Er spürte, wie ihr Schamhaar über seinen Schwanz strich, als sie sich bewegte, und er musste sich wahnsinnig beherrschen, um nicht auf der Stelle abzuspritzen. Er legte ihr eine Hand auf den Rücken und forderte sie auf, sich über ihn zu beugen.

Ihre Brüste hingen herunter und wippten sanft mit ihren Bewegungen. Er lächelte sie an und hob den Kopf, dann nahm er eine ihrer Brustwarzen in den Mund und saugte kräftig daran.

»Oh!«, rief sie aus. Einen Moment lang war sie ganz still, dann wölbte sie ihren Rücken und presste sich an ihn.

Tal seufzte erleichtert auf. Abwechselnd vergnügte er sich

mit ihren Brustwarzen. Erst die rechte, dann die linke. Sie stöhnte tief in ihrer Kehle und er spürte, wie sie sich auf ihm wand. Sie hielt sich über ihm und legte ihre Handflächen neben seinem Kopf flach auf die Matratze.

Er mochte es, beim Sex das Sagen zu haben. Und auch wenn sie oben war, hatte er bei dieser Begegnung eindeutig das Sagen. Er lächelte, bevor er weiter an einer ihrer Brustwarzen saugte. Tal fuhr mit der anderen Hand über eine Pobacke. Er musste zugeben, dass es ihm gefiel, dass sie oben war. So hatte er beide Hände frei und musste sich keine Sorgen machen, sie unter sich zu zerquetschen.

Tal konnte ihre Erregung riechen, als er mit seinen Händen über ihren Körper strich. Heather hatte begonnen, sich sanft auf ihm hin und her zu wiegen, und er spürte, wie sich ihre Nässe auf seinem Bauch ausbreitete. Ihm lief das Wasser im Mund zusammen.

»Komm hoch, mein Schatz.«

»Was?«, fragte sie, öffnete die Augen und sah ihn an. Sie sah benommen aus. Verloren in der Ekstase dessen, was er tat.

Tals Schwanz war immer noch hart. Er war immer noch verdammt erregt. Aber Heather zu befriedigen war viel aufregender und erotischer, als er es sich je erträumt hatte. Er hatte zwar immer dafür gesorgt, dass die Frauen, mit denen er das Bett teilte, auf ihre Kosten kamen, aber er hatte sich immer auf das Ziel konzentriert ... nämlich den Sex. Bei Heather wollte er unbedingt dafür sorgen, dass sie sich vergnügte. Tal wollte, dass sie einen Orgasmus bekam. Er wollte ihr beim Orgasmus zusehen. Ehrlich gesagt war es ihm sogar egal, ob er an diesem Abend in sie eindringen würde. Die kleinen Laute zu hören, die sie von sich gab, als sie zum ersten Mal ihre Sexualität entdeckte, war ein wahr gewordener Traum.

Tal legte seine Hände auf ihre Hüften und forderte sie auf, noch weiter nach oben zu rutschen. »Reite auf meinem Gesicht«, sagte er.

»Talon, ich glaube nicht ...«

»Vertrau mir, ich werde dir nicht wehtun.« Als er anfing, diese Worte zu sagen, war es, um sie zu beruhigen. Um ihr Halt zu geben. Jetzt fühlten sie sich wie alte Freunde. Als er sie das erste Mal von sich gab, wollte er damit eigentlich ausdrücken, wie sehr er sie liebte. Dass er den Rest seines Lebens damit verbringen würde, dafür zu sorgen, dass sie zufrieden und glücklich ist.

Heather schluckte schwer und legte langsam jeweils ein Knie rechts und links neben seinen Kopf. Als er an ihrem Körper hochschaute, stöhnte Tal auf. Sie war so verdammt schön, er war der glücklichste Mann der Welt. Er schob sich unter sie und schob sich das Kissen unter den Kopf, um sich die nötige Höhe zu verschaffen, dann fuhr er mit einem Finger über ihre klatschnasse Muschi direkt vor seinem Gesicht.

»Talon?«

»Davon habe ich schon länger geträumt, als ich zugeben möchte«, sagte er. »Du riechst verdammt gut. So feucht. Das wird sich so gut anfühlen, mein Schatz.« Dann hob er den Kopf und leckte ihren Schlitz.

Sie zuckte über ihm zusammen und gab ein entzückendes kleines Quieken von sich.

Tal legte eine Hand auf ihren Rücken und mit der anderen griff er grob nach ihrem Oberschenkel. Er schloss die Augen und begann, seiner Frau die Freuden des Oralsex zu zeigen.

Zuerst schien sie schockiert und unsicher zu sein, aber langsam begann sie, sich zu entspannen, bewegte sich auf ihm und folgte dem Rhythmus seiner Zunge. Tal lächelte, während er sie verwöhnte. Sie war extrem sinnlich … und sehr erregt. Er konnte ihre Säfte auf seinem Gesicht spüren, die seinen Bart bedeckten. Er konnte nur ihren würzigen Duft riechen, und je mehr er leckte und saugte, desto feuchter wurde sie.

Er bewegte die Hand, die ihren Schenkel gehalten hatte, und spielte mit seinen Fingern an ihrer Muschi, während er sich auf ihre Klitoris konzentrierte.

»Talon, ich …«

Sie beendete ihren Gedanken nicht, als er seinen Zeigefinger tief in ihren Körper schob. Der Winkel war schlecht und es war schwierig, sie so zu stimulieren, wie er es wollte, aber er konnte spüren, wie ihre inneren Muskeln sich immer wieder gegen seinen Finger anspannten, und er dachte sich, dass das für den Moment genug war.

Er senkte den Kopf und schaute ehrfürchtig zu ihr auf. Sein Schwanz tropfte unaufhörlich und er konnte sein Sperma überall auf seinem Bauch spüren. Er konnte wirklich ohne jegliche Stimulation einfach so zum Orgasmus kommen. Der Anblick, wie sie sich über seinem Gesicht ausbreitete, sein Finger tief in ihrem Körper steckte und ihr Saft auf seine Hand tropfte ... er war mehr als zufrieden.

»Bist du bereit, zum Orgasmus zu kommen, Liebes?«, fragte er.

»Ich weiß nicht«, hauchte sie. »Das ist ... überwältigend!«

»Das ist es auch, aber ich verspreche dir, dein erster Orgasmus wird deine Welt verändern.«

Heather sah nach unten und begegnete tapfer seinem Blick. »Ich vertraue dir.«

Um zu verhindern, dass er auf der Stelle abspritzte, musste Tal nach unten greifen und seinen Schwanz am Ansatz festhalten. Ihr Vertrauen zu gewinnen war die schönste Erfahrung seines Lebens gewesen. Er wollte sie nicht enttäuschen.

»Schließ die Augen und genieße einfach«, sagte er leise zu ihr.

Sie gehorchte sofort, und Tal hob den Kopf und leckte noch einmal über ihre Klitoris, bevor er sie mit seinen Lippen umschloss und mit seiner Zunge heftig und schnell über das kleine Nervenbündel fuhr. Er hielt seinen Finger tief in ihrem Körper und genoss das Gefühl, wie ihre Muskeln um ihn herum zuckten. Er konnte nur daran denken, wie es sich anfühlen würde, wenn sie seinen Schwanz zusammenpresste, wenn sie zum Orgasmus kam.

Sein Kiefer und seine Zunge wurden müde, aber er

verlangsamte sein Tempo nicht, während er ihre Klitoris bearbeitete. Ihre Schenkel begannen zu zittern und er benutzte seine freie Hand, um sie über ihm zu halten. Mit offenen Augen starrte er ihren Körper hinauf, während sie sich dem Höhepunkt näherte.

Heather hatte sich noch nie so gefühlt. Es war überwältigend und beängstigend, aber sie hatte auch noch nie so viel Freude erlebt. Ihr Herz schlug ihr bis zum Hals und jeder Muskel in ihrem Körper fühlte sich ganz gespannt an. Sie war kurz davor, die Fassung zu verlieren.

Sie hatte keine Ahnung, dass Männer so etwas mit Frauen machen konnten. Lilly hatte nichts *davon* gesagt. Aber es war offensichtlich, dass Talon es nicht für seltsam oder ungewöhnlich hielt, also hatte sie sich darauf eingelassen. Seine Zunge zwischen ihren Beinen fühlte sich völlig fremd an, aber es war so lustvoll. Und als er seinen Finger in sie einführte, verkrampfte sie sich für einen Moment, weil sie sich an den Schmerz von anderen Malen erinnerte, aber sie hatte kein bisschen Schmerz gespürt, als er in sie eingedrungen war.

Sie war so feucht. Auch hier hatte sie keine Ahnung, ob das normal war oder nicht, aber da Talon die Flüssigkeit, die aus ihr herauslief, gierig aufleckte, nahm sie an, dass er kein Problem damit hatte. Und ihre Nässe ermöglichte es ihm, seinen Finger ohne Schmerzen in sie zu stecken.

Neue Empfindungen und Erfahrungen kamen schneller, als sie sie verarbeiten konnte. Einen Moment lang bekam sie Angst vor dem, was sie fühlte. Es war zu viel. Zu intensiv. Aber dann schaute sie nach unten und begegnete Talons Blick. Er starrte zu ihr hoch, während seine Zunge über eine sehr empfindliche Stelle zwischen ihren Beinen strich.

Die Bestätigung und Liebe, die sie in seinem Blick sah, ließ die Angst in Vorfreude umschlagen. Er würde nicht zulassen, dass ihr etwas zustieß. Als sie in seine Augen starrte, spürte sie, wie die Lust sie überschwemmte und ein unglaubliches Gefühl durch ihren Körper schoss. Jeder Muskel spannte sich an und sie fühlte sich, wie Lilly gesagt hatte – als würde sie fliegen.

Mit einer Hand hielt sie sein Haar fest, während er weiter an ihr saugte, und mit der anderen stützte sie sich auf der Matratze ab. Wie lange sie in seinen Armen zitterte und bebte, wusste Heather nicht. Talons Berührung zwischen ihren Beinen wurde sanfter, bis er sie nur noch leicht liebkoste. Die ganze Zeit über behielt er die Augen auf den ihren. Es war intim und überwältigend ... und sie hatte sich in ihrem ganzen Leben noch nie einem anderen Menschen näher gefühlt.

Talon zog seinen Finger aus ihrem Körper und schockierte sie, indem er ihn sofort in seinen Mund steckte und ihren Saft ableckte. »Köstlich«, erklärte er ihr. Dann streichelte er ihre Hüften und half ihr, langsam nach unten zu rutschen, sodass sie auf seiner Brust lag. Sie konnte die Nässe auf seinem Bauch spüren und sein Penis lag steif zwischen ihnen. Aber er bestand nicht darauf, dass sie ihn anfasste. Er drehte sie nicht um und steckte ihn nicht in sie hinein. Er strich ihr nur die Haare über den Rücken und blieb ruhig liegen.

Als ihre Atmung wieder fast normal war, hob Heather den Kopf. »Das war ...« Sie wusste nicht, was das war, und sie rang nach den richtigen Worten.

»Wunderschön«, beendete Talon den Satz für sie. »Dich zum ersten Mal zum Orgasmus kommen zu sehen war ein unglaubliches Geschenk. Ich habe in meinem ganzen Leben noch nie etwas so Schönes gesehen.«

»Bist du ... du hast doch nicht ...« Darüber zu sprechen war schwieriger, als sie gedacht hatte.

»Pssssst«, murmelte er. »Es gibt keinen Grund zur Eile.«

Da wurde Heather klar, dass Talon großzügig sein würde. Er würde nicht in sie eindringen, weil er sie nicht verletzen wollte. Sie hatte ihn schon einmal beim Orgasmus gesehen, als sie ihn mit der Hand gestreichelt hatte, und er hatte es offensichtlich genossen. Aber die Erinnerung daran, wie sich sein Finger in ihr angefühlt hatte, war noch frisch. Es hatte sich gut angefühlt. *Er* hatte sich gut angefühlt. Sie wollte mehr.

Heather setzte sich auf und wollte von ihm herunterrutschen, um sich auf den Rücken zu legen, damit er mit seinem Penis in sie eindringen konnte.

»Wo willst du hin?«, fragte er und hielt sie mit einer Hand an ihrer Hüfte auf.

»Ich will dich in mir spüren«, sagte sie und wusste, dass sie rot wurde, aber sie versuchte, es zu ignorieren. »Also lege ich mich auf den Rücken, damit du auch Lust empfinden kannst.«

Er starrte sie einen Moment lang an, als wollte er abschätzen, was sie gerade dachte.

»Mir geht es gut. Das hat mir gefallen ... und es hat nicht wehgetan. Ich will mehr«, gab sie zu.

»Bist du dir sicher?«, fragte er.

Seine ständigen Erkundigungen, ob sie sich sicher sei, hätten sie vielleicht genervt, wenn sie nicht gewusst hätte, dass er alles in seiner Macht Stehende tat, um sie zu beschützen. Um sich fürsorglich um sie zu kümmern. Einem anderen Mann wäre es egal gewesen, wie sie sich gerade fühlte. Die Männer in der *Gemeinschaft* sagten immer, dass Männer Bedürfnisse haben und diese nicht verleugnen können. Sie hatte bereits gelernt, dass so ziemlich alles, was sie jemals gesagt hatten, eine selbstsüchtige Lüge war. Trotzdem pochte der Beweis für Talons Bedürfnisse in ihrem Bauch.

Das Bedürfnis, ihm Vergnügen und Lust zu bereiten, verdrängte die schlechten Erinnerungen daran, was es bedeutete, mit einem Mann intim zu sein. »Ich bin sicher«, sagte sie so nachdrücklich, wie sie konnte.

»Na gut, aber du musst nicht auf dem Rücken liegen.«

Heather runzelte die Stirn. Musste sie nicht?

»Richte dich auf«, erklärte Talon.

Sie tat es und Heather konnte sich nicht davon abhalten, nach unten zu schauen. Talons Penis war lang und hart. Viel größer als der von Arrow oder Cypress. Die Spitze sah fast lila aus und war nass und glänzend von seiner eigenen Erregung.

»Du meine Güte«, sagte er nach einem Moment.

Überrascht wandte Heather den Blick von seinem Penis ab und sah ihm ins Gesicht. »Was ist los?«

»Ich habe kein Kondom dabei. Ich ... habe das nicht erwartet.«

»Ein was?«

Talon seufzte und presste die Lippen aufeinander. Sie erkannte die Frustration und den Ärger in seinem Gesichtsausdruck, aber sie hatte keine Angst. Er war nicht wütend auf *sie*, sondern auf den Grund ihrer Unwissenheit.

»Ein Kondom. Männer tragen sie über ihren Schwänzen, um ihr Sperma aufzufangen und um zu verhindern, dass eine Frau schwanger wird.«

Heather starrte ihn mit großen Augen an. »Wirklich?«

»Ja. Aber ich habe keins.«

Sie schluckte schwer. »Jetzt habe ich gerade nicht meine fruchtbaren Tage«, sagte sie zu ihm.

»Woher weißt du das?«

Das war peinlich, aber nicht so peinlich, wie auf seinem Gesicht zu sitzen, während er sie zwischen den Beinen leckte. »Ich habe immer darauf geachtet, dass ich weiß, wann ich das Bischofskraut benutzen muss.«

Talon schloss für einen Moment die Augen und stieß einen langen Seufzer aus. Dann öffnete er sie wieder und führte eine Hand zu ihrem Gesicht. Er strich ihr sanft mit dem Fingerrücken über die Wange. »Kondome werden auch benutzt, um sexuell übertragbare Krankheiten zu verhindern. Aber ich habe keine ... ich war seit Jahren nicht mehr mit einer Frau zusammen.«

Jeden Tag lernte Heather neue Dinge über die Welt, aber sie konnte nicht sagen, dass ihr gefiel, was sie jetzt lernte. Sie erinnerte sich daran, dass einige der Frauen in der *Gemeinschaft* Ausschlag zwischen den Beinen hatten und dass das sehr schmerzhaft war. Sie fragte sich, ob das eine der Krankheiten war, von denen Talon sprach. Um ihn zu beruhigen, sagte sie: »Ich war auch seit über einem Jahr mit niemandem mehr zusammen.«

Er schenkte ihr ein kleines, trauriges Lächeln. »Ich weiß.«

Einen Moment lang sagte keiner von beiden etwas, dann fragte sie mit leiser Stimme: »Du willst also keinen Sex mit mir haben? Weil du keins dieser Kondome hast?«

»Ich will mit dir *Liebe machen*, mehr als ich je etwas in meinem Leben gewollt habe. Ich will jeden Zentimeter deiner warmen, feuchten Muschi auf meinem nackten Schwanz spüren. Aber es gibt keine Garantie, dass du dann nicht schwanger wirst.«

»Es ist nicht meine Zeit«, wiederholte sie. »Ehrlich.«

Talon atmete tief durch und nickte. »Ich bin viel zu schwach, um dir zu widerstehen«, erklärte er. »Ich werde morgen ein paar Kondome kaufen. Berühre mich, mein Schatz. Mach mich bereit für dich.«

Als Heather nach unten schaute, sah sie, dass sein Schwanz nicht mehr so steif war wie zuvor. Sie hatte ein schlechtes Gewissen, dass er während ihres Gesprächs seine Lust verloren hatte. Aber sie war begierig darauf, ihn wieder zu spüren.

Sie rutschte zurück, sodass sie über seinen Schenkeln hockte, griff nach unten und packte seinen Penis so, wie sie wusste, dass er es mochte. Sie spürte förmlich, wie er in ihrem Griff hart wurde. Es war ein seltsames Gefühl, aber auch sehr stark.

Sie nutzte die Nässe, die er zuvor auf sich selbst gespritzt hatte, und fuhr mit ihrer Hand an seinem Schaft auf und ab, wobei sie spürte, wie sein Blut durch seine Haut floss.

»Okay, das ist genug. Noch mehr und es ist vorbei, bevor es angefangen hat«, erklärte er trocken. »Halte meinen Schwanz unten gut fest, genau so, und jetzt ... rutsch hoch und steck ihn in dich hinein.«

Heather blinzelte überrascht. Jetzt verstand sie, wie das

funktionieren sollte. Eine berauschende Erregung blühte in ihr auf. Sie würde nicht unter ihm sein müssen. Er würde sie nicht zerquetschen. Er würde nicht auf ihr schwitzen. Mit langsamen Bewegungen rutschte sie über ihn. Er lag still unter ihr, ohne ihre Hüften zu packen und sie nach unten zu ziehen.

Die Spitze seines Penis berührte die empfindliche Stelle in ihr, als sie versuchte herauszufinden, wie das funktionieren sollte, und sie zuckte zusammen.

»Oh, ja«, erklärte er mit einem langen Ausatmen. »Steck ihn in dich rein, Liebes. Langsam und gleichmäßig. Lass dir Zeit. Oh, *verdammt* ... du fühlst dich so gut an.«

Heather fühlte sich mächtig und verantwortlich, aber sie war immer noch unsicher, als sie seine Länge in ihren Körper einführte. In der Vergangenheit hatte das immer wehgetan. Aber überraschenderweise spürte sie keinen Schmerz, obwohl Talons Schwanz so groß war. Es war ein kleines bisschen unangenehm, aber als sie sich auf ihn herabsenkte, spürte sie vor allem Ehrfurcht.

Talon biss die Zähne so fest zusammen, dass sie sehen konnte, wie sich ein Muskel in seinem Kiefer anspannte. »Verdammt, Heather ... du bist ... perfekt.«

Als er ganz drin war, setzte sie sich mit einem kleinen Lächeln auf ihn. Sie hatte es geschafft! Sie hatte Sex mit Talon und es tat nicht weh! Dann runzelte sie die Stirn. Es fühlte sich gut an, aber nicht so aufregend wie bei ihrem Orgasmus vorhin. Hatte sie etwas falsch gemacht?

»Alles in Ordnung?«, fragte Talon.

Heather nickte.

»Willst du versuchen, dich zu bewegen?«

Sich zu bewegen? Oh! *Das* war das Besondere daran. Aber sie wusste nicht, wie sie sich bewegen sollte, da sie oben war.

»Geh ein bisschen hoch und dann wieder runter«, sagte Talon sanft.

Der Schweiß stand ihm auf der Stirn, aber er hatte sie noch nicht gepackt. Er hatte seine Gefühle unter Kontrolle und als sie das sah, stieg ihr Selbstvertrauen. Sie hob sich von seinem Schoß und sein Penis rutschte fast aus ihrem Körper, bevor sie sich schnell wieder fallen ließ.

»Oh!«, rief sie aus. »Das hat sich gut angefühlt!«

»Für mich auch. Noch mal«, sagte Talon zu ihr.

Es dauerte nicht lange, bis sie in einen Rhythmus kam. Sie hob und senkte sich auf Talons Penis, immer schneller und schneller. Es fühlte sich gut an, aber sie war immer noch enttäuscht, dass sie nicht mehr die Erregung spürte, die sie zuvor verspürt hatte. Und ihre Oberschenkel wurden langsam müde.

Gerade als sie glaubte, dass es nicht klappen würde, packte Talon ihre Hüften und nahm einen Großteil ihres Gewichts, während sie sich auf ihm auf und ab bewegte.

»Ist das okay?«, fragte er.

»Oh ja«, entgegnete sie.

Als sie wieder in einen guten Rhythmus gekommen war, führte er eine Hand nach oben und kniff in ihre Brustwarze. Sie zuckte und stöhnte auf. Sie spürte, wie Funken von ihrer Brustwarze zwischen ihren Beinen hinunterflossen, als er es wieder tat.

»Das gefällt dir«, erklärte Talon. Es war keine Frage.

Sie beschleunigte ihr Tempo auf ihm. Das Geräusch ihrer Haut, die aneinanderklatschte, schien laut im Raum zu sein, aber Heather ignorierte es.

Talon spielte mit ihren Brustwarzen, während sie ihn ritt, und sie war enttäuscht, als er seine Hand sinken ließ. Doch anstatt wieder ihre Hüfte zu ergreifen, begann er, sie an der empfindlichen Stelle zwischen ihren Beinen zu berühren.

Ihr Tempo geriet ins Stocken, als sie bei seiner ersten Berührung zusammenzuckte.

»Reite mich weiter«, befahl Talon. »So heftig, wie du willst. Tu, was sich gut anfühlt, Liebes.«

Heather schloss die Augen und wogte auf Talon hin und her, als das erregende Gefühl von vorhin zurückkehrte. Sie versuchte, nicht daran zu denken, wie albern sie aussehen musste, und genoss einfach das angenehme Gefühl, das durch ihre Adern floss.

Sie merkte gar nicht, dass sie aufgehört hatte, sich zu bewegen, sondern drückte ihr Becken fest auf Talon und stieß es gegen seine Hand, während er die Stelle weiterstreichelte. Der Orgasmus kam diesmal schneller und war nicht annähernd so beängstigend, da sie nun wusste, was sie erwartete.

Sie zitterte und bebte, als die Lust sie überwältigte.

Sie hörte vage, wie Talon sich entschuldigte, bevor er erneut ihre Hüften in seine Hände nahm. Aber anstatt ihr zu helfen, sich auf und ab zu bewegen, hielt er sie einfach über sich, während er sich bewegte. Er hob seinen Hintern immer wieder an, während er seinen Schwanz in sie hineinstieß. Aber auch das tat nicht weh; stattdessen fühlte sich die Stimulation ihrer ohnehin schon empfindlichen Geschlechtsteile unglaublich an.

Dann stöhnte er auf, stieß noch einmal in sie und erbebte.

Eine Rötung bildete sich auf seiner Brust und Heather erkannte, dass er sein Verlangen tief in ihrem Körper befriedigt hatte. Es erfüllte sie mit Zufriedenheit, ihn so überwältigt zu sehen.

Sie hatte das Gefühl, keine Knochen mehr zu haben, und ließ sich auf ihn fallen, woraufhin er sofort seine Arme um sie schlang und sie an sich drückte. Sein Herz klopfte heftig und ihre Körper waren schweißnass. Sein Schwanz war immer noch in ihrem Körper, was ebenfalls neu für sie war. Sie musste zugeben, dass es ihr gefiel. Nein … sie *liebte* es. Sie liebte es, ihm so nahe zu sein.

»Du meine Güte, Heather«, sagte Talon nach einem langen Moment.

Aus irgendeinem Grund musste Heather kichern.

»Ich habe dich am Ende nicht verletzt oder erschreckt, als ich die Kontrolle übernommen habe, oder?«, fragte er.

Heather schüttelte den Kopf an ihm. Ihre Augen fühlten

sich schwer an und es war unmöglich, sie offen zu halten. »Es hat mir gefallen. Können wir das noch mal machen?«

Er lachte unter ihr und sie spürte, wie sein Penis aus ihrem Körper glitt. Sie runzelte die Stirn und sagte: »Ich mag es, wenn dein Penis in mir ist.«

Er lachte wieder und drehte sie so, dass sie an seiner Seite lag, den Kopf auf seiner Schulter. Sein Arm lag immer noch um ihren Rücken und eines ihrer Beine lag auf seinem Oberschenkel. »Erste Lektion: Es heißt Schwanz, nicht Penis.«

Heather hob daraufhin den Kopf. »Du nennst es nicht Penis?«

Er lächelte sie an und strich ihr eine Haarsträhne aus der Stirn. »Technisch gesehen ist es ein Penis, aber ein sexyeres Wort ist Schwanz. Jungs haben Penisse, Männer haben Schwänze.«

Heather nickte und legte ihren Kopf zurück auf seine Schulter. »Okay. Und du hast recht ... Schwanz klingt männlicher. Talon?«

»Ja, mein Schatz?«

»Ich will dich nicht verärgern und ich weiß, dass du es nicht magst, wenn ich darüber spreche ... aber das war *völlig* anders als alles, was ich in der Vergangenheit erlebt habe. Es war ... ich mag Orgasmen. Und du hast dich so gut in mir angefühlt.«

Er verkrampfte sich nicht unter ihr, wie sie befürchtet hatte. »Das freut mich. Und du solltest wissen, dass ich so etwas in der Vergangenheit auch noch nicht erlebt habe.«

Seine Worte blühten in ihr auf und füllten all die leeren Räume in ihrer Seele, von denen sie nicht einmal wusste, dass es sie gab. Talon hatte offensichtlich mehr Erfahrung als sie, aber ihn sagen zu hören, dass es etwas Besonderes war, mit ihr zusammen zu sein, bedeutete ihr viel.

»Ich liebe dich, Heather. Aber es gibt keinen Druck. Ich weiß, dass dies deine erste Beziehung ist nach dem, was du durchgemacht hast, und ich werde die Dinge so langsam angehen, wie du es brauchst. Wahrscheinlich sollte ich dich gehen lassen, dich das Leben erfahren lassen, um wirklich zu wissen, was du willst ... aber nach heute Abend ... kann ich das nicht. Ich kann dir versprechen, dass ich dich nie zurückhalten werde. Was auch immer du tun willst, ich werde mein Bestes tun, um es dir zu ermöglichen.«

»Ich liebe dich auch«, erklärte Heather und kuschelte sich noch fester an ihn. »Du musst einfach nur für mich da sein. Mir Dinge erklären, die ich nicht verstehe. Mir sagen, dass du mich liebst.«

»Betrachte es als abgemacht«, erklärte Talon und die Zufriedenheit war in seiner Stimme deutlich zu hören. »Die Leute werden dir sagen, dass wir es überstürzt haben. Dass du mehr erleben musst, bevor du eine Beziehung mit jemandem eingehst, nach allem, was du durchgemacht hast, aber ...«

»Wenn sie das tun, werde ich ihnen sagen, dass sie sich um ihre eigenen Angelegenheiten kümmern sollen«, erklärte Heather und ließ ihn nicht ausreden. »Ich bin vielleicht naiv, aber ich erkenne einen guten Mann, wenn ich ihn sehe.«

Talon legte seinen Arm um sie und seufzte. »Ich liebe dich.«

»Ich liebe dich auch.«

So schliefen sie ein, eng aneinandergeschmiegt. Und wie immer drehte Heather sich irgendwann später um, strampelte die Decke weg und Talon legte ihr eine Hand auf den Rücken, um die Verbindung zwischen ihnen aufrechtzuerhalten.

KAPITEL ACHTZEHN

Cypress sah auf die kleine Sunset hinunter und lächelte. Er hatte überhaupt keine Probleme gehabt, das kleine Mädchen zu schnappen. Seiner Schätzung nach war sie etwa vier Jahre alt, also etwas älter, als er es sich gewünscht hatte, aber er würde es schon hinkriegen. Sie war vor ihrem Haus aus dem Bus gestiegen und wie bei all den anderen Malen, als er sie beobachtet hatte, war niemand aus dem Haus gekommen, um das Mädchen zu begrüßen.

Sobald der Bus außer Sichtweite war, hatte Cypress sie gepackt.

Sie saß auf dem Boden des Beifahrersitzes mit einer Augenbinde, Kopfhörern über den Ohren, einem Knebel über dem Mund und mit einem Seil, das an der Unterseite des Sitzes befestigt war, zusammengebundenen Händen. Sein Vater hatte ihm beigebracht, dass Sinnesentzug der schnellste Weg war, ein Mädchen oder eine Frau gefügig zu machen. Wie immer hatte er nicht unrecht.

Er teilte dem kleinen Mädchen mit, dass ihr Name nun Sunset Meadowblossom sei und sie ihm gehöre. Sie sollte ein braves und ruhiges Mädchen sein, sonst würde sie den Preis dafür zahlen. Sie hatte geweint und geschrien und darum gebettelt, freigelassen zu werden, aber nach vier Tagen auf der Straße hatte sie endlich ihren Platz gefunden. Sie saß zusammengekauert in dem braunen Kleid, das alle Frauen in der *Gemeinschaft* trugen, und war still wie eine Maus.

Cypress grinste und richtete die Aufmerksamkeit wieder auf die Straße. Der erste Teil seines Plans war erledigt ... jetzt musste er noch den zweiten vollenden. Dann konnte er mit seiner zukünftigen Braut nach Westen fahren und einen guten Ort für einen Neuanfang finden. Er würde gleichgesinnte Männer finden und eine neue *Gemeinschaft* gründen.

Als er an einem Schild vorbeikam, das ihm mitteilte, dass er die Grenze nach Virginia überquert hatte, begann sein Herz, schneller zu schlagen. Bald würde er Sunset sehen ... die Schlampe, die sich jetzt Heather Brown nannte. Er würde dafür sorgen, dass sie verstand, dass sie ein Nichts war. Dass sie es bereute, sich vor ihm versteckt zu haben.

Vor *ihm*. Vor ihrem Mann, ihrem Anführer, ihrem Herrn.

Arrow war zu nachsichtig mit ihr gewesen. Verdammt, Cypress war auch zu nachsichtig mit ihr gewesen. Offensichtlich. Er konnte es kaum erwarten, die Angst in ihrem Gesicht zu sehen, wenn sie ihn sah. Er konnte es kaum erwarten, dass sie sich ihm ein letztes Mal unterwarf.

Dann würde er sie töten, ihre Leiche in dem kostbaren Wald verrotten lassen, den sie ihm vorzuziehen schien, und sein Leben so führen, wie es ihm zustand.

KAPITEL NEUNZEHN

Tal hatte Heather in der letzten Woche genau im Auge behalten. Er war immer noch besorgt, dass er zu schnell vorgegangen war. Dass seine Intimität die Fortschritte, die sie gemacht hatte, irgendwie beeinträchtigen würde. Aber er hätte sich keine Sorgen machen müssen. Ähnlich wie sie ihre Geschichte mit dem Land geteilt hatte, hatte ihre Intimität sie noch selbstbewusster und aufgeschlossener gemacht. Er war noch nie so erleichtert gewesen.

Ihre Tage waren damit gefüllt, ihr eigenes Ding zu machen. Morgens verbrachte sie immer noch Zeit mit Whitney, um all die Dinge zu lernen, die sie verpasst hatte, weil sie nach ihrer Entführung nicht in der Schule gewesen war, und die Nachmittage verteilte sie auf ihre neuen Freunde. Und ihr kleiner Kreis hatte sich schnell erweitert. Jeder, mit dem sie in Kontakt kam, war begierig darauf, sich mit der Frau anzufreunden, die so misshandelt und um zwanzig Jahre ihres Lebens betrogen worden war.

Ihre Abende und Nächte verbrachte sie mit Talon. Er öffnete sich und erzählte ihr Dinge über seinen Job beim Militär, die er noch nie jemandem erzählt hatte. Sie verurteilte ihn nie für die Entscheidungen, die er getroffen hatte, oder die

Leben, die er genommen hatte. Sie sprach auch mehr über ihre Zeit in der Sekte. Obwohl Tal es hasste, von der Hölle zu erfahren, die sie durchgemacht hatte, hörte er ihr bereitwillig zu.

Sie hatte sich sogar mit dem Team auf eine Suchaktion begeben. Ein Paar war zu einer Wanderung aufgebrochen und nicht zurückgekehrt. Glücklicherweise hatten die beiden eine Nachricht hinterlassen, wohin sie wollten und wann sie zurück sein sollten. Als sie Stunden später immer noch nicht aufgetaucht waren, riefen ihre Freunde die Polizei. Es war eine schnelle Suche, denn Duke hatte die Fährte des Paares sofort aufgenommen.

Raiden und Duke, Tal und Heather sowie Drew und Caryn bildeten die erste Welle der Suche, während die anderen zurückblieben, um sie bei Bedarf abzulösen. Es war offensichtlich, dass Heather im Wald in ihrem Element war. Sie war Raiden dicht auf den Fersen, als er dem Bluthund folgte, und gab ihm Tipps, wo das Paar sein könnte ... und es stellte sich heraus, dass ihr Instinkt goldrichtig war.

Zu sehen, wie Heather aufblühte, war inspirierend und beschämend zugleich. Tal hatte Phasen, in denen er so wütend darüber war, was ihr passiert war, dass er dachte, er würde platzen. Man kann nicht sagen, wie viel Gutes sie in der Welt hätte tun können, wenn man ihr nicht zwanzig Jahre ihres Lebens geraubt hätte. Aber jetzt holte sie die verlorene Zeit wieder auf, und Tal hätte nicht stolzer sein können.

Tonys Lehrerin hatte Heather gefragt, ob sie bereit sei, in die Schule zu kommen und vor der Klasse einen Vortrag über persönliche Sicherheit zu halten und sich ihrer Umgebung jederzeit bewusst zu sein. Talon war nicht überzeugt, dass das eine gute Idee war, aber Heather hatte, ohne zu zögern, zugestimmt.

Er nahm sie mit in die Schule und beobachtete, wie sie ihren Vortrag hielt ... und er war wieder einmal von ihrer Belastbarkeit beeindruckt. Sie wurde nicht nervös, als die Kinder Fragen stellten, die an Beleidigung grenzten. Sie erschreckte sie nicht mit Geschichten über Fremde, die im Dunkeln lauerten, um sie zu entführen. Sie war offen, aber positiv und sagte den Kindern mit Nachdruck, dass sie auf ihre Instinkte vertrauen sollten. Vorsichtig sein. Und dass sie niemals aufgeben sollten, wenn sie sich in einer unheimlichen Situation befanden.

»Ich bin so stolz auf dich«, erklärte er ihr später am Abend. Sie hatten zu Abend gegessen und kuschelten auf dem Sofa, bevor sie ins Bett gingen.

»Ich bin auch stolz auf mich«, entgegnete sie ein wenig schüchtern. »Mir wurde so oft gesagt, dass ich ein Stück Dreck sei, dass ich nicht so wichtig oder so gut bin wie Männer, dass ich angefangen habe, das zu glauben. Aber das Jahr in den Wäldern hat mir gezeigt, dass ich zu vielem fähig bin. Ich war nicht dumm. Ich brauchte keinen Mann, um zu überleben. Und jetzt? Frei zu sein? Hier zu sein mit dir und deinen Freunden ...«

»*Unseren* Freunden«, unterbrach er sie entschieden.

»Richtig, entschuldige, unseren Freunden«, korrigierte sie sich. »Und durch das Gespräch mit Lilac und das Lesen über die Erfahrungen anderer Frauen, die gefangen genommen wurden, ist mir klar geworden, dass ich eine Menge zur Welt beitragen kann. Ich werde vielleicht nie ein Genie sein oder Algebra verstehen, aber was ich heute zu den Kindern gesagt habe ... ich glaube, es kam bei ihnen an. Ich konnte es spüren. Wenn meine Geschichte auch nur einem Kind helfen kann, etwas Schlimmes zu überwinden, dann war es das alles wert.«

»Wusstest du, dass Lilac ihren Lebensunterhalt damit verdient, im ganzen Land Motivationsreden zu halten? Elizabeth Smart tut das auch. Du könntest so etwas auch machen.«

Heathers Augen leuchteten auf. »Wirklich?«

»Ja. Und ein Bonus wäre, dass du reisen könntest ... mehr von der Welt sehen würdest als diese Ecke von Virginia.«

Dann runzelte sie die Stirn. »Aber ich mag Fallport.«

»Das tue ich auch. Ich sage nicht, dass du wegziehen sollst, aber du könntest an Orte reisen, die du sonst nicht sehen würdest.«

»Würdest du mit mir kommen?«

Talons Herz setzte einen Schlag aus. »Wenn du es willst.«

»Ich möchte es. Aber ich weiß nicht, wie ich so etwas anstellen soll.«

»Wir können mit Lilac reden. Und mit Elizabeth. Hol dir ihren Rat. Ich bin sicher, sie werden dir helfen.«

»Talon?«

»Ja, mein Schatz?«

»Ich bin so glücklich.«

Talon konnte sie nur staunend anstarren. Sie überraschte ihn immer wieder. Er schüttelte den Kopf. »Du bist zwei Jahrzehnte lang durch die Hölle gegangen. Du hattest Glück, dass du überlebt hast, ja, aber du hattest nicht Glück, dass du das durchmachen musstest.«

»Aber es hat mich zu dir geführt«, erklärte sie leise. »Ich weiß nicht, wo ich jetzt wäre, wenn ich das nicht erlebt hätte. Vielleicht wäre ich weggezogen. Vielleicht hätte ich jemand anderen getroffen und geheiratet. Oder du hättest die Frau gehasst, zu der ich geworden wäre, wenn du mich zufällig in der Stadt kennengelernt hättest.

Ich weiß, dass es viele Dinge auf der Welt gibt, die ich nicht verstehe, aber ich habe dich, der mir alles erklärt. Der mich beschützt. Der mir hilft, das alles zu verstehen. Wenn du nicht wärst, würde es mir nicht so gut gehen, wie es mir jetzt geht. Du machst es mir leicht, Risiken einzugehen. Wenn ich vor etwas Angst habe, weiß ich, dass du da bist und mich auffängst, wenn ich versage. Ich ... ich fühle mich wie die glücklichste Frau der Welt, weil ich dich an meiner Seite habe.«

Tals Kehle war wie zugeschnürt. Er schluckte schwer. Diese Frau machte ihn völlig fertig. Er gehörte ganz ihr.

Und sie gehörte ihm.

Frauen sollten nicht wollen, dass ein Mann sich um sie

kümmert, und Männer sollten keine Frau suchen, die will, dass man sich um sie kümmert, dass man sie als die Seine beansprucht. Heutzutage war es akzeptabler, unabhängig zu sein. Wie Talon die perfekte Frau für sich gefunden hatte, wusste er nicht. Er wusste nur, dass er alles tun würde, um sie zu behalten.

»Ich bin der Glückliche«, brachte er schließlich heraus.

»Gut, wir haben beide Glück«, gab sie lächelnd nach. »Und da wir das jetzt geklärt haben ... ich habe heute mit Caryn gesprochen und sie hat mir von einer Sexstellung erzählt, die G-Whiz heißt, bei der ich meine Füße über deine Schultern lege, während du vor mir kniest und ...«

Tal gab ihr keine Gelegenheit, weiter zu erklären. Er stand auf, ergriff ihre Hand und schlenderte in Richtung ihres Schlafzimmers. Das Lachen, das aus ihrem Mund kam, brachte ihn zum Lächeln, obwohl sein Schwanz pochte. Jetzt, da sie erfahren hatte, wie Liebe sich anfühlen sollte und nicht wie der Missbrauch, unter dem sie gelitten hatte, war sie begierig darauf, die Sache ausgiebig zu erkunden. Tal war peinlich berührt und gleichzeitig dankbar, dass ihre Freundinnen alles taten, um sie aufzuklären.

In der letzten Woche waren sie beide bei Doc Snow gewesen, der sie nach mehreren Tests für gesund erklärt und ihr eine Spirale eingesetzt hatte. Sie hatten noch einmal über Kinder gesprochen und Tal konnte es kaum erwarten, mit ihr eine Familie zu gründen, aber er wollte auch, dass sie erst einmal ein bisschen lebt. Sie war ihrer Kindheit beraubt worden, und des größten Teils ihres frühen Erwachsenseins obendrein. Er wollte sie nicht dazu drängen, Kinder zu bekommen, bevor sie dazu bereit war.

Obwohl es Spaß gemacht hatte, ihr beizubringen, wie man Kondome benutzt, war Tal erleichtert, dass er jetzt wieder ohne Kondom mit ihr schlafen konnte. Er hatte noch nie etwas als so angenehm empfunden, wie tief in ihr zu sein, ohne dass etwas zwischen ihnen war.

Sobald sie am Bett waren, lächelte Heather ihn an und griff nach dem Saum ihrer Bluse.

Diese Frau bedeutete ihm alles, und Tal würde nie aufhören, dankbar zu sein, dass sie in seinem Leben war.

Heather lächelte, als sie das Anwesen in der Chestnut Street verließ. Heute hatten Naturwissenschaften mit Whitney auf dem Plan gestanden, was ihr viel lieber war als Mathe. Alles, was sie lernte, war so faszinierend.

Anstatt Talon anzurufen, damit er sie abholt, sagte sie ihm, dass sie zum Marktplatz gehen und sich mit ihm im *Sunny Side Up* zum Mittagessen treffen würde. Es war ein schöner, nicht zu kalter Tag und Heather dachte, dass sie die Bewegung gebrauchen könnte. Sie hatte ziemlich zugenommen, seit sie den Wald verlassen hatte, und obwohl Talon ihre Kurven zu lieben schien, fand sie es nicht gut, zu dick zu werden.

Sie konnte den Zimtrollen, die Finley machte, einfach nicht widerstehen. Oder den anderen Speisen, die sie kennengelernt hatte. Der jahrelange Verzehr von geräuchertem Fleisch, Fisch und Blattsalaten hatte ihre Geschmacksnerven abgestumpft. Die neue Welt der Gewürze und schmackhaften Speisen war eine der größten Freuden in Heathers neuem Leben.

Sie lächelte beim Gehen und dachte an all die Dinge, die sie Khloe über Boots erzählen wollte und wie es ihr ging. Heute Morgen, als es zwischen ihr und Talon gerade interessant werden sollte, war das Kätzchen auf das Bett gesprungen und hatte ihre kleinen Krallen in Talons Knöchel gegraben, um ihm unmissverständlich mitzuteilen, dass sie bereit für ihr Frühstück war. Er war aber nicht sauer geworden, sondern hatte einfach gezuckt, sich heruntergebeugt, das Kätzchen von seinem Bein genommen und es in Heathers Arme gelegt. Er hatte sie geküsst und ihr gesagt, dass sie sich mit dem

Aufstehen Zeit lassen solle und dass er das Frühstück vorbereiten würde.

Er verwöhnte sie und schien nie müde zu werden, das zu tun. Sie liebte ihn so sehr.

Während sie sich daran erinnerte, wie schön ihr Leben war und wie dankbar sie war, dass sie am Leben war und so viele Freunde hatte, zuckte Heather überrascht zusammen, als ein Wagen neben ihr an der Straße hielt.

Sie lächelte, als sie sich umdrehte und erwartete, jemanden zu sehen, den sie kannte. Meistens, wenn sie unterwegs war, um sich zu bewegen, hielt einer der Jungs aus dem Such- und Bergungsteam oder eine der Frauen an und bot ihr an, sie mitzunehmen.

Ihr Lächeln erstarb, als sie den Mann hinter dem Steuer des Wagens sah.

Es war niemand anderes als Cypress Goodson.

Sie drehte sich um und wollte weglaufen und blieb stehen, als er sagte: »Willst du nicht die neueste Sunset Meadowblossom kennenlernen?«

Ein Schauer lief ihr über den Rücken, und Heather drehte sich langsam um. Viele der Frauen in der *Gemeinschaft* hatten denselben Namen. Das machte die Dinge manchmal verwirrend, aber die Männer schienen sich weder darum zu scheren noch es zu bemerken. Sie hatte mit Talon darüber gesprochen und er hatte gesagt, dass dies nur ein weiterer Weg sei, die Frauen zu entmenschlichen. Sie stimmte ihm vollkommen zu.

Sie wollte weglaufen und zu Talon laufen. Er würde sie beschützen, das wusste sie ganz sicher. Sie wollte Simon sagen, wo Cypress war, damit er verhaftet werden konnte. Aber seine Worte ließen sie in ihren Gedanken erstarren. Sein böses Grinsen ließ sie erschaudern, als sie sich dem Albtraum ihrer Vergangenheit stellte.

»Na los ... schau durchs Fenster. Siehst du? Sie ist so hübsch ... rote Haare wie du ... aber im Gegensatz zu dir wird sie lernen zu gehorchen, wie es sich für eine Frau gehört.«

Heather brach fast das Herz, als sie so nahe herankam, dass sie in das Fenster auf der Beifahrerseite des Wagens schauen konnte. Ein kleines Mädchen saß zusammengekauert auf dem Boden, die Hände zusammengebunden, und starrte ins Leere. Ihr Haar war zerzaust und sie hatte sichtbare Tränenspuren auf ihren kleinen Wangen. Außerdem trug sie das schreckliche braune Kleid, das *Die Gemeinschaft* alle Frauen und Mädchen tragen ließ. Allein bei ihrem Anblick kamen Heather schreckliche Erinnerungen in den Sinn.

Cypress lachte. »Sie ist so ein braves Mädchen. Sie hat im Laufe der letzten Tage keinen Mucks von sich gegeben. Sie lernt schnell ... viel schneller, als du es je getan hast.« Seine Stimme wurde leiser, als er sagte: »Steig in den Wagen, Sunset.«

Schon beim Hören ihres alten Namens stieg ihr die Galle in die Kehle. »Nein«, erklärte sie so nachdrücklich, wie sie konnte.

Cypress lehnte sich an das Beifahrerfenster. »Steig ein. *Sofort.* Oder die kleine Sunset wird an deiner Stelle bestraft werden. Du erinnerst dich doch an das Bestrafungszelt, oder? Ich werde sie mit verbundenen Augen, geknebelt und mit zugedeckten Ohren festbinden und sie schlagen, bis ihr Rücken nur noch aus Blut besteht. Dann lasse ich sie eine Woche lang dort und komme nur einmal am Tag, um ihr Wasser zu geben und ihr zu erklären, dass sie *deinetwegen* dort ist.«

Weitere Erinnerungen drohten Heather zu überwältigen. Ihre Zeit im Bestrafungszelt war unerträglich gewesen. Mehr als beängstigend.

Doch anstatt Angst vor Cypress zu haben, stieg Wut in ihr auf.

Als sie das kleine Mädchen auf dem Boden des Wagens noch einmal ansah, traf sie die einzige Entscheidung, die sie treffen konnte. Sie hatte keine Ahnung, ob es die richtige war, und Talon würde wahrscheinlich wütend auf sie sein, aber sie wollte das kleine Mädchen auf keinen Fall Cypress überlassen.

Sie wusste nicht, wohin er sie bringen wollte, aber sie würde das Kind mit ihrem Leben beschützen, wenn es sein musste.

Ein Gespräch, das sie mit Talon geführt hatte, schoss ihr durch den Kopf, als sie nach dem Türgriff langte. Sie hatte gesagt, dass nichts sie dazu bringen würde, mit Cypress zu gehen, wenn sie ihn wiedersehen würde. Damals hatte sie nicht gelogen ... aber sie hatte keine Ahnung, wie weit er gehen würde, um ihren Gehorsam zu erzwingen.

Cypress wusste nicht, dass sie ein ganz anderer Mensch war als früher. Sie war nicht mehr Sunset Meadowblossom. Sie war Heather Brown. Sie hatte ein Leben, Freunde und eine Vision für ihre Zukunft. Und sie hatte Talon.

Heather hatte keinen Zweifel daran, dass Talon sich sofort auf die Suche machen würde, wenn sie nicht dort auftauchte, wo er sie erwartete. Leute zu finden war sein Job. Mehrere Wagen waren vorbeigefahren, während sie mit Cypress gesprochen hatte. Einer der Fahrer würde berichten, was er gesehen hatte und mit wem sie zusammen gewesen war. Es war nur eine Frage der Zeit, bis Talon sie ausfindig machen würde.

Heather hatte Jahre des Missbrauchs durch diesen bösen Mann überlebt, sie konnte eine weitere Stunde überleben. Zwei. Drei. Sie würde alles ertragen, was er ihr antun wollte ... solange es bedeutete, dass das kostbare kleine Mädchen, das offensichtlich zu Tode verängstigt war, verschont blieb.

Sie setzte sich auf den Vordersitz, wobei sie darauf achtete, nicht auf das Mädchen zu treten oder es anzustoßen, und schloss die Tür.

Cypress sagte kein Wort, grinste nur, legte den Gang ein und fuhr zurück auf die Straße. Er fuhr in Richtung Westen aus der Stadt heraus ... in die Richtung, in der *Die Gemeinschaft* gelebt hatte.

Heather wusste, dass sie Angst haben sollte. Sie hätte ausflippen müssen, weil sie nicht wusste, wohin Cypress sie brachte und was er mit ihr vorhatte. Aber stattdessen fühlte sie sich ... beherrscht.

Talons Liebe, seine Unterstützung und sein Schutz hatten sie grundlegend verändert. Sie hatte genug von seinen Geschichten über seine Zeit als Soldat gehört und verstanden, dass er oft erfolgreich war, weil er geduldig war. Er hatte auf den richtigen Zeitpunkt zum Handeln gewartet. Genau das würde sie jetzt auch tun. Cypress war arrogant und dachte, er hätte schon gewonnen.

Nun, er würde herausfinden, dass Heather Brown stärker war, als Sunset Meadowblossom es je gewesen war. Er würde nicht mit einer weiteren Entführung davonkommen. Das kleine Mädchen brauchte sie, und wenn Cypress seinen Zug machte ... würde Heather bereit sein.

KAPITEL ZWANZIG

Tal schaute zum x-ten Mal auf die Uhr. Heather war spät dran. Whitney hatte angerufen und ihm Bescheid gesagt, dass sie unterwegs war. Aber sie war nicht gekommen. Da er das, was letztes Jahr mit Bristol passiert war, noch vor Augen hatte, zögerte Tal nicht, Alarm zu schlagen.

Er rief zuerst Simon an, dann Ethan, der zustimmte, alle anderen anzurufen. Dann fuhr er sofort zum *Chestnut Street Manor*. Er sprach kurz mit Whitney, die ihm den Zeitpunkt bestätigte, zu dem Heather gegangen war, und die Richtung, in die sie gelaufen war, und machte sich dann auf den Weg, um nach Anzeichen dafür zu suchen, wo sie sein oder was mit ihr passiert sein könnte.

Raiden stieß innerhalb weniger Minuten mit Duke an seiner Seite zu ihm. Der Bluthund nahm sofort Heathers Fährte auf und lief den Bürgersteig entlang. Er verfolgte die Spur nur zwei Straßen weiter, bevor er begann, mit der Nase in der Luft im Kreis zu laufen. Sowohl Raid als auch Tal wussten, was das bedeutete. Sie war in einen Wagen gestiegen.

Die Frage war nur: War sie freiwillig oder unfreiwillig eingestiegen?

Hätte ihr jemand, den sie kannte, eine Mitfahrgelegenheit

angeboten, wäre sie viel schneller im Restaurant gewesen, um sich mit ihm zum Mittagessen zu treffen, als wenn sie zu Fuß gegangen wäre. Aber das war nicht der Fall.

»Sie hat geschworen, niemals mit ihm mitzugehen«, erklärte Tal, und die Angst war deutlich in seiner Stimme zu hören.

»Wir wissen nicht, ob es Cypress war oder jemand aus der Sekte«, sagte Raid in dem Versuch, seinen Freund zu beruhigen.

»Er war es«, erklärte Tal.

»Es könnte jemand gewesen sein, der ihr Interview gesehen hat und davon besessen ist. Jemand, der genauso über Frauen denkt wie die Mistkerle in der Sekte, die sie aufgezogen haben«, gab Raid zu bedenken.

Aber Tal schüttelte den Kopf. Er glaubte das nicht. Er zermarterte sich das Hirn, um einen Grund zu finden, warum Heather mit dem Mann mitgefahren sein sollte, der ihr so viel Leid zugefügt hatte. Während er versuchte, es herauszufinden, fuhr Simons Streifenwagen neben sie.

»Was hat Duke gefunden?«, wollte er wissen.

»Er ist ihrer Spur bis hierher gefolgt, wo sie sich verliert«, entgegnete Raid kurz und bündig.

Tal blendete das Gespräch seiner Freunde aus und starrte ins Leere, während er versuchte, sich vorzustellen, was Heather wohl gedacht haben könnte. Er schloss für einen Moment die Augen und stellte sich vor, wie sie die Straße entlangging. Ein Wagen hielt an, jemand kurbelte das Fenster herunter, um mit ihr zu reden ... und sie stieg einfach ein? Aber warum?

War es wirklich Cypress? Oder vielleicht jemand aus dieser verdammten Sekte, in der sie aufgewachsen war? Ein Fremder? Er nahm an, dass es zu diesem Zeitpunkt egal war, wer es war, nur dass sie in das Fahrzeug eingestiegen war. Er glaubte nicht, dass jemand sie gepackt und in den Wagen gedrängt hatte, denn dann hätte es jemand bemerkt. Sie hätte sich die Seele aus dem Leib geschrien.

Also ... warum?

Tal runzelte die Stirn, als Simon seinen Namen rief.

Er hob die Hand, um den Polizeichef daran zu hindern, noch mehr zu sagen, während er die Stirn runzelte und an alles dachte, was er über Heather wusste. Sie hatte versprochen, dass sie nie wieder zu Cypress zurückkehren würde. Sie war fest davon überzeugt, dass sie nie wieder etwas mit ihm zu tun haben wollte. Was könnte er als Anreiz benutzt haben, um sie zum Einlenken zu bewegen?

Aus irgendeinem Grund *wusste* Tal, dass es sich hier um Cypress handelte. Das ganze Aufsehen um Heathers Entführung und ihre anschließende Rückkehr hatte ihn zurück in die Stadt gelockt, genau wie sie es befürchtet hatten, weil er sie zurückhaben wollte. Sie war nicht gerade freundlich gewesen, als sie im Fernsehen über ihr Leben mit der Sekte gesprochen hatte. Sie war besonders hart zu Cypress und seinem verstorbenen Vater gewesen. Es war sehr wahrscheinlich, dass er zurückgekommen war, um sich zu rächen.

Tals Augen weiteten sich, als ihm ein schrecklicher Gedanke in den Sinn kam.

Er wandte sich an Raid und Simon. »Er hat wieder ein Kind entführt.«

Die beiden Männer starrten ihn verwirrt an.

»Das wissen wir nicht«, begann Simon, aber Tal schüttelte den Kopf.

»Das ist das Einzige, was einen Sinn ergibt. Heather hat geschworen, nie wieder zu Cypress zurückzukehren. Überleg mal ... selbst als sie Todesangst vor Fallport hatte, vor allem, was außerhalb der Welt lag, die sie kannte, hat sie sich ihm widersetzt und sich im Wald versteckt, als sie aufbrechen wollten. Tief in ihrem Inneren *wusste* sie, dass sie, wenn sie dieses Gebiet verließ, die einzige Verbindung zu den Menschen verlieren würde, die sie gekannt hatten. Zu ihrem Zuhause. Und als sie erkannte, was in dieser Sekte wirklich geschah, war sie entsetzt. Besonders hasste sie, dass Kinder, die jünger waren als sie, entführt wurden, um sie als zukünftige Ehefrauen für die Männer der Gruppe aufzuziehen.

Ich denke, Cypress ist ihretwegen zurückgekommen. Aus Rache. Er hat sein ganzes Leben mit unterwürfigen Frauen verbracht. Er glaubt wahrscheinlich wirklich, dass er allen Frauen überlegen ist. Was glaubst du, wie er sich gefühlt hätte, als er erfuhr, dass er von einer Frau überlistet worden war? Wahrscheinlich empört und noch entschlossener, ihr zu zeigen, dass sie nicht gewonnen hat. Und wie macht man das am besten?«

»Indem man ein Kind entführt und es hierherbringt«, antwortete Raid mit einem grimmigen Gesichtsausdruck.

»Ganz genau. Ich weiß genau, dass Heather nur *dann* zu ihm in den Wagen steigen würde, wenn er ein Kind bedroht«, entgegnete Tal.

»Wo würde er sie also hinbringen?«, fragte Simon.

»Dorthin, wo alles angefangen hat?«, vermutete Raid.

»Da bin ich ganz deiner Meinung«, pflichtete Tal ihm bei.

»Verdammt. Da draußen ist nichts mehr. Die Zelte wurden alle abgebaut, die Toilettengruben zugeschüttet und sogar die kaputten Fahrzeuge wurden abgeschleppt und verschrottet«, gab Simon zu bedenken.

»Ich glaube nicht, dass er vorhat zu bleiben. Er will Heather wahrscheinlich nur zeigen, dass sie ihn nicht besiegt hat. Dass er immer noch die Kontrolle hat. Und das Camp ist der Ort, den sie am meisten fürchtet«, schlussfolgerte Raid.

In diesem Moment ertönte das Geräusch eines Wagens, das die Straße hinunter beschleunigte. Als Tal sich umdrehte, sah er Ethans Subaru die Straße entlang auf sie zurasen. Direkt hinter ihm waren Zekes Geländewagen und Drews Jeep. Alle drei Fahrzeuge kamen quietschend zum Stehen und die übrigen fünf Mitglieder des Such- und Bergungsteams stiegen aus ihren Fahrzeugen aus.

»Lagebericht«, rief Ethan.

»Wir glauben, dass Cypress Heather in sein altes Lager

gebracht hat«, fasste Raid zusammen. »Duke hat sie bis hierher verfolgt, dann ist ihre Spur verschwunden.«

»Also gut«, erklärte Ethan. »Brechen wir auf.«

»Verdammt. Na gut. Tal, du kommst mit mir«, sagte Simon schnell. »Alle anderen bleiben hinter mir. Ich will nicht, dass ihr alle euch plötzlich aufführt wie bei der Spezialeinheit.«

Tal widersprach nicht, vor allem weil Simon nicht unrecht hatte. Aber der Polizeichef brauchte ihre Fähigkeiten, die sie bei der Spezialeinheit gelernt hatten, tatsächlich. Er hatte nicht genügend Zeit, um seine Beamten von ihren Aufgaben abzurufen. Jede Sekunde zählte, wenn Heathers Leben in Gefahr war – und das war es. Cypress würde auf keinen Fall riskieren, lange in Fallport zu bleiben.

Tal wusste, dass seine Freunde, sobald sie angekommen waren, in den Kampfmodus übergehen würden, ohne dass er sie bitten musste. Sie würden ihre Positionen rund um das Lager einnehmen, um zu verhindern, dass Cypress in die Wälder flüchtete, wenn alles zusammenbrach. Sie waren alle im professionellen Soldatenmodus ... zu viele schlimme Dinge waren mit ihren eigenen Frauen passiert. Der Gedanke, dass das Böse Heather noch einmal etwas antun könnte, nach dem, was sie bereits durchgemacht hatte, war unerträglich.

Jeder Kilometer, den sie in Richtung des verlassenen Sektengeländes fuhren, kam ihnen wie eine Ewigkeit vor. Tal betete, dass sie recht hatten, sonst würden sie viel Zeit verschwenden. Und er durfte nicht einmal daran denken, was mit Heather passieren könnte, sonst würde es ihn völlig überwältigen und er wäre nicht in der Lage, ihr zu helfen, wenn sie ihn am meisten brauchte.

Halte durch, mein Schatz. Nur noch ein bisschen länger.

Als Cypress in die lange Einfahrt der *Gemeinschaft* einfuhr, hatte Heather alles außer dem Mann, der neben ihr saß, ausgeblendet. Wie von ihr erwartet wurde, hielt sie den Blick auf ihren Schoß gerichtet. Sie wollte Cypress keinen Grund geben zu vermuten, dass sie etwas anderes war als das, was er sehen wollte: eine unterwürfige, verängstigte und sehr gut trainierte Frau.

»Ich kann nicht behaupten, dass dir die Zeit ohne uns gutgetan hat«, bemerkte Cypress, als er das Lager erreichte und den Wagen anhielt. »Sieh dich nur mal an ... du trägst eine Hose, Schuhe ... und du hast dir deine schönen Haare abgeschnitten.« Er machte ein schmatzendes Geräusch. »Du weißt, dass das alles nicht erlaubt ist. Du wirst bestraft werden müssen. Hart bestraft.«

Früher hätte Heather bei diesen Worten zusammenzucken müssen. Sie hätte sich zutiefst entschuldigt und alles getan, um ihre Zeit im Strafzelt zu verkürzen. Aber jetzt machten sie sie nur noch wütender.

Sie schluckte ihre Wut hinunter ... kanalisierte sie. Sie starrte auf den gesenkten Kopf des Kindes, das ihr zu Füßen lag. Das kleine Mädchen hatte sich nicht bewegt. Sie saß so still wie möglich, als wollte sie unsichtbar sein.

Die Erinnerung daran, wie sie aus Selbstschutz dasselbe getan hatte, drohte Heather zurück in die Vergangenheit zu werfen. Aber sie erinnerte sich an jenen Morgen, als sie mit Talon auf dem Bett saß und sie mit Boots spielten. Wie sie zusammen Tee tranken, während sie fernsahen. An den bewundernden Ausdruck auf seinem Gesicht, wenn sie mit ihm Liebe machte.

Den Mann, den sie liebte, in ihren Gedanken zu sehen, beruhigte sie noch mehr. Das machte sie noch konzentrierter.

»Du gehörst zu mir«, fuhr Cypress fort. »Das hast du immer und wirst du immer.«

Er hatte unrecht. Sie gehörte nicht zu ihm. Nicht einmal annähernd.

Sie gehörte Talon ... genauso wie er ihr gehörte.

»Zieh deine Schuhe aus«, erklärte Cypress, während er sich

nach vorn beugte und ein Messer mit gezackter Klinge aus einem Halfter an seinem Rücken zog. »Du weißt, dass du sie nicht tragen darfst.«

Am liebsten hätte sie um sich geschlagen, ihn angeschrien und ihm gesagt, dass er nichts weiter als ein erbärmlicher, kranker alter Mann sei, der Kinder missbraucht, aber Heather atmete tief durch, bevor sie sich bückte, um ihre Stiefel aufzuschnüren. Sie musste den passenden Zeitpunkt abwarten. Im Moment hatte Cypress mit dem Messer die Oberhand. Aber sie würde bereit sein zuzuschlagen, wenn er seine Deckung sinken ließ. Ihr Leben, ihre Zukunft und die des Kindes zu ihren Füßen hingen davon ab, dass sie ihren Entführer glauben ließ, sie würde sich unterwerfen.

Heather wollte das Mädchen am liebsten beruhigen. Sie wollte ihr sagen, dass sie durchhalten solle und dass Hilfe kommen würde. Aber das konnte sie nicht, wenn sie wollte, dass Cypress seine Schutzmauern senkte.

Sie zog ihre Schuhe und Socken aus und ließ sie hinter dem Kind auf dem Boden liegen.

»Steig aus«, befahl Cypress. »Und keine Tricks, sonst lasse ich es an ihr aus«, warnte er und deutete mit dem Messer auf das Mädchen.

Bitterkeit drohte Heathers Vernunft zu überwältigen, aber sie schaffte es, zu nicken und nach dem Türgriff zu langen. Sie trat auf den Boden und fröstelte sofort. Sie hatte vergessen, wie kalt es sein konnte, ohne Schuhe durch den Wald zu laufen. Aber sie kontrollierte ihre unwillkürliche Reaktion so gut sie konnte. Sie wollte Cypress nicht die Genugtuung geben zu wissen, dass sie sich unwohl fühlte.

Sie schloss die Wagentür und wollte nicht, dass das Mädchen hörte oder sah, was als Nächstes geschah. Heather zwang sich, stillzustehen und auf den Boden zu schauen, als sie Cypress' Füße in ihrem Blickfeld sah. Er packte sie fest am Arm und riss ihn fast aus der Gelenkpfanne, als er sie in Richtung eines einsamen Zeltes in der Mitte der ehemals belebten *Gemeinschaft* zog.

»Erkennst du es wieder?«, fragte Cypress, während er sie näher an sich heranzog. Er ließ ihr keine Zeit zu antworten, was nicht ungewöhnlich war. Alle Männer in der *Gemeinschaft* neigten dazu, ihre eigenen Fragen zu beantworten ... als seien die Frauen nicht in der Lage, selbst zu denken. »Das ist das Strafzelt. Ich habe es mitgenommen, als ich Florida verlassen habe, in der Erwartung, dich nach Hause zu bringen. Aber dank deines Fernsehinterviews haben sich die Pläne geändert«, erklärte er. »Du hast ziemlich viel Zeit in diesem Zelt verbracht, stimmt's? Ich dachte, es sei ein geeigneter Ort, um mich wieder mit meiner Frau bekannt zu machen. Dann, um der alten Zeiten willen, werde ich dich kurz bestrafen ... bevor ich dich töte und mich auf den Weg mache, um mein neues Leben mit meiner kleinen zukünftigen Frau zu beginnen.«

Dieses Mal war es fast unmöglich, die Erinnerungen zu verdrängen. Der Geruch des Zeltes, als sie sich näherten, drohte Heather in die Knie zu zwingen. Sie *hasste* dieses Zelt. Irgendwie roch es anders als all die anderen Zelte, die früher hier gestanden hatten. Vielleicht lag es an dem Leid, das darin stattgefunden hatte, sie war sich dessen nicht sicher. Sie wusste nur, dass sie auf keinen Fall zulassen würde, dass Cypress sie fesselte, ihr die Augen verband, sie knebelte und betäubte, während er mit ihr Sex hatte und sie dann mit seinem Gürtel schlug. Sie war noch nicht bereit zu sterben. Nicht, wenn sie gerade erst zu leben begonnen hatte.

Cypress klappte die Öffnung des Zeltes zurück und es kostete Heather jedes Quäntchen Kraft, ruhig hineinzutreten. Sie sah die Seile, die er bereits vorbereitet hatte, um sie zu fesseln. Auf dem Boden lag eine einzelne Decke, auf der er offensichtlich Sex mit ihr haben wollte.

Adrenalin strömte durch Heathers Adern. Sie wollte weglaufen. Wollte um sich schlagen. Aber Cypress hielt immer noch das Messer in der Hand. Sie musste bis zum richtigen

Zeitpunkt warten. Er würde es weglegen müssen, um sie zu fesseln. Um Sex mit ihr zu haben. In dem Moment, in dem er das tat, würde sie den ersten Schritt machen.

»Ich bin nicht überrascht, dass du dich so gut an deine Ausbildung erinnerst«, bemerkte er grinsend. »Ohne *Die Gemeinschaft* bist du ein Nichts. Du kannst nicht selbstständig denken, konntest es nie. Zieh diese obszöne Hose aus. Sofort!«, befahl er.

Heather wollte sich auf keinen Fall ausziehen. Aber sie drehte sich zu ihm um und öffnete den Knopf der Cargohose, die sie trug. Dann setzte sie sich auf die Decke, stützte sich auf ihre Hände und öffnete ihre Beine. Aus Erfahrung wusste sie, was Cypress von ihr erwartete. Das war die Position, in die er sie am häufigsten befahl, wenn er seine ehelichen Rechte ausüben wollte. Sie trug immer noch die Hose, die er hasste, aber sie konnte sich einfach nicht dazu durchringen, sie auszuziehen.

Wenn er sie loswerden wollte, musste er es selbst tun.

Mit gesenkten Wimpern beobachtete Heather ihn und wartete besorgt. Sie war sich nicht sicher, wie weit er noch gehen würde, bevor er seine Deckung fallen ließ. Sie hielt den Atem an, während die Sekunden verstrichen ...

Zu ihrer Erleichterung ging er auf die Knie und rückte näher an sie heran.

»Gut. Ich ziehe sie für dich aus. Ich werde es genießen, dich dafür zu bestrafen, dass du dich mir widersetzt hast.«

Dann passierte es.

Er legte das Messer neben sich auf den Boden, während er nach der Öffnung seiner Hose griff.

Heather zögerte nicht. Sie stürzte sich auf das Messer.

Cypress hatte nicht damit gerechnet, da er angenommen hatte, wie immer die vollständige Kontrolle über die Situation zu haben. Seiner Erfahrung nach hatte keine einzige der Frauen, die er missbrauchte, sich jemals gewehrt.

Heather packte das Messer fest und stieß es ihm in den

Bauch, genau dort, wo sie wusste, dass es den größten Schaden anrichten würde.

Sie zog das Messer heraus, sprang auf die Füße, stürzte aus dem Zelt und holte zum ersten Mal tief Luft, seit sie gezwungen worden war hineinzugehen. Der ganze Angriff hatte nur wenige Sekunden gedauert. Jetzt drehte sie sich sofort um und wartete darauf, dass Cypress ihr folgte.

Und das tat er auch und verließ das Zelt fast sofort. Er stolperte ein wenig, was Heather zum Lächeln brachte.

»Das tut weh, nicht wahr?«, fragte sie mit hocherhobenem Kinn und sah ihm direkt in die Augen. Er würde das hassen, aber das machte es umso befriedigender.

»Schlampe!«, knurrte er. »Ich werde dich verdammt noch mal leiden lassen!«

Sie war bereit, als er angriff, und hielt sich einen kurzen Moment lang zurück, bevor sie zurückwich ... und stieß ihm das Messer in den Rücken, als er an ihr vorbeistürmte.

Der Schmerzensschrei und die Empörung, die aus Cypress' Mund drangen, waren dem eines verwundeten Bären nicht unähnlich.

Heather war ein wenig schlecht, aber sie konnte noch nicht aufhören. Nicht, bis er am Boden lag.

Bevor er sich überhaupt drehen konnte, um wieder auf sie loszugehen, sprang Heather vor und stach ihn auf der anderen Seite seines Kreuzes, nahe seiner Flanke, erneut das Messer in den Leib.

Er fiel auf die Knie.

Mit einer schnellen Bewegung beendete Heather, was sie begonnen hatte, und stieß die gezackte Klinge noch einmal in seinen Körper, diesmal in die Rückseite seines Oberschenkels, um sicherzustellen, dass er nicht mehr laufen ... oder gehen konnte.

Als er nach vorn in den Dreck fiel und vor Schmerz und Wut schrie, trat Heather schließlich einen Schritt zurück. Es kam ihr so vor, als würde sie die Szene von hoch oben beobachten. Sie fühlte sich distanziert und emotionslos gegenüber dem, was sie gerade getan hatte ... bis auf eine kleine Genugtuung. Sie hatte jetzt die Oberhand. Cypress konnte ihr und dem kleinen Mädchen, das im Wagen wahrscheinlich zu Tode erschrocken war, nichts mehr antun.

»Du *Schlampe!*«, fauchte Cypress und starrte sie hasserfüllt an.

Heather blickte verächtlich auf ihn herab. »Deine Worte können mich nicht verletzen«, erklärte sie ihm.

»Vielleicht nicht, aber wenn ich dich in die Finger kriege, werde ich dir so wehtun wie noch nie zuvor«, zeterte er.

Sie lachte. Aus vollem Halse. Dann schüttelte sie den Kopf. »Du wirst weder mich noch das Mädchen noch sonst jemanden jemals wieder in die Finger bekommen. Du hast mich gut gelehrt, Cypress. Ich habe das Leben als Frau der *Gemeinschaft* vielleicht nicht ganz angenommen, aber ich habe auf jeden Fall gelernt, wie ich ein Messer benutze, um meine Beute zu erlegen.«

Cypress verstummte, als ihre Worte einschlugen.

»Was hast du mir beigebracht? Ach ja ... eine Verletzung des Bauches ist immer vorzuziehen, denn wenn man den Darm durchbohrt, verbreitet sich die Infektion sehr schnell. Das würde das Tier schwächen und es weniger gefährlich machen. Und ein Nierenschuss? Ja, das wäre ein langsamer und schmerzhafter Tod.

Ich weiß noch genau, was du gesagt hast, Cypress ... warum sie schnell töten? Es ist immer gut, ein Tier wissen zu lassen, wer das Sagen hat, dass es nichts weiter als Futter für die Stärkeren und Klügeren ist. Ich fand das schon immer grausam. Warum einem Tier in den Bauch schießen, wenn ein Kopfschuss oder ein Schuss ins Herz schnell und schmerzlos ist? Natürlich hast du mir kein Gewehr zum Jagen gegeben, oder? Nein, du hast mir nur ein Messer erlaubt. Ich habe gelernt, sehr schnell mit einer Klinge umzugehen. Wenn ich ein Tier gefangen habe, habe ich es schnell getötet.

Aber weil ich wollte, dass du weißt, dass ich zuhöre, habe ich mit dir *genau* das gemacht, was du mir beigebracht hast.«

»Oh, verdammt ...«, sagte Cypress und rollte sich langsam auf den Rücken. »Ich brauche Hilfe! Geh und hol Hilfe!«

Heather machte sich nicht die Mühe zu antworten. Sie war mit ihren Stichen sehr präzise gewesen. Selbst jetzt verblutete er innerlich. Sie empfand kein Bedauern.

Sie drehte sich um und ging zu dem Zelt, an das sie so schreckliche Erinnerungen hatte. Mit dem blutigen Messer schlitzte sie die Zeltplane von oben bis unten auf. Sie riss das Zelt ab und schnitt das verdammte Ding weiter in Stücke.

Es war befreiend. Außerdem wollte sie Cypress keinen Unterschlupf bieten. Es war kalt, und bald würde es dunkel werden. Er würde erfrieren, wenn er nicht vorher verblutete.

Cypress bedrohte sie abwechselnd und flehte sie um Hilfe an. Sie ignorierte ihn.

Dummerweise hatte er den Schlüssel im Zündschloss stecken lassen, und sie öffnete die Fahrertür und seufzte. Sie wollte selbst von dort wegfahren. Sie sehnte sich danach, genau das zu tun. Aber sie hatte keine Ahnung, wie man fährt. Talon hatte darüber gesprochen, es ihr beizubringen, aber sie waren noch nicht dazu gekommen.

Während sie am Wagen stand und überlegte, was sie tun sollte, schrie und stöhnte Cypress weiter und bedrohte sie und das Mädchen. Als Heather sah, wie das Kind zusammenzuckte, traf sie eine Entscheidung. Sie bedauerte nicht, was sie Cypress angetan hatte, aber sie fühlte sich auch nicht gut dabei. Sie hatte einen Mann getötet; auch wenn er noch nicht tot war, *würde* er es in wenigen Stunden sein. Und sie wollte auf keinen Fall, dass das kleine Mädchen Albträume von seinem Tod hatte.

Sie steckte den Wagenschlüssel ein und ging dann zur Beifahrerseite. Sie setzte sich auf den Sitz und griff nach ihren Socken und Stiefeln. Während sie sie wieder anzog, sprach sie leise zu dem Mädchen.

»Es ist alles in Ordnung. Du bist jetzt in Sicherheit. Du kannst mir vertrauen, und ich werde dir nicht wehtun. Wir werden jetzt einen kleinen Ausflug in den Wald machen. Aber mach dir keine Sorgen, wir gehen an einen Ort, den ich gut kenne. Ein Ort, an dem Cypress uns nicht finden wird. Er würde uns sowieso nicht folgen können, aber ich mag den Klang seiner Stimme nicht.

Talon wird uns holen, daran habe ich keinen Zweifel. Er wird wissen, wo wir sind. Bald sind wir zu Hause und ich werde dir mein Kätzchen zeigen. Es heißt Boots. Es ist schwarz mit weißem Fell an den Füßen. Ich weiß, dass dir wahrscheinlich kalt ist. Das tut mir leid. Ich sehe im Kofferraum nach, ob deine richtigen Klamotten da drin sind.«

Heather wusste, dass sie plapperte, aber sie redete ruhig und sanft weiter. Als sie nach den Händen des Mädchens griff, wich es sichtlich zurück.

Heather hielt inne und sagte: »Ich werde dir nicht wehtun. Ich schneide nur das Seil von deinen Händen ab und dann gehen wir, okay?«

Sie wartete geduldig und wurde belohnt, als das Mädchen ihr Kinn ein kleines Stückchen senkte.

»Braves Mädchen«, lobte Heather. »Du bist so mutig. Und stark. Ich bin stolz auf dich. Halte dich noch ein bisschen länger fest und halte ganz still.« Sie schnitt das Seil, mit dem das Mädchen gefesselt war, durch und entfernte es schnell von ihren kleinen Handgelenken. »So, das ist schon besser. Meinst du, du kannst aufstehen? Hast du Hunger? Dort, wo wir hingehen, gibt es etwas zu essen. Wir werden uns die Bäuche vollschlagen, und wenn Talon uns nach Hause bringt, können wir noch etwas Leckeres essen. Du kannst mir vertrauen, ich werde dir nicht wehtun.«

Zu Heathers Überraschung hob das kleine Mädchen den Kopf und starrte sie einen Moment lang mit ihren wunderschönen haselnussbraunen Augen an.

Ihr Herz schlug höher angesichts des Vertrauens und des

Mutes, den das Kind zeigte, und Heather hob sie hoch. Sofort legte das Mädchen ihre Arme mit einem überraschend starken Griff um ihren Hals. Sie legte ihre Beine um ihre Taille und hielt sich fest, als würde sie nie wieder loslassen.

Heather legte ihr eine Hand unter den Hintern und drehte sich so, dass das kleine Mädchen Cypress nicht auf dem Boden liegen sehen konnte. Sie öffnete den Kofferraum und runzelte die Stirn, als sie feststellte, dass sich darin nur Segeltuch befand. Sie schlug den Kofferraum wieder zu und weigerte sich, darüber nachzudenken, wie nahe das kostbare Bündel in ihren Armen einem Leben wie dem von Heather gekommen war. Cypress' Rachegelüste waren ihm zum Verhängnis geworden und sie war noch nie in ihrem Leben so erleichtert gewesen, dass er so berechenbar war. Er hätte mit diesem kostbaren Mädchen verschwinden können. Er hätte Heather ohne jede Vorwarnung töten können. Aber stattdessen war er sich seiner Überlegenheit ihr gegenüber so sicher gewesen, dass er einen fatalen Fehler gemacht hatte.

Heather ging zurück zur Beifahrertür, die sie offen gelassen hatte, und kniete sich davor nieder. Sie setzte das Mädchen auf den Sitz – nachdem sie sich sanft aus dessen Griff befreit hatte – und griff nach dem Sweatshirt, das sie sich heute Morgen nach der Dusche mit Talon über den Kopf gezogen hatte. Vorhin war es sehr warm gewesen, als sie einen Spaziergang in die Stadt geplant hatte. Heather würde ohne es kalt sein, aber das kleine Mädchen brauchte es mehr. Sie wollte ihr das anstößige braune Kleid ausziehen, das Cypress ihr auferlegt hatte, entschied sich aber dafür, es anzulassen.

»Heb deine Arme, Süße. Gut gemacht. So wird dir wärmer. Talon wird dir so schnell wie möglich ein paar Schuhe besorgen. Und auch warme Socken. Na, fühlst du dich jetzt nicht besser?«

Das Mädchen starrte sie an, sagte aber nichts.

»Es ist in Ordnung zu reden. Ich verspreche es dir. Ich werde dir nicht wehtun. Du kannst reden, weinen, lächeln und lachen. Der böse Mann wird dich nie wieder anfassen. Das schwöre ich. Wie heißt du?«

»Sunset«, flüsterte das Mädchen.

Heather verzog das Gesicht. »Nein, dein *richtiger* Name. Der, mit dem deine Mommy und dein Daddy dich anreden. Der böse Mann hat auch versucht, meinen Namen zu ändern, aber es hat nicht geklappt. Ich heiße Heather. Heather Brown.«

Das Mädchen antwortete nicht, sondern starrte sie nur mit Angst in den Augen an.

»Ist schon gut. Du kannst es mir später erzählen, wenn du dich wohler fühlst. Wie wär's, wenn wir erst mal von hier verschwinden?«

Das Mädchen nickte ihr noch einmal kurz zu und Heather nahm sie wieder in die Arme. Und genau wie zuvor hielt das Kind sich fest, als sei Heather das Einzige, was zwischen ihr und dem sicheren Tod stand.

Sie drückte den Verriegelungsknopf und schlug die Wagentür zu. Das Geräusch hallte in den Bäumen wider.

»Wo willst du hin? Du kannst mich nicht hierlassen! Komm zurück! Sofort! Ich rede mit dir, Sunset! Komm zurück! Lass mir wenigstens den Schlüssel da! Ich erfriere, wenn du es nicht tust!«

Heather ignorierte die Bitten von Cypress, drehte sich um und ging auf die Bäume zu.

Tals Augen waren auf die Straße vor Simons Wagen gerichtet, als sie in Richtung des Ortes rasten, an dem die Sekte gelebt hatte. Sie überholten keine Fahrzeuge, was sowohl eine Erleichterung als auch verdammt beängstigend war. Er wollte nicht daran denken, was sie in diesem Moment durchmachte, sollte Cypress noch mit Heather im Wald sein. Aber wenn sie Cypress auf der Flucht überholt hatten und Heather nicht bei ihm war, dann hatte er die einzige Frau, die er je geliebt hatte, umgebracht, dessen war er sich sicher.

Tal verdrängte den Gedanken, dass Heather tot sein könnte, und griff nach dem Armaturenbrett, als Simon schließlich auf die Schotterstraße einbog, die zu der alten Siedlung führte, und bremste kaum. Der Wagen setzte in ein paar Schlaglöchern auf und Tal zuckte zusammen. Wahrscheinlich zog Simon mit seiner Fahrweise den gesamten Unterboden seines Wagens in Mitleidenschaft, aber Tal war noch nie so dankbar dafür gewesen.

Staub umgab das Fahrzeug, als Simon schließlich einige Meter vor dem Lager auf die Bremse trat und abrupt zum Stehen kam. Tal hatte die Tür geöffnet, noch bevor die Reifen aufhörten zu rollen. Er konnte durch den Staub nichts sehen und hustete, als die Schmutzpartikel sich in seiner Lunge festsetzten.

Tal hörte, wie die Fahrzeuge seiner Freunde schnell und scharf hinter ihnen bremsten, aber er wartete nicht. Er hatte keinen Plan. Er hatte kein anderes Ziel, als Heather zu finden und den Hurensohn zu töten, der sie entführt hatte.

Vor ihnen auf der Lichtung sah Tal einen viertürigen weißen Wagen, der direkt am Eingang des Lagers geparkt war. Gerade als er das wahrgenommen hatte, sah er auf der gegenüberliegenden Seite des Lagers zwischen einigen Bäumen einen Haufen zerfetzter Planen.

Dann hörte er ein klägliches Stöhnen von irgendwo zwischen der Plane und der Limousine.

Das Herz schlug ihm bis zum Hals und Tal beschleunigte seine Schritte.

»Verdammt noch mal, Talon, warte auf mich!«, befahl Simon hinter ihm.

Aber Tal wartete nicht. Wenn das Heather war, die da stöhnte, musste er zu ihr gelangen.

Er war schon einige Schritte in das Lager hineingegangen,

und der Staub der vier neu angekommenen Fahrzeuge lag in der Luft.

Das Stöhnen kam von einem Menschen, aber es war nicht Heather.

Ein Mann lag auf dem Rücken in einer Blutlache auf dem Boden. Sein Gesicht war aschgrau und er starrte ausdruckslos auf die Bäume, die über seinem Kopf schwankten.

»Du meine Güte!«, rief Ethan aus, als er sich näherte.

»Ist das Cypress?«, fragte Zeke.

»Das nehme ich an«, erwiderte Talon.

»Was ist mit ihm passiert?«, fragte Brock.

»Irgendein Zeichen von Heather?«, fragte Raid. Er hatte Duke im Wagen zurückgelassen, worüber der Bluthund nicht sehr erfreut war. Jeder konnte ihn traurig bellen hören.

»Verteilt euch alle. Schaut, ob ihr irgendwelche Spuren von ihr findet«, befahl Drew.

Simon stellte sich neben Talon und sie starrten auf den offensichtlich sterbenden Mann hinunter. Es kostete Tal alles, um nicht nach Simons Waffe zu greifen und dem Schweinehund in den Kopf zu schießen. Er war wie erstarrt vor Unentschlossenheit. Er musste wissen, dass es Heather gut ging, aber er musste auch dafür sorgen, dass dieser Mistkerl seine Frau nie wieder anfassen würde.

»Hilf mir«, stöhnte der Mann. Sein Kopf war ihnen zugewandt und er streckte eine Hand aus, wobei seine Finger sich öffneten und schlossen.

Tal hockte sich außerhalb der Reichweite des Mannes auf die Fußballen und grinste. »*Dir* helfen? Du machst Witze, oder? Du hast meine Frau *jahrelang* vergewaltigt und missbraucht! Wer war da, um *ihr* zu helfen? Du? Dein Vater? Nein. *Keiner* hat ihr geholfen. Meiner Meinung nach hast du durch Heathers Hand genau das bekommen, was du verdient hast. Einen langsamen, qualvollen Tod. Ich hoffe, du verrottest in der Hölle.«

»Er sieht nicht gut aus«, bemerkte Simon im Plauderton.

Der völlig entspannte Tonfall seiner Stimme war so überraschend, dass Tal sich umdrehte, um ihn anzustarren.

Der Polizeichef begegnete seinem Blick. »Du fragst dich wahrscheinlich, warum ich nicht etwas tue. Das hier melde. Den Krankenwagen rufe.«

Tal hatte sich das *tatsächlich* schon gefragt, aber er zuckte nur mit den Schultern.

»Nachdem ich gehört habe, was Heather durchgemacht hat, bin ich nicht gerade geneigt, ihm zu helfen. Außerdem sieht es so aus, als sei er erledigt ... ich weiß nicht, ob ihn jetzt noch etwas retten kann.«

Tal wandte die Aufmerksamkeit wieder Cypress zu und sah, dass seine Augen nur seelenlos in den Himmel starrten. Simon hatte recht. Er war bereits tot. Gott sei Dank.

Er stand auf und drehte dem Mann den Rücken zu. Er nickte Simon zu, und ein neuer Respekt vor dem Polizeichef erfüllte Tal.

»Sie ist nicht hier«, erklärte Rocky, während er zurück zu Tal und Simon lief. »Wir haben überall nachgesehen. Die Plane ist nur noch ein zerfetztes Zelt. Es gibt ein paar Fußabdrücke, aber sie ist nicht hier.«

»Der Wagen?«, fragte Simon.

»Ethan hat ihn aufgebrochen, er ist leer. Im Kofferraum ist auch nichts.«

»Es gibt keine weiteren Fußabdrücke«, erklärte Zeke, als er näher kam. »Keine Spur von jemand anderem als ihm«, nickte er dem Mann hinter ihnen auf dem Boden zu, »und Heather.«

»Nackte Füße rund um das Zelt«, bemerkte Brock. »Aber Stiefelabdrücke, die vom Wagen weg in Richtung der Bäume führen.«

»Ich hole Duke«, sagte Raid und ging zum Fahrzeug, wo er seinen Bluthund zurückgelassen hatte.

»Nicht nötig«, rief Tal.

Alle sieben Männer drehten sich um und starrten ihn an.

»Was meinst du? Wir müssen sie im Wald aufspüren. Wahrscheinlich hat sie Angst«, bemerkte Simon.

Aber Tal schüttelte den Kopf. »Ich weiß, wohin sie unterwegs ist.«

»Zur Höhle«, entgegnete Ethan.

»Ganz genau. Und sie hat das Kind bei sich.«

»Es gibt keine anderen Fußabdrücke«, erinnerte Zeke ihn.

»Sie wird sie getragen haben. Frauen durften in der *Gemeinschaft* keine Schuhe tragen, also wird Cypress sie dem Mädchen abgenommen haben.«

»Auf dem Boden des Beifahrersitzes lag ein Seil. Es wurde mit einer Klinge durchgeschnitten«, erklärte Drew. »Das Kind war wahrscheinlich gefesselt, während Cypress fuhr.«

»Wie weit ist die Höhle von hier entfernt? Ist es näher, sie auf diesem Weg zurückzubringen, oder zum Ausgangspunkt, wo ihr geparkt habt, als ihr sie gefunden habt?«, fragte Simon.

Tal brannte darauf aufzubrechen. Zu Heather zu kommen. »Ich will nicht, dass sie hierher zurückkommt. Ich will nicht, dass sie diesen Ort noch einmal sieht«, bemerkte er mit tiefer, rauer Stimme.

»Gut, also werden Rocky und ich mit Tal gehen«, beschloss Ethan. »Zeke, du und Drew, ihr geht zum Ausgangspunkt und lauft los, ihr könnt uns auf dem Rückweg treffen. Brock, wenn du als Zeuge bei mir bleibst, melde ich gleich, was wir hier gefunden haben«, erklärte Simon.

Alle nickten zustimmend.

»Dann bleibe nur noch ich übrig«, sagte Raid. »Ich fahre mit Duke zurück in die Stadt und versammle die Truppen ... auch bekannt als eure Frauen. Sie werden für Heather da sein wollen, wenn ihr sie nach Hause bringt.«

Tal war fast überwältigt von der Unterstützung durch seine Freunde. Als er den Entschluss gefasst hatte, aus dem Dienst auszuscheiden und in die USA zu ziehen, hatte er keine Ahnung gehabt, was auf ihn zukommen würde. Er war davon ausgegangen, er würde ein paar Jahre hier verbringen und dann nach Großbritannien zurückkehren. Aber er hatte die besten Freunde gefunden, die man sich wünschen kann ... und auch die Liebe seines Lebens.

Die Dankbarkeit gegenüber seinen Freunden schnürte ihm die Kehle zu und seine Brust wurde eng, aber Tal atmete tief durch und drehte sich zu den Bäumen um. Er war so stolz auf Heather. Er wusste nicht genau, was hier passiert war, aber er konnte es sich vorstellen. Sie hatte getan, was sie tun musste, um sich und das Kind, von dem er überzeugt war, dass es bei ihr war, zu schützen. Sie war nicht auf der Flucht, hatte nicht vor, sich vor ihm zu verstecken ... stattdessen ging sie zu dem einzigen Ort, von dem sie mit hundertprozentiger Sicherheit wusste, dass er sie finden würde ... und Cypress nicht.

Seine Heather war schlau, und er war der glücklichste Mann der Welt.

»Komm, bringen wir deine Frau nach Hause«, erklärte Ethan und klopfte Tal auf den Rücken.

Ohne zu zögern, machte er sich auf den Weg zu seiner Zukunft.

KAPITEL EINUNDZWANZIG

Der Weg zur Höhle war lang, aber ereignislos. Heather kannte diese Wälder wie ihre Westentasche. Sie hatte fast ihr ganzes Leben hier draußen verbracht. Auf der Jagd fühlte sie sich am freisten. Sie hatte nicht darauf achten müssen, was sie tat oder was sie sagte ... selbst wenn sie nur mit sich selbst sprach, während sie durch den Wald wanderte.

Das kleine Mädchen lockerte den Griff um Heathers Hals nicht, während sie gingen. Sie redete weiter mit ihr, während sie auf die Höhle zuging. »Talon wird bald bei uns sein. Er wird herausfinden, was passiert ist und wo ich bin, und dann wird er kommen. Er ist sehr fürsorglich. Es ist wirklich schön, dass er auf mich aufpasst. Du wirst ihn mögen. Und du wirst unsere Freunde mögen. Am Anfang ist es vielleicht ein bisschen überwältigend, das war es für mich, aber sie sind so gute Menschen. Finley ist schwanger und sie strahlt förmlich. Und warte, bis du ihre Plätzchen und Zimtschnecken probiert hast! Sie sind so wahnsinnig lecker. Sie sind so zart, dass sie einem fast auf der Zunge zergehen.«

Dann erzählte sie dem Mädchen in ihren Armen ein wenig über all ihre anderen Freunde. Als sie damit fertig war, mit ihren Freundinnen zu prahlen, beschrieb sie auch deren

Männer. »Du brauchst keine Angst zu haben, wenn du sie kennenlernst. Sie sind alle groß und muskulös und können einschüchternd wirken, aber sie werden dir nichts tun. Du kannst ihnen vertrauen. Sie sind wie riesige Teddybären ... sie stellen sich jedem in den Weg, der gemein sein will, aber sie sind auch kuschelig und warm, wenn du sie brauchst.«

Das war ein bisschen dick aufgetragen, aber das war Heather egal. Das Mädchen war sehr jung – sie kannte ihr genaues Alter nicht – und brauchte Trost. »Und der Rest der Leute in der Stadt ist genauso nett. Art, Otis, Silas, Tony, Whitney, der alte Grogan, Harvey, Rory, Sandra ... sogar Davis. Er stinkt zwar ein bisschen, aber er hat ein großes Herz.«

Ihr ging der Gesprächsstoff aus und gerade als Heather kurz Luft holte, um wieder Boots zu erwähnen, ergriff das kleine Mädchen in ihren Armen das Wort.

»Marissa.«

Heather lächelte. Sie hatte das Wort nur geflüstert und nicht weiter ausgeführt, aber es war ein großer Schritt nach vorn.

»Marissa. Das ist ein wunderschöner Name. Genauso schön wie du. Viel besser als der, den der gemeine Mann dir verpasst hat.«

»Unsere Haare sehen gleich aus«, stellte Marissa nach einem weiteren Moment fest.

»Das ist wahr«, stimmte Heather mit einem Grinsen zu. Es war verrückt, wie glücklich sie sich in diesem Moment fühlte. Ihre Arme zitterten unter dem ungewohnten Gewicht von Marissa und sie fühlte sich ein wenig wackelig auf den Beinen, als das Adrenalin, das sie durch die Konfrontation mit Cypress gebracht hatte, abklang. Aber sie war ein für alle Mal von ihrer Vergangenheit befreit. Ja, es gab immer noch andere Männer, die in der *Gemeinschaft* gelebt hatten und hinter ihr her sein konnten, aber Heather bezweifelte, dass sie das tun würden.

Sie machte sich Sorgen, was Talon sagen würde, wenn er erfuhr, dass sie in Cypress' Wagen eingestiegen war, obwohl sie versprochen hatte, das nicht zu tun. Aber sie hoffte, dass er ihr verzeihen würde, sobald er Marissa kennenlernte und verstand, was auf dem Spiel gestanden hatte.

Marissa sagte nicht mehr viel, als sie weitergingen, aber sie hob schließlich den Kopf und sah sich um, als sie sich der Höhle näherten. Heather näherte sich vorsichtig; sie wollte auf keinen Fall einen Bären oder ein anderes Tier überraschen, das die Höhle als perfekten Ort zum Überwintern ausgewählt hatte. Aber sie konnte kein Anzeichen von wilden Tieren entdecken.

Beim Anblick des Ortes, an dem sie ein ganzes Jahr verbracht hatte, musste Heather wieder lächeln. Sie wollte zwar nie wieder hier leben, aber der Anblick weckte doch einige schöne Erinnerungen. Hier hatte sie endlich zum ersten Mal die Freiheit erlebt. Sie war in der Lage gewesen, allein zu überleben, und das war ein tolles Gefühl.

Und hier hatte sie Talon kennengelernt.

In der Höhle beugte sie sich hinunter und setzte die kleine Marissa auf dem Boden ab. Das Sweatshirt, das Heather ihr über den Kopf gezogen hatte, reichte bis zum Boden. Es war riesig an ihr, und sie konnte sich ein Lächeln nicht verkneifen. Als Erstes ging sie zu dem Haufen an Vorräten, den sie und Talon für den Fall der Fälle zurückgelassen hatten. Sie holte die Kaninchenfellpantoffeln heraus, die sie einst getragen hatte. Ihr Anblick fühlte sich ein wenig bittersüß an.

Sie setzte sich auf den Boden und Marissa kam herüber und ließ sich, ohne zu zögern, auf ihren Schoß fallen. Heather nahm eines der Messer, die sie in der Höhle zurückgelassen hatte, und schnitt das Fell so zurecht, dass die provisorischen Schuhe an Marissas Füße passten. Dann breitete sie die Plane aus, damit sie nicht im Dreck sitzen mussten.

Nachdem sie Marissa gesagt hatte, dass sie an Ort und Stelle bleiben sollte, sammelte sie ein paar Stöcke und ein paar trockene Holzscheite und machte mit dem zurückgelassenen Feuerstein ein kleines Feuer. Sie holte einen kleinen Topf und eine der gefriergetrockneten Mahlzeiten heraus. In dem Eimer war sogar noch etwas Wasser. Es war nicht frisch, aber Heather glaubte nicht, dass es Marissa etwas ausmachen würde.

Sie schätzte, dass es schon später Nachmittag war, als sie mit dem Essen fertig waren, und sie hatte keine Ahnung, wie lange sie mit Marissa im Wald sein würde. Aber Heather war nicht besorgt. Talon würde bald auftauchen. Mit vollem Bauch schloss Marissa die Augen und ihr Kopf sank auf ihre Brust. Heather drückte sie an sich und lehnte sich an die Seite der Höhle. Sie starrte hinaus in das schwindende Tageslicht und seufzte.

Sie war in Sicherheit, Marissa war in Sicherheit, Cypress war tot oder lag im Sterben, und obwohl sie zu Tode erschrocken war, war Heather stolz darauf, wie sie die Situation gemeistert hatte. Sie war nicht in Panik geraten. Sie war nicht unter Cypress' Kontrolle geraten. Darüber hatte sie sich Sorgen gemacht. Dass ein Mann ihr etwas befehlen würde und sie, ohne nachzudenken, zu ihrem alten Selbst zurückkehren würde, nur weil sie so erzogen worden war.

Aber dank Talon, seiner Unterstützung und seiner Liebe konnte sie ihre Panik überwinden und nicht nur sich selbst, sondern auch das Kind auf ihrem Schoß retten. Sie küsste Marissas Stirn und flüsterte: »Du bist in Sicherheit. Du kannst Talon und mir vertrauen, wir werden dir nichts tun.«

Diese Worte waren ihr Mantra gewesen, und obwohl das Aussprechen dieser Worte nicht automatisch bedeutete, dass sie Talon vertraute, war seine Zusicherung schließlich tief in ihre Seele gesickert. Sie wünschte sich das Gleiche für Marissa. Sie hatte eine schreckliche Tortur hinter sich, aber wenn sie die Worte oft genug hörte, konnte sie hoffentlich auch wieder lernen zu vertrauen.

Heather wusste nicht, wie viel Zeit vergangen war, aber die Sonne war schon fast untergegangen, als sie Schritte hörte, die sich der Höhle näherten.

Sie geriet nicht in Panik. Es war nicht Cypress, sie hatte

dafür gesorgt, dass er nicht in der Lage sein würde, ihnen zu folgen. Außerdem wusste er nicht, wo die Höhle war. Es gab nur einen Menschen, der es wusste.

Sie konnte sich ein Lächeln nicht verkneifen, als sie den Strahl einer starken Taschenlampe durch die Bäume draußen sah. Heather blieb, wo sie war, und ließ Talon zu sich kommen.

Als er am Rand der Höhlenwand auftauchte, lächelte Heather noch breiter, obwohl sein Licht sie fast geblendet hätte. Sie hörte ihn fluchen, dann war er da. Er stand neben ihr und streichelte ihr Gesicht mit seiner großen Handfläche.

»Ich wusste, dass du kommen würdest«, erklärte sie ihm. Er war nicht allein. Heather spürte jemanden hinter Talon, aber sie wandte den Blick nicht von ihm ab, um zu sehen, wer es war.

»Ich werde immer für dich da sein«, entgegnete er und küsste sie. Es war kein keuscher Kuss, er war tief, leidenschaftlich und viel zu kurz. »Geht es dir gut?«, fragte er leise, um das kleine Mädchen in ihren Armen nicht zu wecken.

Heather nickte, auch als Marissa sich bewegte. Sie öffnete die Augen und schaute Talon mit Angst im Blick an.

»Marissa, das ist Talon. Ich habe dir auf unserem Weg hierher von ihm erzählt«, sagte Heather leise. »Er ist hier, um uns nach Hause zu bringen.«

»Ich kann ihm vertrauen und er wird mir nicht wehtun«, entgegnete Marissa mit schwankender Stimme.

»Du kannst mir vertrauen. Ich werde dir nicht wehtun«, pflichtete Talon ihr bei. Er sah Heather an, und sie konnte die Tränen in seinen Augen sehen. »Ich liebe dich.«

»Ich liebe dich auch.«

Dann half er ihr aufzustehen und führte sie aus der Höhle. Rocky und Ethan machten sich daran, die Höhle wieder so herzurichten, wie sie sie vorgefunden hatte. Sie löschten das Feuer, packten die Vorräte ein, die sie benutzt hatte, und machten sich dann langsam und vorsichtig auf den Heimweg.

Als sie wieder in Fallport ankamen, war Simon nicht der Einzige, der in Talons Wohnung auf sie wartete. Jeder Einzelne aus ihrer Clique war auch da. Fast zwanzig Leute füllten jeden Winkel des kleinen Raumes. Marissa war verängstigt und überwältigt, und so sehr Heather die Unterstützung der anderen auch zu schätzen wusste, musste sie einfach mit Talon allein sein.

Kurz nach ihrer Ankunft war sie in ihr Schlafzimmer gegangen und hatte das anstößige braune Kleid ausgezogen, in das Cypress Marissa gezwungen hatte, und hatte ihr ein weiteres von Talons riesigen Sweatshirts über den Kopf gezogen. Das kleine Mädchen schien es zu mögen, in dem übergroßen Kleidungsstück eingewickelt zu sein ... entweder das oder der Duft von Talon, der den Stoff durchdrungen hatte, tröstete sie. Heather vermutete, dass es wohl ein bisschen von beidem war.

Talon schien genau zu wissen, was sie brauchte. Als sie und Marissa ins Wohnzimmer zurückkehrten, hatte er, bevor sie auch nur geblinzelt hatte, alle aus der Tür gescheucht – bis auf Simon, der sich nicht zum Weggehen bewegen ließ.

Marissa hatte sich von Talon durch den Wald tragen lassen, aber sobald sie am Wagen angekommen waren, hatte das kleine Mädchen sich wieder in Heathers Schoß gekuschelt und weigerte sich loszulassen. Ethan hatte Simon während der Fahrt angerufen und ihm so viele Informationen über das Kind gegeben, wie er konnte, damit er die Suche nach ihren Eltern beginnen konnte.

Sobald alle die Wohnung verlassen hatten, nachdem sie versprochen hatten, Marissa am nächsten Morgen Kleidung, Nahrungsmittel und Spielzeug zu bringen, ergriff Simon das Wort.

»Bis jetzt hatten wir noch kein Glück bei der Suche nach dem Ort, an dem er sie entführt hat«, sagte Simon und deutete auf Marissa. »Es könnte überall sein, von hier bis Florida.«

»Muss sie in eine Pflegefamilie, bis ihre Familie gefunden ist?«, fragte Talon. Er stand schützend neben Heather und legte eine Hand um ihre Taille und die andere auf Marissas Rücken.

»Eigentlich ja. Aber ich habe bereits einen Notfallantrag gestellt, um euch beide zu genehmigen ... falls ihr dazu bereit seid.«

»Wir sind bereit«, sagte Heather sofort. Sie spürte, wie Talon ihre Taille drückte, als er zustimmend nickte.

»In Ordnung. Und da wir unter uns sind, werden wir einmal darüber reden und dann nie wieder«, sagte Simon.

Heather war angespannt, weil sie wusste, worüber er reden wollte.

»Erzähl mir, was passiert ist«, bat Simon sanft.

Heather schaute nach unten und sah, dass Marissa eingeschlafen war. Sie war froh darüber, denn sie wollte nicht, dass das kleine Mädchen etwas davon mitbekam. So knapp wie möglich beschrieb Heather die Ereignisse des Tages. Sie wollte in die entgegengesetzte Richtung laufen, als sie Cypress hinter dem Steuer sah, aber dann hatte sie Marissa gesehen, die Cypress bedroht hatte, und sie hatte das Kind nicht mit ihm allein lassen können.

Als sie zu der Stelle kam, an der sie ihn erstochen hatte, stockte Heathers Stimme zum ersten Mal. Sie holte tief Luft, bevor sie wieder anfing.

»Ich wusste, wo ich ihn treffen musste, wo es am meisten Schaden anrichten, ihn aber nicht töten würde. Nicht sofort. Bauch, Nieren ... Bein, damit er nicht mehr laufen konnte. Ich zerstörte das Zelt, damit er dort keinen Unterschlupf finden konnte, und verriegelte die Türen seines Wagens und nahm den Schlüssel mit. War er schon tot, als ihr eingetroffen seid?«

»Noch nicht«, sagte Simon, »aber es hat nicht lange gedauert.«

Heather wusste, dass sie sich wahrscheinlich schuldig

fühlen sollte, weil sie ein Leben genommen hatte, aber Cypress Goodson hatte so viel von ihrem genommen.

»Es war Notwehr«, erklärte Simon entschieden. »Selbst wenn ich einen Krankenwagen gerufen hätte, bevor wir ankamen, hätte das nichts geändert. Du hast nichts zu befürchten, Heather. Bei deiner Vergangenheit ... war das, was passiert ist, reine Notwehr. Punkt.«

»Simon, ich ...«

Aber der Polizeichef ließ sie nicht zu Ende reden. »Ich habe seine Fingerabdrücke genommen, bevor der Gerichtsmediziner ihn überführt hat. Ich schickte sie ein und bekam einen Treffer, noch bevor ich zurück in der Stadt war. Sein Name ist eigentlich Alfred Winterborne.«

»Wurde er ... wurde er als Kind von Arrow entführt? Wurde er einer Gehirnwäsche unterzogen?«

Simon schüttelte den Kopf. »Nein. Er war ein Spanner, jemand, dem es Spaß machte, durch die Fenster von Frauen und Mädchen zu schauen. Als Studienanfänger wurde er erwischt und aus dem College geworfen. So sind seine Fingerabdrücke in das System gelangt. Und dann hat er sich anscheinend der *Gemeinschaft* angeschlossen.«

»Er war nicht der echte Sohn von Arrow?«, fragte Talon.

»Ich vermute nein. Aber da wir keine DNA zum Vergleich haben, weiß ich es nicht genau.«

Heather schloss die Augen. Ihr ganzes Leben war eine Lüge gewesen. Sogar die Identität ihres letzten Entführers. Sie war fassungslos und die Traurigkeit drohte sie zu überwältigen.

Doch dann bewegte Marissa sich an ihrer Schulter. Und sie spürte, wie Talon ihre Taille drückte ...

Nach diesem Abend war sie wirklich frei. Cypress, oder wie auch immer er wirklich heißen mochte, würde sie nicht mehr belästigen. Sie würde nicht ins Gefängnis gehen, weil sie ihn getötet hatte, und sie war wieder mit dem Mann vereint, den sie liebte.

»Du bist frei«, erklärte Simon und wiederholte damit ihre

eigenen Gedanken. »Ich werde dafür sorgen, dass du von nun an ein glückliches Leben führen kannst. Wenn du etwas brauchst, werde ich tun, was ich kann, damit du es bekommst.«

»Tut mir leid, Simon, aber das ist mein Job«, entgegnete Talon.

Überrascht von dem Knurren in seinem Ton drehte Heather sich um und sah zu ihm auf. Talons Blick traf sofort den ihren und wurde sanfter. Sie lächelte ihn an und wandte sich dann an Simon. »Er gehört mir, und ich gebe ihn nicht zurück«, platzte sie heraus.

Simons Lippen verzogen sich zu einem Lächeln. »Er ist ein Glückspilz.«

»Das bin ich«, stimmte Talon zu. »Sind wir jetzt fertig? Ich muss meine Mädchen ins Bett bringen. Es war ein langer Tag ... und ich habe das Gefühl, dass wir morgen damit beschäftigt sein werden, unsere Freunde zu empfangen.«

»Und wahrscheinlich auch die halbe Stadt«, bemerkte Simon lachend. Dann nickte er den beiden zu und ging zur Tür. Bevor er sie öffnete, drehte er sich um und sagte: »Ich melde mich wegen Marissa.«

Der Gedanke daran, sich von dem kostbaren Kind in ihren Armen verabschieden zu müssen, trieb Heather die Tränen in die Augen, aber sie nickte trotzdem. Ihre Eltern waren bestimmt sehr besorgt und fragten sich, was mit ihrem kleinen Mädchen passiert war. Vielleicht würden sie ihr erlauben, eine Beziehung zu ihr aufzubauen, wenn sie wieder zu Hause war. Allerdings machte es sie traurig, dass Marissa jetzt Mitglied in dem Klub war, den Lilac erwähnt hatte ... dem »Klub der Entführungsopfer«.

Talon ging zur Tür und vergewisserte sich, dass sie hinter dem Polizeichef verschlossen war, dann führte er Heather in ihr Zimmer. Es gab keine Diskussion darüber, dass Marissa heute Abend woanders als neben ihnen schlafen sollte. Nachdem sie so schnell wie möglich geduscht hatte, kehrte Heather ins Schlafzimmer zurück und sah Talon auf der Seite liegen, den Kopf auf eine Hand gestützt, während er die schlafende Marissa anstarrte.

Als Heather auf der anderen Seite des Mädchens ins Bett stieg, drehte Talon sich um und stand auf. »Ich bin gleich wieder da.«

Dann war es an Heather, Marissa anzustarren. Sie war so unschuldig, so verletzlich. Wenn sie daran dachte, wie nahe sie dran gewesen war, unter Cypress' Kontrolle zu geraten, kamen Heather die Tränen, weil sie sich in Gedanken an ihre eigene Vergangenheit verlor.

Sie zuckte überrascht zusammen, als die Matratze sich unter Talons Gewicht senkte.

»Rutsch rüber«, befahl er leise.

Heather rückte näher an Marissa heran und Talon kroch hinter ihr unter die Decke. Er legte einen Arm um ihre Taille und zog sie an sich. Sie war von seiner Wärme umgeben. Seinem Trost. Er seufzte hinter ihr und sie schloss die Augen.

»Ich hatte solche Angst, als du nicht aufgetaucht bist«, bemerkte er leise. »Duke hat dich bis zu der Stelle verfolgt, an der du in den Wagen gestiegen bist, und einen Moment lang geriet ich in Panik. Ich hatte keine Ahnung, wo ich mit der Suche nach dir anfangen sollte.«

»Ich weiß, ich habe gesagt, dass ich nie mit ihm gehen würde, aber ich hatte keine Wahl.«

»Ich weiß«, entgegnete Talon. »Du hast Marissa gesehen und konntest sie nicht bei ihm lassen.«

Heather nickte. Dieser Mann kannte sie besser als jeder andere ... als jeder andere es jemals tun würde.

»Als ich das herausfand, wusste ich genau, wohin er dich bringen würde. Dorthin zurück, wo er die Kontrolle über dich verloren hatte. Er wollte seine Dominanz zurückgewinnen ... aber es hat nicht funktioniert.«

»Es hat nicht funktioniert«, stimmte Heather zu.

»Ich bin stolz auf dich. So verdammt stolz«, sagte Talon.

»Arrow, Cypress und all die anderen Männer in diesem verdammten Kult haben versucht, dich für alles von Männern abhängig zu machen. Sie haben versucht, dir jeden Rest von Unabhängigkeit zu nehmen. Sie haben versucht, dir jede Entscheidungsfreiheit über dein Leben und deinen Körper zu nehmen. Aber am Ende ... hast du dich befreit. Und nicht nur das: Du hast dich deinen Dämonen gestellt und sie im wahrsten Sinne des Wortes allein besiegt. Ohne die Hilfe eines Mannes. Du bist eine Kriegerin und ich bin so stolz, zu dir zu gehören.«

Heathers Augen füllten sich mit Tränen. Freudentränen.

»Ich weiß, dass es schwer für dich ist, mit positiven Gefühlen an die Ehe zu denken, aber ich möchte, dass du trotzdem darüber nachdenkst. Ich möchte rechtlich zu dir gehören. Ich möchte deinen Ring tragen, damit die Welt weiß, wem mein Herz gehört.«

Es gab so viele Möglichkeiten, wie dieser Mann um ihre Hand anhalten konnte, aber er hatte es auf eine Weise getan, an die sie sich immer erinnern würde. Indem er ihre Verbundenheit mit ihm betonte, hatte er ihr jegliche Zurückhaltung genommen.

Heather drehte den Kopf und sagte: »Ja.«

Talon sah schockiert aus. »Ja?«

Heather nickte. »Ich kann dir vertrauen und du wirst mir nicht wehtun. Also ... Ja. Und ich möchte auch zu dir gehören. Ich weiß, dass es nicht so sein wird, wie *Die Gemeinschaft* versucht hat, ihre Frauen zu besitzen.«

»Nein, das wird es ganz sicher nicht«, versicherte Talon ihr. »Ich liebe dich. So sehr. Und du weißt noch nicht einmal, wie sehr.«

»Doch, ich weiß es«, erwiderte sie. »Weil ich dich genauso sehr liebe.«

Talon beugte sich hinunter und ihre Lippen trafen sich zu einem Kuss. Sie zuckte zusammen, als ihre Nackenmuskeln gegen die Dehnung protestierten. Widerwillig löste sie ihre

Lippen von seinen und stützte ihren Kopf auf seinen Arm, den er unter ihren Kopf gelegt hatte, als er sie an sich zog.

»Sie sieht so aus, wie ich mir vorstelle, dass *du* in ihrem Alter ausgesehen haben musst«, erklärte Talon leise. »Sie hat dein rotes Haar und ihre Augen haben sogar den gleichen blaugrünen Farbton.«

»Ich bin sicher, dass er sie deshalb ausgesucht hat«, erwiderte Heather.

Talon legte einen Moment lang den Arm um ihre Taille. Er kraulte ihr das Haar am Ohr.

»Was ist, wenn sie ihre Eltern nicht finden können?«, flüsterte Heather.

»Dann werden wir sehen, ob wir sie behalten können«, entgegnete Talon nüchtern.

Heather drehte den Kopf und sah ihn wieder an. »Wirklich?«

»Wirklich. Wir werden nicht aufhören, nach ihren Eltern zu suchen. Ich kann mir nicht vorstellen, dass mein Kind verschwindet und ich nicht weiß, was mit ihm passiert ist. Aber wir können so lange ihre Pflegeeltern sein, wie sie ein Zuhause braucht.«

Heather strahlte. »Ich liebe dich so sehr!«

Talon hob eine Hand, strich ihr die Haare aus dem Gesicht und lächelte zurück.

Heather drehte sich um und seufzte zufrieden. Und plötzlich war sie völlig erschöpft. Der Tag hatte sie endlich eingeholt und sie entspannte sich zum ersten Mal völlig.

Als sie sich an ihn lehnte, zog Talon sie einfach fester an sich. »Schlaf, mein Schatz. Ich werde über euch beide wachen.«

Und während seine Worte in ihrem Kopf widerhallten, fiel Heather in einen tiefen Schlaf, frei von schlechten Träumen, zufrieden in der Umarmung des Mannes, den sie liebte.

EPILOG

Zum ersten Mal seit drei Wochen hatte Heather das Gefühl, dass sie endlich aufatmen konnte. Sie hatte sich mit Simon, dem FBI und dem Jugendamt aus zwei Staaten getroffen und sogar zu weiteren Interviews bereit erklärt. Sie war wieder ins Rampenlicht gerückt, seit sie sozusagen noch einmal entführt worden war. Talon bestand darauf, dass sie zwar freiwillig in den Wagen gestiegen war, aber nur wegen der Drohung gegen Marissa ... also war sie eigentlich entführt worden.

Wie sich herausstellte, waren Marissas leibliche Eltern unauffindbar, und sie war zum Zeitpunkt ihrer Entführung ein Jahr lang in einer Pflegefamilie untergebracht gewesen. Und diese Situation war nicht gut gewesen. Ihre Erziehungsberechtigten hatten sie erst vierundzwanzig Stunden nach ihrem Verschwinden als vermisst gemeldet. Sie hatten es einfach nicht bemerkt. Zwischen all den anderen Kindern, die sie in ihrer Obhut hatten, und der Tatsache, dass sie beide die meiste Zeit des Tages und der Nacht betrunken waren, hatten sie keine Ahnung, dass Marissa nicht zur üblichen Zeit vom Kindergarten nach Hause gekommen war.

Aus diesem Grund und wegen anderer Verstöße, die das Jugendamt in dem Haus festgestellt hatte, erhielten Heather und Talon die Genehmigung, vorübergehend Pflegeeltern zu sein. Es war hilfreich, dass sie bereits ein Zimmer für sie eingerichtet hatten und bereit waren.

Die andere große Sache, die passierte – Heather hatte Talon einen Heiratsantrag gemacht. Natürlich hatte er ihr schon gesagt, dass er ihr Ehemann werden wollte. Aber als sie merkte, dass das Jugendamt die Bewilligung ihres dauerhaften Pflegestatus hinauszögerte, weil Talon mit einem Arbeitsvisum in den USA war, und sie erfuhr, dass er durch die Heirat die Staatsbürgerschaft erhalten würde, hatte sie ihn praktisch zum Standesamt geschleppt.

Und so heirateten sie. Die Zeremonie war zwar nicht mit der von Bristol und Rocky zu vergleichen, aber für Heather war sie trotzdem ein wahr gewordener Traum. All ihre Freunde waren als Trauzeugen anwesend und Caryn hatte danach eine Party für sie veranstaltet. Heather konnte sich nicht erinnern, jemals glücklicher gewesen zu sein. Talons Frau zu sein war nichts im Vergleich zu dem, was sie aus dem Leben in der *Gemeinschaft* gewohnt war, aber sie hatte ja schon gewusst, dass es nicht so sein würde. Erstens war diese Ehe tatsächlich *legal*. Zweitens war es ihre Entscheidung gewesen.

Und drittens – sie und Talon liebten sich.

Jedes Mal wenn sie einen Blick auf den Ring an Talons Finger warf, konnte sie sich ein Lächeln nicht verkneifen. Er gehörte ihr. Und zwar nicht auf die missbräuchliche, verrückte Art und Weise, wie Cypress behauptete, sie und alle Frauen der *Gemeinschaft* gehörten ihm. Sondern auf eine liebevolle, respektvolle Art und Weise.

Als sie beschlossen hatten zu heiraten, hatte Talon ihnen erklärt, wie Namen funktionieren. Dass die Frau normalerweise den Nachnamen des Mannes als ihren eigenen annimmt. Aber er versicherte ihr schnell, dass es ihm egal sei, ob sie ihren Nachnamen in Ross änderte oder Brown behielt. Nachdem sie ein paar Tage darüber nachgedacht hatte, entschied Heather sich, ihren Namen in seinen zu ändern.

Lilacs Beispiel hatte ihre Entscheidung beeinflusst. Die andere Frau hatte ihren Namen komplett geändert, nachdem ihr etwas zugestoßen war. Ihr alter Name war zum Synonym für ihre Tortur geworden, und dass die Leute ihren Namen jedes Mal wiedererkannten, wenn sie sich vorstellte, machte es noch schwieriger, darüber hinwegzukommen.

So wurde Heather Brown offiziell zu Heather Ross. Und sie hätte nicht glücklicher sein können.

Sie saß gerade mit den anderen Frauen auf Bristols Veranda, während die Jungs Tony und Marissa unterhielten. Elsies Sohn hatte sich auf den ersten Blick in Marissa verliebt. Er wurde ihr kleiner Beschützer und Marissa begann langsam, aus ihrem Schneckenhaus herauszukommen.

Sie war bei einem Kinderpsychologen in Behandlung, aber Doc Snow hatte gesagt, er glaube, dass es dem kleinen Mädchen so gut ginge, weil sie so viel Liebe erfahre, seit sie bei Talon und Heather eingezogen war. Sie hatte ein Dach über dem Kopf, Essen im Bauch und zwei Erwachsene, die sie mit Zuneigung überschütteten. Endlich fühlte sie sich sicher.

»Sie ist unglaublich«, entgegnete Lilly leise neben Heather. Die Jungs warfen einen großen Plastikball hin und her, und Marissa war mittendrin und lachte jedes Mal, wenn sie ihn fallen ließ ... und das war oft.

Tony blieb neben ihr und versuchte, ihr Tipps zu geben, wie man den Ball am besten fängt und wirft, und die Männer grinsten alle schelmisch, während sie mit den Kindern spielten.

»Das ist sie«, stimmte Heather zu. Es gab Zeiten, in denen die Erinnerungen an Cypress das kleine Mädchen überwältigten, und wenn das passierte, krochen sie ins Bett oder unter eine Decke auf dem Sofa und kuschelten einfach. Heather versicherte Marissa, dass sie sicher war und geliebt wurde und dass niemand hier ihr etwas antun würde. Die Worte, die zu ihrem Mantra geworden waren, wurden schnell auch zu Marissas Mantra.

»Tal kann so gut mit ihr umgehen«, bemerkte Bristol. »Wenn man ihn beobachtet, könnte man meinen, er sei schon zehnmal Vater geworden.«

Heather verstand, was sie meinte. Er schien genau zu wissen, was er tun und sagen musste, damit Marissa sich entspannte, lachte und einfach ein Kind war. Natürlich gab er nachts, wenn sie allein im Bett waren, zu, dass er keine Ahnung hatte, was er da tat.

»Was ist der langfristige Plan mit ihr?«, fragte Caryn. »Ich meine, wollt ihr sie adoptieren?«

Heather nickte und starrte auf ihren Mann und das kleine Mädchen im Garten. »Das würden wir gern«, sagte sie leise, »aber wir sind der Gnade des Systems ausgeliefert.«

»Das ist doch Blödsinn«, rief Caryn leise aus. »Ich meine, ernsthaft. Sieh sie dir an. Sie ist glücklich ... viel glücklicher als in der verdammten Pflegefamilie, in der sie war. Diese Leute wussten nicht einmal, dass sie nicht vom Kindergarten nach Hause gekommen war! Was zum Teufel *soll* das?«

»Hast du mit Nissi gesprochen?«, fragte Elsie. »Sie hat mir so sehr geholfen, als mein Ex ein Idiot war ... noch bevor er exponentiell idiotischer wurde, weil er versucht hat, Tony und mich wegen der Lebensversicherung umzubringen, meine ich.«

»Noch nicht«, gab Heather zu.

»Tu es. Bald«, sagte Lilly entschlossen. »Ich denke, dass das System auf keinen Fall Heather Browns – ich meine, Heather *Ross'* – Antrag auf Adoption des Kindes ablehnen wird, das sie davor bewahrt hat, durch dieselbe Hölle zu gehen wie *sie*, nämlich von denselben Entführern. Du bist derzeit eine der berühmtesten Frauen der Welt und wahrscheinlich der netteste Mensch der Welt.«

Alle lachten und stimmten sofort zu.

»Aber ... das ist nicht sehr ethisch«, protestierte Heather. »Das, was mir passiert ist, so zu benutzen.«

»Du willst sie lieber aufgeben?«, fragte Elsie und deutete

auf Marissa, die unkontrolliert lachte, als Raiden dramatisch und absichtlich zu Boden fiel, nachdem er von dem Ball im Gesicht getroffen worden war. Duke trabte sofort von dort, wo er im Gras gelegen hatte, herüber und sabberte sein Herrchen an, was Marissa noch mehr zum Lachen brachte.

»Nein«, entgegnete Heather mit Nachdruck.

»Du kannst deiner Bekanntheit auch etwas Gutes abgewinnen«, stimmte Finley zu.

»Außer, dass riesige Gruppen von Leuten nach Fallport kommen, um dich anzuglotzen«, sagte Lilly und verdrehte die Augen. »Im Ernst, das ist schlimmer als all die Touristen, die nach Bigfoot suchen.«

»Die gehen bald wieder weg«, beschwichtigte Bristol sie. »Ignoriere sie einfach weiter.«

Heather stimmte ihrer Freundin zu. Sie sollte wissen, wie es ist, eine Berühmtheit zu sein, denn im Grunde *war* sie eine. Es war eine Überraschung herauszufinden, dass ihre bodenständige Freundin mehr Geld besaß, als sie jemals in ihrem Leben ausgeben könnte. Sie war selbst berühmt, eine renommierte Künstlerin, aber sie ignorierte Leute, die sich nur wegen ihrer Arbeit mit ihr anfreunden wollten.

»Das ist das erste Mal seit Langem, dass wir alle zusammen sind, und mit der Nachricht, dass Talon und Heather einen Antrag stellen werden, um Marissa zu adoptieren – und gewinnen werden –, denke ich, dass die Situation einen Toast verdient!« Und mit dieser Aussage zog Caryn einen Flachmann aus der Seitentasche ihrer Cargohose, die sie trug.

Alle lachten, außer Heather. Sie war etwas verwirrt.

Finley erklärte: »Caryn ist mit Clyde Thomas befreundet, der in Fallport der ansässige Schwarzbrenner ist.«

Als Heather immer noch nicht verstand, fügte Lilly hinzu: »Schwarzgebrannter ist Alkohol. Richtig *starker* Alkohol. Und Clyde macht das beste Zeug, das es gibt. Unser Favorit ist sein Zeug mit Karamellapfelgeschmack. Es schmeckt genau wie der Kuchen.«

»Okay, Leute, ich habe keine Becher, also müssen wir einfach aus einer Flasche trinken. Nehmt einen Schluck und gebt den Flachmann dann weiter«, befahl Caryn, bevor sie das Ding an ihren Mund führte. Sie nahm einen Schluck, wischte sich mit dem Handrücken über die Lippen und reichte die Flasche dann an Bristol weiter.

Als sie bei Finley ankam, reichte sie sie weiter, ohne etwas zu trinken, da sie schwanger war. Lilly nahm einen großen Schluck, hustete und lächelte dann Heather an, als sie ihr die Flasche reichte.

Heather war sich nicht sicher, ob ihr das Getränk schmecken würde, wollte aber auch nicht so aussehen, als würde sie kneifen.

Die Aromen explodierten auf ihrer Zunge und sie musste ein wenig würgen, als sie das starke Getränk hinunterschluckte. Aber sie lächelte und sagte: »Es ist wirklich lecker!«, bevor sie einen weiteren, größeren Schluck nahm.

Alle lachten und jubelten, als sie die Flasche an Elsie weiterreichte, die sie sofort an Caryn zurückgab, ohne zu trinken.

»Warte, du hast doch gar nicht getrunken«, protestierte Caryn.

Elsie zuckte die Achseln und ihre Wangen waren gerötet. »Mir ist heute wirklich nicht danach.«

Lilly drehte sich mit zu Schlitzen verengten Augen zu ihr um. »Moment mal ... *warum*?«

»Ich habe einfach keine Lust. Ihr könnt ja noch eine zweite Runde trinken.«

Lilly beugte sich vor und fragte mit leiser Stimme: »Bist du schwanger?«

Sie leugnete es nicht sofort.

Lilly lehnte sich zurück. »Du bist es! Warum hast du nichts gesagt?«

Alle fingen an, Elsie zu gratulieren ... aber als ihre Augen sich mit Tränen füllten, starrte die Gruppe sie besorgt an.

»Du bist nicht glücklich? Du bist doch diejenige von uns allen, die sich am meisten Kinder gewünscht hat«, bemerkte Bristol verwirrt.

»Ich *bin* glücklich«, protestierte Elsie. »Ich wollte dich nur nicht traurig machen«, sagte sie und sah Lilly an.

Die andere Frau holte tief Luft, auch wenn ihr selbst die Tränen über die Wangen liefen. »Das ist ... ich weiß nicht, ob ich dich umarmen oder dir eine Ohrfeige geben soll.«

Heather verkrampfte sich. Sie hatte schon viel zu viele Kämpfe zwischen Frauen in der *Gemeinschaft* gesehen. Auch wenn sie sich den Männern gegenüber unterwürfig verhielten, waren die Frauen untereinander manchmal richtig gemein.

»Ich finde es toll, dass du dir Sorgen um mich machst, aber ich finde es wirklich schlimm, dass du deine Schwangerschaft nicht feierst. Meine Fehlgeburt sollte dich nicht davon abhalten, dich riesig über dein eigenes Baby zu freuen«, sagte Lilly zu Elsie.

»Ich bin immer noch so traurig über das, was mir passiert ist. Es fühlt sich nicht richtig an, so kurz nach dem Verlust deines Babys überglücklich zu sein und feiern zu wollen«, erwiderte Elsie mit einem Schniefen.

»Okay, es ist gut, dass wir darüber reden«, bemerkte Lilly und wischte sich die Tränen aus dem Gesicht. »Was mir passiert ist, war *schrecklich*. Es war verheerend. Ich werde für den Rest meines Lebens um das Baby trauern, das wir nie in den Armen halten oder auch nur sehen konnten. Aber Ethan und ich werden nicht aufgeben. Der Arzt sagt, die Chance, dass wir wieder schwanger werden, ist hoch. Also warten wir noch ein bisschen, aber dann werden wir es noch einmal versuchen ... und ich werde das Ganze auf jeden Fall genießen.«

Bei der letzten Bemerkung lachten alle.

»Aber ich will nicht, dass ihr eure Aufregung über Finleys Baby oder Elsies Schwangerschaft in der Zwischenzeit vor mir geheim haltet. Ich möchte *mit* euch und *für* euch glücklich sein. Bin ich traurig, dass Finleys Kind und meins nicht zusammen aufwachsen können? Ja. Aber das heißt nicht, dass ich mich nicht darauf freue, dass Finleys Kind irgendwann einmal ein großer Bruder oder eine große Schwester von meinem sein wird. Ich meine, schau dir Tony mit Marissa an«, erklärte Lilly und deutete in Richtung des Gartens. »Warum sollte ich mir das nicht für mein Kind wünschen?«

Heathers eigene Augen füllten sich mit Tränen. Zum einen aus Trauer über Lillys Verlust, zum anderen aber auch, weil ihr Optimismus so wunderbar war.

»Also keine Babygeheimnisse mehr. Gibt es noch jemanden, der mir etwas mitteilen möchte, das er mir vorenthalten hat?«, fragte Lilly.

»Sieh mich nicht so an. Ich schwöre, ich bin nicht abgehauen und habe heimlich geheiratet«, erklärte Caryn lachend, während sie sich die Tränen von den Wangen wischte.

»Ich bekomme Vierlinge«, erklärte Finley mit einem Augenzwinkern.

Alle starrten sie einen Moment lang an, bevor sie sich vor Lachen krümmten, als sie schließlich grinste und damit bewies, dass sie nur scherzte.

Lilly lächelte alle an und hob dann ihr Glas mit Eistee. »Auf die besten Freundinnen, die ich je hatte. Ich glaube nicht, dass ich das, was passiert ist, ohne jede einzelne von euch überlebt hätte. Ich danke euch.«

Heathers Augen füllten sich wieder mit Tränen, aber sie lächelte und hob ihre eigene Tasse zusammen mit allen anderen. Caryn reichte den Flachmann mit dem Schwarzgebrannten weiter und als Talon und die anderen Männer die Treppe hinaufkamen, als Tony und Marissa endlich keine Lust mehr hatten, den Ball herumzuwerfen, waren sie alle ein bisschen beschwipst ... abgesehen von Finley und Elsie natürlich.

»Geht es dir gut?«, fragte Talon, während er seine Hände auf die Armlehnen des Stuhls stützte, auf dem Heather saß, und sich über sie beugte.

»Großartig«, entgegnete sie mit einem breiten Lächeln.

»Bist du betrunken?«

»Nein.«

Sein Grinsen wurde breiter und er senkte den Kopf. »Wir hatten noch nie betrunken Sex«, flüsterte er nur für ihre Ohren.

»Ist er besser als normaler Sex?«, fragte Heather und ihre Stimme war nicht ganz so leise wie seine.

Sie hörte, wie Caryn neben ihr zu lachen anfing, bevor sie sagte: »Hey, wollt ihr, dass Drew und ich Marissa zur Feuerwache bringen und ihr die Fahrzeuge zeigen?«

»Ja«, entgegnete Talon, bevor Heather den Mund öffnen konnte. Er packte ihre Hand und zog sie auf die Füße. »Kannst du sie nach Hause bringen, wenn du fertig bist? Sagen wir in ... einer Stunde? Oder zwei?«

Caryn strahlte. »Klar doch.«

»Super. Danke.« Dann legte Talon einen Arm um Heathers Taille und lenkte sie zur Treppe.

»Warte!«, rief Heather ... aber es kribbelte bereits zwischen ihren Beinen. »Ich will mich verabschieden!«

Talon drehte sich um, ohne sie loszulassen, damit sie die anderen Frauen sehen konnte. Sie grinsten sie alle an, ihre Männer standen an ihrer Seite. Raiden hatte Tony und Marissa nach drinnen gebracht, um sich einen Snack zu holen, Duke stand wie immer in der Nähe und hoffte offensichtlich, dass er auch einen Snack bekommen würde.

»Tschüss!«, sagte Heather und winkte ihnen fröhlich zu.

»Tschüss!«, sagten sie alle gleichzeitig. Die Jungs grinsten jetzt einander zu. Das war extrem alphamäßig ... und so sexy, dass Heather am liebsten auf der Stelle über ihren eigenen Mann hergefallen wäre.

Talon drehte sie noch einmal um und ging zu seinem Wagen. Er schnallte sie auf dem Beifahrersitz an und ging dann auf die Fahrerseite. Da Fallport nicht so groß war, fuhren sie nur wenige Minuten später auf den Parkplatz des Wohnhauses.

Talon zerrte sie regelrecht durch die Haustür und den Flur entlang. Heather ließ sich zurück auf ihr Bett fallen und lächelte zu ihm hoch. Ihr Kopf schwirrte angenehm und sie fühlte sich irgendwie schwebend.

»Elsie ist schwanger«, informierte sie ihn.

»Ich weiß.«

Heather runzelte die Stirn. »Du weißt es?«

»Ja. Zeke hat es mir neulich erzählt.«

»Hm«, erklärte sie mit einem Stirnrunzeln.

»Hast du noch andere große Ankündigungen zu machen, bevor ich mit meiner Frau schlafe?«, fragte er.

»Elsie hat gesagt, dass wir mit Nissi über die Adoption von Marissa sprechen sollten und dass es wahrscheinlich kein Problem wäre, weil mir das passiert ist.«

Talons Augen funkelten. »Das machen wir morgen.«

»Wirklich? Bist du sicher?«

»Du willst Marissa adoptieren?«, fragte er.

Heather nickte. »Ja.«

»Dann bin ich mir auch sicher.«

Sie liebte diesen Mann so sehr. »Was wäre, wenn ich sagen würde, dass ich noch zwanzig weitere Katzen, vierzehn Hunde und eine Ziege adoptieren und zwölf Kinder haben möchte?«

»Dann würde ich sagen, dass ich meine Schichten im Friseurladen erhöhen, ein größeres Haus kaufen und dich so schnell wie möglich schwängern muss, damit wir die zwölf Kinder zusammen bekommen können.«

Sie machte große Augen. »Du willst *zwölf* Kinder?«, fragte sie.

Talon warf den Kopf zurück und lachte.

Sie liebte es, ihn glücklich zu sehen. So ungehemmt.

Er grinste immer noch, das Grübchen hinter seinem Bart, das sie so sehr liebte, war in voller Stärke zu sehen. »Ich liebe dich«, erklärte er und lächelte immer noch. »Denkst du, dass du vielleicht eines Tages Kinder mit mir haben möchtest? Ich meine, abgesehen von Marissa?«

»Ja.«

Er wurde ernst und sah ihr fest in die Augen.

»Was?«, flüsterte sie.

»Ich habe keine Ahnung, wie ich so viel Glück haben konnte. Du bist durch die Hölle gegangen und trotzdem bist du so offen, so vertrauensvoll und so bereit, dein Leben zu leben. Das ist verdammt schön.«

»Das habe ich dir zu verdanken. Das Erste, was du zu mir gesagt hast, war, dass ich dir vertrauen kann und du mir nicht wehtun würdest. Diese Worte klingen jeden Tag in meinem Kopf nach. Ich bin nur stark genug, um alles durchzustehen, weil ich dich habe, an den ich mich anlehnen kann. Dem ich vertrauen und den ich lieben kann.«

»Du wirst mich immer haben«, erklärte Talon. »Also ... gibt es noch etwas, worüber du reden möchtest, bevor wir uns ausziehen? Weltfrieden? Krebs heilen? Das Ozonloch reparieren?«

»Es gibt ein Ozonloch?«, fragte Heather mit ernstem Gesicht. Aber sie konnte es nicht mehr halten und fing sofort an zu kichern.

»Das nehme ich als ein Nein.« Talon zog sich in Rekordzeit aus und Heather versuchte, mit ihm mitzuhalten, aber der Alkohol, der durch ihre Adern floss, machte sie unbeholfen und als sie genauso nackt war wie Talon, lag er schon unter ihr und sie saß auf seinen Oberschenkeln.

»Wirst du mich jemals unten liegen lassen?«, platzte sie heraus.

Talon musterte sie. »Du würdest dich wohlfühlen, wenn ich oben bin?«

»Solange du es bist? Ja. Ich vertraue dir. Du wirst mir nicht wehtun. Jeder andere ... das bezweifle ich«, sagte sie achselzuckend.

Aufregung und Erregung leuchteten aus seinen Augen. Sein Schwanz wurde größer, obwohl sie ihn noch gar nicht berührt hatte. »Dann ist die Antwort ja ... aber nicht jetzt. Ich will sehen, wie meine betrunkene Frau ihren Mann reitet.«

Lust überflutete Heather und sie grinste, während sie sich vorwärtsbewegte, sodass sein Schwanz zwischen ihren Körpern lag. Als sie an sich herunterschaute, sah sie einen Lusttropfen auf der Schwanzspitze an ihrem Bauch. Sie war klatschnass, auch wenn er sie nicht berührt hatte. Allein die Tatsache, dass Talon in ihrer Nähe war und sie sah, wie sehr er sie begehrte, reichte aus, damit ihr Körper sich sofort auf ihn vorbereitete.

Sie griff nach unten, packte seinen Schwanz und ging auf die Knie. Als sie auf den Mann sank, den sie liebte, schloss Heather die Augen ... und dankte ihren Glückssternen für ihr neues Leben.

Khloe saß an ihrem Schreibtisch in ihrem Büro in der Bibliothek und starrte ins Leere. Stirnrunzelnd versuchte sie herauszufinden, wo ihr genialer Plan schiefgelaufen war. Sie wollte eigentlich nur ein paar Monate hier in Fallport bleiben, während ihr Anwalt Beweise gegen Alan Mather sammelte ... den Mann, der versucht hatte, sie zu töten, nachdem sie seinen wertvollen Coonhound nicht hatte retten können. Ihr Anwalt hatte ihr geraten unterzutauchen – sich im Grunde zu verstecken –, solange der Fall noch nicht abgeschlossen war.

Sie war zur Verhandlung nach Hause zurückgekehrt, und obwohl Alan wegen versuchten Mordes, Tierquälerei und Stalking verurteilt worden war, fiel das Urteil für Khloes Seelenfrieden viel zu milde aus. Sieben Jahre. Und er würde wahrscheinlich in drei bis vier Jahren wieder rauskommen.

Das war nicht genug. Der Mann hatte Khloes ganzes Leben auf den Kopf gestellt. Sie hatte ihre Tierarztpraxis verloren, ihre Gesundheit, ihre Freunde ... und er war mit kaum mehr als einem blauen Auge davongekommen.

Khloes Bein pochte, auch wenn sie saß und nichts tat. Das war nicht fair.

Der Umzug nach Fallport sollte nur vorübergehend sein. Sie hatte ihr Bestes getan, um sich abzugrenzen, um niemandem zu nahezukommen ... aber es war unmöglich gewesen, sich von Lilly, Elsie, Bristol, Caryn, Finley und jetzt Heather zu distanzieren. Sie alle akzeptierten sie, auch wenn sie mürrisch war, und taten ihr Bestes, um sie in all ihren Blödsinn einzubeziehen.

Khloe hatte sich entschlossen, *nicht* zu ihren Freunden in Bristols Haus zu gehen. Alle waren dort gewesen, auch Raiden. Aber sie musste anfangen, sich zu distanzieren. Sie wollte Fallport bald verlassen.

Alan hatte ihr zu Hause das Leben zur Hölle gemacht, und sie hatte keinen Zweifel daran, dass er, auch wenn er hinter Gittern war, alles tun würde, um das auch weiterhin zu tun. Er *hasste* sie. Für etwas, auf das sie keinen Einfluss gehabt hatte. Alan hatte das anders gesehen und es sich zur Lebensaufgabe gemacht, sie für ihre vermeintliche Fahrlässigkeit büßen zu lassen.

Aber obwohl sie sich eine lahme Ausrede ausgedacht hatte, warum sie nicht mit den anderen in Bristols Haus feiern konnte, hörte sie, wie Lilly ihre Freunde anschrie, weil sie sie wegen Elsies Schwangerschaft nicht verärgern wollte. Sie hatte auch erfahren, dass Heather und Talon hofften, Marissa zu adoptieren, und sie hatte keinen Zweifel daran, dass sie erfolgreich sein und tolle Eltern werden würden. Nachdem sie gesehen hatte, wie Heather mit dem Kätzchen umging, das sie adoptiert hatte, wusste Khloe, dass sie ein Naturtalent im Umgang mit Kindern war.

Seufzend schloss sie die Augen. Ja, es war Zeit zu gehen. Wenn Alan anfing, mit ihren Freundinnen Mist zu bauen, würde sie nie über die Schuldgefühle hinwegkommen. Sie hatten alle ihre eigene Hölle durchgemacht, es wäre nicht fair, ihnen mit ihren eigenen Problemen zu kommen.

Tief in ihrem Inneren hatte Khloe das Gefühl, dass sie alle stinksauer sein würden, sollten sie jemals herausfinden, was mit ihr passiert war und warum sie versucht hatte, sich von allen fernzuhalten.

Besonders von Raiden.

Sie seufzte erneut. Raiden Walker war ...

Was war er? Zuerst war er nur ihr Chef gewesen, aber als sie ihn langsam kennenlernte, wurde ihr klar, dass er ein verrückter Widerspruch in sich war. Er war ein knallharter ehemaliger Mitarbeiter der Küstenwache, ein Bücherfreak und ein Weichei, wenn es um seinen Hund ging. Er war stur, loyal und sich seiner eigenen Anziehungskraft überhaupt nicht bewusst. Er dachte, er sei der Außenseiter seines Such- und Bergungsteams ... der komisch aussehende Rotschopf ... obwohl das Gegenteil der Fall war.

Khloe hatte schon immer eine Schwäche für Sonderlinge gehabt. Für die Jungs, die sich zurücklehnten und beobachteten und dann im Alleingang den Fall lösten. Für die Männer, die nicht mit ihren Leistungen oder ihrem Aussehen prahlten.

Für Typen wie Raiden.

Nach außen hin war er mürrisch, unnahbar ... genau wie *sie*, seit sie nach Fallport gezogen war. Aber sie kannte den wahren Raiden. Den, der mit seinem Hund in Babysprache redete. Der die traurigen Augen von Duke mochte und ihm immer Extrasnacks gab. Der Mann, der dafür sorgte, dass sein Hund nach einer langen Suche versorgt war, bevor er an sich selbst dachte. Er sorgte sich auch um seine Freunde, um die Stammgäste, die in die Bibliothek kamen ...

Sie war bis über beide Ohren in ihren Chef verliebt – und das war der Tropfen, der das Fass zum Überlaufen brachte.

Sie musste gehen. Bevor er es herausfand und sie zurückwies. Bevor Alan irgendwie erfuhr, wie wichtig Raiden für sie war. Bevor das Leben von Duke in Gefahr war. Und Khloe hatte keinen Zweifel, dass der Bluthund Alans erstes Ziel sein würde.

Es würde ihm großen Spaß machen, ihr durch den Hund wehzutun.

Ein seltsames Geräusch unterbrach Khloes deprimierende Gedanken. Sie drehte sich zu dem Bluthund um, an den sie gedacht hatte ... und runzelte die Stirn, als sie ihn beobachtete. Er stand auf, ging auf und ab und legte sich dann wieder auf das Hundebett, das sie für ihn gekauft hatte und in ihrem Büro aufbewahrte. Doch kaum hatte er sich hingelegt, stand er auch schon wieder auf.

Er hechelte und mehr Sabber als sonst tropfte von seinen Backen.

Khloe setzte sich aufrecht hin, starrte den Hund noch einen Moment lang an und stand dann so schnell auf, dass ihr Stuhl hinter ihr auf den Boden krachte. Sie lief an dem immer noch unruhigen Bluthund vorbei zur Tür hinaus. Sie steckte den Kopf in Raidens Büro. Er zuckte überrascht zusammen, als sie sprach, aber sie konnte kein schlechtes Gewissen haben, weil sie ihn erschreckt hatte.

»Ruf Doc Snow und Simon an!«, befahl sie, drehte sich um und lief zurück in ihr Büro. Ihr Bein pochte, aber sie ignorierte es.

Sie ging auf Duke zu, der wimmerte, als sie sich ihm näherte.

»Ich weiß, Junge. Wir kriegen dich schon wieder hin.«

»Was ist denn passiert? Was ist los?«, fragte Raiden eindringlich, als er in der Tür erschien.

»Duke hat Blähungen«, sagte Khloe unverblümt, während sie tief durchatmete, in die Hocke ging, um ihre Arme um Dukes Brust und seine Hinterbeine zu legen, dann aufstand und den Hund hochhob. Er war nicht leicht, wahrscheinlich um die fünfzig Kilo, aber Khloe hatte das Adrenalin auf ihrer Seite. Sie spürte nicht einmal den Pfeil des Schmerzes, der durch ihr schlimmes Bein schoss. Duke brauchte medizinische Hilfe. Und zwar sofort.

»Verdammt!«, fluchte Raid. Offensichtlich kannte er die

Gefahren, wenn tiefbrüstige Hunde Blähungen hatten. Wenn sich ihre Mägen verdrehten und die Blutzufuhr unterbanden. Sie konnten buchstäblich sterben, wenn das nicht chirurgisch behoben wurde. »Wir müssen Dr. Ziegler anrufen!«, sagte er.

»Der ist nicht in der Stadt«, murmelte Khloe, als sie mit Duke auf dem Arm zur Tür wankte. »Außerdem würde er die Operation mit Sicherheit vermasseln.«

»Warum zum Teufel soll ich Doc Snow und Simon anrufen? Was sollen die denn machen?«

»Simon wird mir helfen, in Zieglers Tierarztpraxis einzubrechen, und Doc Snow wird mich unterstützen.«

»*Was?*«, fragte Raiden und starrte sie schockiert an, als sie sich auf den Weg zur Hintertür der Bibliothek machten.

»Setz deinen Hintern in Bewegung, Raid. Ich meine es ernst! Duke ist in einem kritischen Zustand, er muss sofort operiert werden!«

Khloe war dankbar, dass Raid nicht weiter diskutierte. Sie hörte, wie er mit jemandem sprach, als er ihr eine Hand unter den Arm legte und ihr half, den Bluthund zu ihrem alten Honda Accord zu tragen. Sie setzte Duke sanft auf den Rücksitz und nahm sich ein paar kostbare Sekunden Zeit, um ihn zu küssen und ihm zu sagen, dass alles in Ordnung kommen würde, bevor sie die Tür zuschlug und sich hinter das Steuer setzte.

Raid sprang in den Wagen, kurz bevor sie vom Parkplatz hinter der Bibliothek am Marktplatz abfuhr. Er drehte sich zu ihr um, mit weißem Gesicht und gequältem Gesichtsausdruck, weil er sich Sorgen um seinen Hund machte ... und fragte: »Wer zum Teufel bist du, Khloe?«

Sie antwortete nicht. Sie war sich sowieso nicht sicher, ob ihm gefallen würde, was sie zu sagen hätte. Wie schon die ganze Zeit zuvor, gingen ihre Pläne wieder einmal schief. Die Enthüllung, wer sie war – oder zumindest, wer sie in ihrem alten Leben gewesen war –, würde alles verändern. Aber

Raidens ständigen Begleiter und besten Freund zu retten war wichtiger als ihre Geheimnisse.

Nachdem sie Duke gerettet hatte, würde sie sich mit den Konsequenzen ihres Handelns auseinandersetzen.

Und sie hatte keinen Zweifel daran, dass Duke überleben würde ... sie war nicht umsonst zwei Jahre in Folge zur besten Tierärztin des Staates gewählt worden. Es würde viele Fragen geben, die sie beantworten musste, und viele verletzte Gefühle wegen all dem, was sie ihren Freunden verheimlicht hatte, aber sie würde diesen Preis gern zahlen, wenn es darum ging, mit ihrem Wissen ein Leben zu retten.

Khloe spürte Raids Blick auf sich, aber sie wagte nicht, ihn zu erwidern. Sie behielt ihre Augen auf der Straße. Sie konnte es nicht ertragen, Argwohn, Misstrauen oder Angst auf seinem Gesicht zu sehen. Er hatte jedes Recht, sauer auf sie zu sein, aber im Moment musste sie sich auf die Operation vorbereiten.

Eines von Khloes Geheimnissen mag gelüftet sein, aber es gibt noch mehr Enthüllungen, die auf sie zukommen. Die Dinge werden für sie und Raiden sehr schwierig ... finden Sie heraus, wie sie ihre Vergangenheit überwinden und in die Zukunft blicken in *Ein Retter für Khloe*, dem letzten Band der Reihe über das Bergungsteam vom Eagle Point.

BÜCHER VON SUSAN STOKER

<u>Das Bergungsteam vom Eagle Point</u>

Ein Retter für Lilly

Ein Retter für Elsie

Ein Retter für Bristol

Ein Retter für Caryn

Ein Retter für Finley

Ein Retter für Heather

Ein Retter für Khloe (7 Mai 2024)

<u>Die SEALs von Hawaii:</u>

Die Suche nach Elodie

Die Suche nach Lexie

Die Suche nach Kenna

Die Suche nach Monica

Die Suche nach Carly

Die Suche nach Ashlyn

Die Suche nach Jodelle

<u>Die Zuflucht in den Bergen</u>

Zuflucht für Alaska

Zuflucht für Henley
Zuflucht für Reese
Zuflucht für Cora
Zuflucht für Lara (6 Feb 2024)
Zuflucht für Maisy
Zuflucht für Ryleigh

SEALs of Protection: Legacy

Ein Beschützer für Caite
Ein Beschützer für Brenae
Ein Beschützer für Sidney
Ein Beschützer für Piper
Ein Beschützer für Zoey
Ein Beschützer für Avery
Ein Beschützer für Kalee (1 Mar)
Ein Beschützer für Jane (1 Apr)

Mountain Mercenaries:

Die Befreiung von Allye
Die Befreiung von Chloe
Die Befreiung von Morgan
Die Befreiung von Harlow
Die Befreiung von Everly
Die Befreiung von Zara
Die Befreiung von Raven

Ace Security Reihe:

Anspruch auf Grace
Anspruch auf Alexis
Anspruch auf Bailey
Anspruch auf Felicity
Anspruch auf Sarah

Die Delta Force Heroes:

Die Rettung von Rayne
Die Rettung von Emily
Die Rettung von Harley
Die Hochzeit von Emily
Die Rettung von Kassie
Die Rettung von Bryn
Die Rettung von Casey
Die Rettung von Wendy
Die Rettung von Sadie
Die Rettung von Mary
Die Rettung von Macie
Die Rettung von Annie

Delta Team Zwei
Ein Held für Gillian
Ein Held für Kinley
Ein Held für Aspen
Ein Held für Jayme
Ein Held für Riley
Ein Held für Devyn
Ein Held für Ember
Ein Held für Sierra

SEALs of Protection:
Schutz für Caroline
Schutz für Alabama
Schutz für Fiona
Die Hochzeit von Caroline
Schutz für Summer
Schutz für Cheyenne
Schutz für Jessyka
Schutz für Julie
Schutz für Melody
Schutz für die Zukunft

Schutz für Kiera
Schutz für Alabamas Kinder
Schutz für Dakota

<u>Eine Sammlung von Kurzgeschichten</u>
Ein langer kurzer Augenblick